V. S. Naipaul
In einem freien Land

V. S. NAIPAUL

In einem freien Land

Deutsch von Ursula von Zedlitz
und Kerstin Gleba

Kiepenheuer & Witsch

Titel der Originalausgabe: *In a Free State*
Copyright © V. S. Naipaul 1971
Deutsch von Ursula von Zedlitz und Kerstin Gleba
© 1995 by Verlag Kiepenheuer & Witsch, Köln
Alle Rechte vorbehalten. Kein Teil des Werkes
darf in irgendeiner Form (durch Fotografie, Mikrofilm
oder ein anderes Verfahren) ohne schriftliche
Genehmigung des Verlages reproduziert oder unter
Verwendung elektronischer Systeme verarbeitet,
vervielfältigt oder verbreitet werden.
Umschlaggestaltung: Kalle Giese, Overath
Gesetzt aus der Berthold Garamont Amsterdam
bei Kalle Giese Grafik, Overath
Druck und Bindearbeiten: Pustet, Regensburg
ISBN 3-462-02452-3

Inhalt

Prolog – aus einem Tagebuch

Der Tramp in Piräus

DIE ÜBERFAHRT VON PIRÄUS NACH ALEXANDRIA dauerte nur zwei Tage, aber sobald ich den schäbigen kleinen griechischen Dampfer erblickte, ahnte ich, daß ich andere Vorkehrungen hätte treffen sollen. Selbst vom Kai aus wirkte er überladen wie ein Flüchtlingsschiff, und als ich an Bord ging, stellte ich fest, daß nicht genug Platz für alle war.

Ein nennenswertes Deck gab es nicht. Die Bar, nach beiden Seiten offen und dem Januarwind ausgesetzt, hatte die Größe eines Schranks. Drei Personen bildeten darin bereits ein Gedränge, und der kleine griechische Barmann, der hinter der kleinen Theke schlechten Kaffee ausschenkte, war schlecht gelaunt. Viele der Stühle in dem kleinen Rauchzimmer und ein großer Teil des Fußbodens waren von Nachtpassagieren aus Italien in Beschlag genommen worden, darunter eine Gruppe hochaufgeschossener weißer amerikanischer Schulkinder zwischen dreizehn und fünfzehn Jahren, still, aber aufmerksam. Der einzige andere Aufenthaltsraum war der Speiseraum, aber dieser wurde bereits von Stewards, ebenso müde und schlecht gelaunt wie der Barmann, für das erste Mittagessen hergerichtet. Die griechische Höflichkeit war etwas, das wir an Land gelassen hatten; vielleicht gehörte sie zu Müßiggang, Arbeitslosigkeit und ländlicher Hoffnungslosigkeit.

Aber wir auf dem Oberdeck hatten Glück. Wir hatten Kabinen und Kojen. Die Leute auf dem Unterdeck hatten das nicht. Sie waren Deckpassagiere, die Tag und Nacht nur einen Platz zum Schlafen benötigten. Jetzt hockten oder lagen sie, sich gegen den Wind schützend, zwischen den Seilwinden und den orangefarbenen Schoten unter uns in der Sonne, zusammengekauerte Gestalten in mediterranem Schwarz.

Es waren ägyptische Griechen. Sie fuhren nach Ägypten, aber Ägypten war nicht mehr ihre Heimat. Sie waren vertrieben worden; sie waren Flüchtlinge. Die Besatzer hatten Ägypten verlassen; nach vielen Demütigungen war Ägypten jetzt frei, und diese Griechen, die arm waren und sich durch einfaches Handwerk nur um eine Spur über die Armut der Ägypter erhoben hatten, waren die Opfer dieser Freiheit. Schäbige griechische Schiffe wie das unsrige hatten sie aus Ägypten hinausgebracht. Nun kehrten sie für kurze Zeit zurück, zusammen mit neutralen Touristen wie uns, die nur wegen der Sehenswürdigkeiten dorthinfuhren, mit libanesischen Geschäftsleuten, einer Truppe spanischer Nachtlokaltänzer und dicken ägyptischen Studenten, die aus Deutschland zurückkamen.

Der Tramp sah, als er auf dem Kai erschien, sehr englisch aus, aber vielleicht nur deshalb, weil wir keine Engländer an Bord hatten. Von weitem wirkte er nicht wie ein Tramp. Der Hut und der Rucksack, die grünliche Tweedjacke, die graue Flanellhose und die Stiefel hätten einem romantischen Weltenbummler einer früheren Generation gehören, in dem Rucksack hätten sich ein Gedichtband, ein Tagebuch oder der Anfang eines Romans befinden können.

Er war schmächtig, mittelgroß und bewegte sich von den Knien abwärts mit kurzen, federnden Schritten, den Fuß jedesmal hoch über den Boden hebend. Es war ein eleganter Gang, ebenso elegant wie sein getupftes, safrangelbes Halstuch. Aber als er näher kam, sahen wir, daß seine gesamte Kleidung zerschlissen, daß der Knoten seines Halstuches eng und schmuddelig war; daß er ein Tramp war. Als er an das Fallreep gelangte, nahm er den Hut ab, und wir sahen, daß er ein alter Mann war, mit ängstlichem, zerfurchtem Gesicht und wäßrigen blauen Augen.

Er blickte hinaus und sah uns, sein Publikum. Er rannte das Fallreep herauf, ohne die Handseile zu benutzen. Eitelkeit! Er zeigte dem mürrischen Griechen seine Fahrkarte, und dann, ohne sich umzusehen, ohne Fragen zu stellen, ging er forsch weiter, als kenne er sich auf dem Schiff aus. Er bog in einen Seitengang ein, der nirgendwohin führte. Mit komisch wirkender Eile machte er plötzlich auf dem Absatz kehrt und stampfte mit dem anderen Fuß auf.

»Zahlmeister«, sagte er zu den Deckplanken, als sei ihm soeben etwas eingefallen. »Ich gehe zum Zahlmeister.«

Und damit bahnte er sich seinen Weg zu seiner Kabine und der Koje.

Unsere Abfahrt verzögerte sich. Einige der amerikanischen Schulkinder waren an Land gegangen, um etwas zu essen zu kaufen, unterdessen wurden ihre Plätze im Rauchzimmer freigehalten; wir warteten auf ihre Rückkehr. Als sie kamen – keinerlei Gekicher: Die Mädchen waren hausbacken, blaß und verlegen – wurden die Griechen ziemlich wütend und trieben zur Eile. Die griechische Sprache knirschte wie die Ankerkette. Wasser schob sich langsam zwischen uns und den Kai, und unweit der Stelle, wo wir gelegen hatten, sahen wir den hohen schwarzen Rumpf des Linienschiffes *Leonardo da Vinci,* das soeben angelegt hatte.

Der Tramp tauchte wieder auf. Er war ohne Hut und Rucksack und wirkte weniger nervös. Die Hände in den Hosentaschen, die bereits zum Bersten gefüllt waren, stand er breitbeinig auf dem schmalen Passagierdeck, wie ein erfahrener Seereisender, der sich der ersten Meeresbrise einer richtigen

Kreuzfahrt aussetzt. Gleichzeitig musterte er die Passagiere, er suchte Gesellschaft. Er ignorierte die Leute, die ihn anstarrten, und wenn andere, die auf sein Anstarren reagierten, sich nach ihm umdrehten, wandte er den Kopf ab.

Schließlich ging er zu einem großen blonden jungen Mann und stellte sich neben ihn. Sein Instinkt hatte ihn gut geleitet. Der junge Mann, den er sich ausgesucht hatte, war ein Jugoslawe, der bis zum vorigen Tag nie aus Jugoslawien herausgekommen war. Der Jugoslawe war bereit, ihm zuzuhören. Der Akzent des Tramps verwunderte ihn zwar, doch er lächelte entgegenkommend, und der Tramp sprach weiter.

»Ich bin sechs- oder siebenmal in Ägypten gewesen. Etwa ein dutzendmal um die Welt gefahren. Australien, Kanada, all diese Länder. War früher mal Geologe. Fuhr 1923 zum ersten Mal nach Kanada. War seitdem etwa achtmal dort. Reise seit achtunddreißig Jahren. Immer in Jugendherbergen. Ist nicht zu verachten. Neuseeland, sind Sie je dagewesen? Ich bin 1934 hingefahren. Unter uns gesagt, sie sind den Australiern einen Schritt voraus. Aber was bedeutet heute schon Nationalität. Ich betrachte mich als Weltbürger.«

Seine Rede war gespickt mit Daten, Orten, Zahlen und manchmal mit einer simplen Ansicht, die aus einem anderen Leben stammte. Aber sie war mechanisch, ohne Überzeugung; selbst die Eitelkeit machte keinen Eindruck, die zuckenden, wässerigen Augen blieben abwesend.

Der Jugoslawe lächelte und warf gelegentlich ein Wort ein. Der Tramp sah und hörte nichts. Zu einem Gespräch war er nicht fähig, er suchte gar kein Gespräch, er brauchte nicht einmal ein Publikum. Es war, als hätte er im Lauf der Jahre eine Methode entwickelt, sich auf rasche Weise über sich selbst Aufschluß zu geben, indem er sein Leben auf Namen und Zahlen reduzierte. Wenn die Namen und Zahlen aufgesagt worden waren, hatte er nichts mehr zu sagen. Dann stand er einfach neben dem Jugoslawen. Schon bevor wir Piräus und die *Leonardo da Vinci* aus den Augen verloren, war diese Bekanntschaft für den Tramp erschöpft. Er hatte keine Gesellschaft gewollt, er wollte nur die Tarnung und den Schutz der Gesellschaft. Der Tramp wußte, daß er sonderbar war.

Beim Mittagessen saß ich mit zwei Libanesen zusammen. Beide waren Nachtpassagiere aus Italien und beeilten sich, mir zu erklären, daß es eine Frage des Gepäcks, keine Geldfrage gewesen sei, die sie daran gehindert habe zu fliegen. Sie schienen gar nicht so unzufrieden mit dem Schiff zu sein, wie sie taten. Sie sprachen ein Gemisch aus Französisch, Englisch und Arabisch und versuchten sich gegenseitig mit Geschichten über Geld zu imponieren, das andere Leute, vornehmlich Libanesen, bei diesem oder jenem aussichtslosen Geschäft gemacht hätten.

Sie waren beide noch nicht vierzig. Der eine war hellhäutig, rundlich und leger gekleidet, er trug einen kanariengelben Pullover; er machte seine Geschäfte in Beirut buchstäblich mit Geld. Der andere Libanese war dunkel, gutgewachsen, schnauzbärtig und von mediterraner Schönheit, er trug einen karierten Anzug mit Weste. Er stellte in Kairo Reproduktionen antiker Möbel her und erzählte, daß seit dem Abzug der Europäer das Geschäft schlecht gehe. Handel und Kultur seien aus Ägypten verschwunden, unter den Einheimischen bestehe keine große Nachfrage nach solchen Möbeln, und die Vorurteile gegen Libanesen wie ihn nähmen zu. Aber ich konnte seinem Unmut nicht ganz glauben. Während er mit uns sprach, zwinkerte er einer der spanischen Tänzerinnen zu.

Am anderen Ende des Raums grölte ein dicker ägyptischer Student mit dicken Brillengläsern auf deutsch und arabisch.

13

Das deutsche Ehepaar an seinem Tisch lachte. Jetzt begann der Ägypter ein arabisches Lied zu singen.

Der Mann aus Beirut sagte mit seinem amerikanischen Akzent: »Sie sollten sich auf modern umstellen.«

»Niemals«, sagte der Möbelfabrikant. »Eher würde ich aus Ägypten weggehen. Ich würde meine Fabrik schließen. Der moderne Stil ist ein Graus. Er ist grotesk, absolut grotesk. *Mais le style Louis Seize, ah, voilà l'âme* –« Er brach ab, um dem Ägypter zu applaudieren und ihm seinen Beifall auf arabisch zuzuschreien. Gelangweilt, aber ohne bösen Unterton sagte er leise: »Ach, diese Einheimischen.« Er schob seinen Teller weg, sank in seinen Sessel zurück und trommelte mit den Fingern auf das schmutzige Tischtuch. Er zwinkerte der Tänzerin zu, und seine Schnurrbartspitzen wippten nach oben.

Der Steward kam, um abzuräumen. Ich aß noch, aber auch mein Teller verschwand.

»Sie waren noch nicht fertig, Monsieur?« sagte der Möbelfabrikant. »Sie müssen die Ruhe behalten. Wir alle müssen die Ruhe behalten.«

Dann zog er die Augenbrauen hoch und rollte die Augen. Er wollte uns auf etwas aufmerksam machen.

Es war der Tramp, der im Türrahmen stand und den Saal betrachtete. Seine Haltung war so, daß selbst jetzt seine Kleidung in Ordnung zu sein schien. Er ging zu dem abgeräumten Tisch neben dem unseren, setzte sich auf einen Stuhl und rutschte darauf hin und her, bis er bequem saß. Dann lehnte er sich zurück, die Arme auf die Lehnen gestützt, wie ein Hausherr am Kopfende der Tafel oder wie ein Passagier auf einer Kreuzfahrt, der darauf wartet, bedient zu werden. Er seufzte, mahlte mit den Kiefern, um sein Gebiß zu testen. Seine Jacke war in einem entsetzlichen Zustand. Die Taschen waren vollgestopft und die Klappen mit Sicherheitsnadeln zugesteckt.

Der Möbelfabrikant sagte etwas auf arabisch, und der Mann aus Beirut lachte. Die Stewards scheuchten uns hinaus, und wir folgten den spanischen Mädchen in die zugige, kleine Bar zum Kaffee.

Am späteren Nachmittag erklomm ich, um etwas allein zu sein, einige steile Stufen zu dem offenen Deck über den Kabinen. Der Tramp stand dort allein, mit fleckigen, ausgebeulten Hosenbeinen, ausgefransten Aufschlägen, dem kalten Wind und dem Ruß der Schornsteine ausgesetzt. In der Hand hielt er etwas, das wie ein kleines Gebetbuch aussah. Er bewegte die Lippen und öffnete und schloß die Augen wie ein Mensch, der intensiv betet. Wie zart das verhärmte Gesicht war, wie zerbrechlich der Hals unter dem engen Knoten des getupften Halstuchs. Das Gewebe um die Augen erschien besonders weich, der Tramp sah aus, als sei er den Tränen nahe. Es war seltsam. Er suchte Gesellschaft, brauchte aber Einsamkeit; er wollte auf sich aufmerksam machen, aber gleichzeitig unbemerkt bleiben.

Ich störte ihn nicht. Ich hatte Angst, mich mit ihm einzulassen. Tief unten saßen oder lagen die griechischen Flüchtlinge in der Sonne.

Nach dem Abendessen schrie sich der junge Ägypter im Rauchzimmer bei seiner Kabarettvorstellung heiser. Wer verstand, was er sagte, lachte unaufhörlich. Sogar der Möbelfabrikant vergaß seinen Unmut über die Einheimischen und brüllte und klatschte mit den übrigen. Die amerikanischen Schulkinder lagen in einem eigenen seekranken Haufen durcheinander und sahen apathisch zu, wie Leute, für die es kein Entrinnen gibt; wenn sie miteinander sprachen, taten sie es im Flüsterton.

Der nichtamerikanische Teil des Raums war vorwiegend arabisch und deutsch und bildete eine eigene Gruppe. Der

Ägypter war unser Unterhalter, daneben gab es eine große Deutsche, die man fast als unsere Gastgeberin ansehen konnte. Sie bot uns Schokolade an und machte zu jedem von uns eine freundliche Bemerkung. Zu mir sagte sie: »Sie lesen ein sehr gutes englisches Buch. Diese Penguin-Bücher sind sehr gute englische Bücher.« Vielleicht war sie unterwegs, um mit einem arabischen Ehemann zusammenzutreffen; ich wußte es nicht.

Ich saß mit dem Rücken zur Tür und sah nicht, wann der Tramp hereinkam. Aber plötzlich saß er vor mir, auf einem Stuhl, von dem gerade jemand aufgestanden war. Der Stuhl war nicht weit von dem der jungen Deutschen entfernt, aber er stand in keiner unmittelbaren Verbindung zu dem ihren oder irgendeiner Gruppe von Stühlen. Der Tramp hatte sich aufrecht darauf gesetzt. Er saß niemandem direkt gegenüber, so daß er in dem kleinen Raum nicht mit der Menge verschmolz, sondern in ihr gleichsam den Mittelpunkt einer kleinen Bühne bildete.

Er spreizte seine Altmännerbeine weit auseinander, seine vollgestopfte Jacke wölbte sich über den ausgebeulten Hosentaschen. Er hatte sich etwas zum Lesen mitgebracht, eine Zeitschrift und das kleine Buch, das ich für ein Gebetbuch gehalten hatte. Jetzt sah ich, daß es ein alter Taschenkalender war, mit vielen losen Seiten. Er faltete die Zeitschrift vierfach zusammen, versteckte sie unter seinem Schenkel und begann, in seinem Taschenkalender zu lesen. Er lachte und blickte auf, um zu sehen, ob man ihn beachtete. Er blätterte eine Seite um, las und lachte erneut, diesmal lauter. Er beugte sich zu der Deutschen hinüber und fragte sie über die Schulter: »Sagen Sie mal, können Sie Spanisch?«

Sie sagte vorsichtig: »Nein.«

»Diese spanischen Witze sind furchtbar komisch.«

Aber obwohl er noch einige las, lachte er nicht wieder.

Der Ägypter fuhr fort, den Clown zu spielen, das Spektakel ging weiter. Bald bot die Deutsche abermals Schokolade an. »Bitte«, ihre Stimme war leise.

Der Tramp faltete gerade seine Zeitschrift auseinander. Er hielt inne und sah die Schokolade an. Aber für ihn gab es keine. Er breitete seine Zeitschrift aus. Dann begann er, sie unerwartet zu vernichten. Mit nervösen zuckenden Händen riß er an einer Seite, einmal, zweimal. Er blätterte einige Seiten um und fing wieder an zu reißen; er blätterte zurück, zerriß. Selbst bei dem Lärm um den Ägypter herum war das Geräusch des zerreißenden Papiers nicht zu überhören. Riß er Bilder – Sport, Frauen, Annoncen – heraus, die ihn ärgerten? Hortete er Toilettenpapier für Ägypten?

Der Ägypter verstummte und sah zu ihm hin. Die amerikanischen Schüler sahen zu ihm hin. Nun, zu spät nach all dem Wirbel in fast lautloser Stille, gab sich der Tramp ganz vernünftig. Er breitete die zerfetzte Zeitschrift aus, drehte sie wütend um, als sei es schwierig gewesen, sie in die richtige Lage zu bringen, und tat schließlich, als ob er lese. Er bewegte die Lippen, er runzelte die Stirn, er zerriß und zerriß. Streifen und Fetzen von Papier bedeckten den Boden um seinen Stuhl. Er faltete die losen Überbleibsel der Zeitschrift zusammen, stopfte sie in seine Jackentasche, steckte die Klappen zu und verließ den Raum mit dem Ausdruck eines Menschen, den man sehr erzürnt hat.

»Ich bringe ihn um«, sagte der Möbelfabrikant am nächsten Morgen beim Frühstück.

Er trug seinen Anzug mit Weste, aber er war unrasiert, und die Ringe unter seinen Augen wirkten wie blaue Flecken. Der Mann aus Beirut sah ebenfalls müde und zerknautscht aus.

Sie hatten nicht gut geschlafen. Die dritte Koje in ihrer Kabine war von einem jungen Österreicher besetzt, der über Italien gereist war und mit dem sie sich gut verstanden. Sie hatten den Hut und den Rucksack in der vierten Koje wohl gesehen, aber erst als sie schon alle drei in ihren Kojen lagen, entdeckten sie, daß der vierte in ihrer Kabine der Tramp war.

»Es war ziemlich schlimm«, sagte der Mann aus Beirut. Er suchte nach taktvollen Worten und fügte hinzu: »Der Alte ist wie ein Kind.«

»Kind! Wenn das englische Schwein jetzt hereinkommt« – der Möbelfabrikant hob den Arm und deutete auf die Tür – »*bringe* ich ihn *um. Auf der Stelle.*«

Er fand Gefallen an seinen Gesten und Worten; er wiederholte sie für die anderen im Raum. Der ägyptische Student, nach seiner gestrigen Vorstellung heiser und verkatert, sagte etwas auf arabisch. Es war offensichtlich witzig, aber der Möbelfabrikant lächelte nicht. Er trommelte mit den Fingern auf den Tisch, starrte auf die Tür und atmete laut durch die Nase.

Niemand war in guter Stimmung. Das Dröhnen und Brummen und Schlingern des Schiffs hatte schwer an Magen und Nerven gezehrt, der kalte Wind draußen reizte ebensosehr, wie er erfrischte, und im Speiseraum war die Luft abgestanden, es roch wie nach heißem Gummi. Es waren nicht viele Leute da, aber die Stewards, die unausgeschlafen, ungewaschen und sogar schlecht gekämmt aussahen, waren so gehetzt wie zuvor.

Der Ägypter kreischte.

Der Tramp war hereingekommen, freundlich und ausgeruht und auf Kaffee und Brötchen eingestellt. Jetzt zweifelte er nicht daran, daß er willkommen war. Er kam ohne Zögern oder besondere Eile an den Nachbartisch, ließ sich auf seinen Stuhl nieder und begann, seine Zähne zu testen. Er wurde rasch bedient. Er kaute und trank genußvoll.

Der Ägypter kreischte von neuem.

Der Möbelfabrikant sagte zu ihm: »Ich schicke ihn heute nacht zu Ihnen.«

Der Tramp sah und hörte nichts. Er aß und trank bloß. Unter dem engen Knoten seines Halstuchs bewegte sich rege sein Adamsapfel. Er trank geräuschvoll und seufzte hinterher, er kaute mit kaninchenhafter Geschwindigkeit, um Platz für den nächsten Bissen zu schaffen, und zwischen den Bissen schlang er die Arme um seine Schultern und rieb sich die Seiten, aus schierer Freude am Essen.

Die Faszination des Möbelfabrikanten schlug in Wut um. Er erhob sich, während er noch immer den Tramp ansah, und rief: »Hans!«

Der österreichische Junge, der bei den Ägyptern am Tisch saß, stand auf. Er war etwa sechzehn oder siebzehn, breitschultrig und untersetzt, sehr gut entwickelt, mit einem breiten, lächelnden Gesicht. Der Mann aus Beirut stand ebenfalls auf, und alle drei gingen hinaus.

Der Tramp, der das alles nicht mitbekam und keine Ahnung hatte, was man mit ihm vorhatte, aß und trank weiter, bis er seine Mahlzeit mit einem Seufzer, der einem Seufzer der Erschöpfung glich, beendete.

Es sollte wie eine Tigerjagd werden, bei der der Köder ausgelegt wird und sowohl Jäger als auch Zuschauer das Geschehen von einer sicheren Warte aus beobachten. Der Köder war in diesem Fall der Rucksack des Tramps. Sie legten ihn auf das Deck vor der Kabinentür und beobachteten ihn. Der Möbelfabrikant tat noch immer, als sei er zu wütend, um sprechen zu können. Aber Hans lächelte und erklärte die Spielregeln, sooft er gefragt wurde.

Der Tramp spielte jedoch nicht sofort mit. Nach dem Frühstück verschwand er. Es war kalt auf dem Deck, sogar in der Sonne, und manchmal spritzte die Gischt hoch. Die Leute, die zum Zuschauen gekommen waren, blieben nicht draußen, und sogar der Möbelfabrikant und der Mann aus Beirut gingen von Zeit zu Zeit in das Rauchzimmer zu den Deutschen, Arabern und Spanierinnen. Man machte ihnen Stühle frei; man hatte Mitgefühl für ihre Wut und Erschöpfung. Hans blieb auf seinem Posten. Als der kalte Wind ihn zwang, in die Kabine zu gehen, hielt er durch die offene Tür Ausschau, wobei er auf einer der unteren Kojen saß und den Vorbeigehenden zulächelte.

Dann wurde gemeldet, daß der Tramp wieder zum Vorschein gekommen und nach den Regeln des Spiels gefaßt worden sei. Einige der amerikanischen Schüler befanden sich bereits an Deck und sahen auf das Meer hinaus. Ebenso die Spanierinnen und die Deutsche. Hans versperrte die Kabinentür. Ich sah, wie der Tramp den Riemen seines Rucksacks festhielt, ich hörte, wie er sich auf englisch zwischen dem französisch-arabischen Geschrei des Möbelfabrikanten beklagte, der mit flatternden Rockschößen die Arme hob und mit der rechten Hand auf etwas deutete.

Im Speiseraum hatte die Wut des Fabrikanten nur theatralisch gewirkt, gleichsam eine Seite seiner mediterranen Erscheinung, wie sein Schnurrbart und sein welliges Haar. Aber jetzt, im Freien, mit einem erwartungsvollen Publikum und einem nahezu passiven Opfer, steigerte er sich in einen Wutanfall hinein.

»Schwein! Schwein!«

»Es ist nicht wahr«, sagte der Tramp und wandte sich hilfesuchend an die Leute, die nur zum Zuschauen gekommen waren.

»Schwein!«

Der groteske Augenblick war gekommen. Der Möbelfabrikant, so kräftig gebaut, so elegant in seiner breitschultrigen Jacke, schlug mit der linken Hand nach dem Kopf des alten Mannes. Der Tramp drehte den Kopf weg, genauso, wie wenn er das Starren der anderen nicht zur Kenntnis nehmen wollte. Und er begann zu weinen. Die Hand des Möbelfabrikanten traf ins Leere, und er stolperte vorwärts gegen die Reling in die aufspritzende Gischt. Er griff mit der Hand an die Brust, suchte nach Kugelschreiber, Brieftasche und anderem und rief wie ein Gekränkter und Verzweifelter: »Hans! Hans!«

Der Tramp bückte sich, er hörte auf zu weinen, seine blauen Augen traten hervor. Hans hatte ihn an seinem getupften Halstuch gepackt, verdrehte es und zog es nach unten. Er stieß den Rucksack mit Füßen und zerrte gleichzeitig den Tramp an dem geknoteten Halstuch nach vorn. Der Tramp stolperte über Hans' Bein. Die Spannung wich aus Hans' lächelndem Gesicht, und nur das Lächeln blieb übrig. Der Tramp hätte sich noch fangen können. Aber er ließ sich lieber fallen und setzte sich dann auf. Er hielt noch immer den Riemen des Rucksacks fest, und er weinte wieder.

»Es ist nicht wahr. Was die gesagt haben, ist nicht wahr.«

Die jungen Amerikaner blickten über die Reling.

»Hans!« rief der Möbelfabrikant.

Der Tramp hörte auf zu weinen.

»Ha-ans!«

Der Tramp sah sich nicht um. Er sprang mit seinem Rucksack auf und rannte davon.

Man erzählte sich, daß er sich in einer der Toiletten eingesperrt hätte. Aber er erschien noch zweimal bei uns. Etwa eine

Stunde später kam er in das Rauchzimmer, ohne seinen Rucksack und ohne ein Zeichen von Anspannung im Gesicht. Er hatte sich bereits wieder erholt. Er trat ein, in seiner abrupten Weise, ohne nach rechts oder nach links zu schauen. Mit ein paar Schritten war er schon mitten in dem kleinen Raum und stolperte fast über die Beine des Möbelfabrikanten, der in einem Polstersessel lag, erschöpft, die eine Hand über den halbgeschlossenen Augen. Zuerst erfüllten Erstaunen, dann Zorn und Verachtung die Augen des Tramps. Er drehte den Kopf weg.

»Hans!« rief der Möbelfabrikant, der sich von seiner Überraschung erholte, die Beine anzog und sich nach vorn beugte. »Ha-ans!«

Der Tramp drehte den Kopf herum und sah, wie Hans sich mit einigen Spielkarten in der Hand erhob. Angst wurde in den Augen des Tramps sichtbar. Die Drehbewegung seines Kopfes übertrug sich auf seinen ganzen Körper. Er schnellte auf dem Absatz herum, trat mit dem anderen Fuß hart auf und rannte davon. Eintreten, Vorwärtsgehen, o-beinige Drehung und Rückzug hatten sich in einer einzigen Bewegung vollzogen.

»Hans!«

Es war kein Befehl zum Eingreifen. Der Möbelfabrikant unterstrich damit lediglich den Scherz. Hans begriff es, lachte und ging zu seinen Karten zurück.

Der Tramp versäumte sein Mittagessen. Er hätte sofort zum ersten Mittagessen hinuntergehen sollen, das bereits im Gang war. Statt dessen versteckte er sich, zweifellos in einer der Toiletten, und kam erst zum letzten Mittagessen hervor. Es war das Essen, das sich auch der Libanese und Hans ausgesucht hatten. Der Tramp sah es von der Tür aus.

»Ha-ans!«

Aber der Tramp drehte sich bereits um.

Später sollte er noch einmal ohne Hut, aber mit seinem Rucksack, auf dem Unterdeck unter den Flüchtlingen gesichtet werden. In seiner Abwesenheit und ohne ihn zu erwähnen, wurde der Scherz fortgesetzt, in der Bar, auf dem schmalen Deck, in dem Rauchzimmer. »Hans! Ha-ans!« Zum Schluß lachte Hans nicht mehr und sah auch nicht auf; wenn er seinen Namen hörte, vervollständigte er den Scherz durch einen Pfiff. Der Scherz ging weiter, aber bei Einbruch der Nacht war der Tramp vergessen.

Beim Abendessen sprachen die Libanesen in ihrer teilnahmslosen Weise wieder über Geld. Der Mann aus Beirut sagte, daß aufgrund gewisser besonderer Umstände im Nahen Osten in diesem Jahr ein Vermögen mit dem Export von ägyptischen Schuhen zu machen wäre, aber das wüßten nur wenige. Der Möbelfabrikant erwiderte, das sei ihm schon seit Monaten bekannt. Sie spekulierten über eine Investition, wetteiferten darum, wer sich besser mit den versteckten lokalen Kosten auskannte, und berechneten gelassen die phantastischen Gewinne. Doch sie stachelten sich nicht mehr richtig gegenseitig an. Das Spiel war ein Spiel, sie hatten sich aneinander gemessen. Und sie waren beide müde.

Etwas von der Mattigkeit der amerikanischen Schüler hatte an diesem Abend auch die anderen Passagiere überkommen. Die Amerikaner hingegen wurden allmählich lebhafter. Im Rauchzimmer, wo die Beleuchtung gedämpfter erschien, erhoben sich die Stimmen in munterem Gekabbel zwischen Jungen und Mädchen; sie liefen viel mehr herum; besonders aktiv war ein großes Mädchen, das von Kopf bis Fuß in eine Art schwarzes Balletttrikot gekleidet war. Die junge Deutsche, unsere Gastgeberin vom vorigen Abend, sah ziemlich krank aus. Die Spanierinnen flirteten mit niemandem. Der Ägypter, der nicht nur verkatert, sondern nun auch noch seekrank war, spielte Bridge. Tapfer gab er ab und zu eine witzige Bemerkung oder eine Liedzeile zum besten, erntete aber kaum mehr als ein Lächeln. Der Möbelfabrikant und Hans spielten ebenfalls Karten. Wenn eine gute oder enttäuschende Karte ausgespielt wurde, rief der Möbelfabrikant, ohne eine Antwort zu erwarten, leise: »Hans, Hans.« Es war alles, was vom Scherz des Tages übriggeblieben war.

Der Mann aus Beirut trat ein und schaute zu. Er stellte sich erst neben Hans, dann neben den Möbelfabrikanten und flüsterte ihm auf englisch, ihrer Geheimsprache, zu: »Der Kerl hat sich in der Kabine eingeschlossen.«

Hans begriff. Er sah den Möbelfabrikanten an. Aber der Möbelfabrikant war müde. Er spielte seine Hand zu Ende und ging dann mit dem Mann aus Beirut hinaus.

Als er zurückkam, sagte er zu Hans: »Er sagt, er wird die Kabine anzünden, wenn wir versuchen, hineinzukommen. Er sagt, er habe eine Menge Papier und eine Menge Streichhölzer. Ich glaube, er würde es tun.«

»Was sollen wir machen?« fragte der Mann aus Beirut.

»Wir schlafen hier. Oder im Speiseraum.«

»Aber im Speiseraum schlafen doch die griechischen Stewards. Ich hab sie heute früh gesehen.«

»Das zeigt, daß es möglich ist«, sagte der Möbelfabrikant.

Am späten Abend blieb ich vor der Kabine des Tramps stehen. Zuerst hörte ich gar nichts. Dann hörte ich das Rascheln von Papier: die Warnung des Tramps. Ich frage mich, wie lange er in dieser Nacht wohl wach geblieben ist und auf Schritte gelauert hat, auf den Angriff auf die Tür und das Eindringen von Hans?

Am Morgen war er wieder auf dem Unterdeck, bei den

Flüchtlingen. Seinen Hut hatte er wieder; er hatte ihn sich aus der Kabine geholt.

Alexandria bildete eine lange, leuchtende Linie am Horizont: Sand und der Silberglanz der Öltanks. Der Himmel bezog sich, das grüne Meer wurde unruhiger. Wir fuhren in kaltem Regen und bei Sturmbeleuchtung zwischen den Buhnen ein.

Lange bevor die Einwanderungsbeamten an Bord kamen, stellten wir uns in einer Reihe auf. Die Deutschen trennten sich von den Arabern, Hans von dem Libanesen, der Libanese von den spanischen Mädchen. Wie schon auf der ganzen Fahrt seit seiner kurzen Begegnung mit dem Tramp war der große blonde Jugoslawe auch jetzt allein. Vom Unterdeck kamen die Flüchtlinge mit ihren Kisten und Bündeln herauf; damit nahmen diese schwarzen Schatten endlich konkrete Gestalt an. Sie hatten die schlaffen Körper und die schlechte Haut von Menschen, die zuviel Kohlehydrate essen. Ihre fleckigen Gesichter waren unbewegt, abweisend, zeugten aber von Bauernschläue. Sie lauerten. Sobald die Beamten an Bord kamen, bahnten sich die Flüchtlinge mit Händen und Füßen ihren Weg zu ihnen. Ihre Erregung war gespielt, es war die Unterwürfigkeit der Verfolgten gegenüber der Amtsgewalt.

Der Tramp kam mit Hut und Rucksack herauf. Seine Bewegungen verrieten keinerlei Nervosität, aber seine Augen wanderten angstvoll hin und her. Er reihte sich in die Schlange ein und tat, als ärgere er sich über deren Länge. Er trat von einem Fuß auf den anderen, mal wie jemand, den die Kontrollbeamten ungeduldig werden lassen, mal wie jemand, dem es lediglich kalt ist. Aber er war weniger interessant, als er glaubte. Hans, mit seinem eigenen Rucksack wie ein Riese, sah ihn und sah weg. Die Libanesen, rasiert und ausgeruht nach ihrer Nacht im Speiseraum, sahen ihn nicht. Der Zorn war verraucht.

Einer von vielen

Ich bin jetzt amerikanischer Staatsbürger, und ich lebe in Washington, Hauptstadt der Welt. Viele Leute, hier wie in Indien, werden meinen, daß ich es zu etwas gebracht habe. Aber.

Ich war so glücklich in Bombay. Ich war geachtet, ich hatte eine gewisse Stellung. Ich arbeitete für einen wichtigen Mann. Die Höchsten des Landes kamen in unsere Junggesellenwohnung, genossen meine Küche und überhäuften mich mit Komplimenten. Ich hatte außerdem meine Freunde. Wir trafen uns abends auf dem Gehweg unter der Veranda unserer Wohnung. Manche von ihnen, wie der Laufbursche des Schneiders und ich selbst, waren Dienstboten, die in derselben Straße wohnten. Die anderen waren Leute, die zu dieser Stelle des Gehwegs kamen, um dort zu schlafen. Achtbare Leute, mit Gesindel wollten wir nichts zu tun haben.

Abends war es kühl. Es gab nur wenige Passanten und, abgesehen von einem gelegentlich vorbeikommenden zweistöckigen Omnibus oder einem Taxi, wenig Verkehr. Der Gehweg wurde gefegt und besprengt, Bettzeug aus dem Tagesversteck hervorgeholt, und kleine Öllampen wurden angezündet. Während die Leute oben redeten und lachten, lasen wir auf dem Gehweg Zeitung, spielten Karten und erzählten Geschichten und rauchten. Die Tonpfeife ging von Freund zu Freund; wir wurden schläfrig. Abgesehen von der Zeit des

Monsuns schlief ich am liebsten mit meinen Freunden auf dem Gehweg, obwohl mir in unserer Wohnung unterhalb der Treppe ein ganzer Schrank zur privaten Nutzung zur Verfügung stand.

Es war schön, nach einer gesunden Nacht im Freien, vor Sonnenaufgang und ehe die Straßenkehrer kamen, aufzustehen. Manchmal sah ich, wie die Straßenlaternen ausgingen. Das Bettzeug wurde zusammengerollt; es wurde nicht viel gesprochen; und bald starteten meine Freunde einen stillen Wettlauf zu abgelegenen Wegen und Gassen und unbebauten Grundstücken, um auszutreten. Dieser Wettlauf blieb mir erspart; in unserer Wohnung befand sich die nötige Vorrichtung.

Danach hatte ich etwa eine halbe Stunde Zeit für mich zum Spazierengehen. Ich lief gern am Indischen Ozean entlang und wartete auf den Sonnenaufgang. Damals funkelten die Stadt und der Ozean wie Gold. Ach, vorbei sind jene Morgenspaziergänge, das plötzliche Aufleuchten des Ozeans, die feuchte, salzige Brise auf meinem Gesicht, das Flattern meines Hemds, die erste Tasse heißen, süßen Tees an einer Bude, der Geschmack der ersten selbstgedrehten Zigarette.

Die Wege des Schicksals sind verschlungen. Die Achtung und Sicherheit, die ich genoß, verdankte ich der Bedeutung meines Dienstherrn. Und gerade diese Bedeutung war es, die nun auf einmal meine Lebensweise zerstörte.

Mein Dienstherr wurde von seiner Firma für staatliche Dienste eingesetzt und nach Washington geschickt. Für ihn freute ich mich, aber um mich hatte ich Angst. Er sollte einige Jahre fortbleiben, und es gab niemanden in Bombay, zu dem er mich hätte schicken können. Daher würde ich bald arbeitslos und obdachlos sein. Seit vielen Jahren hatte ich geglaubt, daß mein Leben gesichert sei. Ich hatte meine Lehrzeit abgeleistet, schwere Zeiten erlebt. Ich fühlte mich nicht imstande, noch einmal von vorn anzufangen. Ich war verzweifelt. Gab es in Bombay eine Stellung für mich? Ich sah mich schon in mein Bergdorf zurückkehren, zu Frau und Kindern, nicht bloß zum Urlaub, sondern für immer. Ich sah mich schon wieder als Gepäckträger in der Hochsaison, der bei der Ankunft der Touristen zu den Bussen an der Haltestelle rannte und mit vierzig bis fünfzig anderen Kollegen nach Gepäck schrie. Indisches Gepäck, nicht das leichtgewichtige amerikanische Zeug. Schwere Metallkoffer!

Ich hätte weinen können. Für ein solches Leben war ich nicht mehr geeignet. Ich war in Bombay bequem geworden, und ich war nicht mehr jung. Ich hatte persönlichen Besitz erworben, war es gewöhnt, meinen eigenen Schrank zu haben. Ich war ein Stadtmensch geworden und an einen gewissen Komfort gewöhnt.

Mein Herr sagte: »Washington ist nicht Bombay, Santosh. Washington ist teuer. Selbst wenn ich die Flugkosten für dich aufbringen könnte, würdest du drüben auf keinen Fall mehr so leben können wie hier.«

Aber barfuß in den Bergen leben, nach der Zeit in Bombay! Der Schock, die Schande! Ich konnte meinen Freunden nicht mehr gegenübertreten. Ich schlief jetzt nicht mehr auf dem Gehweg und verbrachte so viel Zeit wie möglich in meinem Schrank, bei meinen Besitztümern, wie unter Dingen, die mir bald genommen werden sollten.

Mein Dienstherr sagte: »Santosh, mein Herz blutet für dich.«

Ich sagte: »Sahib, wenn ich etwas bekümmert aussehe, so nur, weil ich mir um Sie Sorgen mache. Sie sind schon immer sehr anspruchsvoll gewesen, und ich kann mir nicht vorstellen, wie Sie in Washington zurechtkommen wollen.«

»Es wird nicht leicht sein. Aber es geht ums Prinzip. Reist der Vertreter eines armen Landes wie das unsrige mit seinem Koch? Würde das einen guten Eindruck machen?«

»Sie tun stets das Richtige, Sahib.«

Er schwieg.

Nach einigen Tagen sagte er: »Es sind nicht nur die Kosten, Santosh. Es ist auch eine Frage der Devisen. Unsere Rupie ist nicht mehr das, was sie mal war.«

»Ich verstehe, Sahib. Pflicht ist Pflicht.«

Vierzehn Tage später, als ich schon fast die Hoffnung aufgegeben hatte, sagte er: »Santosh, ich habe bei der Regierung angefragt. Du wirst mich begleiten. Die Regierung hat eingewilligt und wird für die Unterkunft aufkommen. Jedoch nicht für die übrigen Kosten. Du bekommst deinen Paß und dein Visum. Aber ich möchte, daß du es dir genau überlegst, Santosh. Washington ist nicht Bombay.«

Ich nahm in jener Nacht mein Bettzeug wieder mit auf die Straße.

Ich sagte, während ich mir in mein Hemd pustete: »Bombay wird immer heißer.«

»Weißt du auch, was du tust?« sagte der Laufbursche des Schneiders. »Werden die Amerikaner mit dir rauchen? Werden sie abends mit dir zusammensitzen? Werden sie deine Hand halten und mit dir am Ozean spazierengehen?«

Es freute mich, daß er neidisch war. Meine letzten Tage in Bombay waren sehr glücklich.

Ich packte die beiden Koffer meines Herrn und schnürte meine eigene Habe in alten Baumwollstoffen zu Bündeln. Am Flughafen machten sie wegen meiner Bündel Schwierigkeiten. Sie sagten, sie dürften sie nicht im Gepäckraum unterbringen, weil sie die Verantwortung dafür nicht tragen könnten.

Also mußte ich, als es soweit war, mit all meinen Bündeln zum Flugzeug hinaufklettern. Die Frau am Eingang, die alle anderen anlächelte, lächelte nicht mehr, als sie mich erblickte. Sie wies mir einen Platz ganz hinten zu, weit weg von meinem Herrn. Die meisten Sitze waren jedoch frei, so daß ich meine Bündel um mich ausbreiten konnte, und, nun ja, es war bequem.

Draußen war es hell und heiß, drinnen jedoch kühl. Das Flugzeug startete, hob ab, und Bombay und der Ozean kippten mal nach dieser, mal nach jener Seite. Es war sehr schön. Als der Flug ruhiger wurde, sah ich mich nach Leuten wie meinesgleichen um, aber ich konnte unter den Indern und Ausländern niemanden erkennen, der wie ein Dienstbote aussah. Schlimmer noch, sie waren alle angezogen, als ob sie zu einer Hochzeit gingen, und, du meine Güte, ich merkte bald, daß nicht etwa sie es waren, die auffielen. Ich trug meine übliche Bombayer Kleidung, das weite, lange Hemd, die Hose mit weitem Bund, der von einem Stück Kordel zusammengehalten wurde. Eine völlig achtbare Dienstbotenkleidung, weder schmutzig noch sauber, und in Bombay hätte sie niemand beachtet. Aber jetzt, im Flugzeug, merkte ich, daß sich jeder nach mir umdrehte, wann immer ich aufstand.

Ich war unruhig. Ich schlüpfte aus den Schuhen, die sogar ohne Schnürsenkel eng waren, und zog die Füße hoch. Sofort ging es mir besser. Ich machte mir eine kleine Betelnußmischung zurecht, und mir ging es noch besser. Beim Betelkauen besteht jedoch das halbe Vergnügen im Spucken, und erst als ich eine gute Portion im Mund verarbeitet hatte, erkannte ich, daß ich Schwierigkeiten bekommen würde. Die Frau von der Fluglinie erkannte das ebenfalls. Sie mochte mich gar nicht. Sie fuhr mich barsch an. Mein Mund war voll, meine Wangen platzten förmlich, und ich konnte kein Wort sagen. Ich konnte sie nur ansehen. Sie ging weg und rief einen Mann in Uniform herbei, und er kam und baute sich drohend vor mir auf. Ich zog meine Schuhe wieder an und schluckte den Betelsaft herunter. Davon wurde mir ganz übel.

Die Frau und der Mann schoben zusammen einen Wagen mit Getränken durch den Gang. Die Frau sah mich nicht an, aber der Mann sagte: »Willst du was zu trinken, Freund?« Er war kein schlechter Kerl. Ich deutete aufs Geratewohl auf eine Flasche. Es war eine Art Sodawasser, anfangs angenehm und herb, aber dann nicht mehr so angenehm. Ich war noch dabei, mir darüber den Kopf zu zerbrechen, als die Frau sagte: »Fünf Schilling Sterling oder sechzig US-Cents.« Das überraschte mich völlig. Ich hatte kein Geld, nur ein paar Rupien. Die Frau stampfte mit dem Fuß auf, und ich dachte, sie wolle mich mit ihrem Schreibblock schlagen, als ich aufstand, um ihr zu zeigen, wer mein Herr ist.

Kurz darauf kam dieser den Gang herunter. Er sah nicht sehr gut aus. Er sagte, ohne stehenzubleiben: »Champagner, Santosh? Schlagen wir jetzt schon über die Stränge?« Er ging weiter zur Toilette. Er kam zurück und sagte im Vorbeigehen zu mir: »Devisen, Santosh, Devisen!« Das war alles. Armer Kerl, er litt ebenfalls.

Die Reise wurde für mich zur Qual. Bei all dem Wein, den ich getrunken hatte, dem Betelsaft im Magen, der Bewegung und dem Dröhnen des Flugzeugs übergab ich mich bald auf meinen Bündeln, und mir war gleich, was die Frau sagte oder tat. Danach stellten sich noch dringendere und schlimmere Bedürfnisse ein. Ich glaubte, hinten in dem winzigen, zischenden Raum zu ersticken. Ich bekam einen Schreck, als ich mein Gesicht im Spiegel sah. In dem Neonlicht sah es leichenblaß aus. Meine Augen waren gereizt, die kalte Luft tat mir in der Nase weh und schien in mein Gehirn zu dringen. Ich kletterte auf den Sitz des WC und hockte mich hin. Ich konnte mich nicht mehr beherrschen. So schnell wie möglich lief ich in die vergleichsweise geräumige Kabine zurück und hoffte, daß niemand etwas bemerkt hatte. Die Beleuchtung war jetzt gedämpft; manche Leute hatten ihre Jacken ausgezogen und schliefen. Ich hoffte, das Flugzeug würde abstürzen.

Die Frau weckte mich auf. Sie schrie beinahe: »Sie sind das gewesen, stimmt's? Stimmt's?«

Ich glaubte, sie würde mir das Hemd vom Leib reißen. Ich wich zurück und lehnte mich fest gegen das Fenster. Sie brach in Tränen aus und stolperte fast über ihren Sari, als sie den Gang hinauflief, um den Mann in Uniform zu holen.

Ein Alptraum. Und ich weiß nur noch, daß letzten Endes irgendwo, nach all den Flughäfen und den überfüllten Hallen, wo jeder elegant angezogen war, nach all den Starts und Landungen die Stadt Washington lag. Ich wollte wohl, daß die Reise ein Ende nahm, aber ich kann nicht behaupten, daß ich in Washington ankommen wollte. Ehrlich gesagt, hatte ich vor dieser Stadt bereits etwas Angst. Ich wollte lediglich aus dem Flugzeug heraus und wieder im Freien sein, auf der Erde stehen, atmen und wissen, wieviel Uhr es war.

Schließlich landeten wir. Ich war wie benommen. Wie schwer meine Bündel waren! Und abermals geschlossene Räume und elektrisches Licht. Beamte stellten Fragen.

»Gehört er zum diplomatischen Korps?«

»Er ist nur ein Dienstbote«, sagte mein Herr.

»Ist das sein Gepäck? Was ist in dieser Tasche?«

Ich schämte mich.

»Santosh«, sagte mein Herr.

Ich zog Salz- und Pfefferpäckchen heraus, Bonbons, Kuverts mit parfümierten Servietten und Miniatursenftuben. Fluglinienkinkerlitzchen. Ich hatte sie während der ganzen

Reise gesammelt, indem ich mir – egal, wie ich mich gerade fühlte – jedesmal, wenn ich an der kleinen Küche vorbeiging, eine Handvoll davon genommen hatte.

»Er ist mein Koch«, sagte mein Herr.

»Reist er immer mit seinen Gewürzen?«

»Santosh, Santosh«, sagte mir mein Herr später im Wagen. »In Bombay spielt das, was du tust, keine Rolle. Aber hier vertrittst du dein Land. Ich muß sagen, ich verstehe nicht, weshalb du dich hier jetzt schon so unpassend benimmst.«

»Es tut mir leid, Sahib.«

»Du mußt es so sehen, Santosh. Hier vertrittst du nicht nur dein Land, sondern auch mich.«

Für die Einwohner von Washington war es später Nachmittag oder früher Abend; ich konnte es nicht genau unterscheiden. Die Zeit und das Licht stimmten, anders als in Bombay, nicht überein. Von jener Fahrt sind mir grüne Felder in Erinnerung geblieben, breite Straßen, viele Autos, die sehr schnell fuhren und ununterbrochen zischten, ganz anders als der Lärm unseres Straßenverkehrs in Bombay. Ich erinnere mich an große Gebäude und weitläufige Grünanlagen, an viele Basargebiete, dann an kleinere Häuser ohne Zäune und mit Gärten wie der Busch, und an die *hubshi*, die überall herumstanden oder herumsaßen, meistens herumsaßen. An die *hubshi* erinnere ich mich besonders gut. Ich kannte sie aus Geschichten und hatte auch ein paar in Bombay gesehen. Aber ich hatte nie geahnt, daß diese wilde Rasse in solch einer Größenordnung in Washington vorkam und daß es ihnen gestattet war, sich so frei in den Straßen zu bewegen.

Mein Gott, wo war ich nur hingeraten?

Ich wollte, wie gesagt, im Freien sein, frische Luft atmen, zu mir kommen und nachdenken. Aber frische Luft sollte es für mich an diesem Abend nicht geben. Vom Flugzeug in das Flughafengebäude, im Auto zum Wohnblock, in den Fahrstuhl, im Flur und in der Wohnung selbst war ich ununterbrochen eingeschlossen, eingeschlossen in das immerwährende Zischen der Klimaanlagen.

Ich war zu benommen, um mir die Wohnung genau anzusehen. Ich betrachtete sie bloß als eine weitere Haltestelle. Mein Herr ging sofort zu Bett, der arme Kerl war völlig erschöpft. Ich suchte nach meinem Zimmer. Ich konnte es nicht finden und gab die Suche auf. Voller Sehnsucht nach den Gewohnheiten von Bombay breitete ich mein Bettzeug direkt vor unserer Wohnungstür auf dem mit Teppich ausgelegten Flur aus. Der Flur war lang: Türen, nichts als Türen. Die beleuchtete Decke war mit Sternen in verschiedenen Größen bemalt, die Farben waren grau und gold und blau. Unter diesem künstlichen Himmel fühlte ich mich wie ein Gefangener.

Als ich beim Aufwachen zur Decke hinaufblickte, glaubte ich eine Sekunde lang, ich wäre auf dem Gehweg unter der Veranda unserer Bombayer Wohnung eingeschlafen. Dann wurde mir mein Verlust bewußt. Ich wußte nicht, wieviel Zeit vergangen, ob es Tag oder Nacht war. Der einzige Anhaltspunkt bestand darin, daß vor einigen Türen Zeitungen lagen. Mich beunruhigte der Gedanke, daß ich, während ich allein und wehrlos geschlafen hatte, vielleicht von einem Fremden beobachtet worden war, vielleicht sogar von mehr als einem Fremden.

Ich versuchte die Wohnungstür zu öffnen und entdeckte, daß ich mich ausgesperrt hatte. Ich wollte meinen Herrn nicht stören. Also entschloß ich mich, an der frischen Luft spazierenzugehen. Ich erinnerte mich daran, wo der Fahrstuhl war.

Ich stieg ein und drückte auf den Knopf. Der Fahrstuhl fuhr schnell und geräuschlos abwärts, und es war wieder so wie im Flugzeug. Als der Fahrstuhl hielt und die blaue Metalltür zur Seite glitt, sah ich schmucklose Gänge aus Beton und nackte Wände. Der Maschinenlärm war sehr laut. Ich wußte, daß ich im Keller war und das Erdgeschoß nicht weit über mir lag. Aber ich wollte keinen Versuch mehr machen, ich gab den Gedanken auf, ins Freie zu kommen. Ich wollte einfach zurück in die Wohnung hinauffahren. Aber ich hatte mir die Nummer nicht gemerkt und wußte nicht einmal, auf welcher Etage wir wohnten. Mein Mut verließ mich. Ich setzte mich auf den Boden des Fahrstuhls und spürte, wie mir die Tränen kamen. Fast geräuschlos schloß sich die Fahrstuhltür, und ich stellte fest, daß ich sehr rasch und lautlos nach oben befördert wurde.

Der Fahrstuhl hielt, und die Tür öffnete sich. Mein Herr stand vor mir, ungekämmt, das schmutzige Hemd von gestern nur halb zugeknöpft. Er sah erschrocken aus.

»Santosh, wo bist du zu dieser frühen Stunde gewesen? Ohne Schuhe.«

Ich hätte ihn umarmen mögen. Er drängte mich an den Zeitungen vorbei zu unserer Wohnung, und ich nahm das Bettzeug mit hinein. Das breite Fenster zeigte den frühen Morgenhimmel, die große Stadt; wir waren hoch oben, weit über den Bäumen.

Ich sagte: »Ich konnte mein Zimmer nicht finden.«

»Von der Regierung bewilligt«, sagte mein Herr. »Hast du denn auch richtig nachgesehen?«

Wir sahen gemeinsam nach. Ein kleiner Flur führte am Badezimmer vorbei in sein Schlafzimmer, ein anderer, kürzerer Flur führte zu dem großen Zimmer und der Küche. Mehr war nicht da.

»Von der Regierung bewilligt«, wiederholte mein Herr, der in der Küche herumging und Schranktüren öffnete. »Eigener Eingang. Regale. Ich habe den Briefwechsel.« Er öffnete eine weitere Tür und sah hinein. »Santosh, glaubst du, daß die Regierung womöglich das hier gemeint hat?«

Der Schrank, den er aufgemacht hatte, war ebenso hoch wie die übrige Wohnung und so breit wie die Küche, etwa zwei Meter. Er war etwa ein Meter tief und hatte zwei Türen. Eine der Türen führte in die Küche, die andere, direkt gegenüber, ging auf den Flur.

»Eigener Eingang«, sagte mein Herr. »Regale. Elektrisches Licht, Steckdose, Teppichboden.«

»Das muß mein Zimmer sein, Sahib.«

»Santosh, irgendein Feind in der Regierung hat mir das angetan.«

»Aber nein, Sahib. Das dürfen Sie nicht sagen. Außerdem ist es sehr groß. Ich werde es mir darin schon bequem machen. Es ist viel größer als mein kleines Kämmerchen in Bombay. Und die Decke ist schön hoch. Ich werde mir nicht den Kopf anstoßen.«

»Du verstehst das nicht, Santosh. Bombay ist Bombay. Wenn wir hier anfangen, in Schränken zu wohnen, erwecken wir einen falschen Eindruck. Man wird glauben, daß wir in Bombay alle in Schränken wohnen.«

»Ach, Sahib, man braucht mich nur anzusehen, um zu erkennen, daß ich Dreck bin.«

»Du bist gut, Santosh. Aber diese Leute sind bösartig. Immerhin, wenn du zufrieden bist, dann bin ich es auch.«

»Ich bin sehr zufrieden, Sahib.«

Und nach all der Aufregung war ich es wirklich. Es war schön, an diesem Abend hineinzukriechen, mein Bettzeug auszubreiten und sich geborgen zu fühlen. Ich schlief sehr gut.

Am Morgen sagte mein Herr: »Wir müssen über Geld sprechen, Santosh. Dein Lohn beträgt hundert Rupien im Monat. Aber Washington ist nicht Bombay. Alles ist hier etwas teurer, und ich werde dir einen Zuschlag geben. Von heute an bekommst du hundertfünfzig Rupien.«

»Sahib.«

»Und ich gebe dir einen Vorschuß auf den halben Monatslohn. In Devisen. Fünfundsiebzig Rupien. Zehn Cents pro Rupie, siebenhundertfünfzig Cents. Siebeneinhalb US-Dollar. Hier Santosh. Heute nachmittag gehst du aus, machst einen kleinen Spaziergang und amüsierst dich. Aber sei vorsichtig. Wir sind hier nicht unter Freunden, denk daran.«

So ging ich endlich, ausgeruht, mit Geld in der Tasche, ins Freie. Und natürlich war die Stadt nicht halb so angsteinflößend, wie ich gedacht hatte. Die Gebäude waren nicht besonders groß, nicht in allen Straßen war viel los, und es gab viele herrliche Bäume. Viele der *hubshi* liefen herum, manche von ihnen sahen mit ihren Sonnenbrillen und den krausen Haaren sehr wild aus, aber man hatte den Eindruck, daß sie einem nichts taten, wenn man sie in Ruhe ließ.

Ich suchte nach einem Café oder einer Teebude, wo sich vielleicht Dienstboten trafen. Aber ich sah keine Dienstboten und wurde aus dem Lokal, in das ich schließlich hineingegangen war, verjagt. Nachdem ich eine Zeitlang gewartet hatte, sagte mir die Kellnerin: »Können Sie nicht lesen? Hier werden keine Hippies oder Barfüßige bedient.«

Mein Gott! Ich war ohne Schuhe ausgegangen. Aber was ist das für ein Land, dachte ich, während ich mich rasch davonmachte, wo sich die Leute niemals normal anziehen dürfen, sondern immer nur ihre besten Sachen tragen müssen! Warum müssen sie ohne besonderen Anlaß ihre Schuhe und feine Kleidung tragen? Was haben sie zu feiern? Welche Verschwendung, welche Anmaßung! Wer, glauben sie, nimmt dauernd von ihnen Notiz?

Und noch während mir das durch den Sinn ging, bemerkte ich, daß ich an einem Rondell mit Bäumen und einem Springbrunnen angelangt war, wo – und das war wie die Erfüllung eines Traums, kaum zu glauben – viele Leute waren, die meinen eigenen Landsleuten glichen. Ich zog die Kordel um meine weite Hose fest, drückte mein flatterndes Hemd an den Körper und bahnte mir einen Weg durch den Verkehr zu dem grünen Rondell.

Einige der *hubshi* befanden sich dort, spielten Musikinstrumente und sahen auf ihre Weise ganz zufrieden aus. Auf dem Rasen, um den Brunnen und auf dem Bordstein saßen einige Amerikaner. Viele trugen grobe, hübsch aussehende Kleidung; manche trugen keine Schuhe; und ich merkte, daß ich die gesamte Rasse zu voreilig verurteilt hatte. Aber nicht diese Leute hatten mich angezogen, sondern die Tänzer. Die Männer waren bärtig, barfüßig und trugen safrangelbe Gewänder, die Mädchen Saris und Leinenschuhe, die wie unsere Bata-Schuhe aussahen. Sie schwenkten kleine Becken zu monotonem Gesang, bewegten die Köpfe auf und ab und liefen im Kreis, wobei sie viel Staub aufwirbelten. Es war ein bißchen wie ein Indianertanz in einem Cowboyfilm, sie sangen jedoch Worte in Sanskrit zum Lobe Krishnas.

Ich freute mich sehr. Aber dann kam mir ein bestürzender Gedanke. Vielleicht, weil die Tänzer wie Mischlinge wirkten, vielleicht durch ihre schlechte Aussprache des Sanskrits und ihren Akzent. Ich dachte, daß diese Leute jetzt zwar Fremde seien, aber möglicherweise früher einmal so wie ich gewesen waren. Womöglich waren sie vor langer Zeit, wie man es aus Geschichten kennt, als Gefangene mit den *hubshi* hierhergebracht worden und wie unser eigenes fahrendes Zigeunervolk zu einem verlorenen Volk geworden, das seine Herkunft vergessen hatte. Bei diesem Gedanken verging mir die Freude an dem Tanz, und ich empfand für die Tanzenden den Abscheu, der uns befällt, wenn wir mit etwas konfrontiert werden, das uns gleichen sollte, aber nicht gleich ist, sondern degeneriert, wie etwa ein Krüppel oder ein Leprakranker, der von weitem gesund aussieht.

Ich bin nicht geblieben. Unweit des Rondells sah ich ein Café, in dem man Barfüßige zu bedienen schien. Ich ging hinein, bestellte mir einen Kaffee und ein schönes Stück Kuchen und kaufte mir eine Schachtel Zigaretten; Streichhölzer bekam ich gratis mit den Zigaretten. Soweit war alles in Ordnung, aber dann begannen die Barfüßigen mich anzustarren, und ein bärtiger Kerl kam und beschnupperte mich geräuschvoll, lächelte und redete unverständliches Zeug, und dann kamen noch andere Barfüßige und beschnupperten mich. Sie waren nicht unfreundlich, aber ihr Benehmen mißfiel mir, und ich fand es etwas beängstigend, als ich entdeckte, daß mir nach Verlassen des Lokals zwei oder drei zu folgen schienen. Sie waren nicht unfreundlich, aber ich wollte nichts riskieren. Ich kam an einem Kino vorbei: Ich ging hinein. Das hatte ich ohnehin vorgehabt. In Bombay war ich einmal die Woche ins Kino gegangen.

Und das war in Ordnung. Der Film hatte bereits angefangen. Er war auf englisch, für mich nicht ganz leicht zu verstehen, und er ließ mir Zeit zum Nachdenken. Erst dort, in der Dunkelheit, dachte ich an das Geld, das ich ausgegeben hatte. Die Preise waren mir sehr annehmbar vorgekommen, wie die Preise in Bombay. Drei für die Kinokarte, einsfünfzig im Café, mit Trinkgeld. Aber ich hatte in Rupien gedacht und in Dollar bezahlt. In kaum einer Stunde hatte ich den Lohn für neun Tage ausgegeben.

Danach konnte ich den Film nicht weiter ansehen. Ich ging hinaus und machte mich auf den Weg zu unserem Häuserblock. Jetzt waren viel mehr *hubshi* auf den Straßen, und ich sah, daß dort, wo sie sich zusammenfanden, das Pflaster naß und wegen herumliegender Glasscherben gefährlich war. An Kochen war nicht zu denken, als ich in der Wohnung eintraf. Ich konnte es nicht ertragen, zum Fenster hinauszusehen. Ich breitete mein Bettzeug in dem Schrank aus, legte mich in der Dunkelheit hin und wartete auf die Rückkehr meines Herrn.

Als er kam, sagte ich: »Sahib, ich will nach Hause.«

»Santosh, ich habe fünftausend Rupien bezahlt, um dich herzubringen. Wenn ich dich jetzt zurückschicke, mußt du sechs bis sieben Jahre ohne Lohn arbeiten, um mir das Geld zurückzuzahlen.

Ich brach in Tränen aus.

»Mein armer Santosh, es ist etwas passiert. Sag mir, was ist passiert?«

»Sahib, ich habe mehr als die Hälfte des Vorschusses ausgegeben, den Sie mir heute morgen gegeben haben. Ich bin ausgegangen, habe mir einen Kaffee und ein Stück Kuchen bestellt und bin dann ins Kino gegangen.«

Seine Augen wurden hinter seinen Brillengläsern ganz schmal und funkelten. Er biß sich auf das Innere der Oberlippe, nagte mit den unteren Zähnen am Schnurrbart und sagte: »Da hast du es. Ich habe dir gleich gesagt, daß es teuer ist.«

Ich begriff, daß ich ein Gefangener war. Ich nahm es hin und paßte mich an. Ich lernte, innerhalb der Wohnung zu leben, und ich blieb sogar gelassen.

Mein Herr war ein Mann mit Geschmack, und bald hatte er die Wohnung so eingerichtet, daß sie wie aus einer Zeitschrift wirkte, mit Büchern, indischen Bildern, indischen Stoffen, Skulpturen und Bronzestatuen unserer Götter. Ich vermied es, Gefallen daran zu finden. Die Wohnung war natürlich sehr hübsch, besonders die Aussicht. Doch die Aussicht blieb mir fremd, und ich hatte nie das Gefühl, daß die Wohnung echt war – wie etwa die schäbige alte Wohnung in Bombay mit den Rohrstühlen – oder daß sie irgend etwas mit mir zu tun hatte.

Wenn Gäste zum Abendessen kamen, tat ich meine Pflicht. Zu angemessener Zeit wünschte ich der Gesellschaft gute Nacht, schloß hinter mir die Schiebetür zur Küche und tat, als verließe ich die Wohnung. Dann legte ich mich leise in meinen Schrank und rauchte. Ich konnte jederzeit ausgehen: Ich hatte meinen eigenen Eingang. Aber ich entfernte mich ungern aus der Wohnung. Ich ging nicht einmal gern in die Waschküche im Keller.

Ein- bis zweimal in der Woche ging ich in den Supermarkt in unserer Straße. Dabei mußte ich stets an Gruppen von *hubshi*-Männern und -Kindern vorbei. Ich versuchte, nicht hinzusehen, aber das war schwierig. Sie saßen auf dem Gehweg, auf Treppenstufen und zwischen den Büschen um ihre roten Ziegelhäuser, deren Fenster zum Teil mit Brettern vernagelt waren. Sie schienen ein Volk zu sein, das gern im Freien lebte und wenig arbeitete; sogar am Vormittag waren einige der Männer betrunken.

Zwischen den *hubshi*-Häusern befanden sich vereinzelt auch andere Häuser, die ebenso alt waren, jedoch Gaslaternen hatten, die Tag und Nacht im Eingang brannten. Das waren die Häuser der Amerikaner. Diese Leute sah ich selten, sie verbrachten nicht viel Zeit auf der Straße. Die Gasbeleuchtung war der amerikanische Ausdruck dafür, daß ein Haus, obwohl es von außen alt aussah, von innen neu und schön war. Außer-

dem dachte ich, daß sie eine Warnung an die *hubshi* bedeute-
ten, sich fernzuhalten.

Vor dem Supermarkt stand immer ein Polizist mit einer
Waffe. Drinnen standen stets ein paar *hubshi*-Wachen mit
Gummiknüppeln und hinter den Kassierern einige zerlumpte *hubshi*-Bettler. Es gab auch viele junge *hubshis,* klein, aber
muskulös, die sich anboten, Pakete zu tragen, so wie ich mich
einst in den Bergen angeboten hatte, das Gepäck indischer
Touristen zu tragen. Diese Touren zum Supermarkt waren
meine einzigen Ausflüge, und ich war stets froh, in die Wohnung zurückzukehren. Die Arbeit dort war leicht. Ich sah viel
fern, und mein Englisch wurde besser. Mit der Zeit fand ich
großen Gefallen an einigen Werbespots. In diesen Werbespots sah ich die Amerikaner, die ich im wirklichen Leben so
selten zu Gesicht bekam und nur von ihren Gaslaternen her
kannte. Dort oben in der Wohnung mit Aussicht auf die weißen Kuppeln, Türme und Grünanlagen der berühmten Stadt
drang ich in die Häuser der Amerikaner ein und sah, wie sie
diese Häuser putzten. Ich sah sie Böden scheuern und Geschirr spülen. Ich sah sie Kleider kaufen und Kleider reinigen,
Autos kaufen und Autos waschen. Ich sah sie waschen und
putzen, waschen und putzen.

Die Wirkung, die das ganze Fernsehen auf mich hatte, war
eigenartig. Wenn ich zufällig auf der Straße einen Amerikaner
erblickte, versuchte ich, ihn in den Werbespot einzufügen,
und mir war, als hätte ich den Betreffenden bei einer Unterbrechung seiner Fernsehtätigkeit erwischt. Infolgedessen haben Amerikaner für mich noch immer etwas Unwirkliches, sie
kommen mir vor wie Leute, die sich vorübergehend vom Bildschirm entfernt haben.

Manchmal erschien ein *hubshi* auf dem Bildschirm, nicht etwa, um über *hubshi*-Dinge zu sprechen, sondern um selbst zu

putzen. Das war nicht dasselbe. Er unterschied sich zu stark von den anderen *hubshi,* die ich auf der Straße sah, und ich wußte, daß es ein Schauspieler war. Ich wußte, daß seine Fernsehtätigkeit nur geheuchelt war und er bald wieder auf die Straße zurückkehren mußte.

Eines Tages im Supermarkt, als die *hubshi*-Kassiererin mein Geld entgegennahm, schnupperte sie und sagte: »Du riechst immer so gut, Baby.«

Sie war freundlich, und endlich gelang es mir, das Rätsel meines Geruchs aufzuklären. Er lag an dem armseligen Kraut vom Lande, das ich rauchte. Es war eine bäuerliche Vorliebe, für die ich mich, ehrlich gesagt, ein bißchen schämte, aber die Kassiererin war sehr aufmunternd. Zufällig hatte ich in einem meiner Bündel eine Menge von diesem Kraut aus Bombay mitgebracht, zusammen mit hundert Rasierklingen, in dem Glauben, daß sowohl Kraut als auch Rasierklingen etwas rein Indisches seien. Ich schenkte dem Mädchen etwas davon. Dafür brachte sie mir ein paar Worte Englisch bei: »Ich schwarz und schön«, war das erste, was sie mir beibrachte. Dann deutete sie mit dem Finger nach draußen auf den Polizisten mit der Waffe und brachte mir bei: »Er Schwein.«

Mein Englischunterricht wurde durch das *hubshi*-Dienstmädchen vorangetrieben, das für jemand auf unserer Etage des Wohnblocks arbeitete. Auch sie fühlte sich von meinem Geruch angezogen, aber bald hatte ich das Gefühl, daß sie ebensosehr von meiner Zierlichkeit und Fremdartigkeit angezogen wurde. Sie selbst war eine große, kräftige Frau, mit breitem Gesicht, hohen Backenknochen und hervorstehenden Augen und Lippen, die zwar voll waren, aber nicht schlaff herunterhingen. Ihre Größe verwirrte mich; ich fand es besser, mich auf ihr Gesicht zu konzentrieren. Sie verstand das falsch; es gab Zeiten, da sie auf sehr heftige Weise mit mir schäkerte. Ich mochte das nicht, weil ich sie mir nicht so leicht vom Leibe halten konnte, wie ich gewollt hätte, und weil ich unwillkürlich von ihrer Erscheinung fasziniert war. Ihr Geruch, vermischt mit ihrem Parfum, brachte mich fast aus der Fassung.

Sie kam andauernd in die Wohnung. Sie störte mich, wenn ich die Amerikaner im Fernsehen beobachtete. Ich hatte Angst vor dem Geruch, den sie hinterließ. Schweiß, Parfum, mein eigenes Kraut: Das alles durchtränkte die Zimmerluft, und ich betete zu den Bronzegöttern, die mein Herr als Zimmerschmuck aufgestellt hatte, daß ich nicht entehrt werden möge. Entehrt, sage ich, und ich weiß, daß dies den Menschen hier seltsam erscheinen mag, den Menschen, die den *hubshi* erlaubt haben, sich in so großer Zahl bei ihnen niederzulassen, und die sie deshalb in gewisser Beziehung wohl schätzen müssen. Aber in unserem Land haben wir, ehrlich gesagt, für die *hubshi* nichts übrig. In unseren Büchern, in den heiligen wie in den weniger heiligen, steht geschrieben, daß es unanständig und schlecht für einen Menschen unseres Bluts ist, die *hubshi*-Frau zu umarmen. Dadurch wird man in diesem Leben entehrt und kommt im nächsten Leben als Katze oder Affe oder als *hubshi* auf die Welt!

Doch ich wurde schwach. War es Bequemlichkeit oder Einsamkeit? Jemand fand mich anziehend: Ich wollte wissen, warum. Ich gewöhnte mir an, ins Badezimmer der Wohnung zu gehen, nur um mein Gesicht im Spiegel zu betrachten. Heute kann ich es selbst kaum glauben, aber in Bombay konnten eine Woche oder ein Monat vergehen, ohne daß ich in einen Spiegel sah; und auch dann tat ich es nicht aus Eitelkeit, sondern um zu überprüfen, ob der Friseur mir nicht zuviel Haar weggeschnitten hatte oder ob ein Pickel bald aufgehen würde.

Langsam machte ich eine Entdeckung. Mein Gesicht war schön. Von der Seite her hatte ich mich nie betrachtet. Ich hatte mich für völlig unscheinbar gehalten, mit Gesichtszügen, die lediglich zur Identifizierung dienten.

Die Entdeckung meines guten Aussehens machte mir viel zu schaffen. Ich war besessen von meiner Erscheinung und dem Wunsch, mich zu betrachten. Es war wie eine Krankheit. Wenn ich beispielsweise fernsah und von dem Gedanken überfallen wurde: Siehst du ebenso gut aus wie dieser Mann? – mußte ich aufstehen und ins Badezimmer gehen, um in den Spiegel zu schauen.

Ich dachte zurück an die Zeit, da diese Dinge mich nicht interessiert hatten, und erkannte, wie abgerissen ich ausgesehen haben mußte, im Flugzeug, im Flughafen, in dem Café. Barfüßig, mit meiner groben und schmutzigen Kleidung, die ich damals ohne nachzudenken trug, als Kleidung, die sich für einen Diener schickte. Ich verging fast vor Scham. Auch erkannte ich, wie gut die Menschen in Washington zu mir gewesen waren, denn sie hatten mich in Lumpen gesehen und dennoch als Menschen betrachtet.

Ich war froh, daß ich ein Versteck hatte. Ich hatte mich für einen Gefangenen gehalten. Jetzt war ich froh, daß ich so wenig mit Washington zu tun hatte: die Wohnung, mein Schrank, das Fernsehen, mein Dienstherr, der Gang zum Supermarkt, die *hubshi*-Frau. Und eines Tages stellte ich fest, daß ich nicht mehr wußte, ob ich nach Bombay zurückwollte. Dort oben in der Wohnung, wußte ich nicht mehr, was ich eigentlich wollte.

Ich achtete mehr auf mein Äußeres. Viel konnte ich da nicht machen. Ich kaufte mir Schnürsenkel für meine alten schwarzen Schuhe, Socken, einen Gürtel. Dann kam ich unverhofft zu etwas Geld. Ich hatte begriffen, daß das Kraut, das ich rauchte, für die *hubshi* und die Barfüßigen von Wert war, ich verkaufte das, was ich hatte, und wie ich heute weiß, zu meinem Nachteil, durch das *hubshi*-Mädchen im Supermarkt. Ich bekam dafür knapp zweihundert Dollar. Dann machte ich mich mit der gleichen Eile, mit der ich mein Kraut verhökert hatte, auf den Weg und kaufte mir etwas zum Anziehen.

Die Sachen, die ich an jenem Morgen kaufte, habe ich noch immer. Ein grüner Hut, ein grüner Anzug. Der Anzug war mir immer zu groß. Unwissenheit, Unerfahrenheit; aber außerdem entsinne ich mich einer gewissen Überheblichkeit. Der Verkäufer wollte reden, mich beraten. Ich wollte nicht zuhören. Ich nahm den ersten Anzug, den er mir zeigte, ging in die Kabine und zog mich um. An Größe und Paßform konnte ich nicht denken. Als ich an all den Stoff und die Schneiderarbeit dachte, mit dem ich meinen schlichten Körper zieren wollte, diesen Körper, der so wenig brauchte, überkam mich ein Gefühl, als würde ich meine eigene Vernichtung heraufbeschwören. Ich zog mich rasch wieder um, trat aus der Kabine und sagte, ich nähme den grünen Anzug. Der Verkäufer begann zu reden, ich fiel ihm ins Wort, ich fragte nach einem Hut. Als ich in die Wohnung zurückkam, fühlte ich mich ganz schwach, und ich mußte mich eine Weile in meinem Schrank hinlegen.

Ich habe den Anzug niemals aufgehängt. Noch im Laden, noch während ich die kostbaren Dollar hinlegte, wußte ich, daß es ein Fehler war. Ich ließ den Anzug zusammengefaltet im Karton, mit all dem Seidenpapier. Drei- oder viermal zog ich ihn in der Wohnung an, lief hin und her und setzte mich auf diverse Stühle und zündete mir Zigaretten an und schlug zur Übung die Beine übereinander. Aber ich brachte es nicht über mich, den Anzug auf der Straße zu tragen. Später trug ich zwar die Hose, nie aber die Jacke. Ich kaufte nie wieder einen Anzug; bald zog ich mich so an, wie ich es heute noch tue, eine Hose und irgendeine Jacke mit Reißverschluß.

Früher einmal hatte ich vor meinem Herrn keine Geheimnisse, es war soviel einfacher, keine Geheimnisse zu haben. Aber ein Instinkt sagte mir jetzt, daß es besser sei, ihm nichts von dem grünen Anzug oder den paar Dollar, die ich besaß, zu erzählen, ebenso wie mir ein Instinkt bereits gesagt hatte, meine zunehmenden Englischkenntnisse für mich zu behalten.

Früher einmal war mein Herr für mich nur eine Art höheres Wesen gewesen. Ich pflegte zu sagen, daß ich neben ihm wie Dreck sei. Es war nur eine Redewendung, eine Höflichkeitsfloskel unserer Sprache, aber es war etwas Wahres daran. Ich meinte damit, daß er derjenige sei, der sich für mich in die Welt wagte, daß ich die Welt durch ihn erlebte und daß ich zufrieden war, ein kleiner Teil seiner Persönlichkeit zu sein. Ich war zufrieden, wenn ich mit meinen Freunden auf dem Gehweg von Bombay schlief, über mir meinen Herrn mit seinen Gästen sprechen zu hören. Ich war mehr als zufrieden, wenn mich nachts einige dieser Gäste, ehe sie abfuhren, unter den Schlafenden erkannten und grüßten.

Jetzt aber stellte ich fest, daß ich mich, ohne es zu wollen, nicht mehr als Teil der Persönlichkeit meines Herrn empfand, sondern anfing, meinen Herrn so zu sehen, wie ein Außenstehender ihn sehen mochte, wie zum Beispiel die Leute, die zum Essen in die Wohnung kamen. Ich sah, daß er so alt war wie ich, etwa 35 Jahre; ich war erstaunt, daß ich das nicht vorher bemerkt hatte. Ich sah, daß er korpulent war, Bewegung brauchte, daß er kleine, hektische Schritte machte; ein Mann mit Brille, schütterem Haar und der Angewohnheit, beim Sprechen an seinem Schnurrbart zu kauen und an dem Inneren seiner Oberlippe zu nagen; ein Mann, der häufig Sorgen hatte, sich mit seiner Arbeit abmühte, an seiner eigenen Tafel unfreundliche Bemerkungen seiner Amtskollegen hinnehmen mußte, ein Mann, der sich in Washington ebenso unwohl zu fühlen schien wie ich selbst, der sich ebenso vorsichtig benahm, wie ich es inzwischen gelernt hatte.

Ich erinnere mich an einen Amerikaner, der zum Essen kam. Er sah sich die Skulpturen in der Wohnung an und erzählte, daß er selbst einen ganzen Kopf von einem unserer uralten Tempel mitgebracht habe; er hatte den Führer dazu gebracht, ihn abzuhacken.

Ich merkte, daß mein Herr beleidigt war. »Aber das ist doch illegal«, sagte er.

»Deshalb mußte ich dem Führer auch zwei Dollar geben. Wenn ich eine Flasche Whisky gehabt hätte, hätte er den ganzen Tempel für mich abgerissen.«

Das Gesicht meines Herrn wurde ausdruckslos. Er kam weiterhin seinen Pflichten als Gastgeber nach, aber während des ganzen Essens war er unglücklich. Ich litt mit ihm.

Hinterher klopfte er an meinen Schrank. Ich wußte, daß er reden wollte. Ich war in Unterwäsche, fühlte mich aber, da der Amerikaner fort war, nicht zu leicht bekleidet. Ich stand in der Tür meines Schranks; mein Herr schritt in der kleinen Küche auf und ab; die Wohnung wirkte traurig.

»Hast du diesen Menschen gehört, Santosh?«

Ich tat, als hätte ich nichts verstanden, und als er es mir erklärte, versuchte ich ihn zu trösten. Ich sagte: »Sahib, wir wissen, daß diese Leute Barbaren und aus dem Westen sind.«

»Sie sind gehässig, Santosh. Sie glauben, daß wir, weil wir ein armes Land sind, alle gleich sind. Sie glauben, daß ein Regierungsbeamter genau dasselbe ist wie ein armer Führer, der ein paar Rupien zusammenkratzt, um Leib und Seele zusammenzuhalten, der arme Kerl.«

Ich erkannte, daß er die Beleidigung nur persönlich aufgefaßt hatte, und ich war enttäuscht. Ich hatte geglaubt, er hätte an den Tempel gedacht.

Ein paar Tage später erlebte ich mein Abenteuer. Die *hubshi*-Frau kam herein und bewegte sich zwischen den Statuen meines Herrn wie ein Stier. Ich war sehr erregt. Der Geruch war zuviel, ebenso der Anblick ihrer Achselhöhlen. Ich wurde schwach. Sie zerrte mich auf die Couch, auf die safrangelbe Decke, die zu den schönsten Stücken von Handwebarbeiten aus dem Pandschab meines Herrn gehörte. Ich empfand den Augenblick, dem ich hilflos ausgeliefert war, als Entehrung. Ich sah sie als Kali, Göttin des Todes und der Vernichtung, kohlschwarz, mit roter Zunge und weißen Augäpfeln und vielen mächtigen Armen. Ich erwartete, daß sie wild und ungestüm sein würde, aber um das Maß voll zu machen, war sie auch noch sehr verspielt, als ob der Akt gar nicht echt sei, weil ich klein und fremdartig war. Sie lachte die ganze Zeit. Ich hätte mich gern zurückgezogen, aber der Akt war nicht aufzuhalten und wurde vollzogen. Und dann fühlte ich mich entsetzlich.

Ich wollte Vergebung, ich wollte Reinigung, ich wollte, daß sie ging. Nichts erschreckte mich so sehr wie die Tatsache, daß sie sich nicht länger als Gast benahm, sondern so tat, als gehöre die Wohnung ihr. Ich sah die Skulpturen und Stoffe an und dachte an meinen armen Herrn, der irgendwo in seinem Büro litt.

Hinterher badete ich unaufhörlich. Ich wurde den Geruch nicht los. Ich bildete mir ein, daß das Öl der Frau sich noch immer auf dem armseligen Teil meines armseligen Körpers befand. Mir fiel ein, mich mit einer halben Zitrone abzureiben.

Buße und Reinigung; aber es tat nicht so weh, wie ich erwartet hatte, und ich verstärkte die Buße, indem ich mich nackt auf dem Boden des Badezimmers und des Wohnzimmers hin und her wälzte und laut heulte. Endlich kamen die Tränen, echte Tränen, und ich war getröstet.

Es war kühl in der Wohnung, die Klimaanlage brummte unentwegt, aber dennoch konnte ich spüren, daß es draußen heiß war, wie an einem Sommertag bei uns daheim in den Bergen. Ich fühlte den Drang, mich so anzuziehen, wie ich es zu einem religiösen Anlaß in meinem Dorf getan hätte. In einem meiner Bündel hatte ich ein Lendentuch aus neuer Baumwolle, ein Geschenk von dem Laufburschen des Schneiders, das ich noch nie benutzt hatte. Ich schlang es mir um die Taille und zwischen die Beine, zündete Räucherstäbchen an, ließ mich im Yogasitz auf dem Fußboden nieder und versuchte zu meditieren und ruhig zu werden. Bald verspürte ich Hunger. Das machte mich glücklich; ich beschloß zu fasten.

Unerwartet kam mein Herr nach Hause. Es störte mich nicht, in der Gebetshaltung und dem Gebetsgewand überrascht zu werden, es hätte soviel schlimmer sein können. Aber ich hatte ihn nicht vor dem späten Nachmittag erwartet.

»Santosh, was ist passiert?«

Mein Stolz gewann die Oberhand. Ich sagte: »Sahib, das tue ich von Zeit zu Zeit.«

Aber ich sah kein Zeichen der Anerkennung in seinen Augen. Er war viel zu erregt, um genauer auf mich zu achten. Er legte seine leichte rehbraune Jacke ab, warf sie auf die safrangelbe Decke, ging an den Kühlschrank und trank hintereinander zwei Glas Orangensaft. Dann sah er zum Fenster hinaus und kaute an seinem Schnurrbart.

»Ach, mein armer Santosh, was tun wir bloß hier? Warum müssen wir hiersein?«

Ich schaute mit ihm hinaus. Ich sah nichts Ungewöhnliches. Das breite Fenster zeigte die Farben des heißen Tages: den blaßblauen Himmel, die weißen, fast farblosen Kuppeln berühmter Gebäude, die aus tiefgrünem Laub herausragten, die unordentlichen Dächer der Häuser, auf denen sich an Samstag- und Sonntagvormittagen Leute sonnten; und, weiter unten, die Vorder- und Rückfronten der Häuser in der Allee, durch die ich zum Supermarkt ging.

Mein Herr stellte die Klimaanlage ab, und es gab kein Geräusch mehr im Zimmer. Einen Augenblick später hörte ich die Geräusche von draußen: Sirenen nah und fern. Als mein Herr das Fenster öffnete, toste der Krach der aufgebrachten Stadt ins Zimmer. Er schloß das Fenster, und es war fast wieder still. Unweit des Supermarkts sah ich schwarzen Rauch, der sich ausbreitete, emporstieg und rasch farblos wurde. Das war nicht der Rauch, den manche der Häuserblöcke den ganzen Tag ausstießen. Das war der Rauch von einem richtigen Brand.

»Die *hubshi* sind wild geworden, Santosh. Sie brennen Washington nieder.«

Das störte mich gar nicht. Ja, in meiner andächtigen und reumütigen Stimmung war die Nachricht sogar willkommen. Und mit einem Gefühl der Befreiung sah und hörte ich an diesem Nachmittag und in der Nacht, wie die Stadt brannte. Ich sah sie im Fernsehen wieder und wieder brennen, und ich sah, wie sie am Morgen brannte. Sie brannte wie eine berühmte Stadt, und ich wollte nicht, daß sie aufhörte zu brennen. Ich wollte, daß sich das Feuer immer mehr ausbreitete, und ich wollte, daß alles in der Stadt, sogar der Wohnblock, sogar die Wohnung, sogar ich selbst, vernichtet und zerstört würde. Ich wollte, daß es keine Fluchtmöglichkeit gäbe; ich wollte, daß der bloße Gedanke an Flucht absurd würde. Bei jedem Anzeichen dafür, daß die Brände nachließen, fühlte ich mich enttäuscht und verraten.

Vier Tage lang blieben mein Herr und ich in der Wohnung und sahen zu, wie die Stadt brannte. Das Fernsehen zeigte uns weiterhin, was wir sahen und was wir, wann immer wir das Fenster öffneten, hören konnten. Dann war es vorbei. Die Aussicht aus unserem Fenster hatte sich nicht verändert. Die berühmten Gebäude standen; die Bäume blieben. Aber zum ersten Mal, seitdem ich begriffen hatte, daß ich ein Gefangener war, wollte ich die Wohnung verlassen und auf die Straße gehen.

Die Zerstörungen lagen jenseits des Supermarktes. Ich war vorher nie in diesem Stadtteil gewesen, und es war seltsam, zum ersten Mal durch diese langen, breiten Straßen zu gehen, Bäume und Häuser, Läden und Reklameplakate zu sehen, alles wie in einer wirklichen Stadt, und dann festzustellen, daß jedes Schild an jedem Laden verbrannt oder rauchgeschwärzt war, daß die Läden selber schwarz und zerstört waren, daß Flammen durch einige der oberen Fenster herausgeschlagen waren und die roten Ziegel versengt hatten. Kilometerweit sah alles so aus. *Hubshi* standen in Gruppen herum, und als ich anfangs an ihnen vorbeikam, tat ich, als ob mich die Sache nichts anginge, als ob ich mich für die Ruinen nicht interessierte. Aber sie lächelten mir zu, und ich merkte, daß ich zurücklächelte. Freude lag auf den Gesichtern der *hubshi*. Sie waren wie Menschen, die darüber staunten, daß sie soviel zu leisten vermochten, daß soviel in ihrer Macht lag. Sie waren wie Menschen an einem Feiertag. Ich teilte ihre Hochstimmung.

Der Gedanke an Flucht lag nahe, nur war er mir bisher nicht gekommen. Als ich mich an meine Gefangenschaft anpaßte, hatte ich nur den Wunsch gehabt, aus Washington herauszukommen und nach Bombay zurückzukehren. Aber dann begann meine Verwirrung. Ich hatte in den Spiegel gesehen und mich selbst erblickt, und ich wußte, daß es mir nicht möglich war, nach Bombay zurückzukehren, zu der Arbeit, die ich einst gehabt, und dem Leben, das ich geführt hatte. Ich könnte nicht mehr so einfach Teil eines anderen werden. Das Abendgeplauder auf dem Gehsteig, die Morgenspaziergänge: glückliche Zeiten, aber sie waren wie die glücklichen Zeiten der Kindheit: Ich wollte nicht, daß sie wiederkehrten.

Nach dem Brand hatte ich mir angewöhnt, lange Spaziergänge in der Stadt zu machen. Und eines Tages, als ich gar nicht an Flucht dachte, als ich nur die Sehenswürdigkeiten und meine neue Bewegungsfreiheit genoß, befand ich mich in einer der belaubten Straßen, in der Privathäuser in Geschäftslokale umgewandelt worden waren. Ich sah einen Landsmann, der gerade ein Schild an seiner Veranda anbringen ließ. Das Schild besagte, daß das Gebäude ein Restaurant war, und ich nahm an, daß der Mann, der die Arbeiten beaufsichtigte, der Besitzer war. Er sah sorgenvoll aus und etwas verlegen, und er lächelte mir zu. Das war ungewöhnlich, denn die Inder, die ich sonst in den Straßen Washingtons getroffen hatte, hatten so getan, als sähen sie mich nicht; sie gaben mir das Gefühl, daß sie mich als Rivalen betrachteten oder nicht wollten, daß ich anfing, ihnen komplizierte Fragen zu stellen.

Ich gratulierte dem sorgenvollen Mann zu seinem Schild und wünschte ihm Glück für sein Geschäft. Er war ein kleiner Mann um die Fünfzig, und er trug einen zweireihigen Anzug mit breitem, altmodischem Revers. Er hatte dunkle Ringe unter den Augen, und er sah aus, als habe er kürzlich an Gewicht verloren. Ich konnte erkennen, daß er in unserem Land ein Mensch von einer gewissen Position gewesen war, nicht gerade jemand, der ins Gaststättengewerbe einsteigen würde. Ich fühlte mich mit ihm eins. Er lud mich ein, mich bei ihm umzusehen, fragte mich nach meinem Namen und nannte mir seinen. Er hieß Priya.

Gleich hinter der Veranda befand sich der schönste und prächtigste Raum, den ich je gesehen hatte. Die Tapete war wie Samt, ich wäre gern mit der Hand darübergestrichen. Die Messinglampen, die an der Decke hingen, hatten ein wunderschönes durchbrochenes Muster, und die Glühbirnen leuchteten in allen Farben. Priya sah mich an, und die Ringe unter seinen Augen wurden dunkler, als ob meine Bewunderung seine Sorgen über seine Verschwendung steigerte. Das Restaurant war noch nicht eröffnet, und auf einem Regal in einer Ecke sah ich Priyas Sammlung von Glücksbringern: einen Messingteller mit einem Haufen ungekochten Reis für Wohlstand; ein kleines Heft und einen kleinen Stift für Glück mit den Rechnungen; eine kleine Lampe aus Ton für allgemeines Glück.

»Was meinst du, Santosh? Glaubst du, daß es gutgehen wird?«

»Es geht bestimmt gut, Priya.«

»Aber ich habe Feinde, Santosh. Die indischen Restaurantbesitzer werden keinen Gefallen an mir finden. Es gehört alles mir, weißt du, Santosh. Bar bezahlt. Keine Hypothek oder so etwas. Ich halte nichts von Hypotheken. Entweder Barzahlung oder gar nichts.«

Ich begriff, daß er vergeblich versucht hatte, eine Hypothek zu bekommen, und deshalb Geldsorgen hatte.

»Aber was tust denn du hier, Santosh? Warst du früher einmal bei der Regierung oder so?«

»Das könnte man sagen, Priya.«

»So wie ich. Sie haben hier ein Sprichwort. Wenn du sie nicht schlagen kannst, schließ dich ihnen an. Ich habe mich ihnen angeschlossen. Sie schlagen mich noch immer.« Er seufzte und streckte die Arme auf der Lehne der roten Bank aus. »Ach, Santosh, warum tun wir das? Warum entsagen wir nicht und meditieren statt dessen am Flußufer?« Er zeigte mit einer Handbewegung auf den Raum. »Die Yembleme der Welt, Santosh. Nichts als Yembleme.«

Ich kannte das englische Wort nicht, das er benutzt hatte, aber ich verstand seine Bedeutung und für einen Augenblick war es, als sei ich wieder in Bombay und tausche abends Geschichten und Anschauungen mit dem Laufburschen des Schneiders und den anderen aus.

»Aber ich bin unaufmerksam, Santosh. Möchtest du Tee oder Kaffee oder etwas anderes?«

Ich schüttelte bejahend den Kopf hin und her, und er rief in einer fremden, harten Sprache jemandem hinter der Küchentür etwas zu.

»Jawohl, Santosh, Yem-*bleme*!« Und er seufzte und schlug kräftig auf den roten Sitz.

Ein Mann kam mit einem Tablett aus der Küche. Zuerst sah er wie ein Landsmann aus, aber eine Sekunde später erkannte ich, daß er ein Fremder war.

»Du hast recht«, sagte Priya, als der Fremde in der Küche verschwand. »Er stammt nicht aus Bharat. Er ist Mexikaner. Aber was soll ich machen? Man besorgt sich Landsleute, man verschafft ihnen Papiere, die Greencard und alles. Und dann? Dann laufen sie weg. Laufen weg – laufen weg. Schwindler, wohin man blickt, entsetzlich. Weißt du, Santosh, ich war früher im Textilgeschäft. Dort kauft man für fünfzig Rupien ein und verkauft es hier für fünfzig Dollar. Kinderleicht. Aber dann. Kaftane, jeder will Kaftane. Kaftan-Aftan, sage ich, die werde ich euch schon besorgen. Ich kaufe tausend Stück, Santosh. In Indien gibt es natürlich Verzögerungen. Sie treffen ein

Jahr später ein. Nun will kein Mensch mehr Kaftane. Wir sind nicht organisiert, Santosh. Wir betreiben nicht genug Marktforschung. Das sagen mir die Kerle in der Botschaft. Aber wenn ich Marktforschung betreibe, wann soll ich mich um meine Geschäfte kümmern? Das Schlimmste, Santosh, ist, daß mir dieser Einzelhandel nicht im Blut liegt. Die verdammte Sache geht *gegen* mein Blut. Als ich im Textilgeschäft war, habe ich mich manchmal vor lauter Scham versteckt, wenn ein Kunde hereinkam. Manchmal tat ich so, als sei ich selber ein Kunde. Marktforschung! Diese Leute halten uns zum Narren, Santosh. Du und ich, wir werden entsagen. Wir werden gemeinsam fortgehen und am Ufer des Potomacs wandeln und meditieren.«

Mir gefielen seine Worte. Seit den Tagen von Bombay hatte ich nicht mehr etwas so Wohltuendes und Philosophisches vernommen. Ich sagte: »Priya, ich werde für dich kochen, falls du einen Koch brauchst.«

»Mir kommt es so vor, als würde ich dich schon lange kennen, Santosh. Du kommst mir vor wie ein Mitglied meiner eigenen Familie. Ich werde dir eine Schlafstelle geben, etwas zu essen und soviel Taschengeld, wie ich mir leisten kann.«

Ich sagte: »Zeig mir die Schlafstelle.«

Er verließ mir voran den hübschen Raum und stieg eine mit einem Läufer ausgelegte Treppe hinauf. Ich rechnete damit, daß der Teppich und der neue Anstrich irgendwo aufhören würden, aber alles war bis oben schön und neu. Wir betraten ein Zimmer, das einer kleineren Ausgabe der Wohnung meines Herrn glich.

»Einbauschränke und alles, was dazu gehört.«

Ich ging zum Schrank. Er hatte eine Doppeltür, die nach außen aufging. Ich sagte: »Priya, er ist zu klein. Auf den Borden ist zwar genügend Platz für meine Sachen. Aber ich weiß nicht, wie ich mein Bettzeug hier ausbreiten soll. Der Schrank ist viel zu schmal.«

Er kicherte unsicher. »Santosh, du bist ein Witzbold. Ich habe jetzt schon das Gefühl, daß wir zur selben Familie gehören.«

Daraufhin wurde mir klar, daß mir das gesamte Zimmer angeboten wurde. Ich war sprachlos.

Auch Priya sah sprachlos aus. Er setzte sich auf die Kante des weichen Betts. Die dunklen Ringe unter seinen Augen waren beinah schwarz, und er sah in seinem zweireihigen Jackett sehr klein aus. »So lassen sie uns hier drüben herumspringen, Santosh. Du sagst Unterkunft für das Personal, und sie sagen Unterkunft für das Personal. Und sie meinen so etwas wie dies.«

Einige Sekunden lang saßen wir schweigend da, ich ängstlich, er trübselig, und meditierten über die Eigenheiten dieser neuen Welt.

Von unten rief jemand: »Priya!«

Seine Trübseligkeit wich, er lächelte im voraus und zwinkerte mir zu. Priya rief in der Landessprache zurück: »Hi, Bab!«

Ich folgte ihm nach unten.

»Priya«, sagte der Amerikaner, »ich habe die Speisekarten mitgebracht.«

Er war ein hochgewachsener Mann in einer Lederjacke und Jeans, die über dicken weißen Socken und großen Schuhen mit Gummisohlen hinaufgerutscht waren. Er sah aus wie jemand, der zu einem Wettlauf starten will. Die Speisekarten waren riesig, eine Zeichnung auf dem Umschlag zeigte einen dicken Mann mit Schnurrbart und einem federbesetzten Turban, in etwa wie der Mann auf den Flugzeugreklamen.

»Sie sehen großartig aus, Bab.«

»Mir gefallen sie auch. Aber was ist denn das, Priya? Was soll denn das Bord dort?«

Mit tänzelnden Schritten ging Bab zu dem Bord, auf dem der Reis, der Messingteller und die kleine irdene Lampe standen. Erst dann bemerkte ich, daß das Bord recht primitiv gemacht war.

Priya sah zerknirscht aus, und es war offensichtlich, daß er selbst das Bord angebracht hatte. Und es war ebenso offensichtlich, daß er nicht die Absicht hatte, es zu entfernen.

»Nun ja, es ist Ihre Sache«, sagte Bab. »Vermutlich brauchen wir irgendeinen fernöstlichen Anstrich. Aber jetzt, Priya . . .«

»Geld-Geld-Geld, nicht wahr?« sagte Priya, die Wörter zusammenziehend, als mache er einen Witz, um ein Kind zu amüsieren. »Aber Bab, wie können denn *Sie* von mir Geld fordern? Jeder, der Sie reden hört, würde glauben, daß dieses Restaurant mir gehört. Aber dieses Restaurant gehört nicht mir, Bab. Das Restaurant gehört Ihnen.«

Es war nur eine unserer Höflichkeitsfloskeln, aber Bab war verwirrt, und so ließ er sich von dem Thema ablenken.

Ich erkannte, daß Priya trotz seines Geredes von Entsagung und geschäftlichem Mißerfolg und trotz seiner Nervosität imstande war, sich in Washington zu behaupten. Ich bewunderte seine Kraft ebensosehr, wie ich den Reichtum seiner Sprache bewunderte. Ich wußte nicht, inwieweit ich seinen Geschichten Glauben schenken konnte, aber mir gefiel es, daß ich über ihn nachdenken mußte. Mir gefiel es, mich mit seinen Worten beschäftigen zu müssen. Mir gefiel das Geheimnisvolle an dem Mann. Das Geheimnisvolle wurzelte in seiner Solidarität. Ich wußte, woran ich bei ihm war. Nach der Wohnung und dem grünen Anzug und der *hubshi*-Frau und der vier Tage lang brennenden Stadt gab mir das Zusammensein mit Priya ein Gefühl der Sicherheit. Zum ersten Mal seit meiner Ankunft in Washington fühlte ich mich sicher.

Ich kann nicht behaupten, daß ich eingezogen wäre. Ich blieb einfach da. Ich wollte nicht in die Wohnung zurück, nicht einmal, um meine Sachen zu holen. Ich hatte Angst, daß irgend etwas passieren könnte, was mich dort gefangenhalten würde. Mein Herr könnte auftauchen und seine fünftausend Rupien zurückverlangen. Die *hubshi*-Frau könnte Ansprüche auf mich geltend machen; ich könnte zu einem Leben mit den *hubshi* verdammt werden. Und ich ließ ja nichts Wertvolles in der Wohnung zurück. Den grünen Anzug vergaß ich sogar gern.

Priya zahlte mir vierzig Dollar die Woche. Im Vergleich zu dem, was ich bisher bekommen hatte, drei Dollar und fünfundsiebzig Cents, schien es viel, und für meine Bedürfnisse war es mehr als genug. Ehrlich gesagt, geriet ich kaum in Versuchung, Geld auszugeben. Ich wußte, daß mein früherer Herr und die *hubshi*-Frau sich jeder auf ihre Weise fragen würden, wo ich geblieben war, und daß ich mich lieber eine Weile nicht auf der Straße zeigen sollte. Das fiel mir nicht schwer, daran war ich in Washington gewöhnt. Außerdem waren meine Tage im Restaurant sehr ausgefüllt; zum ersten Mal in meinem Leben hatte ich wenig Freizeit.

Das Restaurant war vom ersten Tag an ein Erfolg, und Priya war sehr penibel. Er kam dauernd in die Küche gestürzt mit einer der großen Speisekarten in der Hand und sagte auf englisch: »Prestigejob, Santosh, Prestige.« Das störte mich nicht. Es war mir nur angenehm, perfekte Arbeit leisten zu müssen, es gab mir das Gefühl, daß ich mir meine Freiheit verdiente. Obwohl ich mich verbergen mußte und obwohl ich täglich bis Mitternacht arbeitete, war es mir, als sei ich weit mehr mein eigener Herr als je zuvor.

Viele unserer Kellner waren Mexikaner, aber wenn wir ihnen Turbane aufsetzten, sahen sie annehmbar aus. Sie kamen und gingen wie das indische Personal. Ich kam mit diesen Leuten nicht klar. Sie hatten Angst voreinander, waren neidisch aufeinander und sehr hinterhältig. Ihre Gespräche inmitten von Biryanis und Pillaus drehten sich unentwegt um Ausweispapiere und Greencards. Sie sollten entweder gerade Greencards bekommen oder waren um Greencards betrogen worden oder hatten gerade Greencards erhalten. Anfangs wußte ich gar nicht, wovon sie redeten. Als ich es begriff, war ich mehr als deprimiert.

Ich begriff, daß ich mich, weil ich meinem Herrn weggelaufen war, illegal in Amerika aufhielt. Jeden Augenblick konnte ich denunziert, verhaftet, eingesperrt, abgeschoben, ausgestoßen werden. Das war eine Komplikation. Ich hatte keine Greencard; ich wußte nicht, wie ich an eine kommen sollte; und es gab niemanden, mit dem ich darüber hätte sprechen können.

Meine Geheimnisse bedrückten mich. Früher hatte ich keine gehabt, jetzt hatte ich so viele. Ich konnte Priya nicht sagen, daß ich keine Greencard besaß. Ich konnte ihm nicht sagen, daß ich meinem früheren Herrn untreu geworden war, daß ich mich von einer *hubshi*-Frau hatte entehren lassen und in Angst vor Vergeltung lebte. Ich konnte ihm nicht sagen, daß ich Angst hatte, das Restaurant zu verlassen, und daß ich, wenn ich heute einen Inder sah, mich ebenso ängstlich vor ihm versteckte wie er sich vor mir. Ich wäre mir bei dem Geständnis töricht vorgekommen. Priya gegenüber hatte ich von Anfang an so getan, als wäre ich stark, und ich wollte, daß es so bliebe. Statt dessen suchte ich, wenn wir uns jetzt unterhielten und er philosophisch wurde, nach wichtigen Ursachen für meine Traurigkeit. Innerlich klammerte ich mich an diese Ursachen, und die Wirkung davon war, daß meine Traurigkeit gleichsam zu einer Krankheit der Seele wurde.

Es war schlimmer als damals in der Wohnung, weil jetzt die Verantwortung bei mir lag, allein bei mir. Ich hatte beschlossen, frei zu sein, selbständig zu handeln. Es schmerzte mich, an die Freude zu denken, die ich in den vier Tagen des Brandes empfunden hatte; und ich kam mir lächerlich vor, wenn ich daran dachte, daß ich mir in der ersten Zeit nach meiner Flucht eingebildet hatte, mein eigener Herr zu sein.

Ein neues Jahr brach an. Der Schnee kam und schmolz. Mehr denn je hatte ich Angst davor, auszugehen. Die Krankheit war schwerer als all ihre Ursachen. Ich sah die Zukunft wie einen Abgrund, in den ich glitt. Manchmal, wenn ich nachts aufwachte, brannte mein Körper, und ich fühlte, wie mir am ganzen Körper der Schweiß ausbrach.

Ich klammerte mich an Priya. Er war meine einzige Hoffnung, meine einzige Verbindung mit der Wirklichkeit. Er ging aus; er kam mit Geschichten zurück. Er ging allein deshalb aus, um in den Restaurants unserer Konkurrenten zu essen.

Er sagte: »Santosh, ich habe nie geglaubt, daß die Leitung eines Restaurants ein Weg zu Gott wäre. Aber es ist wahr. Ich esse wie ein Wissenschaftler. Jeden Tag esse ich wie ein Wissenschaftler. Ich habe das Gefühl, bereits entsagt zu haben.«

So war Priya. So umgarnten mich seine Reden und lieferten mir die gewichtigeren Ursachen, die mich immer mehr schwächten. Ich zog mich immer mehr von den Männern in der Küche zurück. Wenn sie von ihren Greencards sprachen und den Stellungen, die sie demnächst bekommen sollten, hätte ich sie am liebsten gefragt: »Wozu? Wozu? Wozu?«

Und täglich sprach der Spiegel für sich. Ohne körperliche Bewegung, mit der Krankheit meines Herzens und meines Gemüts, verlor ich mein gutes Aussehen. Mein Gesicht war aufgedunsen, fahl und pickelig geworden; ich wurde häßlich.

Ich hätte weinen mögen, daß ich mein gutes Aussehen nur entdeckt hatte, um es zu verlieren. Es war wie eine Strafe für meine Anmaßung, die Strafe, die ich befürchtet hatte, als ich den grünen Anzug kaufte.

Priya sagte: »Santosh, du mußt dir Bewegung verschaffen. Du siehst schlecht aus. Deine Augen werden wie meine. Wonach sehnst du dich? Sehnst du dich nach Bombay oder nach deiner Familie in den Bergen?«

Aber jetzt war ich, sogar im Geiste, in jenen Gegenden ein Fremder.

Eines Sonntagmorgens sagte Priya: »Santosh, heute vormittag nehme ich dich zu einem Hindi-Film mit. Alle Inder von Washington werden dort sein, Dienstboten und alle anderen.«

Ich war sehr erschrocken. Ich wollte nicht hingehen, und ich konnte ihm nicht sagen, warum. Er bestand darauf. Ich bekam Herzklopfen, kaum daß ich in den Wagen eingestiegen war. Bald waren keine Häuser mit Gaslaternen am Eingang mehr zu sehen, nur diese langen, ausgebrannten *hubshi*-Straßen, jetzt mit neuem Laub an den Bäumen, Schutthaufen auf planierten, eingezäunten Grundstücken, mit Brettern vernagelte Ladenfenster und alte, rauchgeschwärzte Schilder, die etwas anpriesen, was nicht mehr der Wahrheit entsprach. Autos rasten durch die breiten Straßen; nur auf den Straßen war Leben. Ich glaubte, mich vor Angst übergeben zu müssen.

Ich sagte: »Fahr mich zurück, *Sahib*.«

Ich hatte das falsche Wort gebraucht. Früher einmal hatte ich das Wort hundertmal am Tag benutzt. Aber damals hatte ich mich als einen kleinen Teil meines Herrn empfunden, und das Wort war nicht unterwürfig, es war mehr wie ein Name, wie ein beruhigender Laut, Teil der Würde meines Herrn und deshalb auch Teil meiner Würde. Aber Priyas Würde konnte

63

nie die meine sein; so war unsere Beziehung nicht. Priya hatte ich immer Priya genannt; das hatte er gewollt, die amerikanische Art, von Mann zu Mann. Priya gegenüber war das Wort *Sahib* unterwürfig. Und er reagierte auf das Wort. Er tat, worum ich bat, er fuhr mich zum Restaurant zurück. Ich nannte ihn nie wieder bei seinem Namen.

Ich war schön; ich hatte meine Schönheit verloren. Ich war ein freier Mann; ich hatte meine Freiheit verloren.

Einer der mexikanischen Kellner kam einmal spätabends in die Küche und sagte: »Draußen ist ein Mann, der den Küchenchef sprechen will.«

Das hatte bisher noch nie jemand gewollt, und Priya war sofort aufgeregt. »Ist es ein Amerikaner? Ein Feind hat ihn hergeschickt. Bestimmt vom Gesundheitsamt oder so was, sie können meine Küche jederzeit inspizieren.«

»Es ist ein Inder«, sagte der Mexikaner.

Ich erschrak. Ich glaubte, es sei mein früherer Herr, diese stille Art der Annäherung sah ihm ähnlich. Priya glaubte, es sei ein Rivale. Obwohl Priya regelmäßig in den Restaurants seiner Rivalen aß, fand er es unfair, wenn sie zu ihm zum Essen kamen. Wir gingen beide an die Tür und spähten durch das Glasfenster in den schwach beleuchteten Raum.

»Kennst du diesen Menschen, Santosh?«

»Ja, Sahib.«

Es war nicht mein früherer Herr, es war einer seiner Freunde aus Bombay, ein hoher Regierungsbeamter, den ich in der Wohnung in Bombay häufig bedient hatte. Er war allein und schien soeben erst in Washington eingetroffen zu sein. Seine Haare waren frisch und, wie in Bombay üblich, sehr kurz geschnitten, und er trug einen steifen, dunklen Anzug, in Bombay hergestellt. Sein Hemd wirkte blau, aber in dem dämmrigen bunten Licht des Speiseraums sah alles, was weiß war, blau aus. Er schien mit dem, was er gegessen hatte, nicht unzufrieden zu sein. Beide Ellbogen lagen auf dem mit Curry befleckten Tischtuch, und er stocherte hinter der vorgehaltenen linken Hand, die Augen halb geschlossen, in seinen Zähnen.

»Er gefällt mir nicht«, sagte Priya. »Immerhin, hoher Regierungsbeamter und so weiter. Du mußt zu ihm gehen, Santosh.«

Aber ich konnte nicht.

»Zieh deine Schürze an, Santosh. Und die Kochmütze. Prestige. Du mußt hingehen, Santosh.«

Priya betrat den Speiseraum, und ich hörte ihn auf englisch sagen, daß ich käme.

Ich lief in mein Zimmer hinauf, schmierte mir Brillantine ins Haar, kämmte es, zog meine beste Hose und mein bestes Hemd und meine blitzblanken Schuhe an. So angetan, mehr wie ein Gast denn wie ein Koch, ging ich in den Speiseraum.

Der Mann aus Bombay war ebenso überrascht wie Priya. Wir tauschten die alten Höflichkeitsfloskeln aus, und ich wartete. Aber zu meiner Erleichterung war anscheinend kaum mehr zu sagen. Mir wurden keine peinlichen Fragen gestellt; ich war dem Mann aus Bombay dankbar für sein Taktgefühl. Ich sprach absichtlich so wenig wie möglich. Ich lächelte. Der Mann aus Bombay lächelte zurück. Priya lächelte uns beiden unbehaglich zu. So verharrten wir eine Weile in der schwachen rotblauen Beleuchtung, lächelnd und wartend.

Der Mann aus Bombay sagte zu Priya: »Bruder, ich muß ein paar Worte mit meinem alten Freund Santosh sprechen.«

Priya gefiel das nicht, aber er ließ uns allein.

Ich wartete auf diese Worte. Aber es waren nicht die Worte, die ich befürchtet hatte. Der Mann aus Bombay sprach nicht von meinem früheren Dienstherrn. Wir tauschten weiterhin Höflichkeiten aus. Jawohl, es gehe mir gut, und ihm gehe es gut und jedem anderen, den wir kannten, gehe es gut; und ich sei zufrieden, und auch er sei zufrieden. Das war alles. Dann steckte mir der Mann aus Bombay heimlich einen Dollar zu. Einen Dollar, zehn Rupien, für Bombay ein enormes Trinkgeld. Aber von ihm viel mehr als ein Trinkgeld: ein Akt der Güte, etwas von der Süße vergangener Tage. Früher einmal hätte es mir soviel bedeutet. Jetzt bedeutete es so wenig. Ich war bedrückt und verlegen. Und ich hatte Feindseligkeit erwartet!

Priya wartete hinter der Küchentür. Sein Gesicht war gespannt und ernst, und ich wußte, daß er gesehen hatte, wie ich das Geld bekommen hatte. Jetzt las er rasch in meinem Gesicht und eilte, ohne ein Wort zu mir zu sagen, in den Speiseraum.

Ich hörte ihn auf englisch zu dem Mann sagen: »Santosh ist ein braver Kerl. Er hat ein eigenes Zimmer mit Bad und allem Drum und Dran. Ab nächste Woche gebe ich ihm hundert Dollar die Woche. Tausend Rupien die Woche. Dies ist ein erstklassiges Lokal.«

Tausend Rupien die Woche! Ich war überwältigt. Es war viel mehr, als irgendein Regierungsbeamter bekam, und ich war überzeugt, daß der Mann aus Bombay ebenfalls überwältigt war und vielleicht seine edle Geste und den kostbaren Dollar in Devisen bereute.

»Santosh«, sagte Priya an jenem Abend nach Geschäftsschluß, »dieser Mann war ein Feind. Ich habe es vom ersten Augenblick an gewußt. Und weil er ein Feind war, habe ich etwas sehr Schlechtes getan, Santosh.«

»Sahib.«

»Ich habe gelogen, Santosh. Um dich zu schützen. Ich habe ihm gesagt, Santosh, daß ich dir nach Weihnachten fünfundsiebzig Dollar die Woche geben würde.«

»Sahib.«

»Und jetzt muß ich diese Lüge wahrmachen. Aber Santosh, du weißt, daß wir uns das nicht leisten können. Ich brauche dir nichts über allgemeine Unkosten und ähnliches erzählen. Santosh, ich werde dir sechzig geben.«

Ich sagte: »Sahib, für weniger als hundertfünfundzwanzig könnte ich nicht mehr bleiben.«

Priyas Augen wurden blank, und die dunklen Ringe darunter vertieften sich. Er kicherte und kniff die Augen zusammen. Am Ende jener Woche bekam ich hundert Dollar. Und Priya, anständig wie er war, trug es mir nicht nach.

Endlich ein Sieg! Erst hinterher erkannte ich, wie sehr ich einen solchen Sieg gebraucht hatte, wie weitgehend ich durch Erlangung meiner Freiheit begonnen hatte, den Tod nicht als das Ende, sondern als das Ziel zu betrachten. Ich lebte wieder auf. Vielmehr, meine Sinne lebten wieder auf. Aber was gab es in dieser Stadt, um meine Sinne zu nähren? Es gab keine Spaziergänge, kein müßiges Geplauder mit verständnisvollen Freunden. Ich konnte mir neue Kleidung kaufen. Aber was dann? Würde ich mich bloß selbst im Spiegel betrachten? Würde ich ausgehen und Passanten dazu auffordern, mich und meine Kleidung anzusehen? Nein, alles, was mit eleganter Kleidung zu tun hatte, rief mir meine Situation nur erneut ins Bewußtsein.

In der Bäckerei ein paar Häuser weiter gab es eine Schweizerin oder Deutsche, und in der Küche gab es eine Frau von den Philippinen. Ehrlich gesagt, war keine von ihnen besonders attraktiv. Die Schweizerin oder Deutsche hätte mir mit einem Klaps das Rückgrat brechen können, die Frau von den Philippinen hatte, obwohl sie noch jung war, eine erstaunliche Ähnlichkeit mit unseren älteren Frauen in den Bergen. Immerhin, ich fand, daß ich den Sinnen etwas schuldete, und ich dachte, ich könnte mir mit diesen Frauen vielleicht die Zeit vertreiben. Aber dann bekam ich Angst vor der Verantwortung. Meine Güte, ich hatte gelernt, daß eine Frau nicht nur ein lustvoller Zeitvertreib ist, sondern ein wuchtiges Geschöpf, das hundertundsoviel Pfund wiegt und hinterher noch da ist.

Also verging die Stunde des Siegs ohne Feier. Und es war seltsam, so dachte ich, daß das Leid von Dauer ist und einen Menschen dazu bringen kann, sich auf den Tod zu freuen, daß aber die Siegesstimmung nur einen Augenblick währt und dann vorbei ist. Als die Stunde des Sieges vorbei war, entdeckte ich wieder meine alte Krankheit und meine alten Ängste, als hätten sie nur auf mich gewartet: die Angst wegen meines illegalen Aufenthalts, die Angst vor meinem früheren Herrn, vor meiner Anmaßung, vor der *hubshi*-Frau. Ich erkannte dann, daß mein Sieg nicht etwas war, das ich mir erarbeitet hatte, sondern nur Glück; und daß Glück nur eine Täuschung des Schicksals ist, die die Illusion von Macht vermittelt.

Aber diese Illusion blieb bestehen, und ich wurde unruhig. Ich beschloß zu handeln, das Schicksal herauszufordern. Ich beschloß, nicht länger in meinem Zimmer zu bleiben und mich zu verstecken. Ich begann am Nachmittag auszugehen. Ich wurde mutiger; jeden Nachmittag ging ich ein bißchen weiter. Ich setzte mir in den Kopf, einmal bis zu jenem grünen Rondell mit dem Springbrunnen zu gehen, wo ich bei meinem ersten Ausgang in Washington auf die Leute in Hindu-Gewändern gestoßen war, die wie seit langem entlassene Dienstboten wirkten, die in ihrem Sanskrit-Kauderwelsch sangen und ihre seltsamen Indianertänze aufführten. Und eines Tages gelangte ich dorthin.

Eines Tages ging ich über die Straße zu jenem Rondell und setzte mich auf eine Bank. Die *hubshi* waren da und die Barfüßigen und die Tänzer in Saris und safrangelben Gewändern. Es war früher Nachmittag, sehr heiß, und niemand war besonders aktiv. Ich entsann mich, wie magisch und unerklärlich jenes Rondell mir erschienen war, als ich es zum ersten Mal gesehen hatte. Jetzt wirkte es so gewöhnlich und müde: die Straßen, die Autos, die Läden, die Bäume, die achtsamen Polizisten: so sehr Teil der Verschwendung und der Sinnlosigkeit, die unsere Welt war. Es hatte nichts Geheimnisvolles mehr. Ich hatte das Gefühl, als wisse ich, woher jeder kam und wohin die Autos fuhren. Aber ich hatte auch das Gefühl, als ob alle das gleiche wie ich fühlten, und das war tröstlich. Ich gewöhnte mir an, jeden Nachmittag nach dem mittäglichen Ansturm hinzugehen und dort zu sitzen, bis es Zeit war, für die Abendküche zum Restaurant zurückzukehren.

Eines späten Nachmittags sah ich sie unter den Tänzern und Musikanten, den *hubshi*-Barfüßigen und den Sängern und Polizisten. Die *hubshi*-Frau. Und abermals war ich erstaunt über ihren Umfang, meine Erinnerung hatte nicht übertrieben. Ich beschloß sitzen zu bleiben. Sie sah mich und lächelte. Dann, als besinne sie sich auf ihren Zorn, blickte sie mich haßerfüllt an, und wieder sah ich sie als Kali, die vielarmige Göttin des Todes und der Vernichtung. Sie sah mich scharf an, sie musterte meine Kleidung. Ich dachte: Habe ich die Kleidung deswegen gekauft? Sie stand auf. Sie war sehr dick, und ihre enge Hose ließ sie noch viel entsetzlicher erscheinen. Sie kam auf mich zu. Ich stand auf und rannte. Ich

rannte über die Straße und eilte dann, ohne mich umzublik-
ken, auf Umwegen in das Restaurant zurück.

Priya war mit seiner Buchhaltung beschäftigt. Er sah immer
älter als gewöhnlich aus, wenn er über seiner Buchhaltung
saß, nicht sorgenvoll, nur älter, wie ein Mann, für den das Leben keine Überraschungen mehr bereithält. Ich beneidete ihn.

»Santosh, ein Freund hat für dich ein Paket abgegeben.«

Es war ein großes Paket, in braunes Papier eingeschlagen. Er
reichte es mir, und ich dachte noch, wie gelassen er war, mit
seinen Rechnungen und Papieren und dem Füller, mit dem er
seine ordentlichen Zahlen schrieb, und dem Buch, in das er
jeden Tag Eintragungen machte, bis es voll sein und er ein
neues beginnen würde.

Ich trug das Paket in mein Zimmer hinauf. Darin befand
sich ein Pappkarton; und in diesem lag, noch immer in Seidenpapier, der grüne Anzug.

Ich spürte ein Loch in der Magengrube. Ich konnte nicht denken. Ich war froh, daß ich fast sofort in die Küche hinunter
mußte, froh, bis Mitternacht zu tun zu haben. Aber dann mußte ich wieder in mein Zimmer hinauf, und ich war allein. Ich
war nicht entkommen; ich war nie frei gewesen. Man hatte
mich aufgegeben. Ich war ein Nichts; ich selbst hatte mich zu
einem Nichts gemacht. Und ich konnte nicht zurück.

Am nächsten Morgen sagte Priya zu mir: »Du siehst nicht
gerade gut aus, Santosh.«

Seine Anteilnahme schwächte mich noch mehr. Er war der
einzige Mensch, mit dem ich reden konnte, und ich wußte nicht,
was ich ihm sagen sollte. Ich spürte, wie mir die Tränen kamen.
In diesem Augenblick wäre es mir am liebsten gewesen, wenn
sich die ganze Welt in Tränen aufgelöst hätte. Ich sagte: »Sahib,
ich kann nicht länger bei dir bleiben.«

Es waren nur Worte, Teil meiner Stimmung, Teil meines Verlangens nach Tränen und Erleichterung. Doch Priya war nicht gerührt. Er sah nicht einmal erstaunt aus. »Wo willst du hin, Santosh?«

Wie hätte ich auf seine ernste Frage antworten können?

»Wird es dort, wohin du gehst, anders für dich sein?«

Er hatte sich von mir befreit. Ich konnte nicht mehr an Tränen denken. Ich sagte: »Sahib, ich habe Feinde.«

Er kicherte. »Du bist ein Witzbold, Santosh. Wie kann jemand wie du Feinde haben? Das brächte niemandem etwas ein. *Ich* habe Feinde. Es ist Teil deines Glücks und Teil der Gerechtigkeit der Welt, daß du keine Feinde haben kannst. Deshalb kannst du auch weg-weg-weg-laufen.« Er lächelte und deutete mit der ausgestreckten Hand eine Laufbewegung an.

Also erzählte ich ihm endlich meine Geschichte. Ich erzählte ihm von meinem früheren Herrn und meiner Flucht und dem grünen Anzug. Er gab mir das Gefühl, daß ich ihm nichts erzählte, was er nicht längst gewußt hatte. Ich erzählte ihm von der *hubshi*-Frau. Ich hoffte auf einen Vorwurf. Ein Vorwurf hätte bedeutet, daß er sich um meine Ehre sorgte, daß ich mich auf ihn verlassen konnte, daß eine Rettung möglich war.

Aber er sagte: »Santosh, du hast keine Probleme. Heirate die *hubshi*. Dadurch wirst du automatisch amerikanischer Staatsbürger. Dann bist du ein freier Mann.«

Das hatte ich nicht erwartet. Er forderte mich auf, für immer allein zu bleiben. Ich sagte: »Sahib, zu Hause in den Bergen habe ich Frau und Kinder.«

»Aber dein Zuhause ist hier, Santosh. Frau und Kinder in den Bergen, das ist sehr schön und bleibt immer bestehen. Aber das ist vorbei. Du mußt das tun, was hier für dich am besten ist. Du bist hier allein. *Hubshi-ubshi,* das kümmert hier niemand, wenn du es so willst. Hier sind wir nicht in Bombay. Kein Mensch starrt dich an, wenn du auf der Straße gehst. Niemand interessiert sich für das, was du tust.«

Er hatte recht. Ich war ein freier Mann; ich konnte tun, was ich wollte. Gäbe es für mich ein Zurück, so könnte ich in die Wohnung gehen und meinen früheren Herrn um Verzeihung bitten. Gäbe es für mich die Möglichkeit, wieder der zu werden, der ich war, könnte ich zur Polizei gehen und sagen: »Ich bin hier illegal eingewandert. Bitte, schieben Sie mich nach Bombay ab.« Ich könnte weglaufen, mich aufhängen, aufgeben, gestehen, mich verstecken. Es war egal, was ich tat, denn ich war allein. Und ich wußte nicht, was ich tun wollte. Es war wie zu der Zeit, als ich spürte, daß meine Sinne auflebten, und ich ausgehen und das Leben genießen wollte und feststellte, daß es nichts zu genießen gab.

Leer sein heißt nicht traurig sein. Leer sein heißt gelassen sein. Es bedeutet Entsagung. Mehr sagte Priya mir nicht; vormittags hatte er immer viel zu tun. Ich ging in mein Zimmer hinauf. Es war noch immer ein kahles Zimmer, immer noch ein Zimmer, das in einer halben Stunde jemand anderem gehören konnte. Ich hatte es nie als mein eigenes betrachtet. Ich hatte Angst vor seinen makellos weißen Wänden und hatte darauf geachtet, sie makellos zu erhalten. Für einen Augenblick wie diesen.

Ich versuchte, an den bestimmten Augenblick meines Lebens zu denken, an die bestimmte Handlung, die mich in dieses Zimmer geführt hatte. War es der Augenblick mit der *hubshi*-Frau, oder war es, als der Amerikaner zum Essen kam und meinen Herrn beleidigte? War es der Augenblick meiner Flucht, als ich Priya auf der Veranda sah, oder war es, als ich in den Spiegel blickte und den grünen Anzug kaufte? Oder war es viel früher gewesen, in jenem anderen Leben, in

Bombay, in den Bergen? Ich konnte keinen bestimmten Augenblick finden; jeder Augenblick erschien wichtig. Eine endlose Kette von Handlungen hatte mich in dieses Zimmer geführt. Es war erschreckend; es war belastend. Es war nicht die Zeit für neue Entscheidungen. Es war Zeit innezuhalten.

Ich lag auf dem Bett, betrachtete die Decke, betrachtete den Himmel. Die Tür öffnete sich. Es war Priya.

»Du liebe Zeit, Santosh! Wie lange bist du schon hier? Du warst so still, daß ich dich ganz vergessen habe.«

Er sah sich im Zimmer um. Er ging ins Badezimmer und kam wieder heraus.

»Geht es dir gut, Santosh?«

Er setzte sich auf die Bettkante, und je länger er blieb, desto deutlicher wurde mir bewußt, wie froh ich war, ihn zu sehen. Es war so: Als ich überlegte, wann er ins Zimmer gestürzt war, konnte ich es zeitlich nicht mehr einordnen; es schien nur in meiner Phantasie geschehen zu sein. Er saß bei mir. Die Zeit wurde wieder real. Ich empfand große Zuneigung zu ihm. Bald hätte ich über seine Aufregung lachen können. Und später lachten wir tatsächlich zusammen.

Ich sagte: »Sahib, du mußt mich heute morgen entschuldigen. Ich möchte spazierengehen. Ich werde um die Teezeit zurück sein.«

Er sah mich scharf an, und wir wußten beide, daß ich die Wahrheit gesagt hatte.

»Ja, ja, Santosh. Mach einen schönen, langen Spaziergang. Damit du Hunger bekommst. Dann wirst du dich viel besser fühlen.«

Während ich durch die Straßen ging, die mir jetzt so einfach vorkamen, dachte ich, wie schön es doch wäre, wenn die Leute auf dem Rondell in den Hindugewändern echt wären.

Dann hätte ich mich ihnen anschließen können. Wir wären Landstreicher geworden, mittags hätten wir im Schatten hoher Bäume gerastet, am späten Nachmittag hätte die untergehende Sonne die Staubwolken in Gold verwandelt, und jeden Abend hätte man uns in einem anderen Dorf freudig empfangen und uns Wasser, Essen und ein Feuer für die Nacht angeboten. Aber das war der Traum von einem anderen Leben. Ich hatte die Leute auf dem Rondell zu genau beobachtet, um nicht zu wissen, daß sie aus dieser Stadt waren, daß ihr Fernsehleben sie erwartete, daß ihre Entsagung nicht der meinen glich. Mich erwartete kein Fernsehleben. Es spielte keine Rolle. In dieser Stadt war ich allein, und was ich tat, spielte keine Rolle.

So magisch wie das Rondell mit dem Springbrunnen war einstmals der Wohnblock für mich gewesen. Jetzt erkannte ich, daß er einfach, nicht besonders hoch und mit kleinen weißen Kacheln verkleidet war. Eine Glastür, vier gekachelte Stufen nach unten, rechts die Pförtnerloge, in den Fächern Briefe und Schlüssel, links ein Teppich, Polstersessel, ein niedriger Tisch mit Papierblumen in der Vase, die blaue Tür des schnellen, geräuschlosen Fahrstuhls. Ich sah die Einfachheit all dieser Dinge. Ich wußte, in welche Etage ich wollte. In dem Flur mit seiner beleuchteten, sternenübersäten Decke – ein künstlicher Himmel – waren die Farben blau, grau, gold. Ich wußte, zu welcher Tür ich wollte. Ich klopfte.

Die *hubshi*-Frau öffnete. Ich sah die Wohnung, in der sie arbeitete. Ich hatte sie bisher nie gesehen und erwartete so etwas wie die Wohnung meines früheren Herrn, die auf der gleichen Etage lag. Statt dessen sah ich zum ersten Mal etwas, das für ein Fernsehleben eingerichtet war.

Ich dachte, sie würde vielleicht böse sein. Sie sah aber nur verwundert aus. Ich war dafür dankbar.

74

Ich fragte sie auf englisch: »Willst du mich heiraten?«
Und dann war es passiert.

»Es ist am besten so«, sagte Priya, als er mir Tee gab, nachdem ich ins Restaurant zurückgekehrt war. »Du wirst ein freier Mann sein. Ein Staatsbürger. Die ganze Welt liegt dann vor dir.«
Ich freute mich, daß er sich freute.

Also bin ich jetzt ein Staatsbürger, mein Aufenthalt ist legal, ich lebe in Washington. Ich bin noch immer bei Priya. Wir sprechen nicht mehr soviel miteinander wie früher. Das Restaurant ist eine Welt für sich, die Parks und begrünten Straßen von Washington sind eine andere, und allabendlich führt mich eine dieser Straßen zu einer dritten. Ausgebrannte Ziegelhäuser, verfallene Zäune, unkrautüberwucherte Gärten; auf einem planierten Grundstück, zwischen den hohen Ziegelmauern zweier Häuser, eine Art von kreativem Spielplatz, den die *hubshi*-Kinder nie benutzen, und dann das düstere Haus, wo ich jetzt wohne.

Es riecht fremd, alles darin ist fremd. Aber meine Stärke in diesem Haus ist, daß ich ein Fremder bin. Ich habe mich seelisch und geistig gegen die englische Sprache verschlossen, gegen Zeitungen und Radio und Fernsehen, gegen die Bilder der *hubshi*-Läufer und -Boxer und -Musiker an der Wand. Ich will nichts mehr begreifen oder lernen.

Ich bin ein einfacher Mensch, der beschlossen hat, selbständig zu handeln und sich seine eigene Meinung zu bilden, und es ist, als hätte ich mehrere Leben gelebt. Ich will denen kein weiteres hinzufügen. An manchen Nachmittagen gehe ich zu dem Rondell mit dem Springbrunnen. Ich sehe die Tänzer, aber sie sind wie durch eine Glaswand von mir getrennt. Einmal, als Gerüchte von neuen Bränden im Umlauf waren, kritzelte jemand mit weißer Farbe auf das Pflaster vor meinem Haus: *Soul Brother*. Ich verstehe die Worte, aber wem oder was gegenüber soll ich mich als Bruder fühlen? Früher einmal war ich ein Teil des Stroms, ich empfand mich nie als ein selbständiges Wesen. Dann blickte ich in den Spiegel und beschloß, frei zu sein. Das einzige, was meine Freiheit mir eingebracht hat, ist das Wissen, daß ich ein Gesicht und einen Körper habe und daß ich diesen Körper für eine gewisse Anzahl von Jahren ernähren und kleiden muß. Dann ist alles vorbei.

Sag mir, wen ich umbringen soll

DAS SIEHT MEINEM BRUDER ÄHNLICH. Hat sich einen schlechten
Tag zum Heiraten ausgesucht. Kalt und naß, die paar Flek-
ken Land zwischen den Städten mehr weiß als grün, Nebel
fällt wie Regen, aufgeweichte Felder, manchmal steht eine
Kuh da. Die kleinen Bäche sind milchig grau und manche
davon voller leerer Konservendosen und anderem Müll.
Überall Wasser, genau wie zu Hause nach einem heftigen
Schauer in der Regenzeit, nur daß sich in den Wasseran-
sammlungen der Himmel nicht spiegelt und die Sonne nicht
herauskommt, um alles zu erhitzen und rasch trockenzu-
dampfen.

Im Zug ist es heiß, an den Fenstern läuft Wasser herunter,
Menschen und Kleider riechen. Mein alter Anzug riecht ebenfalls. Er ist mir jetzt zu groß, aber er ist mein einziger Anzug
und stammt noch aus der Zeit, als ich Geld hatte. Ach, mein
Gott. Nur wenig freies Land zwischen den Städten, und
manchmal sehe ich in der Ferne ein allein stehendes Haus und
denke mir, wie schön es wäre, dort zu sein und frühmorgens
in den Regen und auf den Zug zu schauen. Dann ist es vorüber, und alles ist wieder Stadt, immer wieder Stadt, und dann
ist die ganze Gegend wie eine einzige große Stadt, alles braun,
alles aus Ziegel oder Eisen oder rostigem Wellblech, wie eine
große, nasse Müllhalde. Und mein Herz wird schwer, und
mein Magen zieht sich zusammen.

Frank sieht mich an, betrachtet mein Gesicht. Frank in seiner schönen Tweedjacke und der grauen Flanellhose. Groß, dünn, mit beginnender Glatze. Aber glücklich. Glücklich, mit mir zusammen zu sein, glücklich, wenn man uns anschaut und sieht, daß er bei mir ist. Er ist ein guter Mensch, er ist mein Freund. Aber innerlich platzt er vor Stolz. Niemand ist so nett zu mir wie Frank, aber er ist so glücklich, sich klein zu machen, die Knie aneinanderzudrücken, als läge dort eine kleine Schachtel mit Kuchen. Er lächelt nicht, eben weil er so klug und so glücklich ist. Seine alten, großen Schuhe blitzen wie die Schuhe eines Schullehrers, und man sieht, daß er sie jeden Abend selber putzt, wie einer, der betet und sich gut fühlt. Ohne es zu wollen, macht er mich immer traurig, läßt mich immer fühlen, wie klein ich bin, weil ich weiß, daß ich nie so nett und adrett sein kann wie Frank und niemals so klug und glücklich. Aber, ach Gott, ich weiß, daß ich niemanden mehr hab und daß Frank mein einziger Freund auf der Welt ist.

Ein Junge schreibt mit den Fingern auf die beschlagene Fensterscheibe, und die Buchstaben zerlaufen. Der Junge ist bei seiner Mutter, und ihm geht's gut. Er weiß, wo sie hingehen, wenn der Zug hält. Den Moment mag ich gar nicht, wenn der Zug hält und alle auseinanderlaufen, wenn das Schiff einfährt und alle ihr Gepäck fortschaffen. Alle haben ihr eigenes Gepäck, und jedes Gepäck ist anders. Alle sind munter und glücklich, keine Zeit mehr zum Reden, denn sie wissen, wohin sie gehen. Seit ich in diesem Land bin, ist das etwas, was ich nicht tun kann. Ich weiß nicht, wohin ich gehe. Ich kann nur abwarten und sehen, was sich bietet.

Ich fahr jetzt zur Hochzeit von meinem Bruder. Aber ich weiß nicht, welchen Bus wir nehmen, wenn wir am Bahnhof ankommen, oder welchen anderen Zug, durch welche Straße, welches Tor wir gehen und welche Tür wir zu welchem Raum öffnen.

Mein Bruder. Ich erinner mich an einen Tag wie diesen, aber es war heiß. Der Himmel Tag und Nacht schwarz, Regen ohne Ende, der auf das Wellblechdach prasselt, den Boden unter dem Haus in Schlamm verwandelt, im Hof schäumt das Wasser vor lauter Schlamm gelb, das Pará-Gras auf dem Feld dahinter biegt sich unter der Nässe, alles ist feucht und klebrig, die nackte Haut juckt.

Der Karren steht unter dem Haus, und der Esel steht hinten im Stall. Der Stall ist naß und verschmutzt von Schlamm und Mist und frischem Gras, das mit altem vermischt ist, und der Esel steht still da mit einem Zuckersack auf dem Rücken, damit er sich nicht erkältet. In der Küchenhütte ist meine Mutter beim Kochen, und der dichte Rauch vom nassen Holz stinkt. Alles wird nach Rauch schmecken, aber an einem solchen Tag kann man nicht ans Essen denken. Bei dem Schlamm und der Hitze und dem Gestank möchte man sich eher übergeben. Mein Vater ist oben, in Wollhemd und Unterhose, sitzt im Schaukelstuhl auf der Veranda und reibt sich die Arme. Der Rauch hält da oben zwar die Mücken nicht fern, aber ihn stechen keine Mücken. Er denkt an nichts Besonderes, er schaut nur hinaus auf den schwarzen Himmel und die Zuckerrohrfelder und schaukelt. Und drinnen, in einem der Zimmer unter dem Wellblechdach, liegt mein Bruder mit Wechselfieber auf dem Fußboden.

Es ist ein kahler Raum, und an den kahlen Bretterwänden aus Zedernholz befindet sich nichts als Nägel, ein paar Kleider und ein Kalender. Man baut ein Haus und hat dann nichts, was man reinstellen könnte. Und mein hübscher Bruder liegt von Fieber geschüttelt auf dem Boden auf einem Mehlsack, der auf einem Zuckersack liegt, und mit einem zweiten Mehlsack als Zudecke. Man kann die Krankheit von seinem kleinen Gesicht ablesen. Das Fieber hat ihn gepackt, aber er schwitzt nicht. Er kann nicht verstehen, was man sagt, und was er sagt, ist ohne Sinn. Er sagt, daß alles um ihn und in ihm schwer und glatt ist, sehr glatt.

Es ist, als würde er sterben, und man denkt, es ist ungerecht, daß jemand, der so klein und so hübsch ist, soviel leiden muß, während man selber so gesund ist. Er ist so hübsch. Wenn er einmal groß ist, wird er wie ein Filmstar sein, wie Errol Flim oder Fairley Granger. Die Schönheit in dem Zimmer ist wie ein Wunder für mich, und ich kann den Gedanken nicht ertragen, sie zu verlieren. Ich kann den Gedanken an das kahle Zimmer nicht ertragen, an die Feuchtigkeit, die durch die Risse in den Brettern eindringt, an den schwarzen Schlamm draußen, an den Rauchgestank und die Mücken und die einbrechende Nacht.

So hab ich meinen Bruder in Erinnerung, sogar hinterher, sogar als er groß war. Selbst nachdem wir den Eselskarren verkauft hatten und einen Lastwagen anschafften, das alte Haus abrissen und ein schönes neues bauten, mit Anstrich und allem Drum und Dran. So denk ich noch immer an meinen Bruder, klein und krank, an meiner Stelle leidend und so hübsch. Ich glaube, ich könnte jeden umbringen, der ihm ein Leid antut. An mich selbst denke ich nicht. Ich hab kein Leben.

Ich weiß, daß es 1954 oder 1955 war, ein gewöhnliches Jahr, als mein Bruder krank wurde, und dem Wetter nach war es Januar oder Dezember. Aber in meiner Erinnerung ist es so weit weg, daß ich die Zeit nicht bestimmen kann. Und ebenso wie ich die Zeit nicht bestimmen kann, kann ich in meinen Gedanken auch keinen wirklichen Ort dafür bestimmen. Ich

weiß, wo unser Haus ist, und ach, mein Gott, ich weiß, falls ich
jemals zurückkehr, dann steig ich an der Kreuzung aus dem
Taxi und geh die alte Savanna-Straße hinauf. Ich kenn die Straße gut; ich kenn sie bei jedem Wetter. Aber was ich in Gedanken vor mir sehe, ist überhaupt kein Ort. Alles ist ausgelöscht,
außer dem Regen und der einbrechenden Nacht und dem
Haus und dem Schlamm und dem Feld und dem Esel und
dem Rauch aus der Küche und meinem Vater auf der Veranda
und meinem Bruder in dem Zimmer auf dem Fußboden.

Und es ist, als ob man das, wovor man Angst hat, heraufbeschwört, gerade weil man davor Angst hat, als ob man Gefahr heraufbeschwört, gerade weil man die Gefahr in sich
trägt. Und wieder ist es wie ein Traum. Ich seh mich in dem
alten englischen Haus, wie in *Rebecca* mit Laurence Olivier
und Joan Fountain. Es ist ein Zimmer im oberen Stock mit
vielen Jalousien und Schnitzereien. Kein Wetter. Ich bin dort
mit meinem Bruder, und wir sind Fremde im Haus. Mein
Bruder ist auf einem College oder einer Schule in England,
wo er studiert, und er besucht diesen Collegefreund, und er
wohnt bei der Familie des Jungen. Und dann passiert etwas
in einem Korridor, direkt vor der Türe. Ein Streit, ein harm-
loser Wortwechsel, eine Balgerei. Sie spielen nur, aber das
Messer dringt in den Jungen ein, ganz leicht, und er fällt lautlos zu Boden. Ich seh nur sein erstauntes Gesicht, ich seh
kein Blut, und ich will mich nicht bücken, um nachzusehen.
Ich seh, wie mein Bruder den Mund aufreißt, um zu schreien,
aber kein Schrei kommt raus. Alles ist ganz lautlos. Ich hab
Angst – der Galgen für ihn, einfach so, und es war nur ein
Unfall, es kann nicht wahr sein –, und ich weiß, daß in diesem
Augenblick die Liebe und die Gefahr, die ich mein Leben
lang in mir getragen habe, zerplatzen. Mein Leben ist zu
Ende. Ruiniert, ruiniert.

Das Schlimmste kommt noch. Wir müssen mit den Eltern des Jungen essen. Sie wissen nicht, was passiert ist. Und wir beide, mein Bruder und ich, müssen mit ihnen an einem Tisch sitzen und essen. Und die Leiche ist im Haus, in einer Truhe, wie in *Rope* mit Fairley Granger. Sie ist von Anfang an dort, sie ist für immer dort, und alles andere ist nur eine Farce. Aber wir essen. Mein Bruder zittert, er ist kein guter Schauspieler. Die Leute, mit denen wir essen, ich kann ihre Gesichter nicht sehen, ich weiß nicht, wie sie aussehen.

Sie könnten wie irgendeiner von den Weißen hier im Zug sein. Wie die Frau mit dem Jungen, der auf der nassen Fensterscheibe schreibt.

Jetzt kann ich niemand mehr helfen. Mein Leben ist ruiniert. Mir wäre am liebsten, wenn der Zug nie mehr halten würde. Aber da, die Häuser werden höher und dichter, und jetzt sind sie direkt neben den Schienen, und in den Küchen hinter den nassen Scheiben sieht man Zimmer und darin Wäsche und andere Sachen auf der Leine. London. Ich bin froh, daß Frank bei mir ist. Er wird sich um mich kümmern, wenn der Zug hält. Er wird mich zum Hochzeitshaus begleiten, wo immer es sein mag. Mein Bruder heiratet. Und mir liegt's wie Blei im Magen.

Als der Zug hält, lassen wir die anderen hinausstürzen, und ich werd etwas ruhiger. Kein Regen, als wir rausgehen, und es sieht fast so aus, als werde die Sonne durchkommen. Frank sagt, wir haben noch viel Zeit, und so gehen wir erst mal ein bißchen spazieren. Die Straßen schmutzig vom Regen, die Gebäude schwarz, alte Zeitungen in den Gossen. Ich folge Frank, und er führt mich durch Straßen, die ich gut kenne. Ich frag mich, ob das ein Zufall ist oder ob er es weiß. Er weiß alles.

Und dann seh ich den Laden. Wie ein schmutziger Kasten mit einer Glasfront. Jetzt ist es ein Laden für Scherzartikel, mit kleinen Schildern in dem staubigen Fenster. Spielen Sie Ihren Freunden einen Streich, erschrecken Sie Ihre Freunde. Trickkarten, falsche Zähne, Guiness-Gläser mit doppeltem Boden, Gummispinnen, Juckpulver, Hundekot aus Plastik. Es ist nichts Besonderes, aber man kann kaum glauben, daß früher einmal, ein paar Monate lang, der Laden mir gehört hat.

»Da ist der Laden«, sag ich zu Frank. »Der Fehler meines Lebens. Da habe ich mein ganzes Geld reingesteckt. Zweitausend Pfund. Ich hab fünf Jahre gebraucht, um sie zu sparen. In fünf Monaten waren sie weg.«

Zweitausend Pfund. Pfund klingt nicht nach echtem Geld, wenn man den größten Teil seines Lebens in Dollar und Cents gerechnet hat. Aber mein Vater hätte nicht einmal in zehn Jahren zweitausend Pfund verdienen können. Wie man sich von einem solchen Schlag erholen kann? Man kann sagen: Ich werd es noch einmal tun, ich werd wieder arbeiten und wieder sparen. Das kann man zwar sagen, aber man weiß, wenn man einmal den Mut verloren hat, ist er verloren.

Frank legt mir den Arm um die Schulter, um mich vom Schaufenster wegzuführen. Der Besitzer, der neue Besitzer, der Mann mit dem Mietvertrag, guckt uns an. Ein gelber, kahlköpfiger kleiner Kerl mit einem weichen, kleinen Bauch, und alles in seinem Schaufenster sieht so aus, als ob es bereits Staub ansetzt. Frank reckt sich ein bißchen, der alte Stolz läßt ihn ein paar Zentimeter größer werden, und er zieht für den Kahlköpfigen und jeden, der uns sonst noch beobachtet, eine Show ab.

Ich sag: »Du weißer Scheißkerl.«

Frank scheint vulgäre Ausdrücke zu lieben. Er wird sehr sanft und zart, und weil er sanft ist, sag ich Sachen, die ich nicht wirklich meine.

»Ich werd noch viel mehr Geld verdienen, Frank. Ich werd mehr Geld verdienen, als du in deinem ganzen Leben verdienen wirst, du weißer Scheißkerl. Ich kauf hier das höchste Gebäude. Ich kauf die ganze Straße.«

Aber noch während ich rede, weiß ich, daß es Unsinn ist. Ich weiß, daß mein Leben ruiniert ist, und selbst mir ist zum Lachen zumute.

Jetzt bin ich nicht mehr gern auf der Straße. Nicht etwa, weil ich von Leuten nicht gesehen werden will, sondern weil ich keine sehen mag. Frank sagt mir, es kommt daher, weil sie weiß sind. Ich bin mir nicht sicher, aber wenn Frank so was sagt, hab ich das Gefühl, er will mich dazu herausfordern, einen umzubringen.

Ich möcht von der Straße weg, um mich zu beruhigen. Frank geht mit mir in ein Café, und wir sitzen ganz hinten, gegenüber der Wand. Er setzt sich neben mich. Und er spricht mit mir. Er spricht von seiner eigenen Kindheit, und ich hab das Gefühl, er möchte mir beweisen, daß auch er als Kind Fieber in einem kahlen Zimmer hatte. Aber er hat sich durchgekämpft, er ist in seiner Stadt, er ist jetzt klug und stark. Er weiß nicht, wie neidisch er mich macht. Ich will nicht zuhören. Ich betrachte die Blumen auf den Papierservietten und vertief mich in das Muster. Er begreift nicht, was in meinem Kopf vorgeht. Er würde in hundert Jahren nicht verstehen, wie gewöhnlich die Welt für mich war, ohne etwas Gutes darin, ohne eine andere Aussicht als auf Zuckerrohr und die geteerte Straße, und wie ich von klein auf wußte, daß ich kein Leben hatte.

Gewöhnlich für mich, aber nicht für meinen Bruder. Er sollte ausbrechen, er sollte einen Beruf erlernen; dafür wollte ich sorgen. Für die Reichen und die Leute mit einem Beruf ist die

Welt nicht gewöhnlich. Ich weiß es, ich seh sie. Wo unsereins eine Hütte baut, bauen sie ein großes Haus; wo unsereins Schlamm und ein Pará-Gras-Feld hat, haben sie einen Garten; wenn wir sonntags die Zeit totschlagen, feiern sie Feste. Wir kommen alle aus demselben Topf, aber manche kommen voran, und manche bleiben auf der Strecke. Manche bleiben so früh auf der Strecke, daß sie es gar nicht merken und es ihnen egal ist.

Wie mein Vater. Er konnte weder lesen noch schreiben, und es war ihm egal. Er macht sogar Witze über sein Analphabetentum, klatscht sich auf die dicken Arme und lacht. Er sagt, diese Seite des Lebens überläßt er gern seinem jüngeren Bruder, der Büroangestellter in der Stadt ist. Und immer wenn er seinen Bruder trifft, verwandelt er sein Leben in eine Geschichte und reißt Witze darüber, und auch über uns Kinder reißt er Witze. Aber trotz aller Witze, die er machte, sah man, daß mein Vater sich einbildete, sehr klug zu sein und das bessere Los gezogen zu haben. Meine zwei älteren Schwestern und mein älterer Bruder sind genauso. Sie haben in der Schule nur das Nötigste gelernt, dann – so würde es früher gemacht – geheiratet, mein älterer Bruder fing an, seine Frau zu verprügeln, und so weiter, machte alles so wie die Leute früher, betrank sich freitags und samstags und verpraßte sein Geld, ohne sich zu schämen.

Ich war das vierte Kind und der zweite Sohn. Um mich herum veränderte sich die Welt, als ich größer wurde. Ich hab gesehen, wie Leute weggegangen sind, um sich weiterzubilden und als große Männer zurückzukommen. Ich hab gewußt, daß ich zu kurz kam. Ich hab gewußt, welchen Verlust es für mich bedeutete, mit der Schule aufhören zu müssen, und ich wollte, daß mein Bruder es besser hatte. Ich hab gemerkt, daß ich die Dinge soviel klarer sah als meine übrige Familie; sie haben mir immer gesagt, daß ich so empfindlich bin. Ich hab gemerkt, wie ich zum Familienoberhaupt wurde. Ich hab den Ehrgeiz und die Schande für alle getragen. Der Ehrgeiz ist wie Schande, und die Schande ist wie ein Geheimnis und tut immerzu weh. Selbst heute, wo alles vorbei ist, kann es wieder anfangen weh zu tun. Frank wird nie verstehen, was in meinem Kopf vorgeht.

In unserer Nachbarschaft lebte früher ein Mann in einem großen, zweistöckigen Haus. Das Haus war aus Beton gebaut, aus verzierten Betonblöcken, und wunderschön ockergelb, mit schokoladebraunen Holzverkleidungen, alles so adrett und hübsch, daß es zum Anbeißen aussah. Ich sah mir täglich das Haus an und dachte, es ist das Haus eines Reichen, denn der Mann war reich. Er war reich, aber früher einmal war er arm gewesen wie wir, und es hieß, daß er ein paar Morgen Ölfelder im Süden besaß. Ein einfacher Mann wie mein Vater, ohne besondere Bildung. Aber in meinen Augen machten ihn die Ölfelder und das Glück und das Geld und das Haus zu einem großen Mann.

Ich betete diesen Mann an. Er hatte nichts Übertriebenes an sich; manchmal sah man ihn auf der Straße auf einen Bus oder ein Taxi warten, um in die Stadt zu fahren, und wenn man nicht wußte, wer er war, hätte man ihn gar nicht bemerkt. Ich betrachtete alles an ihm ganz genau, sah in allem Glück und Geld, in dem Haar, das er kämmte, in dem Hemd, das seine Hände zuknöpften, in den Schuhen, die seine Hände schnürten. Er lebte allein in dem Haus. Seine Kinder hatten geheiratet, und es hieß, daß er sich mit seiner Familie nicht vertrug und daß ihn viele Sorgen bedrückten. Aber für mich war sogar das ein Teil seiner Größe.

Einmal fand im Dorf eine Hochzeit statt, eine altmodische Hochzeit, die die ganze Nacht dauerte, und der reiche Mann

stellte sein Haus zur Verfügung. Und an diesem Hochzeits-
abend betrat ich zum ersten Mal das Haus. Das Haus, das von
außen so groß aussah, ist drinnen in Wirklichkeit sehr klein.
Das Erdgeschoß besteht nur aus Betonsäulen um eine offene
Halle herum. Oben sind fünf kleine Zimmer, die vorderen
und hinteren Veranden nicht mitgerechnet. Die Beleuchtung
ist trübe, sehr trübe. Daran erinnere ich mich am besten. Daran und an den Geruch von toten Ratten. Überall spürt man
Staub, Staub rieselt auf einen runter, wenn man durchs Haus
geht. Es ist kein Staub, es ist der Kot der Holzwürmer, glatte,
winzige Eier aus Holz, die einem unter der Hand wegrollen,
wen man die Hand irgendwo hinlegt.

Der Salon ist vollgestopft mit Möbeln, eine Morris-Sitz-
garnitur und viele Tische und was dazu gehört, aber man hat
den Eindruck, daß alles zerbricht, wenn man es zu fest anfaßt.
Nur Möbel im Salon, sonst nichts, keine Bilder, nicht einmal
ein Kalender, nichts außer einem Haufen christlicher Zeitschriften von den Zeugen Jehovas oder so was, Dinge, die wir
anderen wegwerfen, die aber er, der Reiche, aufhebt, und dabei ist er nicht einmal Christ. Das Haus ist wie eine Gruft. Als
ob niemand dort wohnt, als ob der Reiche gar nicht weiß, warum er das Haus gebaut hat.

Und dann wird der Mann eines Tages erschossen. Wegen
Geld, wegen Familienstreitigkeiten – niemand weiß, warum.
Ein weiteres Geheimnis des Landes. Die schwarze Polizei
schlägt überall Plakate an, die 500 Dollar Belohnung verspre-
chen, als sei das Dorf plötzlich so etwas wie Dodge City, wie
etwas aus *Jesse James,* mit Henry Fonda und Tyrum Power
gleich um die Ecke.

Alle warten auf das Drama. Aber es gibt kein Drama. Die
Plakate verblassen und gehen kaputt, die Polizei vergißt die
Sache, das Haus bleibt stehen. Die Ockerfarbe bleicht aus, das

Wellblechdach rostet, der Rost läuft die Mauern runter, und bald steigt die Feuchtigkeit aus der Erde rauf wie hellgrünes Buschwerk. Das Hellgrün wird dunkel, wird schwarz, und echtes Buschwerk wächst davor hoch. Schimmel macht das Haus fleckig, das Dach ist voller Rost. Die Farbe blättert ab, die Maserung scheint allmählich durch, das Holz wird hohl, die weichen Teile zerbröckeln, bis nur das Harte übrigbleibt, wie ein Skelett. Und die ganze Zeit, während ich dort lebe, bleibt das Haus einfach so stehen.

Heute weiß ich, daß der Mann, den ich für reich gehalten hab, überhaupt nicht reich war. Und ich hab das Gefühl, daß ich von hier, von dieser Stadt aus, die wie ein Land ist, hinunterblicken und das ganze Dorf in dem feuchten Flachland sehen kann, die kleine, bucklige, geteerte Straße, schwarz zwischen dem grünen Zuckerrohr, die Gräben mit dem hohen Gras, die strohgedeckten Hütten, das Wasser in den gelben Höfen nach dem Regen und das rostige Dach dieses einzigen Betonhauses, das verfällt.

Man fragt sich, wie Leute in ein solches Dorf kommen, wie dieser Ort ihre Heimat wird. Aber es ist ihre Heimat, und niemand arbeitet an einem sonnigen Sonntag, alle ruhen sich in ihren Vorgärten aus, wo hier und da ein paar Zinnien wachsen, ein paar Ringelblumen, Hahnenkamm, Frauenschuh und der übliche Hibiskus. Der Friseur macht seine Runde, unter den Mangobäumen sitzen Leute und lassen sich die Haare schneiden. Und in meiner Erinnerung ist es an einem solchen Vormittag, daß ich den jüngeren Bruder meines Vaters auf dem Fahrrad die geteerte Straße entlangkommen seh.

Der Bruder meines Vaters lebt in der Stadt. Wie er dort hingekommen ist, weshalb er etwas gelernt hat und mein Vater nicht, warum er diesen Posten bei dem Rechtsanwalt bekommen hat, all das ist lange vor meiner Geburt passiert und ist bis heute ein Geheimnis. Er ist Christ oder zumindest hat er, um zu zeigen, wie fortschrittlich er ist, einen christlichen Namen angenommen, Stephen. Zwar verspottet ihn mein Vater hinter seinem Rücken wegen diesem Namen, aber wir sind alle stolz auf Stephen und genießen durchaus das bißchen Ruhm und die Achtung, die er uns im Dorf verschafft.

Es ist jedesmal eine große Sache, wenn er uns besuchen kommt. Die Nachbarn kündigen ihn bereits vorher an, meine Mutter schlachtet sofort ein Huhn, und mein Vater stellt die Rumflasche, Gläser und Wasser auf den Tisch. Ein Fest! Und zum Schluß, kurz bevor Stephen aufbricht, schenkt er den Kindern Kupfermünzen für die Nachmittagsdoppelvorstellung, am Sonntag um halb fünf.

Oder zumindest war es früher so. Als ich klein war, hab ich Stephen angebetet. Und während ich ihn so angebetet hab, dachte ich, daß er allein in der Stadt lebt und wir seine einzige Familie sind. Aber dann wurde ich enttäuscht. Ich bekam mit, daß er seine eigene Familie hatte, mit einem Haufen kleiner Mädchen, die in die Klosterschule gingen, und einem eigenen Sohn, einem klugen Jungen, der in der Schule sehr gut war und den er vergötterte. Der Junge war etwa in meinem Alter oder ein bißchen älter. Ein-, zweimal kam er uns besuchen. Er war nett und still, spielte sich uns gegenüber nicht auf, und man sah, daß mein Vater in gewisser Weise auf ihn stolzer war als auf mich oder meinen jüngeren Bruder und daß Stephens Sohn das war, was er sich von einem Sohn erwartete, anders als wir, ein kluger Junge mit beruflicher Zukunft. Mein Vater gab ihm kein Geld für die Nachmittagsvorstellung. Er schickte ihm einen Shirley-Temple-Füller und eine Mickymaus-Armbanduhr.

Stephen meldet sich nie vorher an, und man fragt sich, warum sich ein solcher Mensch entschließt, seine Familie an einem Sonntagmorgen zu verlassen, um mit uns auf dem Lande zu feiern. Mein Vater sagt, daß Stephen froh ist, dem modernen Leben von Zeit zu Zeit zu entkommen, daß er mit seiner christlichen Frau nicht glücklich ist und wegen seinem Fortschritt voller Sorgen steckt. Ich weiß nicht, was für Sorgen ein Mensch wie Stephen haben kann. Und wenn er Sorgen hat, so sind sie nicht immer zu erkennen.

Stephen ist ein Witzbold und Spötter. Noch ehe er sein Rad in den Schatten stellt, noch ehe er seinen Hut und seine Hosenklammern abnimmt, ja sogar noch ehe er das erste Glas Rum getrunken hat, fängt Stephen an zu spotten. Ich weiß nicht, warum er unseren Esel so komisch findet, er tut gerade so, als hätte er noch nie zuvor einen gesehen. Er verspottet uns wegen dem Esel, er verspottet uns, als der Esel stirbt. Als wir dann den Lastwagen kaufen, der, weil er kaputt ist, ein paar Wochen aufgebockt unter dem Haus liegt, verspottet er uns deshalb. Alles, was wir tun, wird von Stephen nur verspottet, und mein Vater, der darüber lacht, ermutigt ihn noch.

Stephen hat anfangs auch mich verspottet: »Wann willste denn den hier verheiraten?« fragte er meinen Vater andauernd, selbst als ich noch klein war. Mein Vater lachte dann immer und sagte: »Nächstes Jahr. Ich hab ein nettes Mädchen für ihn.« Aber als ich älter wurde und zeigte, daß ich Stephens Späße nicht mochte, hat er mich nicht mehr verspottet.

Stephen ist kein schlechter oder grausamer Mensch. Er ist einfach ein geborener Spaßmacher, trotz all seiner sogenannten Sorgen. Manchmal verspottet er auch sich selbst. Einmal, er hatte seinen Sohn zu Besuch mitgebracht, sagte er: »Mein Sohn hat noch nie gelogen.« Ich fragte den Jungen: »Ist das wahr?« Er sagte: »Nein.« Stephen brach in Gelächter aus und sagte: »Mein Gott, das ist euer Einfluß! Der Junge hat eben zum ersten Mal gelogen.« So ist Stephen, hinter all dem Spott immer ein bißchen Ernst, und man hat das Gefühl, daß er uns unter anderem darum verspottet, weil er uns lieber etwas fortschrittlicher gehabt hätte.

Stephen fragte meinen Vater dauernd, was wir für die Ausbildung meines jüngeren Bruders tun. »Die anderen sind schon verloren«, sagte Stephen. »Aber diesem könntest du noch immer ein bißchen Bildung verschaffen. Dayo, Junge, möchtest du gern etwas lernen?« Und Dayo rieb sich dann den Knöchel mit dem Fuß und erwiderte: »Ja, ich würd gern was lernen.« Ich glaube, es war die Schönheit des Jungen, die Stephen anzog. Er sagte immer: »Ich nehm Dayo zu mir.« – »Ja«, sagte darauf mein Vater, »nimm ihn mit, und laß ihn was lernen. In der Schule hier lernt er überhaupt nichts. Ich weiß nicht, was die Lehrer heutzutage den Kindern beibringen.«

Ich hab immer gedacht, es wäre schön, wenn Stephen sich für Dayo interessieren und seine Beziehungen nutzen könnte, um Dayo in einer guten Schule in der Stadt unterzubringen. Aber ich hab gewußt, daß es von Stephen nur so dahergesagt war, ein durch Rum und Curryhuhn ausgelöstes Gerede, und ich wußte nicht, wie ich ernsthaft mit ihm über Dayo sprechen sollte. Wäre Stephen ein Fremder gewesen, wäre es anders gewesen. Aber Stephen gehört zur Familie, und Familien sind komisch. Ich wollte Stephen oder seinem Sohn nicht den Eindruck geben, daß ich mit ihnen konkurrieren wollte. Wenn Stephen das glaubte, würde er sich nicht nur lustig über mich machen, er könnte sogar ärgerlich werden.

Also ließ ich Stephen reden. Ich wußte, daß er trinken und spotten würde, daß seine Augen sich immer mehr röten würden, bis seine Sorgen sich in seinem Gesicht offenbarten, und daß er, wenn das Fest vorbei war, sich auf sein Fahrrad schwingen und in die Stadt und zu seiner Familie zurückfahren würde.

Ich hab gewußt, daß Stephen sich für Dayo nicht wirklich interessierte, weil Stephens ganzes Denken und Fühlen von seinem eigenen Sohn erfüllt war. Seit Jahren schon sprach Stephen über das zukünftige Studium seines Sohnes, und seit Jahren hat er für dieses zukünftige Studium gespart, er hat kein Geheimnis daraus gemacht. Selbst als die Zeit für dieses Studium näher rückte, als alles mit der Universität in Kanada abgemacht war, ließ Stephens Spannung nicht nach. Man bekam allmählich das Gefühl, daß Stephen nicht nur ehrgeizig für seinen Sohn war, sondern daß er auch Angst hatte. Er war wie ein Mensch, der eine Last mit sich herumträgt, an der er zerbrechen könnte. Selbst mein Vater bemerkte die Veränderung in ihm und begann hinter Stephens Rücken zu sagen: »Mein Bruder Stephen wird noch an seinem Sohn kaputtgehen.« Mein Vater hatte gut reden. Er hatte keinem seiner Kinder eine höhere Schulbildung verschafft, an der er kaputtgehen konnte.

Dann kam an einem Sonntagnachmittag, ein paar Monate ehe der Junge abreiste, Stephen zu uns. Wie gewöhnlich ohne sich anzumelden. Diesmal kam er nicht mit dem Rad, und er war nicht allein. Er kam mit einem Auto, und seine ganze Familie war dabei. Von dem Pará-Grasfeld hinter dem Haus aus sah ich den Wagen anhalten, sah Stephens sämtliche Töchter aussteigen und dachte an den Zustand unseres Hauses. Ich raste hinauf und fing an, wie wild zu fegen und Ordnung zu schaffen. Aber mein Mut verließ mich, denn ich sah das Haus, wie die Mädchen es sehen würden. Und als ich schließlich die Stimmen auf der Seitentreppe hörte, tat ich so wie mein Vater, dem alles egal ist, der über alles Witze macht und den Leuten zu verstehen gibt, daß wir sind, wie wir sind, und damit basta.

Also kamen sie alle nach oben. Und man sah die Verachtung im Gesicht von Stephens christlicher Frau und seinen christlichen Töchtern. Es wäre viel erträglicher gewesen, wenn sie häßlich gewesen wären. Aber sie waren nicht häßlich, und ich fand ihre Verachtung berechtigt. Ich hab versucht, mich im Hintergrund zu halten. Aber dann grinste meine Mutter, rieb sich mit dem schmutzigen Fuß den Knöchel und zog den Schleier über die Stirn, als wäre es das einzige, was sie tun konnte, um sich sehen zu lassen, und sagte: »Stephen, du hast dich nicht angemeldet. Und du hast diesen Jungen« – womit sie auf mich deutete – »dazu gebracht, hier herumzurennen und Ordnung zu machen.« Und sie lachte, als hätte sie einen guten Witz gemacht.

Die törichte Frau wußte nicht, was sie sagte. Ich lief aus dem Haus nach hinten in das Pará-Grasfeld und dann durch das Zuckerrohr und versuchte, gegen die Schande und den Ärger anzukämpfen.

Ich lief und lief und dachte, daß ich am liebsten nie wieder in das Haus zurückkehren würde. Aber der Tag ging zu Ende, und ich mußte zurück. Die Frösche quakten und sangen in den Kanälen und den Gräben, das Haus war schwach beleuchtet. Niemand hatte mich vermißt. Niemand hat richtig mit mir gesprochen. Niemand hat danach gefragt, wohin ich gegangen war oder was ich gemacht hatte. Alle im Haus waren erfüllt von der Neuigkeit. Dayo sollte in die Stadt ziehen und bei Stephen und seiner Familie wohnen. Stephen wollte ihn auf die Schule oder aufs College schicken und sich um sein Studium kümmern. Stephen wollte aus ihm einen Arzt, einen Rechtsanwalt oder so was machen. Alles war abgemacht.

Es war wie ein Traum. Aber er ist im falschen Moment gekommen. Ich hätte glücklich sein müssen, aber ich hab das Gefühl, jetzt ist für mich alles vergiftet. Jetzt, wo Dayo fortgehen soll, hab ich das Gefühl, trag ich ihn mit mir herum, genau wie Stephen seinen eigenen Sohn mit sich herumträgt, wie etwas, das einen zerbrechen kann. Und gleichzeitig ist da, Verzeihung, ein neues Gefühl in meinem Herzen. Ich warte nur darauf, daß mein Vater und meine Mutter, Stephen und seine gesamte Familie, daß alle, die an jenem Tag da sind, sterben, damit ich mit ihnen meine Schande begraben kann. Ich hasse sie.

Selbst heute kann ich sie noch hassen, wo ich mehr Grund hätte, Weiße zu hassen, dieses Café, diese Straße und diese Leute, die mich lähmen und mein Leben ruinieren. Aber der Tote bin jetzt ich.

Früher einmal hatte ich eine Vision von einer großen Stadt. Sie war nicht wie diese, hatte nicht solche Straßen. Ich sah immer einen hübschen Park mit hohen Eisengittern, die wie Speere waren, mit alten, dicken Bäumen, die aus dem breiten Bürgersteig emporwuchsen, Regen, der wie in *Waterloo Bridge* auf Robert Taylor herabfiel, und der Bürgersteig war bedeckt mit schön geformten Blättern in hübschen Farben, gold, blaßrot und karminrot.

Ahornblätter. Stephens Sohn hat uns eins geschickt, nicht lange nachdem er nach Montreal gezogen ist, um zu studieren. Der Briefumschlag war lang, die Briefmarke fremd, und in dem Umschlag und seinem Brief lag das hübsche Ahornblatt, eines von Tausenden auf den Bürgersteigen. Ich nahm den Umschlag und das Blatt oft zur Hand, studierte die Briefmarke und sah Stephens Sohn auf dem Bürgersteig an dem dunklen Gitter entlanggehen. Es ist sehr kalt, und ich sehe, wie er stehenbleibt, um sich die Nase zu putzen, die Blätter auf dem Boden betrachtet und dann an uns, seine Cousins, denkt. Er trägt einen Mantel, um sich vor der Kälte zu schützen, und hält eine Mappe unter dem Arm. So stelle ich mir ihn in Montreal vor, wie er seinem Studium nachgeht und glücklich unter den Ahornblättern entlangläuft. Und so will ich auch Dayo sehen.

Nachdem Stephens Sohn nach Montreal gegangen war, brach die Eifersucht auf Dayo in Stephens Familie richtig aus. Sie straften den Jungen mit Verachtung. Sie zwangen ihn, im Wohnzimmer zu schlafen, und er mußte sich ein Bett auf dem Fußboden richten, wenn alle anderen schlafen gegangen waren. Er hatte kein Zimmer, um zu lernen, wie Stephens Sohn es gehabt hatte. Er las seine Bücher auf der winzigen vorderen Veranda von Stephens winzigem Haus. Die Veranda lag fast zu ebener Erde, so daß Dayo jeden Passanten sehen und jeder ihn sehen konnte. Ihn sehen? Sie konnten die Hand ausstrecken und die Seiten im Buch, das er gerade las, umblättern. Immerhin hat ihm das regelmäßige Lesen und Lernen auf der Veranda ein bißchen Ruhm und Achtung in der Gegend eingebracht, und ich glaube, dieses bißchen Achtung, das der Junge sich allmählich erwarb, war der Grund, daß Stephens Familie sauer war. Sie bildeten sich ein, sie wären die einzigen, die lernen dürften.

Besonders Stephens Töchter stellten sich gegen den Jungen, wo man doch meinen sollte, daß sie auf ihren schönen Cousin stolz waren. Aber nein, wie alle armen Leute wollten sie die einzigen sein, die aufstiegen. Es sind immer die Armen, die die Armen unten halten wollen. Also meinten sie, daß Dayo sie herunterziehen würde. Es hätte mich nicht überrascht, wenn Stephen uns eines Tages mitgeteilt hätte, daß Dayo seinen Töchtern nachstellte.

Man kann sich vorstellen, wie froh sie alle gewesen sind, als Dayo bei seinen verschiedenen Prüfungen durchfiel. Man kann sich vorstellen, wie sie innerlich frohlockten. Schuld war die schlechte Schule, in die Dayo ging. In eine der guten kam er nicht rein. Diese Schulen reden immer von mangelnden Vor- und Grundkenntnissen, so daß Dayo auf eine Privatschule gehen mußte, wo die Lehrer selbst unqualifizierte Dummköpfe waren. Aber daran dachten Stephens Töchter nicht.

Man hätte meinen sollen, daß sich Stephen nach all seinen großartigen Forderungen nach Fortschrittlichkeit für Dayo eingesetzt und den Jungen auf irgendeine Weise unterstützt und ermutigt hätte. Aber nachdem sein Sohn weggegangen war, wurde Stephen selber sehr merkwürdig. Er hat sich für nichts mehr interessiert, er war wie ein Mann in Trauer. Er war wie ein Mann, der mit schlechten Nachrichten rechnet, mit etwas, das ihm in den Händen zerbrechen und ihn verletzen könnte. Sein Gesicht wurde schwammig, sein Haar grau und borstig.

Aber die erste schlechte Nachricht war für mich. Ich komme eines Tages müde von meinem Job als Lastwagenfahrer nach Hause und finde Dayo vor. Er ist gut angezogen, er ist wie jemand auf Besuch. Aber er sagt, er hat Stephens Haus für immer verlassen, er geht nicht wieder zurück. Er sagt: »Sie wollen aus mir einen Hofknecht machen. Sie wollen, daß ich für sie den Botenjungen spiele.« Ich seh, wie er leidet, und seh, daß er Angst hat, daß wir ihm nicht glauben und ihn zwingen zurückzugehen.

Das hätte mein Vater gern getan. Er kratzt sich die Arme und reibt sich mit der Hand den stoppeligen grauen Kinnbart, gibt sein typisches Geräusch von sich und sagt, als wüßte er alles und wäre sehr klug: »Damit mußt du dich eben abfinden.«

Also kann sich der arme Dayo nur an mich wenden. Und als ich ihm ins Gesicht seh, das so traurig und verängstigt ist, werd ich schwach, und ich zitter. Das Blut pocht in meinen Adern, und in meinen Armen sticht es, als ob Draht darin wäre und an dem Draht gezerrt würde.

Dayo sagt: »Ich muß dort weg. Ich muß fort. Ich spür, daß mich diese Leute, wenn ich bleibe, mit ihrem Neid völlig lähmen.«

Ich weiß nicht, was ich sagen soll. Ich kenn mich nicht aus. Ich hab keine Beziehungen. Stephen ist derjenige, der Beziehungen hat, aber den kann ich jetzt nichts fragen.

»Es gibt hier nichts für mich zu tun«, sagt Dayo.

»Was ist mit den Ölfeldern?« frag ich ihn.

»Ach, geh mir mit den Ölfeldern. Die besten Posten behalten die Weißen für sich. Das einzige, was man dort werden kann, ist Laborgehilfe.«

Laborgehilfe – das Wort hab ich noch nie gehört, und es hat mich sehr beeindruckt. Stephens Familie will Dayos Fähigkeiten nicht anerkennen, aber ich seh, welche Fortschritte der Junge in zwei Jahren gemacht hat und wie er eine neue Sprechweise entwickelt hat. Er spricht jetzt nicht mehr hastig, seine Stimme ist nicht mehr mal laut, mal leise, er gestikuliert viel und hat sich eine hübsche Betonung zugelegt, so daß er manchmal wie eine Frau klingt. So wie gebildete Leute klingen. Mir gefällt seine neue Art zu sprechen, auch wenn es mich verlegen macht, ihn anzusehen und zu denken, daß mein Bruder nun die Sprache richtig beherrscht. Ich hab ihn also reden lassen, und dadurch sind seine Traurigkeit und Angst verschwunden.

Dann hab ich ihn gefragt: »Was würdest du studieren, wenn du weggehst? Medizin? Buchprüfung? Jura?«

Meine Mutter unterbricht mich und sagt: »Ich weiß nicht, aber ich hab schon immer, seit Dayo klein ist, gedacht, ich hätt es gern, wenn er Zahnmedizin studiert.«

Da zeigt sich mal wieder ihre Intelligenz, denn es ist ganz klar, daß sie bis zu diesem Augenblick noch nie an Zahnmedizin oder sonstwas für Dayo gedacht hat. Wir haben sie reden lassen, und dann ging sie in die Küche, und Dayo hat weiter gesprochen. Er hat mir keine genaue Antwort gegeben, er will auf etwas Bestimmtes hinaus, und schließlich kommt es. Er sagt: »Luftfahrttechnik.«

Das ist, wie Laborgehilfe, ein Wort, das ich noch nie gehört habe. Es erschreckt mich ein bißchen, aber Dayo sagt, in England gibt es ein College, wo man einfach hingehen und das Studiengeld zahlen kann. Also einigen wir uns, daß er fortgeht, um Luftfahrttechnik zu studieren.

Und kaum sind wir uns einig, benimmt sich Dayo, als sei er ein entlaufener Sträfling, als müsse er ein bestimmtes Schiff erwischen, als könne er keinen Monat länger auf der Insel bleiben. Wie sich herausstellt, muß er tatsächlich ein Schiff erwischen. Es stellt sich heraus, daß er einige Freunde hat, mit denen er nach England gehen will. Also laufe ich hierhin und dorthin, borge Geld von diesem und jenem, unterschreibe diesen und jenen Schuldschein, bis die Geldfrage geregelt ist. All das geschah sehr schnell, und ich weiß noch, wie ich, als Dayo lächelnd das Schiff bestieg, dachte, dies sei einer der Augenblicke, über die man erst hinterher wirklich nachdenken kann. Als das Schiff ablegte und ich das ölige Wasser zwischen Schiff und Dock sah, wurde mir schwer ums Herz. Mir war ganz elend. Mir war, als sei alles zu glatt gegangen, und ich hatte das Gefühl, daß etwas, das so glatt geht, kein gutes Ende nehmen kann. Und dazu kam noch mein Schmerz um den Jungen, diesen schmächtigen Jungen in seinem neuen Anzug.

Der Schmerz setzte mir zu. Innerlich machte ich Stephen und seiner Familie Vorwürfe wegen ihrem Neid. Und zwei oder drei Tage nach Dayos Abfahrt hielt ich es nicht mehr aus, ich ging in die Stadt zu Stephens Haus.

Es war ein winziges, altmodisches Holzhaus in einem schlechten Viertel der Stadt, und ich schämte mich bei dem

Gedanken, daß ich früher einmal Stephen für einen großen Mann gehalten hatte. Jetzt erkannte ich, daß Stephen in der Stadt wenig galt, daß seine ganze Hoffnung und die Hoffnung seiner Töchter auf dem Sohn ruhten, der in Montreal studierte. Für sie war er sozusagen der Prinz. Und in dem kleinen Haus ohne Vorgarten und mit fast keinem Garten nach hinten raus lebten sie wie Schneewittchen und die sieben Zwerge, mit ihren kleinen ausländischen Bildern in ihrem kleinen Salon und mit ihren zierlichen, polierten Möbeln. Man hatte immer das Gefühl, daß man den Kopf einziehen mußte, wenn man aufrecht und normal ging, und Angst haben mußte, etwas umzustoßen.

Es war später Nachmittag, als ich hinging. Alle waren zu Hause, Stephen saß im Schaukelstuhl auf der Veranda. Ich war überrascht, wie alt er aussah. Sein Haar war inzwischen wirklich ganz grau, borstig und steif. Alle sahen mich an, als glaubte sie, ich wäre gekommen, um Ärger zu machen. Ich enttäuschte sie. Ich küßte Stephen auf die Wange, und ich küßte seine Frau. Die Mädchen taten, als würden sie mich nicht sehen, und das war mir nur recht.

Sie boten mir Tee an. Nicht auf unsere primitive, rustikale Weise, wo man Kondensmilch, braunen Zucker und Tee gleich zusammenschüttet. O nein. Tee, Milch, weißer Zucker, alles getrennt. Ich tat, als wäre ich einer von den sieben Zwergen und machte alles, was sie von mir verlangten. Dann fragten sie mich, wie ich erwartet hatte, nach Dayo.

Ich rührte mit ihrem kleinen Löffel in meinem Tee, trank einen Schluck, stellte die Tasse wieder hin und sagte: »Ach, Dayo. Er ist abgereist. Auf der *Colombie*.«

Stephen war so erstaunt, daß er mit dem Schaukeln aufhörte. Dann begann er zu lächeln. Er sah genau wie mein Vater aus.

Stephens Frau, in ihrem kurzen Kleid die personifizierte christliche Schamlosigkeit, fragte: »Und weshalb ist er fort? Um Arbeit zu suchen?«

Ich hob die Teetasse und antwortete: »Um sein Studium fortzusetzen.«

Stephen wurde jetzt ärgerlich und sagte: »Sein Studium fortzusetzen? Er hat doch noch nicht einmal damit angefangen.«

»Das ist Ansichtssache«, sagte ich, ein Ausdruck, den ich von Dayo aufgeschnappt hatte.

Eines der Mädchen, eine sehr hübsche und boshafte Kleine, kam an und fragte: »Was will er denn studieren?«

»Luftfahrttechnik.«

Der Schock stand Stephen ins Gesicht geschrieben, und beinahe hätte ich gelacht. Alle waren jetzt rasend vor Neid. Alle Mädchen kamen an und umringten mich in dem kleinen Salon wie bei einem Boxkampf. Ich trank lediglich meinen Tee aus ihrer kleinen Tasse. An den Wänden hatten sie all diese Bilder und Fotos von fremden Landschaften hängen, als ob sie, weil sie Christen und so weiter waren, von diesen Dingen etwas verstanden.

»Luftfahrttechnik«, sagte Stephen. »Er sollte lieber ein Taxi zwischen dem Flughafen und der Stadt hin und her steuern.«

Die Mädchen kicherten, und Stephens Frau lächelte. Stephen war wieder der Spötter und Witzbold, der Herr der Lage, und die Familie war wieder beruhigt. Sie wurden etwas fröhlicher. Ich merkte, daß ich, wenn ich länger blieb, anfangen würde, sie zu beschimpfen, deshalb stand ich auf und ging. Beim Weggehen hörte ich, wie eins der Mädchen lachte. Ich kann gar nicht beschreiben, mit welchem Haß mich das erfüllte.

Am nächsten Morgen wachte ich um vier Uhr früh auf, und der Haß war noch immer da. Der Haß fraß unaufhörlich an

mir, bis der Tag anbrach und ich aufstand, und den ganzen Tag
fraß er in mir weiter, während ich arbeitete und den Lastwagen zwischen den Kiesgruben hin und her fuhr.

Am Nachmittag, nach Feierabend, als der Lastwagen unter
dem Haus geparkt war, nahm ich ein Taxi und fuhr noch einmal in die Stadt zu Stephens Haus. Ich wußte nicht, was ich
tun würde. Einerseits wollte ich mich wieder mit ihnen vertra-
gen, Stephens Späße hinnehmen und beweisen, daß ich darüber lachen konnte.

Aber das wäre Schwäche, wäre töricht und falsch gewesen,
weil man mit seinem Feind nicht wirklich spaßen kann. Wenn
man herausfindet, wer der Feind ist, muß man ihn umbringen,
bevor er einen selbst umbringt. Und so dachte ich andrerseits,
ich würde hingehen und alles in ihrem Haus kurz und klein
schlagen, einen der Salonstühle von Wand zu Wand, von
Jalousie zu Jalousie schleudern, durch all die winzigen Zimmer, quer durch all die verdammten Schnitzereien.

Dann geschah etwas Seltsames. Vielleicht, weil ich am Morgen so früh aufgewacht war. Die Verstopfung, die ich den
ganzen Tag gehabt hatte, löste sich plötzlich, und als ich endlich bei Stephens Haus angekommen war, wollte ich nichts
weiter als eine Toilette.

Also rannte ich ins Haus. Stephen schaukelte auf der kleinen Veranda. Aber ich sagte kein Wort zu ihm. Ich sagte weder
guten Tag noch sonst etwas zu seiner Frau und den Töchtern.
Ich ging geradewegs auf ihre Toilette, wo ich lange Zeit blieb,
und ich zog an der Kette und wartete, bis sich der Wasser-
behälter wieder gefüllt hatte, und zog dann abermals an der
Kette. Dann ging ich hinaus, ging durch das Haus, sagte zu
keinem Menschen ein Wort, trat auf die Straße und merkte,
wie in meinen Armen das Gefühl zurückkehrte, keine ge-
spannten Drähte mehr darin waren, und ich ging immer

weiter, bis mein Kopf sich abkühlte, und dann nahm ich ein Taxi nach Hause, bis zur Kreuzung.

Und am nächsten Morgen wach ich wieder um vier Uhr früh in der Dunkelheit auf, aber diesmal hab ich Angst. Ich will nur weinen und um Vergebung beten, und ich merk langsam, daß mit mir etwas nicht stimmt, daß mein Leben und mein Verstand verkorkst sind. Sogar der Haß in mir drin läßt nach. Ich kann keinen Haß mehr empfinden. Ich fühle mich verloren. Ich denke an Dayo, wie er im alten Haus krank auf dem Fußboden liegt und wie er auf der weißen *Colombie* abgereist ist. Und selbst als ich morgens aufsteh, fühl ich mich noch immer verloren.

Ich bin auf Strafe gefaßt. Ich wußte nicht, in welcher Form, aber ich erwarte sie täglich. Täglich warte ich auf eine Nachricht von Dayo, aber er schreibt nicht. Am liebsten würd ich zu Stephens Haus zurückgehen, einfach zurückgehen, um mich hinzusetzen und nichts zu tun, nicht einmal zu reden. Aber ich geh keinmal hin.

Und dann bekommt Stephen Nachricht von seinem Sohn. Und die Nachricht lautet, daß Stephens Sohn in Montreal verrückt geworden ist. Das Studium und sein Vater waren zu viel für ihn, und in Montreal ist er verrückt geworden, wie es bei Polizeihunden passiert, die irrsinnig werden, wie bei Haustieren, wenn man ihre Herren umbringt. Da hat Stephen nun seine schlechte Nachricht. Der Prinz kommt nicht mehr, und in dem kleinen Haus in der Stadt ist die Familie völlig am Boden zerstört.

Mein Vater sagt: »Ich hab immer gesagt, daß Stephen mal an dem Jungen kaputtgehen wird.«

Er empfindet sich als Sieger. Er hat nichts getan, nur einfach abgewartet und gesiegt. Ich aber erinnere mich an meinen eigenen Haß, den Haß, der mich krank gemacht hat, und am liebsten würd ich sie alle umbringen.

Ich muß jetzt an das Ahornblatt denken, das der Junge uns in dem Luftpostkuvert mit der fremden Briefmarke geschickt hat: Wie er im Mantel und mit der Mappe die Straße entlanglief, als er seinem Studium nachging. Die Straße ist noch immer da, der Regen ist schon tausendmal auf sie runtergeprasselt, die Blätter liegen noch immer auf dem Bürgersteig neben den schwarzen Gitterstäben. Jetzt kommt es mir so vor, als ging ich selbst auf diesem Bürgersteig zwischen den seltsamen Blättern. Seltsame Blätter, seltsame Blumen, die ich manchmal pflücke. Ich hab Papier; das Papier hat Linien wie ein Schulheft von einem Kind und eine Nummer, und Frank schreibt eigenhändig meinen Namen oben auf die gepunktete Zeile. Aber ich habe keinen, dem ich schreiben oder ein Blatt oder eine Blume schicken könnte.

Das Wasser schwarz, das Schiff weiß, die Lichter strahlen. Und im Inneren des Schiffs, tief unten, alle bereits wie Gefangene. Trübes Licht, alle liegen in den Kojen. Am Morgen ist das Wasser blau, aber man sieht kein Land. Man fährt einfach dorthin, wo das Schiff hinfährt, und nie wieder wird man ein freier Mann sein. Das Schiff stinkt wie Erbrochenes, wie die Hintertür eines Restaurants. Tag und Nacht bewegt sich das Schiff. Das Meer und der Himmel verlieren die Farbe, alles ist grau. Ich will nicht, daß das Schiff anhält, ich will nie mehr an Land gehen. In der Koje unter mir liegt ein Juwelier, Khan oder Mohammed oder so. Er trägt die ganze Zeit einen Hut, die ganze Zeit, und man könnte meinen, nur zum Spaß. Aber er lacht nicht, sein Gesicht ist klein, und er redet jetzt schon davon, daß er zurückfahren will. Ich kann nicht zurückfahren, ich muß bleiben. Ich weiß nicht, warum ich mich selbst so in die Falle gelockt habe.

Das Land kommt näher, und eines Morgens sieht man es durch den Regen, mehr weiß als grün, keine Farben. Das

Schiff stoppt plötzlich, und es ist sehr still, und drunten im Wasser liegt ein Boot mit ein paar Männern in Ölzeug. Man sieht sie sich bewegen, aber man kann sie nicht hören. Und nach all den Tagen auf See ist alles im und um das kleine Boot herum sehr bunt, wie wenn sich ein Schwarzweißfilm plötzlich in einen Technicolor-Film verwandelt. Das schaukelnde Wasser ist tief und grün, die Ölhäute sind sehr gelb und die Gesichter der Leute sehr rosa.

Das geheimnisvolle Land gehört ihnen, der Fremde bist du. Keins der Häuser im Regen gehört dir. Du kannst dir nicht vorstellen, daß du durch diese Straßen gehst, die so flach in den Felsen dort drüben gebaut sind. Aber genau da mußt du hin, und sobald alle mit ihrem Gepäck in die Barkasse runtergeklettert sind, wird das Schiff tuten. Es ist weiß und groß und sicher, und es sagt auf Wiedersehen und kann gar nicht schnell genug wegkommen und dich zurücklassen. Der Technicolor-Film ist vorbei, es kommt ein anderer Film. Jetzt gibt es nur noch Lärm und Hektik und Gepäck und Zug und Verkehr. Das ist es, und schon bist du wie ein Mensch mit Scheuklappen.

Ich sag mir, ich bin nach England gekommen, um bei Dayo zu sein und mich um ihn zu kümmern, für ihn zu sorgen, während er sein Studium fortsetzt. Aber ich sah Dayo nicht am Kai, und ich sah ihn auch nicht am Bahnhof. Er hat mich allein gelassen. Ich mach das, was ich andere machen seh, und ich komme klar. Ich finde einen Job, ich besorge mir eine Unterkunft in Paddington. Ich lerne Busnummern und Straßennamen, ich verfolge den Wechsel der Jahreszeiten von kalt zu warm. Ich komm klar, es fehlt mir an nichts, aber nur, weil ich das Gefühl hab, es sei nicht mein eigenes Leben. Ich hab das gleiche Gefühl wie auf dem Schiff: daß ich mein Leben verloren habe, daß ich es weggeworfen hab.

Dann, nach all den Wochen, in denen er mich auf dem Trokkenen hat sitzen lassen, schreibt mir Dayo. Er versucht, mir die Schuld zu geben, er behauptet, er hätte nach Hause schreiben müssen, um meine Adresse zu erfahren. Er wohnt in einer anderen Stadt. Er schreibt nichts von Luftfahrttechnik, aber er schreibt, daß er einen bestimmten Teil seines Studiums abgeschlossen, ein Diplom bekommen hat und nun Unterstützung braucht, um nach London zu ziehen und sein Studium fortzusetzen.

Ich hab in der Zigarettenfabrik einen Tag Urlaub genommen und ein paar Pfund von meinem Postsparbuch abgehoben und bin mit dem Zug in die Stadt gefahren, in der er wohnt. So ist es immer. Man fährt mit dem Zug oder dem Bus in fremde Orte. Man weiß nie, in welcher Straße man landet, an was für einem Haus man anklopfen wird.

Eine Straße mit kleinen Reihenhäusern aus Backstein. Vom Gartentor bis zur Haustür sind es nur ein paar Schritte, und der Mann, der die Tür aufmacht, wird wütend, sobald er meinen Namen hört. Ein kleiner, alter Mann, sein Hals hat viel Platz im zu weiten Kragen, und ich versteh seinen Akzent nicht allzu gut. Aber ich meine herauszuhören, daß Dayo ihm zwölf Pfund Miete schuldet, daß Dayo abgehauen ist, ohne zu zahlen, und daß er Dayos Koffer nicht eher ausgibt, bevor er nicht sein Geld hat. Ich fang an, den kleinen Mann und sein verschimmeltes Haus zu hassen. Die Wände glänzen vor Schmutz, und als ich das Kabuff sehe, für das er drei Pfund die Woche verlangt, kann ich mich kaum beherrschen. Man muß sich jetzt dauernd beherrschen, wozu, weiß ich eigentlich auch nicht.

Im Kabuff sehe ich Dayos Koffer, noch immer mit dem Aufkleber der *Colombie*. Ich zahl und nehm ihn sofort mit. Ich hab keine Ahnung, wo in dieser Stadt Dayo sein könnte, wo er sich in diesen letzten vier Wochen versteckt hat, aber wie ein Idiot lauf ich mit dem schweren Koffer, als wäre ich selber gerade vom Schiff gekommen, die Straßen auf und ab und halte Ausschau.

Selbst als ich zum Bahnhof zurückkehre, kann ich mich nicht entschließen, abzufahren. Der Wartesaal ist leer, die Sitze mit Messern aufgeschlitzt, ein Anblick, der einen wütend macht. Ich versuch an all die Tage zu denken, die Dayo allein in dieser Stadt verbracht hat, an all die Zeiten, wo er zugesehen hat, wie es Abend wurde, und nicht gewußt hat, an wen er sich wenden soll. Und als der Zug mich nach London zurückbringt, hasse ich alles, was ich sehe, die Häuser, die Läden, den Verkehr, all diese abgesicherten Menschen, diese Kinder, die auf Sportplätzen spielen.

Am Bahnhof warte ich wieder, nehm einen Bus und dann noch einen zweiten. Als ich dann mit dem schweren Koffer um die Ecke biege, seh ich Dayo in dem Anzug, den er getragen hat, als er die *Colombie* bestieg.

Er sieht aus, als hätte er lange gewartet, als hätte er fast vergessen, worauf er wartet. Er ist nicht mager, eher etwas korpulent. In dem Moment, wo er mich sieht, wird er traurig, und mir kommen die Tränen. Als wir ins Souterrain runtergehen, umarmen wir uns und setzen uns auf das Couchbett. Ich schäme mich, es zu bemerken, aber er riecht schlecht, und seine Kleidung ist schmutzig.

Er legt seinen Kopf auf meinen Schoß, ich streichel ihn wie ein kleines Kind, und denk an all die Tage, die er allein verbracht hat ohne mich. Er schlägt mit dem Kopf auf mein Knie und sagt: »Ich hab kein Selbstvertrauen mehr, Bruder. Ich hab mein Selbstvertrauen verloren.« Ich betrachte seine langen Haare, die seit Wochen nicht mehr geschnitten worden sind, ich sehe die Innenseite seines schmutzigen Kragens. Ich sehe seine schmutzigen Schuhe. Ununterbrochen wiederholt er: »Ich hab kein Selbstvertrauen mehr, ich hab kein Selbstvertrauen mehr.«

All die bösen Dinge, die ich ihm sagen wollte, sind vergessen. Ich wiege ihn auf meinem Schoß, bis ich zur Besinnung komme und sehe, daß es dunkel geworden ist und draußen die Straßenlaterne brennt. Ich will nicht, daß er aus falschem Stolz eine Dummheit macht. Ich will ihm einen Ausweg bieten. Also frage ich: »Du willst nicht weiterstudieren?« Er hebt den Kopf, putzt sich die Nase und sagt: »Doch, doch, Bruder. Ich studier gern.« Und ich sehe, daß er jetzt glücklicher ist und nur ein bißchen sorgenvoll und einsam und entmutigt und daß in Wahrheit alles gut wird.

In der Küche huschen, sobald ich Licht mach, überall Schaben davon, über den schmutzigen alten Herd, den Kochtopf und die Bratpfanne. Ich hole Brot und Milch hervor und eine Büchse New-Brunswicker-Sardinen.

Es ist Vollmond, und die alte weiße Frau über mir legt los, wie immer bei Vollmond, sie zankt sich kreischend und fluchend mit ihrem Mann, bis einer von beiden den anderen aussperrt.

Ich mache Feuer, mehr Anzünder und Zeitungen als Kohle, dann setzen wir zwei uns zum Essen. Ich find es bloß schade, daß es im Souterrain kein Bad gibt. Aber Dayo kann am nächsten Tag in die Badeanstalt gehen, kostet Sixpence, ein glattes, abgenutztes Handtuch inbegriffen. Jetzt wird das Zimmer durch das kleine Feuer richtig warm, die Feuchtigkeit vergeht etwas. Die Ratte riecht das Essen sofort; ich hör, wie sie an dem Kasten kratzt, den ich über ihr Loch gestellt habe. In diesem Souterrain lebt man wie in einem Lager. Bald nachdem ich eingezogen bin, hab ich zum Spaß einen winzigen Damenhandspiegel in der Mitte der Wand über dem Kamin aufgehängt. Jetzt ist Dayo hier, um den Spaß zu würdigen.

Wir ziehen die Bettcouch aus und machen das Bett. Ich vergesse sogar den Gestank von toten Ratten, von altem Schmutz und Gas und Moder. Oben sperrt die alte Frau ihren Mann aus. In der Nacht wache ich auf, weil der Mann entweder auf der Straße schreit oder an die Tür pocht. Am Morgen ist alles ruhig. Der monatliche Irrsinn ist vorbei.

So sind plötzlich Traurigkeit und Angst vorbei, und jetzt kommt die glückliche Zeit. Die glückliche Zeit kommt, und sie vergeht nicht, und ich fang an zu vergessen. Stephen und seine Familie, meinen Vater und meine Mutter, das Zuckerrohr und den Schlamm, das verfallene Haus des Reichen, das Schiff in der Nacht und das geheimnisvolle Land am Morgen, all das vergesse ich. Es ist weit weg, wie ein anderes Leben; nichts davon kann mich mehr berühren. Und während in dem Souterrain die Londoner Monate vergehen, mit der verrückten Alten über mir, hab ich das Gefühl, daß ich mein Leben wiederkrieg, während ich allein mit Dayo zusammen wohne und niemand anderen kenne.

Ich richte das kleine Hinterzimmer für Dayo ein, mit Leselampe und allem, was dazugehört, und er nimmt sein Studium wieder auf. Er hat wieder Selbstvertrauen, und es sieht so aus, als sei das, was er sagt, wahr, nämlich daß ihm das Studium wirklich gut gefällt, denn sobald er mit einem Diplom fertig ist, fängt er ein neues an. Mit den neuen Klamotten, die ich ihm gekauft hab, sieht er gut aus, richtig fesch. Er hat eine eigene Ausdrucksweise entwickelt, und für mich sieht er toll aus, wie ein richtiger Akademiker. Ich weiß, wie unwissend ich selber bin, und ich misch mich nicht in sein Studium ein. Ich lasse ihn seine eigenen Wege gehen, und er soll sich soviel Zeit nehmen, wie er braucht. Ich will nicht, daß ihm noch mal was passiert. Mir genügt es, daß er da ist.

Und man könnte sagen, daß mir das Großstadtleben allmählich sogar gefällt. Zu Hause, wo sie einen hart rannehmen und im allgemeinen so getan wird, als ob Arbeit ein Verbrechen und eine Strafe ist, bin ich immer lieber mein eigener Boß gewesen. Aber hier find ich so langsam Gefallen an der Fabrik. Keiner bespitzelt einen; man selbst unterdrückt keinen; man wird von keinem verspottet. Mir gefällt der scharfe Tabakgeruch, und allmählich gefällt mir auch die Maschine, die ich bediene, aus der die Zigaretten in einem Stück herauskommen, so lang und so stark, daß man damit Seilspringen könnte. Ich hab nie gedacht, daß arbeiten so sein kann, daß ich es schön finde zu wissen, daß die Fabrik immer da ist und ich jeden Morgen hingehen kann.

Jeden Freitag bekommen wir hundert Gratiszigaretten. Diese Zigaretten haben ein besonderes Wasserzeichen, aber die Typen aus Pakistan wissen das offensichtlich nicht richtig einzuschätzen, und manche von ihnen werden erwischt. Ein Weißer ist einmal wie ein Cowboy auf hohen Absätzen aus der Fabrik gestiefelt. Als man ihn angehalten hat, hat man entdeckt, daß seine Schuhe voller Tabak steckten. Solche Sachen passieren andauernd. Die Fabrik ist wie eine Schule, die einem anfangs nicht gefällt, später aber immer besser gefällt.

Keine Hetzerei mit dem Lastwagen, niemand, der einen dauernd antreibt, und man bekommt sein Geld in einem kleinen braunen Umschlag, als wär man ein Beamter oder ein Akademiker.

Regelmäßige Arbeit, regelmäßiges Geld. Nach einigen Monaten hab ich den Gläubigern zu Hause alles zurückbezahlt, und ich fang sogar an, etwas zu sparen. Ich behalte das Geld nicht in der Wohnung, wie das früher mein Vater mit seinen paar Cents getan hat. Es geht direkt zur Postsparkasse; ich hab mein eigenes kleines Sparbuch. Eines Tages stelle ich fest, daß ich hundert Pfund besitze. Eigenes Geld, kein geliehenes. Hundert Pfund. Ich fühle mich sicher. Ich kann gar nicht sagen, wie sicher ich mich fühle. Immer wenn ich daran denke, mach ich die Augen zu und greif mir ans Herz.

Aber so geht es, wenn man zu glücklich ist. Man vergißt zu viel. Durch diese hundert Pfund hab ich mich selbst vergessen. Sie bringen mich auf Ideen. Sie lassen mich vergessen, warum ich in London bin. Ich will jetzt mehr, als mich nur sicher fühlen. Ich will zusehen, wie sich das Geld vermehrt, ich will zusehen, wie die Schalterbeamten mit ihren verschiedenen Handschriften jede Woche in mein Sparbuch schreiben. Das ist bei mir zur Manie geworden. Ich weiß, daß es töricht ist, und ich erzähle Dayo nichts davon, aber zugleich genieße ich das Geheimnis. Und weil ich sehen will, wie sich das Geld jede Woche vermehrt, hab ich mir einen zweiten Job gesucht. Ich hab mich umgesehen und eine Nachtarbeit in der Küche eines Restaurants gefunden.

Ich fang also an, mich mit Arbeit zu betäuben, und mein Leben wird zu einer einzigen langen Arbeit. Ungefähr um sechs Uhr stehe ich auf. Um sieben, Dayo schläft dann noch, gehe ich in die Zigarettenfabrik. Um sechs Uhr komme ich in die Souterrainwohnung zurück, manchmal ist Dayo da, manchmal auch nicht. Um acht gehe ich in das Restaurant und komme um Mitternacht oder später wieder. London besteht für mich aus Busfahrten, morgens, abends und nachts, aus der Fabrik, der Restaurantküche und dem Souterrain. Ich weiß, daß es zuviel für mich ist, aber das gehört mit zum Vergnügen. Genauso, wie man, wenn man krank und dünn ist, immer dünner werden will, um zu sehen, wie dünn man werden kann. Oder wie manche Dicke, die nicht gern dick sind, die aber dennoch sehen wollen, wie dick sie werden können: Sie starren ständig auf ihren Schatten, und das ist wie ein geheimes Hobby. So bin ich jetzt, wenn ich schlafen geh und wenn ich aufsteh, immer müde, aber ich mag die Müdigkeit und genieße sie. Auch das ist ein Geheimnis, ebenso wie das Geld, das sich vermehrt, fünfzig, sechzig Pfund im Monat. Und am Vormittag geht die Müdigkeit immer weg.

Ich hab das Gefühl, Dayo würde mich verspotten, wenn er herausfinden würde, was in meinem Kopf vorgeht. Er sagt zwar nichts, aber ich weiß, daß es für ihn als Student in London nicht besonders angenehm sein kann, wenn sein Bruder in einer Restaurantküche arbeitet. Aber während die Monate vergehen, ein Jahr, zwei Jahre, und das Leben weitergeht und das Geld mehr wird, merk ich, daß das Geld mich stark macht. Und weil das Geld mich stark macht, kann ich es aushalten. Es ist mir egal, was die Leuten sagen oder wie schief sie mich angucken. Früher, als ich kein Geld gehabt hab, hab ich die Kellerwohnung gehaßt und immer davon geträumt, schöne Klamotten zu kaufen, nicht nur für Dayo, sondern auch für mich. Aber jetzt sind mir meine Klamotten egal, und ich finde den Gedanken sogar besonders erregend, daß niemand, der mich in meinen Arbeitsklamotten aus dieser Souterrainwohnung rauskommen sieht, glauben würde, daß ich tausend Pfund auf der Sparkasse hab, daß ich zwölfhundert, fünfzehnhundert Pfund besitze.

Ich kann es selber kaum glauben. Das Leben in London! Das haben die Leute zu Hause gesagt, wenn sie ein rundum gutes Leben meinten. Danach hab ich nicht gesucht, deshalb bin ich nicht hergekommen. Aber ich hab das Gefühl, daß das richtige Leben jetzt losgeht, und wenn ich vor irgendwas

Angst hab, dann höchstens davor, daß meine Kraft nicht ausreicht, daß Dayo sein Studium abschließt und mich allein in dem Keller zurückläßt und daß dieses Leben ein Ende hat.

Es ist wahr. Das ist die glückliche Zeit gewesen, als Dayo in meinem Keller wohnte und ich wie ein Mann mit Scheuklappen gearbeitet hab, als ich die Fabrik und das Restaurant hatte, wohin ich morgens und abends gehen konnte, als ich einen Sonntag genießen konnte, wie ich nie zuvor einen Sonntag genossen hab. Manchmal denk ich an meinen ersten Tag und an die Männer im gelben Ölzeug in dem tiefen grünen Wasser am Morgen. Aber jetzt ist das für mich wie eine Erinnerung an einen anderen Ort, wie etwas, das ich mir ausgedacht hab.

Irrsinn. Wie konnte ein Mensch sich nur dermaßen selbst täuschen? Wenn man sich jetzt diese Straße anschaut; wenn man sich die Dinge und Menschen anschaut, die ich nie wahrgenommen hab. Auch sie haben ein Leben; die Stadt gehört ihnen. Ich weiß nicht, wo ich zu sein glaubte, daß ich so getan hab, als wäre die Stadt eine Geisterstadt, die von allein funktioniert, und als wäre sie etwas, das ich selbst entdeckt hab. Frank wird das nie verstehen. Er wird nie die Stadt sehen, die ich sehe; er wird nie verstehen, warum ich so arbeite.

Er fragt und horcht mich nur dauernd nach Vorarbeitern aus, die mich in der Fabrik etwa beleidigt haben, oder nach Leuten, die mich im Restaurant schikanieren. Er quält mich unaufhörlich mit seinen Fragen nach Diskriminierung. Er ist mein Freund, der einzige Freund, den ich hab. Ich allein weiß, wie sehr er mir geholfen, aus welcher Ferne er mich zurückgeholt hat. Aber er bohrt ständig in mir herum, weil er mich lieber schwach sehen möchte. Er stellt mir gern Fallen, in die ich hineintappe, er will mich unbedingt in das Dunkel hinabstoßen.

Sein Benehmen im Café, dann an der Bushaltestelle und schließlich im Bus drückt aus: Achtung, dieser Mann ist schwach, dieser Mann steht unter meinem Schutz. In solchen Momenten ist er imstande, mir meine ganze Kraft zu nehmen, mit seinen blanken Schuhen und seiner hübschen Tweedjakke. Als ob ich nicht früher einmal in der Lage gewesen wäre, in einen Laden zu gehen und mir zwölf Tweedjacken zu kaufen und sie bar zu bezahlen.

Aber jetzt ist das Geld weg, alles ist weg, und ich hab nur diesen einen Anzug, und der stinkt. Aber hier stinkt auch alles. Zu Hause, zu Hause stehen die Fenster immer offen, und alles wird in der frischen Luft sauber. Hier ist alles verschlossen. Nicht einmal im Bus regt sich ein Lüftchen.

Irgendwo in der Stadt heiratet heute Dayo. Ich weiß nicht, wo er zu sein glaubt.

Ich hab gearbeitet und gearbeitet und gespart, und das Geld ist immer mehr geworden, und als es zweitausend Pfund sind, bin ich wie betäubt. Ich fühle, daß ich nicht so weitermachen kann. Ich weiß, daß dieses Leben irgendwann mal aufhören muß, daß ich nicht beide Jobs weitermachen kann, daß irgendwas passieren muß. Und jetzt ist mir der Gedanke, weiter zu arbeiten und weitere tausend Pfund zu sparen, zuviel. Also hab ich ganz aufgehört zu arbeiten. Ich hab in der Zigarettenfabrik gekündigt, und ich hab im Restaurant gekündigt. Ich hab meine zweitausend Pfund von der Postsparkasse abgehoben und beschlossen, sie anzulegen.

Es ist Unwissenheit, es ist Wahnsinn. Es ist der Wahnsinn, den das Geld mit sich bringt. Das Geld gibt mir ein Gefühl von Kraft. Das Geld gibt mir das Gefühl, daß Geld leicht verdient wird. Das Geld läßt mich vergessen, wie schwer es zu verdienen ist, daß es mich mehr als vier Jahre gekostet hat, das, was ich habe, zu sparen. Das Geld in meiner Hand, zweitausend Pfund, läßt mich vergessen, daß mein Vater nie mehr als zehn Pfund im Monat für seine Arbeit mit dem Eselwagen gekriegt hat, daß er uns alle mit diesen zehn Pfund im Monat großgezogen hat und daß zehn mal zwölf hundertzwanzig sind, daß das Geld in meiner Hand so viel ist, wie der Lohn von meinem Vater für fünfzehn oder sechzehn Jahre. Das Geld gibt mir das Gefühl, daß mir ganz London gehört.

Ich heb mein Geld ab und mach das, was die Leute zu Hause auch machen würden. Ich kauf mir ein Geschäft. Das muß Wahnsinn sein, der Wahnsinn des Geldes. Ich kenn mich in London nicht aus, und ich kenn mich mit Geschäften nicht aus, aber ich kauf mir ein Geschäft. Im Geiste rechne ich eben wie die Leute zu Hause, die erst einen Lastwagen kaufen und dann mit ihm arbeiten, dann einen zweiten und dann noch einen und noch einen.

Das Geschäft, das ich im Sinn hatte, war eine kleine Curry-Imbißbude. Kein Restaurant, eher so etwas wie ein Stand, wie es sie auf Rennbahnen gibt, zwei oder drei Schalen Curry auf der einen Seite der Theke, auf der anderen kleine Haufen von *rotis* oder *chapattis* oder *dalpuris.* Zu Hause sind viele Frauen damit sehr erfolgreich. Die Idee ist mir eines Tages einfach so gekommen, als ich noch in der Zigarettenfabrik gearbeitet hab, und seitdem hat sie mich nicht mehr losgelassen. Und weil mir die Idee einfach so gekommen ist, als hätte sie mir jemand eingegeben, hab ich das Gefühl gehabt, daß sie richtig ist. Dayo hat sich nicht besonders dafür interessiert. Er hat eine Menge geredet, so wie er immer redet und redet, und dabei weiß man nie genau, was er wirklich meint. Ich weiß nicht, ob er sich schämte oder ob er die Idee einer solchen Currybude in London allzu komisch fand, eine Erinnerung an zu Hause und an einfache Dinge. Ich hab ihn reden lassen.

Den ersten Schock versetzten mir die Mietpreise. Aber ich hab mich nicht abschrecken lassen. Nein, der Wahnsinn hat mich gepackt, ich kann nicht mehr zurück. Ich benehm mich wie jemand, der einen Zug erwischen will, zuvor aber sein Geld loswerden muß. Und seltsamerweise weiß ich, sobald der erste Teil des Geldes weg ist, für die Miete von wenigen Jahren, für eine heruntergekommene Bude in dieser schäbigen Straße – sobald ich das erste Geld tatsächlich aus der Hand gegeben hab, daß es eine Dummheit ist, ich hab das Gefühl, das ganze Geld ist verloren, ich besitze nichts mehr. Ich hab das Gefühl, der Laden ist jetzt schon pleite. Ich hab das Gefühl, ich fange bereits an zu blechen, und ich bin wie ein Mensch, der darauf aus ist, sich selbst den Mut zu nehmen.

So hat sich in nur vier bis fünf Wochen die ganze Welt für mich nochmals völlig verändert. Ich bin nicht mehr reich und stark, es ist mir nicht mehr egal, was die Leute sagen oder denken. Jetzt bin ich auf einmal bettelarm, und meine Abgerissenheit macht mir zu schaffen, und ich fang an, mich nach den Kleinigkeiten, die ich mir nicht gegönnt hab, zu sehnen, wie etwa Tweedjacken für zwölf Pfund, die ich mir jetzt, nachdem ich die Maler, Elektriker und Lebensmittellieferanten bezahlt hab, nicht mehr leisten kann.

Dann stoß ich auf Vorurteile und Vorschriften. Zu Hause darf man jederzeit einen Tisch vor seinem Haus aufstellen und verkaufen, was man will. Hier aber gibt es Vorschriften. Diese mißtrauischen Kerle in Tweed und Flanell, darunter auch ganz junge Leute, kommen mit ihren Formularen und bedrängen mich von allen Seiten. Sie lassen mir überhaupt keine Ruhe. Sie machen andauernd Bemerkungen, sie lächeln nie. Nichts, was ich mache, gefällt ihnen. Und dabei muß ich einkaufen und kochen und saubermachen, und die Gegend ist nicht gut, und das Geschäft geht schlecht, egal, wie hart ich arbeite oder wie früh ich aufsteh.

Ich merke, daß ich mich selbst umbringe. Das bißchen Mut, das mir noch geblieben ist, hat sich verbraucht, und die heimliche Vision, ganz London aufzukaufen – die Torheit, von der ich immer wußte, daß sie Torheit war –, zerplatzte. Ohne meine zweitausend Pfund auf der Postsparkasse, ohne mein richtiges Geld war ich ohne Kraft, wie Simson ohne sein Haar.

Als die Männer in den Flanellanzügen weg sind, kommen die englischen Rabauken. Ich weiß nicht, was sie an dem Laden besonders anzieht, warum sie es ausgerechnet auf mich abgesehen haben. Die halbe Zeit versteh ich nicht, was sie sagen, aber mit ihnen kann man überhaupt nicht auskommen. Sie putzen sich raus und kommen, um Ärger zu machen. Manchmal essen sie und bezahlen nicht; manchmal zerschlagen sie Geschirr und Gläser und verbiegen die Bestecke. Das ist zu ihrem Hobby geworden, alle gegen einen, gegen mich. Das ist ihr Mut und ihre Erziehung. Und keiner steht mir bei.

Früher, in den Tagen der Schwerarbeit, von zwei Jobs auf einmal, in den Tagen des Geldverdienens, hat mir so was gar nichts ausgemacht. Aber jetzt tut alles weh. Ich kann es nicht ertragen, wie diese Rabauken sich anziehen oder reden oder lachen, und ich spüre wieder den Haß in meinem Herzen aufsteigen, wie früher bei Stephen und seiner Familie, und dieser Haß macht mich krank.

Dayo hätte mir helfen müssen. Er war mein Bruder. Er war derjenige, für den ich das Geld verdiente. Er war derjenige, wegen dem ich das Schiff bestiegen hab. Doch jetzt läßt er mich allein. Er ist bei mir in der Souterrainwohnung, manchmal essen wir sonntags noch gemeinsam; aber er ist der

Meinung, daß ihn mein Kram nichts angeht, er hat selbst genug zu tun. Er geht seine eigenen Wege, verfolgt sein Studium oder was auch immer. Manchmal brennt, wenn ich nach Hause komme, in seinem Zimmer noch Licht; manchmal kommt er auf Zehenspitzen nach mir nach Hause; morgens laß ich ihn immer ausschlafen. Er ist da. Man kann ihn nicht vergessen. Und dann wendet sich mein Herz allmählich auch gegen ihn.

Allmählich beginn ich die Art, wie er spricht, zu hassen. Ich beginn ihn mir anzusehen. Früher einmal war er der hübsche Junge, der Brillantine benutzt und sein Haar wie Fairley Granger gekämmt hat. Jetzt sieht man, daß sein Gesicht zu einem Arbeitergesicht wird, dabei hat es nicht einmal die Härte, die das Gesicht meines Vaters durch Arbeit und Sonne bekommen hat. Und wenn er in seiner affektierten Weise zu reden beginnt – und er kann über alles reden: Man braucht nur zu sagen: »Dayo, gib mir ein Streichholz« –, hab ich das Gefühl, daß etwas mit ihm nicht stimmt, daß jemand, der auf diese Weise mit Worten um sich wirft, nicht in Ordnung ist. Er spricht noch immer mit dieser eigenwilligen Betonung, aber er ist wie jemand, der seinen eigenen Wortschwall nicht bremsen kann, als ob er zum ersten Mal am Tag mit jemandem spricht, als ob er in London keinen hat, mit dem er sprechen könnte.

Also fang ich nun langsam an, mir um Dayo Sorgen zu machen. Es gibt da auch immer noch die Currybude, um die ich mir Sorgen mache, aber das hab ich schon hinter mir gelassen. Ich arbeite schwer und verlier mein Geld und meinen Verdienst. Ich kann nicht noch mal von vorn anfangen. Ich kann nicht in die Zigarettenfabrik mit all den unverschämten, ungebildeten Mädchen zurückkehren, zu der langen Fahrt morgens in der Kälte zur Fabrik. Das ist vorbei. Jetzt konzentrier ich mich auf Dayo, meinen Bruder. Ich beobachte sein

Gesicht, ich beobachte seinen Gang, seine Art, sich zu rasieren. Er kapiert nichts; er redet nur in seiner weibischen Weise. Ich sage ihm nichts. Ich weiß nicht einmal, was ich denke. Ich seh ihn immer nur prüfend an.

Eines Morgens erwache ich während eines feuchten Traums. Es war der zweite in meinem Leben, den ersten hatte ich, als ich noch ein Junge war. Ich bin davon erschöpft und beschmutzt und beschämt. Ich will zu Dayo gehen und ihn um Verzeihung bitten, weil ich das, was mir gerade passiert ist, für ihn nie bedacht hab. Ich hab das Gefühl, ihn im Stich gelassen, ihn in meinem Herzen verraten zu haben, und jetzt würde ich gern zu ihm gehen, mich mit ihm aussöhnen und wie in alten Zeiten mit ihm sprechen. Ich hab das Gefühl, ich muß ihm zeigen, daß ich ihn immer liebe.

Ich geh in das kleine Hinterzimmer, die Morgendämmerung schimmert aus dem Hinterhof durch die dünnen Gardinen, und ich betrachte den Jungen mit dem Arbeitergesicht, der schlafend auf dem schmalen Eisenbett liegt. Auf dem Tisch, den ich für ihn mit rotem Wachstuch bezogen hab, stehen die Leselampe, die ich ihm für seine Studien besorgt habe, und seine dicken Bücher und die Taschenbücher, die er manchmal zur Entspannung liest, sowie das kleine Transistorradio, das er mir abgeschwatzt hat, um Popmusik hören zu können.

Ein Arbeitergesicht. Aber ich bin betroffen von der Traurigkeit in dem schlafenden Gesicht, von der Enge des Zimmers, der Betonmauer vor dem Fenster und dem Hof, in den nie ein Strahl Sonne fällt. Und ich frage mich, wohin das führt, was mit ihm und mir geschieht, ob er jemals mit dem Schiff fährt und an einem sonnigen Morgen von Bord geht, ein Taxi bis zur Kreuzung nimmt und durch die Orte fährt, die er kennt.

Ich bemerke die Untertasse, die er als Aschenbecher benutzt, und die teuren Zigaretten. Ich bemerke, wie schmutzig seine Fingernägel und Hände und wie fett seine Oberarme sind. Früher sind diese Arme so kräftig gewesen. Früher hat er einen so hübschen Gang gehabt, wie Fonda, hab ich immer gedacht.

Ich steh da und beobachte ihn in dem kalten Zimmer. Er wälzt sich herum, schlägt die Augen auf und sieht mich. Er erschrickt. Er springt auf. Und wie schmutzig die Laken sind, in denen er schläft. Wie schmutzig.

Er sagt: »Was ist los?«

Er spricht ohne seine eigenwillige Betonung. Er sieht mich an, als sei ich ins Zimmer gekommen, um ihn umzubringen. Mehr sagt er nicht; auf einmal hat es ihm die Sprache verschlagen. Ein Arbeitergesicht.

Traurigkeit, aber meine eigene Traurigkeit. Wie eine Flüssigkeit durchströmt sie meinen ganzen Körper.

Ich sage: »Was für einem Studium gehst du jetzt eigentlich nach, Dayo?«

Der Schrecken weicht aus seinem Gesicht. Er versucht, verärgert zu tun. Versucht es. Er sagt: »Biste etwa Polizeispitzel geworden?« Er redet jetzt nicht mehr mit dieser Betonung, er schwafelt nicht mehr rum. Er ist wieder wie ein Kind, wie früher zu Hause.

Ich sage: »Ich möcht nur mal mit dir reden. Du weißt, wie beschäftigt ich mit dem Laden bin. Wir haben schon lang nicht mehr ernsthaft miteinander geredet.«

Er sagt und verfällt in seine alte Sprechweise: »Nun ja, wenn du mich fragst, und dazu hast du jedes Recht, werde ich es dir sagen. Es ist nicht so leicht, hier einem Studium nachzugehen, wie du und andere glauben. Viele kommen mit ihren eigenen Vorstellungen her und glauben, sie wollen ein Studium aufnehmen . . .«

Ich mußte ihn unterbrechen. »Was studierst du?«

»Ich bereite mich auf die moderne Welt vor. Ich besuche einen Kurs in Computerprogrammierung, wenn du es genau wissen willst. Com-pu-ter-pro-gram-mie-rung. Ich hoffe, daß es deine Zustimmung findet und du damit zufrieden bist.«

Ich nehm die Zigarettenpackung vom Tisch. Ich sag: »Teuer.«

Er sagt mit seiner affektierten Betonung: »Ich rauche gute Zigaretten.«

Das Arbeitergesicht. Die freche Antwort des Arbeiters. Ich hab das Gefühl, daß ich ihn, wenn ich länger in diesem Zimmer bleibe, schlagen werde.

Und dennoch bin ich voller Liebe und Scham in sein Zimmer gegangen.

Die Scham verläßt mich den ganzen Tag nicht. Abends, nach einem schlechten Tag im Laden, weiterem Ärger mit den weißen Rabauken und einem Gefühl in den Armen, als ob sich darin Drähte spannen, fahr ich mit dem Nachtbus nach Hause. Als ich ausgestiegen bin, läuft mir ein schwarzer Hund mit einem Halsband nach. Die Straßenlaternen beleuchten die Bäume, diese Bäume mit der abblätternden Rinde, die ein bißchen wie die Rinde unserer Guavabäume ist. Feuchtes Straßenpflaster; Fußstapfen in der dünnen schwarzen Schlammschicht. Der große Hund ist zutraulich. Ich weiß, daß er sich vertut, und versuche ihn wegzujagen. Aber er sieht mich nur an, wedelt mit dem Schwanz, und sobald ich weitergeh, folgt er mir wieder, ganz dicht, als wolle er mich immerzu spüren.

Er folgt mir die ganze Zeit, an den Mülltonnen vorbei bis ins Souterrain. Man sollte meinen, daß er nun merkt, daß er sich vertan hat. Aber nein, sobald ich die Tür geöffnet hab, schlüpft er rein und läuft fröhlich und schwanzwedelnd in der Diele auf und ab und hinterläßt dabei überall Fußabdrücke.

Ich schau nach Dayo in seinem Zimmer, und der Hund schaut mit. Beim Lichtanmachen seh ich bloß das schmutzige Bett, das Laken in der Mitte zusammengeknüllt, das Kissen braun vor Schmutz und die Untertasse voller Zigarettenstummel. Oh, mein Gott.

Ich hab Hunger, aber der Gedanke an Essen widert mich an. Ich mach mir eine Tasse Ovomaltine. Als ich trinken will, kommt der Hund wieder schwanzwedelnd angelaufen. Und schwanzwedelnd folgt er mir in die Diele. Ich mach die Tür auf. Der Hund merkt jetzt, daß er sich vertan hat. Er rast die Stufen rauf, ohne sich nach mir umzusehen, und läuft in die Nacht hinaus. Danach fühl ich mich einsam.

Später, als ich mich hingelegt hab, hör ich Dayo auf Zehenspitzen reinkommen und sein Licht anknipsen.

Und am nächsten Morgen, nachdem ich Dayo allein gelassen und die U-Bahn zum Großmarkt bestiegen hab, seh ich im Waggon die Werbung: BEREITEN SIE SICH AUF DIE MODERNE WELT VOR MIT EINEM LEHRGANG FÜR COMPUTERPROGRAMMIERUNG.

Ich hab's begriffen. Ich bin nicht überrascht. Aber mein Herz ist voller Haß. Ich will noch mal den Schrecken in seinem Gesicht sehen. Nach ein paar Haltestellen steig ich aus dem Zug. Ich geh auf dem Bahnsteig auf und ab, ich weiß nicht, was ich tun will. Ich rauche ein paar Zigaretten. Ich lass die Züge vorbeifahren. Ich merke, daß die Leute mich anzusehen beginnen. Ich gehe rüber auf den anderen Bahnsteig, wo wenig Leute warten, und fahr mit der Bahn zurück.

Der gerissene Arbeiterjunge. Er raucht nur gute Zigaretten. O Gott. Ich seh mich ins Souterrain runtergehen, in das Zimmer mit den schmutzigen Laken und der Untertasse, mit den teuren guten Zigaretten. Ich seh mich ihn aus dem Bett herausholen und ihm auf das Arbeiterlügenmaul schlagen.

Aber ich bringe es nicht über mich, die Kellertreppe runterzugehen. Ich bleib lange Zeit stehen, betrachte die Mülltonnen unten und den kaputten Zaun mit zwei oder drei Sträuchern, die zu hoch gewachsen sind, weil keiner sie beschnitten hat, wie kleine Bäume, das Kellerfenster, das vor lauter Dreck fast undurchsichtig ist, vergammelte Papierfetzen und anderen Abfall, der in dem kleinen Garten herumliegt, wo irgendwie noch immer eine Art Gras wächst.

Die mondsüchtige Frau macht die Haustür auf. Ihr Gesicht ist faltig und gelb, und man ahnt die Schwärze hinter ihr. Die Frau ist benommen; der monatliche Wahnsinn reibt sie auf; man sieht, daß sie jede Nacht im Schlaf kämpft. Als sie sich bückt, um die Milch reinzuholen, seh ich, daß ihr gelbes Haar dünn wie Babyhaar ist. Sie sieht mich an, und ich merk, daß sie mich erkannt hat, sich aber nicht sicher ist. Fast hätte ich guten Morgen gesagt. Das ist das einzige, was wir nach fünf Jahren zueinander sagen. Aber dann überleg ich's mir anders und geh schnell weg zur Ecke der Straße. Und ich denke: »O mein Gott, ich bin froh, daß ich's mir anders überlegt hab.«

Aber ich kann jetzt nicht abhauen und auf den Markt gehen. Das kann ich jetzt nicht ertragen, ich hab das Gefühl, ich muß zuerst diese Angelegenheit klären. Ich weiß nicht, was ich eigentlich will. Bis ich Dayo rauskommen seh, in seinem Anzug, mit seinen Büchern.

Ich kenne seine Haltestelle. Ich biege nach links ab und geh zur Haltestelle davor. Der Bus kommt, ich steig ein und find einen Sitzplatz auf der rechten Seite. An der nächsten Haltestelle wartet Dayo. Es ist merkwürdig, ihn so zu mustern, wie einen Fremden, und dabei merkt er noch nicht mal, daß man ihn mustert. Man sieht, daß er sich heute morgen höchstens etwas Wasser ins Gesicht gespritzt hat, daß sein Hemd schmutzig ist und er sich nicht pflegt. Er steigt ein, er geht aufs Oberdeck; aber er raucht gute Zigaretten.

Am Oxford Circus steigt er aus, und an der Ampel steig auch ich aus und folge ihm durch die Menschenmassen auf der Oxford Street. Am Ende der Straße kauft er sich eine Zeitung und kehrt in einem Lyons ein. Ich warte eine ganze Weile. Es wird jetzt allmählich spät, der Vormittag ist halb vorbei. Ich folge ihm auf der Great Russel Street und seh jetzt, daß er tatsächlich herumtrödelt, denn er sieht sich das Schaufenster eines indischen Restaurants an und die Aufsteller vor einem Kiosk, das ausländische Zeitungen verkauft, dann geht er über die Straße, um sich die staubigen Bücher vor der Buchhandlung anzuschaun. Viele Afrikaner treiben sich hier rum, in Jackett, mit Schlips und einer Mappe; ich weiß nicht, was ihnen das Studium, dem sie nachgehen, jemals bringen soll.

Keine Läden mehr, nur hohe Eisengitter neben dem Bürgersteig, und dann biegt Dayo in den großen Vorplatz vom British Museum ein. Viele ausländische Touristen in leichter Reisekleidung. Es ist wie eine andere Stadt, und er ist wie einer von den Touristen: Man braucht nur zu sehen, wie er mit seinem Anzug und seinen Büchern die breiten Stufen raufgeht. Aber diese Leute sind nur für den Tag gekommen; sie sind glücklich, sie haben Busse, die sie in ihre Hotels zurückfahren; sie haben Länder, in die sie zurückkehren können, sie haben Häuser. Die Traurigkeit, die ich empfinde, läßt mein Herz bluten.

Er geht rein. Ich weiß, daß es für mich nichts mehr zu sehen gibt, aber ich beschließ zu warten. Ich seh mir die Touristen an und geh ein bißchen rum. Ich geh durch den Säulengang, über den Vorplatz und dann raus auf die Straße unter den Bäumen.

Einmal geh ich beinahe bis zur Tottenham Court Road zurück. Das indische Lokal ist heiß, es riecht. Es erinnert mich an mein eigenes Lokal, wie ich mir dort mein eigenes Grab geschaufelt und mein Leben weggeworfen hab. Mittagszeit, hab ich beinahe vergessen. Ich lauf zum Museum zurück und die Stufen rauf, quer durch die reinkommenden und rausgehenden Touristen und beinah durch die Tür. Aber dann seh ich ihn draußen im Säulengang auf einer Holzbank sitzen und rauchen.

Er hat noch immer die Bücher bei sich und lümmelt sich auf der Bank rum. Mein Herz ist plötzlich von Haß erfüllt, ich will ihn in aller Öffentlichkeit strafen, ich will eine Szene machen, hier draußen, vor allen Leuten. Aber dann seh ich sein Gesicht, und ich bleib hinter der Säule stehen und mustere ihn.

Es ist nicht nur die Traurigkeit in seinem Gesicht. Es ist nicht nur die Art, wie er raucht, wie er die Hand mit der Zigarette von seinem Mund herunterfallen läßt, wie jemand, dem alles egal ist. Er hat sich nicht aus Angeberei so hingelümmelt. Er ist wie ein Mensch, dem wirklich das Rückgrat gebrochen ist. Es ist das Gesicht eines müden, törichten Jungen. Es ist das Gesicht eines Verlorenen. Es ist dasselbe Gesicht wie das des Jungen, der im Zimmer aufgewacht ist und mich erschreckt angesehen hat. Und ich hab das Gefühl, wenn jetzt irgendwas passiert, das ihn erschreckt, dann öffnet sich sein Mund zu einem Schrei.

Die Sonne strahlt jetzt. Das Gras ist grün und eben und hübsch. Man kann sehen, wie schwarz und fruchtbar die Ränder des Rasens sind, wie wenn man zum ersten Mal ein Stück Busch rodet und weiß, daß alles wachsen wird: Man spürt beim Gehen die Feuchtigkeit unter den Füßen, man sieht die winzigen Samen sprießen und Tag für Tag wachsen. Die Schulmädchen sitzen jung und unanständig auf der Bordsteinkante in ihren kurzen blauen Röcken, lachen und reden laut, um die Aufmerksamkeit auf sich zu lenken. Die Busse kommen und fahren weg. Die Taxis kommen und wenden, und Männer und Frauen steigen aus und steigen ein. Die ganze Welt dreht sich weiter. Und ich fühle mich ausgeschlossen, seh nur meinen Bruder und mich selbst, an diesem Ort, zwischen den Säulen, ich in meiner Arbeitskleidung, er Zigarette rauchend, in seinem Anzug, der so billig ist, daß er weder Bügelfalten noch Fasson behält. Ich möchte, daß er die besten Zigaretten der Welt raucht.

Ich will nicht, daß er verrückt wird wie Stephens Sohn. Ich will nicht, daß das passiert. Ich will zu ihm gehen, ihn umarmen, ihm die Hand auf die Stirn legen und seinen Körper riechen. Ich will ihm sagen, daß alles in Ordnung ist, daß ich ihn beschütze, daß er nicht mehr zu studieren braucht, daß er ein freier Mann ist. Ich hätte so gern, daß er mich anlächelt. Aber er würde mich nicht anlächeln. Wenn ich jetzt zu ihm ginge, würde ich ihn erschrecken, und er würde den Mund aufreißen und schreien. Das wäre mein Werk, daran hätte ich Schuld. Ich kann nicht zu ihm gehen, ich kann nur hinter der Säule stehen und ihn beobachten.

Er drückt die Zigarette aus. Dann geht er mit seinen Büchern durch das Tor zwischen den schwarzen Gittern hinaus. Jetzt ist Mittagszeit, Pub, Sandwich, Leute kommen aus Büros und gehen unter den Bäumen spazieren. Er mischt sich unter die Leute. Aber er kann nirgendwo hingehen. Und als ich ihm nachsehe, fühle ich, daß auch ich nirgendwo hingehen kann und daß das Leben in London vorbei ist.

Ich kann nirgendwo hingehen und laufe jetzt, wie Dayo, da entlang, wo auch die Touristen entlanglaufen. Die Currybude: Das Grab hab ich mir selbst geschaufelt. Ich überleg, wie schön es wäre, wenn ich sie einfach aufgeben könnte, einfach so, wie sie ist, aufgeben. Soll der Curry von gestern doch alt werden und verderben, rot wie Gift werden, soll der Staub doch von der Decke fallen und sich festsetzen. Mit Dayo nach Hause fahren, bevor er verrückt wird. Wenn das nur ginge und man ein Leben, das ruiniert ist, einfach aufgeben könnte.

Die Souterrainwohnung mit der mondsüchtigen Frau in der Wohnung darüber aufgeben, die Fenster aufgeben, die weder nach vorn noch nach hinten eine Aussicht bieten. Nacht für Nacht scharrt im Keller die Ratte. Einmal hab ich tatsächlich die Kiste weggenommen, um das Loch mit Multifill zu verstopfen, und da seh ich, wo die Krallen in der Dunkelheit gescharrt haben. So was wie weißer Pelz bedeckt diesen Teil der Kiste. Soll die Ratte doch rauskommen. Das Leben ist vorbei. Ich bin wie ein Mensch, der aufgibt. Ich bin mit nichts gekommen, ich habe nichts, ich werde mit nichts fortgehen.

Den ganzen Nachmittag fühl ich mich, während ich herumlaufe, wie ein freier Mann. Ich verachte alles, was ich seh, und als ich vom Laufen müde bin und der Nachmittag vorbei ist, verachte ich noch immer alles. Ich verachte den Bus, den Schaffner, die Straße.

Ich verachte die weißen Burschen, die abends in meine Bude kommen. Sie kommen, um Ärger zu machen. Aber heut abend ist es anders. Ich mache nicht mehr mit. Sie provozieren mich. Aber sie geben mir Kraft. Simson hat sein Haar wieder, er ist stark. Nichts kann ihm etwas anhaben. Ich gehe zurück aufs Schiff, und egal, wie schwarz das Wasser in der Nacht ist, am Morgen ist es blau. Nur noch eine kurze Zeit lang muß er stark sein, dann geht er weg. Er wird weggehen, und dann sollen die Ratten doch kommen und der Staub doch fallen.

Gläser und Teller gehen zu Bruch. Von allen Seiten Hohn und Gelächter. Soll doch alles zu Bruch gehen. Ich nehm Dayo mit auf das Schiff, und dann ist sein Gesicht nicht mehr traurig, sein Mund öffnet sich nicht zu einem Schrei. Ich hau ab, ich geh weg, jetzt sofort, das Messer ist in meiner Hand. Aber an der Tür hätt ich laut heulen können. Ich seh wieder Dayos Gesicht vor mir, ich spüre, wie die Kraft mich plötzlich verläßt, wie die Knochen in meinen Armen zu Drähten werden. Diese Leute nehmen mir mein Geld weg, diese Leute ruinieren mein Leben. Ich mach die Tür zu und schließ sie ab, und dann weiß ich noch, daß ich mich umdreh und mich sagen hör: »Einen von euch nehm ich heute mit. Zwei von uns gehen heute.« Sonst höre ich nichts.

Dann, immer in der Stille, seh ich das erstaunte Gesicht des Jungen. Und es ist seltsam, denn er und Dayo sind Freunde vom College, und Dayo ist bei ihm in dem altmodischen Holzhaus in England zu Besuch. Es ist ein Unfall, sie haben nur gespielt. Aber wie leicht das Messer reingeht, wie leicht er hinfällt. Ich kann nicht runtersehen. Dayo schaut mich an und macht den Mund auf, um zu schreien, aber es kommt kein Schrei. Er will, daß ich ihm helfe, seine Augen zucken vor Angst, aber jetzt kann ich ihm nicht mehr helfen. Es bedeutet für ihn den Galgen. Das kann ich ihm nicht abnehmen. Ich weiß nur, daß in mir alles kaputtgeht und daß die Liebe und die Gefahr, die ich die ganze Zeit in mir getragen hab, zerbrechen und daß mein Leben zu Ende ist. Jetzt ist kein Laut mehr zu hören. Die Leiche ist in der Truhe, wie in *Rope,* aber in dem englischen Haus. Dann kommt immer das Schlimmste: die stille, dunkle Fahrt und das Sich-zu-Tisch-Setzen im Eßzimmer mit den Eltern des Jungen. Dayo zittert; er ist kein guter Schauspieler; er wird sich verraten. Als läge er in der Truhe oder ich. Ich kann nicht sehen, wie das Haus ist. Ich kann die

127

Eltern des Jungen nicht sehen. Es ist wie in einem Traum, wo man sich nicht bewegen kann und so schnell wie möglich aufwachen möchte.

Dann sind wieder Geräusche da, und ich weiß, daß etwas Schlimmes mit meinem rechten Auge passiert ist. Aber ich kann nicht mal die Hand bewegen, um es zu befühlen.

Frank sitzt jetzt neben mir im Bus. Ich sitze auf der Innenseite und schau auf die Straße. Er sitzt auf der Außenseite und drückt sich an mich. Wir werden zu einem anderen Bahnhof fahren und einen Zug nehmen, dann nehmen wir wieder einen Bus. Und zum Schluß, in irgendeinem Gebäude, in irgendeiner Kirche, werde ich meinen Bruder sehen und das weiße Mädchen, das er heiratet. In diesen drei Jahren ist Dayo seinen eigenen Weg gegangen. Er hat das Studium aufgegeben, er hat sich Arbeit gesucht.

Ich hab mir immer vorgestellt, wie er an jenem Tag ins Souterrain zurückgekommen ist und niemanden angetroffen hat, und ich hab immer gedacht, das sei das Ende der Welt gewesen. Aber ohne mich ist er besser dran, er braucht mich nicht. Ich hab ihn verloren. Ich kann mir das Leben nicht vorstellen, das jetzt auf ihn wartet, ich kann mir die Menschen nicht vorstellen, mit denen er jetzt Umgang hat. Manchmal kommt er mir wie ein Fremder vor, anders als der Mensch, den ich gekannt hab. Manchmal seh ich ihn, wie er einmal war, und hab das Gefühl, daß er ebenso allein ist wie ich.

Der Regen läßt nach, die Sonne kommt raus. Mit dem Zug fahren wir an den Rückseiten hoher Häuser vorbei. Graue Ziegel, nirgends ein Anstrich, nur an den Fensterrahmen, hellrot und hellgrün. Die Menschen leben dicht nebeneinander. Allerlei Abfall auf den flachen Dächern über vorspringenden Hinterzimmern und ab und zu eine kleine Topfpflanze hinter beschlagenen Fenstern. Jeder Mensch ist eingeordnet, an seinem Platz. Aber ein Mensch kann alles aufgeben, ein Mensch kann einfach verschwinden. Nach ihm kommt einer, der aufräumt und saubermacht, und dieser Neue läßt sich dort nieder, bis auch seine Zeit gekommen ist.

Als wir zum Bahnhof kommen, ist es, als hätten wir London schon wieder verlassen. Das Bahnhofsgebäude ist klein und flach, die Häuser sind klein und gepflegt, aus rotem Backstein, die kleinen Schornsteine rauchen. Die großen Werbeplakate am Bahnhofsvorplatz geben einem das Gefühl, daß hier alle glücklich sind, so wie sich hier unter einem dachartigen Schirm die ganze Familie lachend, Würstchen essend und lustige Grimassen schneidend zu Tisch setzt.

Während wir auf den Bus für das letzte Stück unserer Fahrt warten, werd ich wieder nervös. Die Straße ist breit, alles ist sauber, und ich fühl mich schutzlos. Aber Frank kennt mich gut. Er rückt dicht an mich ran, als wolle er mich vor dem schwachen kalten Wind schützen. Der Wind läßt Franks Gesicht blaß werden und zerzaust seine dünnen Haare, so daß er ein bißchen wie ein Junge aussieht.

Ich seh ihn als Jungen in einer Straße wie dieser spielen. Ich weiß nicht, warum, aber ich seh ihn mit schmutzigem Gesicht und schmutzigen Kleidern, wie die Kinder, die um einen Penny betteln. Und in dem Moment, wo ich das denk und auf Franks große, blitzblanke Schuhe runterguck, kommt ein sehr kleines Mädchen in sehr kleinen Jeans auf Frank zu, umarmt seine Knie und bittet um einen Penny. Er sagt nein, und sie haut ihm auf das Bein, und sagt: »Du *hast* bestimmt einen Penny.« Sie ist noch sehr klein, sie weiß nicht, was sie tut, wenn sie sich an Fremde heranmacht, sie weiß nicht mal, was Geld ist. Aber Franks weißes Gesicht wird hart, und selbst, als das Mädchen weg ist, ist Frank noch immer nervös. Er ist froh, als der

Bus kommt und er einsteigen kann. Jetzt, auf diesem letzten Stück der Fahrt zur Kirche, hab ich das Gefühl, ich betrete Feindesland. Ich kann mir das Leben meines Bruders an einem solchen Ort nicht vorstellen. Ich kann mir nicht vorstellen, daß er sich mit diesen Leuten einläßt. Die Straßen breit, die Bäume ohne Laub, und alles sieht neu aus. Sogar die Kirche sieht neu aus. Sie ist aus rotem Backstein; sie hat keinen Zaun oder sonstwas; sie steht einfach da, an der Hauptstraße.

Wir bleiben auf dem Bürgersteig stehen und warten. Der Wind ist jetzt kalt, und ich bin nervös. Aber ich spüre, daß Frank noch nervöser ist. Eine Frau in einem Tweedkostüm kommt aus der Kirche. Sie ist etwa fünfzig und hat ein nettes Gesicht. Sie lächelt uns an. Und jetzt ist Frank schüchterner als ich. Ich weiß nicht, ob die Frau die Schwiegermutter meines Bruders ist oder ob sie bloß jemand ist, der aushilft. Wenn man an eine Hochzeit denkt, denkt man an Leute, die draußen vor der Kirche oder dem Saal oder was auch immer warten. So wie hier stellt man sich die Sache jedenfalls nicht vor.

Ein paar andere Leute kommen noch raus, nicht viele, mit ein oder zwei Kindern. Und sie sehen mich scharf an, wie einen Feind, diese Leute, die mein Leben ruinieren.

Frank faßt mich am Arm. Ich bin froh, daß er mich anfaßt, aber ich schüttle seine Hand ab. Ich weiß, daß es nicht stimmt, aber ich rede mir ein, daß er auf der anderen Seite steht, bei den anderen, und mich beobachtet, ohne mich anzusehen. Ich weiß, daß das bei Frank nicht stimmt, denn auch er ist ja nervös. Er möchte mit mir allein sein; er ist nicht gern mit seinen Landsleuten zusammen. Es ist nicht so wie im Bus oder im Café, wo er sich aufspielen und sagen kann: Ich beschütze den Mann, der bei mir ist. Hier, draußen vor der Kirche, ist es anders, wo wir zwei auf der einen Seite auf dem Bürgersteig stehen und die anderen traurigen Menschen auf der anderen Seite, wo die Sonne rot wie eine Orange ist, die Bäume kaum einen Schatten werfen und das Gras wild um die Backsteinkirche wuchert.

Ein Taxi hält. Es ist mein Bruder. Er hat einen mageren weißen Jungen bei sich, und beide tragen Anzüge. Heute, am Hochzeitstag, mit einem Taxi. Kein Turban, keine Prozession, keine Trommeln, keine Willkommenszeremonie, keine Laubbögen, keine Lichter im Hochzeitszelt, keine Hochzeitslieder. Nur das Taxi, der magere weiße Junge mit spitzen Schuhen und kurzem Haar, der raucht, und mein Bruder mit einer weißen Rose im Knopfloch. Er sieht aus wie immer. Dasselbe häßliche Arbeitergesicht, und er spricht mit seinem Freund, um allen zu zeigen, wie gelassen er ist. Ich weiß nicht, warum ich gedacht hab, daß er sich in den drei Jahren verändert haben würde.

Als er und sein Freund auf mich zukommen, betrachte ich die Augen und die dicken Backen von meinem Bruder und seinen lachenden Mund. Es ist ein weiches Gesicht und ein ängstliches Gesicht. Ich hoff, daß niemand eines Tages auf den Gedanken kommt, ihm das Gesicht einzuschlagen. Der Freund sieht mich an, rauchend und durch den Rauch blinzelnd, mit listigen Augen in einem harten, mageren Gesicht.

Ich kann spüren, wie Frank erstarrt und noch nervöser wird. Aber dann kommt die nette Frau in dem Tweedkostüm an und beginnt munter draufloszureden. Sie plaudert die ganze Zeit, mehr um damit das Schweigen zu unterbrechen, als um wirklich etwas zu sagen, und dann führt sie meinen Bruder und seinen Freund mit sich fort und beginnt zwischen den Leuten auf der anderen Seite rumzulaufen, dabei plaudert sie immer weiter. Sie ist eine nette Frau; sie hat ein nettes Gesicht, in diesem schlimmen Augenblick ist sie sehr nett. Wir gehen in die Kirche, und die nette Dame weist uns Plätze auf der rechten Seite an. Außer mir und Frank ist da keiner, und dann kommen die anderen Leute rein und setzen sich auf die linke Seite, und die häßliche Kirche ist so groß, daß es einem vorkommt, als ob überhaupt niemand da wäre. Es ist das erste Mal, daß ich in einer Kirche bin, und es gefällt mir gar nicht. Es ist, als ob man mich zwingen würde, Rind- und Schweinefleisch zu essen. Die Blumen und das Messing und die abgestandene Luft und der Leichnam auf dem Kreuz lassen mich an die Toten denken. Und ich spür den komischen Geschmack im Mund, meine alte Übelkeit, und ich hab das Gefühl, daß ich mich, wenn ich schlucken würde, übergeben müßte.

Ich seh auf den Boden, ich tue, was Frank tut, und die ganze Zeit habe ich diesen Geschmack im Mund. Meinen Bruder und das Mädchen sehe ich erst an, als alles vorbei ist. Dann seh ich dieses Mädchen in Weiß, mit ihrem Schleier und den Blumen, wie eine Tote, und ihr Gesicht ist ausdruckslos und breit und sehr weiß, das bißchen Schminke glänzt auf ihren Wangen und Schläfen wie Wachs. Sie ist eine Fremde. Ich versteh nicht, wie mein Bruder sich herausnehmen kann, so was zu tun. Es ist nicht richtig. Er ist hier ein Verlorener. Das kann man von allen Gesichtern ablesen, nur nicht vom Gesicht des Mädchens.

Draußen ist die Luft frisch. Es werden eine Menge Aufnahmen gemacht, und dennoch ist es mehr wie eine Beerdigung als wie eine Hochzeit. Dann steckt die nette Dame Frank und mich in den Wagen vom Fotografen. Er ist ein Geschäftsmann mit Sorgen, der Fotograf. Mit seiner goldgeränderten Brille und seinem kleinen Schnurrbart redet er immer nur vom Geschäft, und er fährt sehr schnell, wie einer unserer verrückten Taxifahrer. Er redet über seine Arbeit, über die Art, wie er zum Fotografieren gekommen ist, über seine Kontakte mit der Presse und so weiter, und sogar beim Fahren greift er in seine Brusttasche und dreht sich um, um uns anzulächeln und uns seine Karte zu geben.

Er fährt uns zu einer Art Restaurant, und sofort ist er mit seiner Kamera beschäftigt und vergißt uns. Es ist ein altmodisches Gebäude, man geht durch einen Hof, der von allen Seiten von Veranden umgeben ist. Überall sind schiefe braune Balken, wie auf einem alten britischen Bild, und man führt uns in ein kleines, schiefes Zimmer mit einigen sehr schiefen Balken. In diesem Zimmer versammeln sich noch mal alle und werden fotografiert. Alle passen in dieses kleine Zimmer, sämtliche Hochzeitsgäste.

Ein paar der Frauen weinen, mein Bruder sieht müde und benommen aus, auch das Mädchen sieht müde aus. Seine Frau. Wie rasch eine so große Sache erledigt ist, wie rasch ein Mensch sein Leben ruiniert. Frank bleibt dicht bei mir, und als es Zeit ist, sich hinzusetzen, setzt er sich neben mich. Es wird nicht viel geredet. Bei einer Totenwache wird mehr geredet. Nur die hübsche Kellnerin, so nett und adrett in ihrer weißen Schürze und dem schwarzen Kleid, ist glücklich. Sie gehört nicht dazu, aber sie ist die einzige, die sich so benimmt, als ob es eine Hochzeitsfeier ist.

Für mich kein Fleisch, und Frank sagt, auch er will kein Fleisch. Er will jetzt alles genauso machen wie ich. Die nette Kellnerin bringt uns Forellen. Die Haut ist oben schwarz angebrannt und knusprig, und als ich ein Stück Fisch esse, ist er roh und verdorben, und ich hab wieder diesen Kirchengeschmack im Mund, und ich muß wieder an die Toten und das Messing und die Blumen denken.

Die Kellnerin kommt rein, ihre Achselhöhlen riechen jetzt nach Schweiß, und fragt, ob jemand Wein möchte. Sie sagt, sie hätte anfangs vergessen, danach zu fragen. Keiner hört zu, keiner antwortet. Sie fragt noch mal; sie sagt, daß manche Leute bei Hochzeitsfeiern Wein trinken. Noch immer antwortet keiner. Und dann hebt ein alter Mann, der bisher kein Wort gesagt hat und der so traurig aussieht, den Kopf, und er sagt lachend: »*Da* haben Sie Ihre Antwort, Miss.« Und ich hab das Gefühl, daß er wie Stephen ist, der weise Mann und Komiker der Familie, und daß die Leute im allgemeinen über seine Aussprüche lachen. Und die Leute lachen auch, und ich hab das Gefühl, ich mag den Mann.

Ich liebe sie. Sie haben mein Geld genommen, sie haben mein Leben ruiniert, sie haben uns getrennt. Aber man kann sie nicht umbringen. O Gott, zeig mir den Feind. Wenn man erstmal rausgefunden hat, wer der Feind ist, kann man ihn umbringen. Aber diese Leute hier verwirren mich. Wer hat mich verletzt? Wer hat mein Leben ruiniert? Sag mir, wen ich zurückschlagen soll. Ich hab vier Jahre lang gearbeitet, um mein Geld zu sparen. Ich hab wie ein Pferd gearbeitet, Tag und Nacht. Mein Bruder sollte der Gebildete, der Angesehene werden. Und so endet das nun, in diesem Zimmer, beim Essen mit diesen Leuten. Sag mir, wen ich umbringen soll.

Und jetzt kommt mein Bruder zu mir. Er geht mit seiner Frau weg, für immer. Er hält meine Hand, er sieht mich an, ihm kommen die Tränen, und er sagt: »Ich liebe dich.« Das stimmt, es ist wie damals, als er geweint und gesagt hat, daß er kein Selbstvertrauen mehr hat. Ich weiß, daß er mich liebt, daß es jetzt stimmt, daß es aber, sobald er dieses Zimmer verläßt, nicht mehr stimmt, er muß mich vergessen. Denn nach dem, was mir passiert war, wollte ich nicht, daß jemand davon erfährt, und ich hatte den Einfall, nach Hause melden zu lassen, daß ich tot bin. Und seit dieser Zeit bin ich ein Toter.

Ich hab eine eigene Wohnung, in die ich zurückkehren kann. Frank bringt mich dorthin, wenn das hier vorbei ist. Und jetzt, wo mich mein Bruder für immer verläßt, vergesse ich bereits sein Gesicht, und ich seh nur den Regen und das Haus und den Schlamm, das Feld dahinter, wo das Pará-Gras sich unter dem Regen biegt, den Esel und den Rauch aus der Küche, meinen Vater auf der Veranda und meinen Bruder in dem Zimmer auf dem Fußboden und den Jungen, der den Mund aufmacht, um zu schreien, wie in *Rope.*

In einem freien Land

I

IN DIESEM LAND IN AFRIKA GAB ES EINEN PRÄSIDENTEN und
außerdem einen König. Sie gehörten verschiedenen Stämmen an. Die Feindschaft zwischen den Stämmen war alt, und
mit der Unabhängigkeit hatte das Unbehagen auf beiden Seiten einen kritischen Punkt erreicht. Der König und der Präsident intrigierten mit den lokalen Vertretern weißer Regie-
rungen. Die Weißen, an die man sich wandte, mochten den
König persönlich. Aber der Präsident war stärker; die neue
Armee stand hinter ihm, sie rekrutierte sich ausschließlich aus
seinem Stamm; und die Weißen beschlossen, daß der Präsident zu unterstützen sei. So war schließlich an diesem Wochenende der Präsident in der Lage, seine Armee gegen das
Volk des Königs einzusetzen.

Das Gebiet vom Volk des Königs lag im Süden und war
noch immer unter seinem kolonialen Namen *Southern Collectorate* bekannt. Das war der Ort, an dem Bobby als Verwal-
tungsbeamter in einer der Abteilungen der Zentralregierung
arbeitete. Aber während dieser Krisenwoche hatte er sich in
der Hauptstadt aufgehalten, vierhundert Meilen entfernt, wo
er einen Lehrgang über kommunale Entwicklung besuchte;
und in der Hauptstadt war nichts von einer Krise oder einem
Krieg zu bemerken. Der Lehrgang zählte mehr englische als
afrikanische Teilnehmer; die Afrikaner waren gut angezogen,
würdevoll und hatten wenig zu sagen; und der Lehrgang

endete am Sonntagmittag mit einem Buffet in einem Garten von einem halben Acre, in einem Vorort, der noch immer englisch war.

Es war wie an jedem anderen Sonntag in der Hauptstadt, die trotz der Abwanderung der Weißen nach Südafrika und trotz der Deportationen von Indern eine englisch-indische Schöpfung in der afrikanischen Wildnis geblieben war. Den afrikanischen Fähigkeiten verdankte sie nichts; sie hatte sie nicht nötig. Nicht weit von der Hauptstadt lagen Buschdörfer, Halbtagsausflugziele für Touristen. Aber in der Hauptstadt spiegelte sich Afrika nur in den subtropischen Vorortgärten, im Angebot der Touristenläden – Holzschnitzereien und Lederwaren, Souvenirtrommeln und Speere – und in den linkischen livrierten Boys in den neuen Touristenhotels, wo die weißen oder indischen Aufseher stets in der Nähe waren. Afrika war hier Dekor. Reizvoll für den weißen Besucher und den Ausländer, der sich hier niedergelassen hatte, reizvoll auch für den Afrikaner, den man aus dem Busch verscheucht hatte und für den in der Stadt die Zivilisation durch die Unabhängigkeit restlos gewährleistet zu sein schien. Es war noch immer eine Kolonialstadt mit einem kolonialen Reiz. Jeder dort war weit weg von zu Hause.

In der Bar des New Shropshire, ehemals nur für Weiße, heute in der Hauptstadt Treffpunkt für verschiedene Rassen, bekannt für rassistische »Zwischenfälle«, trugen die weißen Männer offene Hemden und tranken Bier. Die Afrikaner tranken schärfere, feinere Drinks mit Cocktailstäbchen und trugen Daks-Anzüge englischer Herstellung. Ihr Haar war auf der linken Seite tief gescheitelt und auf der rechten hochgekämmt, eine Frisur, die die afrikanischen Städter als englische Frisur bezeichneten.

Die Afrikaner waren jung, in den Zwanzigern, und rundlich. Sie konnten lesen und schreiben und waren hohe Ver-
waltungsbeamte, Politiker oder Verwandte von Politikern,
Direktionsangestellte und Direktoren von kürzlich errichte-
ten Niederlassungen großer internationaler Konzerne. Sie
waren die neuen Herren des Landes und hielten sich für Männer mit Macht. Für die Anzüge, die sie trugen, hatten sie nicht
bezahlt; in einigen Fällen hatten sie die Händler ausweisen
lassen. Sie kamen ins New Shropshire, um, wenn auch noch
so flüchtig, von Weißen gesehen und beachtet zu werden,
um umworben zu werden, um Unruhe zu stiften. In der Bar
waren keine Asiaten: Die Lockerungen galten nur für
Schwarze und Weiße.

Bobby trug ein safrangelbes Baumwollhemd in dem Stil,
der allmählich unter dem Namen »Eingeborenenhemd« bekannt wurde. Es glich einem Kittel, mit kurzen, weiten
Ärmeln und tiefem Halsausschnitt; der Stoff mit dem auf-
fallendem rot-schwarzen »Eingeborenenmuster« wurde in
Holland entworfen und hergestellt.

Der kleine junge Afrikaner an Bobbys Tisch war kein Einge-
borener. Er war, wie er Bobby schnell hatte wissen lassen, ein
Zulu, ein Flüchtling aus Südafrika. Er trug eine hellblaue Hose
und ein einfaches weißes Hemd und unterschied sich ferner
von den anderen Afrikanern in der Bar durch seine buntka-
rierte Stoffmütze, mit der er unentwegt spielte, während er
sich in seinem Sessel rekelte. Mal setzte er sie auf und zog sie
über die Augen, mal benutzte er sie als Fächer, mal knetete
und drückte er sie mit seinen kleinen Händen an die Brust, als
führe er eine isometrische Übung aus.

Eine Unterhaltung mit dem Zulu war nicht leicht. Er war
auch dabei unruhig. Der König und der Präsident, Sabotage
in Südafrika, Lehrgänge, Touristen, die Eingeborenen: Er

sprang von einem Thema zum anderen, ohne sich jemals auf eins einzulassen, ohne irgendeinen Zusammenhang herzustellen. Und die Stoffmütze war so etwas wie ein Requisit seiner Undefinierbarkeit. Die Mütze ließ den Zulu mal als Dandy erscheinen, mal als ausgebeuteten Minenarbeiter aus Südafrika oder auch als schwarzgeschminkten amerikanischen Varietésänger und manchmal sogar als den Revolutionär, als den er sich Bobby gegenüber ausgegeben hatte.

Sie hatten seit über einer Stunde zusammengesessen. Es war beinahe halb elf, es wurde spät für Bobby. Dann, nach einem Schweigen, währenddessen beide die anderen in der Bar betrachteten, sagte der Zulu: »In dieser Stadt gibt es jetzt sogar weiße Huren.«

Bobby schaute in sein Bierglas, trank ohne Hast, wich dem Blick des Zulus aus, froh, daß endlich die Rede auf Sex gekommen war.

»Das ist nicht schön«, sagte der Zulu.

»Was ist nicht schön?«

»Sehn Sie mal.« Der Zulu setzte sich auf, die Mütze auf den Kopf, faßte in seine Gesäßtasche und warf sich dabei in die kleine, aber gutentwickelte Brust, die sich unter dem weißen Hemd wölbte. Er zog eine Brieftasche hervor und ließ den Daumen an vielen neuen Banknoten entlanglaufen. »Damit wäre ich an manchen Orten ein gern gesehener Gast. Das ist nicht schön.«

Bobby dachte: Dieser Junge ist selbst ein Stricher. Afrikanische Stricher in Hotelbars machten Bobby nervös. Aber er war bereit, mit sich handeln zu lassen. Er sagte: »Du bist ein tapferer Mann, daß du soviel Geld mit dir rumträgst. Ich hab nie mehr als sechzig bis achtzig Shilling bei mir.«

»Man braucht zweihundert, um in dieser Stadt etwas anzufangen.«

»Für mich sind hundert das Äußerste.«

»Viel Vergnügen.«

Bobby sah auf und hielt dem Blick des Zulus stand. Der Zulu zuckte mit keiner Wimper. Es war Bobby, der schließlich wegsah.

Bobby sagte: »Ihr Südafrikaner seid alle arrogant.«

»Wir sind nicht wie eure Eingeborenen hier. Diese Leute sind die ungebildetsten Leute auf der Welt. Man braucht sie sich bloß anzusehen.«

Bobby sah den Zulu an. Wie klein er für einen Zulu war.

»Du mußt aufpassen, was du sagst. Sie könnten dich ausweisen.«

Der Zulu fächelte sich mit seiner Mütze zu und wandte sich ab. »Warum wollen die Weißen hier mit den Eingeborenen zusammensein? Noch vor ein paar Jahren durften die Eingeborenen nicht einmal hier reinkommen. Und jetzt! Das ist nicht schön. Ich finde das nicht schön.«

»In Südafrika ist es wohl anders«, sagte Bobby.

»Was wollen Sie hören, Mister? Ich werde Ihnen mal was sagen. In Südafrika ist es mir ganz gut gegangen. Ich habe mir meinen Whisky gekauft. Ich hatte meine Frauen. Sie würden sich wundern.«

»Ich kann mir vorstellen, daß dich eine Menge Leute attraktiv finden.«

»Ich werd Ihnen mal was sagen.« Der Zulu senkte die Stimme. Sein Ton wurde verschwörerisch, als er anfing, die Namen südafrikanischer Politiker aufzuzählen, mit deren Frauen und Töchtern er geschlafen hatte.

Als Bobby das angespannte kleine Gesicht des Zulus ansah, die Augen, in denen soviel Verletztheit lag, empfand er Mitleid und Erregung. Das war der afrikanische Nervenkitzel: Bobby vergaß seine Nervosität.

»Südafrikaner«, sagte der Zulu und sprach wieder lauter. »Hier lassen sie einen nie in Ruhe. Sie laufen einem ständig nach. »Biste aus Südafrika? Ich hab es satt, von ihnen angesprochen zu werden.«

»Ich kann es ihnen nicht verdenken.«

»Als Sie hereinkamen, dachte ich, Sie wären ebenfalls Südafrikaner.«

»Ich!«

»Sie setzen sich immer zu mir. Sie wollen immer eine Unterhaltung mit mir anfangen.«

»Was für eine hübsche Mütze.«

Bobby beugte sich vor, um die karierte Mütze anzufassen, und eine Weile hielten sie gemeinsam die Mütze, Bobby befühlte sie, und der Zulu ließ ihn die Mütze befühlen.

Bobby sagte: »Gefällt dir mein neues Hemd?«

»In so einem Eingeborenenhemd möchte ich nicht mal begraben sein.«

»Es ist die Farbe. Wir können leider nicht die schönen Farben tragen, die ihr tragt.«

Der Blick des Zulus wurde hart. Bobbys Finger krochen am Rand der Mütze entlang, bis sie neben denen des Zulus lagen. Dann sah er auf die Finger hinunter, rosa neben schwarz.

»Wenn ich wieder . . .« Bobby hielt inne, er war im Begriff, Pidgin-Englisch zu sprechen, aber das wäre bei dem Zulu ganz falsch gewesen. Er sah auf. »Wenn ich noch einmal auf die Welt komme, möchte ich mit deiner Farbe auf die Welt kommen.« Seine Stimme war leise. Seine Finger krochen über die Mütze, bis sie über einem des Zulus lagen.

Der Zulu rührte sich nicht. Sein Gesicht war, als er zu Bobby aufsah, völlig ausdruckslos. Bobbys blaue Augen wurden feucht und fast starr, seine dünnen Lippen zitterten und verkrampften sich zu einem zaghaften Lächeln. Beide Männer schwiegen. Dann, ohne seine Hand zu bewegen oder seinen Gesichtsausdruck zu verändern, spuckte der Zulu Bobby ins Gesicht.

Sekundenlang blieben Bobbys Finger auf denen des Zulus liegen. Dann zog er seine Hand weg, suchte sein Taschentuch, wischte sich das Gesicht ab; und als er das Taschentuch wegsteckte, starrten seine Augen noch immer den Zulu an, seine Lippen lächelten noch immer verkrampft. Der Zulu rührte sich immer noch nicht.

Die ganze Bar hatte es gesehen. Die Schwarzen starrten hin, die Weißen sahen weg. Die Unterhaltung stockte und ging dann wieder weiter.

Bobby stand auf. Der Zulu starrte noch immer, jetzt ins Leere, ohne auch nur einmal die Richtung seines Blicks zu verändern. Bobby schob bedächtig seinen Stuhl zurück. Dann ging er, rundlich und in seinem losen, flatternden Eingeborenenhemd einem Opfertier gleichend, ohne den Blick zu senken, mit verkrampftem Lächeln zum Ausgang, wobei er den linken Arm hängen ließ und mit dem rechten vom Ellbogen an herumruderte.

Der Zulu sank tiefer in seinen Sessel. Er setzte die Mütze auf und nahm sie wieder ab; er drückte das Kinn an den Hals, machte den Mund auf und zu. Sein Gesicht war angespannt und reglos gewesen; jetzt lag auf ihm die Ruhe eines Kindes. Das war alles, was von seiner Revolution übriggeblieben war, die Besuche im New Shropshire, das Angeln nach weißen Männern. In der Hauptstadt war der Zulu ein Einzelgänger, ohne Arbeit, er lebte von der geringfügigen Unterstützung einer amerikanischen Stiftung. In diesem Teil Afrikas unterstützten die Amerikaner – oder vielmehr nur die Amerikaner – alles.

Der livrierte Barboy besann sich seiner Pflichten und lief Bobby mit der Rechnung nach. Er hielt Bobby im Eingang auf, neben der großen Eingeborenentrommel, die zur neuen Inneneinrichtung des New Shropshire gehörte. Bobby, der zuerst nicht zuhörte und dann erleichtert war, daß es nur der Barboy war, gab sich übertrieben verwirrt. Er tastete unter dem gelben Eingeborenenhemd in der Gesäßtasche seiner weichen hellgrauen Flanellhose nach der Brieftasche, lächelte wie über einen vertraulichen Scherz, ohne den Jungen anzusehen. Dann, in einem Anflug von absurder Ritterlichkeit, gab er dem Jungen einen zweiten Schein, um für die Drinks des Zulus mitzubezahlen; und er wartete nicht auf das Wechselgeld.

In der Halle hing das neue offizielle Foto des Präsidenten. Es war erst an diesem Wochenende in der Stadt erschienen. Auf den alten Fotos trug der Präsident einen Kopfschmuck vom Stamm des Königs, ein Geschenk des Königs aus der Anfangszeit der Unabhängigkeit, ein Symbol für die Einheit beider Stämme. Das neue Foto zeigte den Präsidenten ohne Kopfschmuck, in Jackett, Hemd und Krawatte, das Haar englisch frisiert. Die aufgeblasenen Wangen glänzten im Scheinwerferlicht; die harten, undurchsichtigen Augen blickten direkt in die Kamera. Afrikaner schrieben den Augen des Präsidenten angeblich magische Kräfte zu; und die Augen schienen ihr Renommee zu kennen.

Von dem beleuchteten Vorplatz des New Shropshire – mit dem Steingarten, der weißen Fahnenstange mit der schlaffen Nationalfahne – fuhr Bobby die abschüssige Auffahrt zur dunklen Fernstraße hinunter. Nachts begann in jedem Vorort an der Fernstraße der Busch. Jede Woche kamen Männer aus dem Wald, um sich in der usurpierten Stadt niederzulassen. Sie hatten nichts gelernt als das, was sie für das Leben im Wald brauchten, sie fanden keine Unterkunft, und nachts trieben sie sich in den uneingezäunten Teilen der Stadt herum. Es waren viele Schauergeschichten im Umlauf. Normalerweise lachte Bobby darüber und schenkte weder ihnen noch den Ausländern, die sie erzählten, Glauben. Aber jetzt fuhr er die buschgesäumten Straßen sehr schnell entlang, an den großen Kreisverkehren vorbei, durch die holprigen Gassen des indischen Bazars – Wohnhäuser, Läden und Lagerhäuser – zur Stadtmitte mit ihrem komplizierten Einbahnsystem, ihrem halben Dutzend Hochhäusern, die dunkel über dem hellen Platz und den breiten staubigen Parkplatz aufragten.

In der engen Halle seines Hotels hing auch das neue Foto des Präsidenten zwischen englischen Fuchsjagdstichen. Das Hotel, in der Kolonialzeit gebaut, war dasjenige, in dem Regierungsbeamte aus der Provinz, so wie Bobby, untergebracht wurden, wenn sie dienstlich in die Hauptstadt kamen. Es wirkte älter, als es war. Eine Mischung aus rohem Holz und nachgemachtem Tudorstil: Das Hotel war teils im »Pionierstil«, teils vorstädtisch gehalten, aber noch immer englisch, Heimat in der Fremde. Bobby mochte es nicht. Sein Zimmer, das einen offenen Kamin hatte, war weiß und pelzartig, mit weißen Wänden, weißen Schaffellbrücken, einer weißen Bettüberdecke mit Waffelmuster und einem mit Zebrafell bezogenen Hocker. Der Abend war vorbei, die Woche war vorüber. Dies war seine letzte Nacht in der Hauptstadt; am frühen Morgen würde er in das Collectorate zurückfahren. Gepackt hatte er bereits. In einem Umschlag hinterließ er ein Trinkgeld für den Zimmerboy. Bald lag er im Bett. Er war ziemlich gelassen.

Afrika war für Bobby das weite Land, das gefahrlose Abenteuer langer, ermüdender Fahrten auf freien Straßen, die anderen Afrikaner, Jungen, die wie Männer gebaut waren. »Möchteste mitfahrn? Du großer Junge, du nicht zur Schule gehen? Nein, nein, du keine Angst haben. Schau, ich geb dir nen Shilling. Du hältst meine Hand. Schau, meine Farbe, deine Farbe. Ich geb dir nen Shilling, du kaufst Schulbücher. Kauf Schulbücher, lern lesen, kriegst nen tollen Job. Wenn ich noch mal auf die Welt komm, will ich deine Farbe. Du keine Angst haben. Du willst fünf Shilling?« Süßer Infantilismus, fast ohne Sprache: Die Sprache birgt Hohn und Selbstverachtung.

Die ganze Woche lang, während er als Regierungsbeamter den Lehrgang besucht hatte, hatte er sich diese Rückfahrt in das Collectorate ausgemalt. Aber dann, bei dem Buffet am Sonntagmittag, war er gebeten worden, Linda als Beifahrerin mit zurückzunehmen, und das konnte er nicht ablehnen. Linda war die Frau eines britischen Amtskollegen aus dem Collectorate, die in dem für Regierungsbeamte vorgesehenen abgeriegelten Ausländerviertel des Collectorates wohnte. Sie war mit ihrem Mann, der am Lehrgang teilnahm, in die Hauptstadt geflogen; aber sie flog nicht mit ihm zurück. Bobby kannte Linda und ihren Mann und war sogar einmal bei ihnen zum Essen eingeladen gewesen, aber nach drei Jahren waren sie noch immer nicht mehr als lose Bekannte. Es war eine dieser schwierigen, lockeren Beziehungen, wo auf beiden Seiten eher Unsicherheit als Mißtrauen herrscht. Infolgedessen war die Aussicht auf ein Abenteuer dahin, und die Fahrt, die so viel versprochen hatte, würde wahrscheinlich eine Strapaze werden.

Bobby war dann mehr aus Enttäuschung als aus Begierde in das New Shropshire gegangen. Und sogar während er sich zum Ausgehen fertigmachte, hatte er gewußt, daß der Abend nicht gut enden würde. Lokale wie das New Shropshire mochte er nicht. Er verfügte nicht über die in einer Bar nötigen Fähigkeiten, nicht über die nötige Barrobustheit. Sein Instinkt hatte ihm vom ersten Blickkontakt mit dem Zulu an gesagt, daß dieser ihn lediglich herausfordern wollte. Aber er war dennoch an den Tisch gegangen und hatte sich ausgeliefert. Er mochte keine afrikanischen Stricher. Ein Stricher in Afrika war ein Junge, der mehr als fünf Shilling verlangte, jeder Junge, der mehr als fünf verlangte, dachte lediglich an Geld, und das war falsch. Zu dieser Ansicht war Bobby vor langer Zeit gekommen, dennoch hatte er mit dem Zulu zu handeln begonnen.

An diesem Abend hatte er gegen alle seine Regeln verstoßen; der Abend hatte bewiesen, wie richtig seine Regeln waren. Er empfand keine Bitterkeit, keine Verletztheit. Er gab dem Zulu keine Schuld, er gab Linda keine Schuld. Vor Afrika hätte der Vorfall dieses Abends ihn vielleicht zu stundenlanger weiterer Abenteuersuche veranlaßt, und das an gefährlicheren Orten; und hätte ihn dann in seinem Zimmer womöglich zu einem weiteren Akt von Exzeß und Selbsterniedrigung getrieben. Aber inzwischen wußte er, daß die Stimmung vorbeigehen und der Morgen kommen würde. Selbst mit Linda als Mitfahrerin blieb noch die Fahrt.

Er wurde vom Krähen der Hähne geweckt. Es kam aus der Gasse neben dem Hotel. Es war eines der Geräusche der afrikanischen Nacht: Ein Herumtreiber war aufgescheucht worden, das afrikanische Zetergeschrei erhob sich. Später, im Traum, war er in einem Lokal wie dem New Shropshire. Er lag auf dem Rücken, und der livrierte Boy stand über ihn gebeugt, aber er konnte den Kopf nicht heben, um das Gesicht des Jungen zu sehen, zu sehen, ob das Gesicht lachte. Sein Kopf tat weh, der Schmerz fing an zu pochen, und dann war ihm, als würde sein Kopf explodieren. Selbst als er erwachte, war der Schmerz noch da, fühlte er sich ausgelaugt. Es dauerte eine Weile, bevor er wieder einschlief. Und als er dann das nächste

Mal geweckt wurde, diesmal durch den Hubschrauber, der erst in der Nähe, dann weiter weg und schließlich direkt über dem Hotel zu kreisen schien, war schon längst fünf Uhr vorbei, das weiße Zimmer war hell, und es war Zeit aufzustehen.

2

Jak-Jak-Jak-Jak. Der Hubschrauber, der so tief flog, als wollte er den Hotelparkplatz inspizieren, übertönte das Heulen der Alarmanlage in Bobbys Wagen, als Bobby die Tür aufschloß. Bobby, der sich selbst inspiziert fühlte, sah nicht auf. Der Hubschrauber schwebte über ihm und stieg dann schräg wieder auf.

In dem Basarviertel, durch das Bobby am Vorabend so leichtsinnig gefahren war, waren die Läden und Warenlager aus Beton und Wellblech geschlossen; die langen indischen Namen auf den einfachen Schildern wirkten ebenso eingezwängt wie die Gebäude. Jenseits des Basars verlief die Straße neben einem breiten, trockenen Graben, der jetzt kühl war, aber für einen späteren Zeitpunkt Staub und sengende Glut verhieß, und als dann der Graben verschwand, wurde die Straße zur zweispurigen Fahrbahn mit Blumen und Sträuchern auf dem Mittelstreifen.

Der Union-Club war in der Kolonialzeit von einigen Indern als gemischtrassiger Club gegründet worden; er war der einzige Club in der Hauptstadt, der Afrikaner zuließ. Nach der Unabhängigkeit waren die indischen Gründer ausgewiesen, der Club beschlagnahmt und in ein Hotel für Touristen umgewandelt worden. Der Garten bestand aus wildem, halbverdorrtem Gebüsch, das einen kahlen Hof umgab. Und im Haupteingang stand unter einer vorspringenden Betonplatte

148

auf gleicher Höhe mit dem staubigen Boden Linda neben ihrem elfenbeinfarbigen Koffer und winkte.

Sie war guter Laune, keine frühmorgendliche Verstimmtheit in ihrem mageren Gesicht. Es war leicht zu erkennen, warum sie in der Hauptstadt übernachtet hatte. Ihr cremefarbenes Hemd hing aus ihrer blauen Hose heraus, die etwas zu weit auf ihren schmalen, tiefangesetzten Hüften saß; um ihr Haar hatte sie ein hellbraunes Tuch gebunden. In diesem Aufzug und unter der Betonplatte wirkte sie klein, knabenhaft und unterentwickelt. Sie sah eigentlich nicht gut aus, und man sah ihr auch ihr Alter an, aber in dem Ausländerviertel des Collectorates galt sie als mannstoll. Bobby hatte fürchterliche Geschichten über Linda gehört. Vermutlich ebenso fürchterliche, dachte er beim Aussteigen, wie Linda sie sicherlich über ihn gehört hatte.

Sie stürzten in dem leeren Hof laut redend aufeinander zu und benahmen sich bei dieser Begegnung, der ersten ohne Zeugen, als wären Zeugen anwesend, so daß sie plötzlich, nach vorausgegangener Stille und Spannung, wie Schauspieler in einem Stück waren, in dem keiner dem anderen wirklich zuhörte, Linda überschwenglich um Entschuldigung bat, sich bedankte, Erklärungen abgab und Bobby gleichzeitig Erklärungen und Dankbarkeit ablehnte und den elfenbeinfarbenen Handkoffer wie ein Bühnenrequisit wild herumschwenkte.

Jak-Jak-Jak-Jak.

Zum Schweigen gebracht, blickten beide nach oben. Die Männer in dem Hubschrauber waren Weiße.

»Sie suchen nach dem König«, sagte Linda, als der Hubschrauber sich entfernte. »Es heißt, er sei in der Hauptstadt. Er ist in einem dieser afrikanischen Taxis aus dem Collectorate entkommen. In irgendeiner Verkleidung.«

Der Tratsch der Ausländer vom gestrigen Abend: Die Anwesenheit seiner Mitfahrerin begann Bobby zu bedrücken. Über Steine und aufgerissenes Pflaster rumpelten sie aus dem Hof hinaus.

»Hoffentlich haben sie den armen Frauen nichts zu Gräßliches angetan«, sagte Linda. Ihr Benehmen war noch immer affektiert. »Waren Sie in diesen Kreisen eine *persona grata?*

»Nicht besonders. Mir liegt nicht viel an der High-Society.«

Sie kicherte vor lauter eigener Fröhlichkeit.

Bobby setzte eine verschlossene Miene auf. Er beschloß, finster zu bleiben und nichts von sich preiszugeben. Er hatte seinen guten Willen gezeigt, und vorläufig genügte das.

Also fuhr er finster die zweispurige Straße entlang, und viele Minuten später nahm er finster die sanften Kurven der Vorortstraße mit ihren breiten Grasstreifen, den Hecken, den großen Häusern, mit den großen Gärten und hin und wieder einem barfüßigen Gärtnerjungen in Khaki.

»Man glaubt kaum, daß man in Afrika ist«, sagte Linda. »Es ist hier ähnlich wie in England.«

»Es ist ein bißchen großartiger als das England, das ich kenne.«

Sie antwortete nicht. Und eine Zeitlang sagte sie gar nichts.

Er hatte das Gefühl, zu aggressiv gewesen zu sein. Er sagte: »Natürlich durften Afrikaner hier nicht wohnen.«

»Sie hatten immerhin ihre Dienstboten, Bobby.«

»Dienstboten, ja.« Sie hatte ihn auf dem falschen Fuß erwischt. Er hatte nicht erwartet, daß sie ihn so bald provozieren würde. Er erwiderte mit der ruhigen, grimmigen Befriedigung eines Menschen, der die Massenvernichtung einer Rasse prophezeit: »Ich nehme an, das ist der Grund, weshalb jemand wie John Mubende-Mbarara sich geweigert hat, aus dem *Eingeborenenviertel* auszuziehen.«

»Wie gut Sie diese Namen aussprechen.«

Bobbys Finsterkeit verwandelte sich in Trübsinn. »Nun, er wird nicht zu uns kommen. Wenn man seine Arbeiten sehen will, muß man zu ihm gehen. In das Eingeborenenviertel.«

Linda sagte: »Als Johnny M. anfing, war er ein guter primitiver Maler, und wir alle liebten seine Bilder von den schönen mageren Viehherden seiner Familie. Aber er hat davon so viele produziert, daß er ein bißchen besser wurde als primitiv. Heute ist er nur noch schlecht. Also spielt es wohl kaum eine Rolle, ob er tatsächlich weiterhin in dem Eingeborenenviertel sein Vieh malt.«

»Das haben schon manche behauptet.«

»Daß er im Eingeborenenviertel lebt?«

»Nein, das über seine Malerei.« Bobby haßte sich dafür, geantwortet zu haben.

»Er ist furchtbar dick geworden«, sagte Linda.

Bobby beschloß, nichts mehr zu sagen. Er beschloß nochmals, finster zu bleiben und sich diesmal nicht in ein Gespräch verwickeln zu lassen.

Die Vorortgärten wichen afrikanischen Gemüsegärten mit weniger Bäumen, und am Rande der Stadt ahnte man das freie Land, und das Licht glich dem Licht, das die Nähe des Meeres ankündigt. Hier, sowohl für die Stadt als auch für die Wildnis bestimmt, zeigten verwitterte, bemalte Reklameschilder auf hohen Stangen lachende Afrikaner, die Zigaretten rauchten, Limonaden tranken und Nähmaschinen benutzten.

Die Gemüsegärten wurden abgelöst von kleinen Bauernhöfen und nachgewachsenem Busch. Ein paar Afrikaner waren zu sehen, meistens zu Fuß, einige auf alten Fahrrädern. Ihre Kleider waren mit großen Rechtecken in Rot, Blau, Gelb und Grün geflickt, das war der einheimische Stil. Bobby wollte schon etwas über den afrikanischen Sinn für Farben sagen. Aber er hielt sich gerade noch zurück, es war zu nah an dem Malereithema.

Es ging bergab; die Aussicht erweiterte sich. Die indisch-englische Stadt schien schon jetzt in weiter Ferne zu liegen. Auf einer Seite der Straße war das Land buckelig, als lägen dort grasbewachsene Ameisenhügel. Jeder Buckel kennzeichnete den ehemaligen Standort eines gefällten Baums. Jetzt war es Ödland, Leere, aber hier hatten bis vor nur siebzig Jahren Afrikaner wie die auf der Straße gelebt, im Schutz ihrer Wälder vor der Welt verborgen.

Jak-Jak. Anfangs war es nur ein fernes Dröhnen, aber dann schwebte der Hubschrauber rasch über ihnen, und eine Weile blieb er dort, schimmerte nun im Morgenlicht und übertönte das Geräusch des Wagens und nahm einem das Gefühl für den Motor. Die Straße zog sich in Kurven bergab, einmal in gelbem Licht, dann in feuchtem Schatten. Der Hubschrauber entfernte sich, das Geräusch des Windes und der Autoreifen kehrte zurück.

Am Straßenrand standen neben Bergen von Obst und Gemüse kräftig gebaute afrikanische Jungen, sie liefen auf die Straße und hielten Blumenkohl und andere Kohlsorten in die Höhe. Hier hatte es Unfälle gegeben, allzu unverschämte Fahrer waren von wütenden Massen angegriffen worden, die rasch aus dem Gebüsch neben der Straße herbeigeeilt waren. Bobby verlangsamte das Tempo. Er duckte sich über das Lenkrad und winkte dem ersten Jungen langsam mit flacher Hand zu. Der Junge reagierte nicht darauf, aber Bobby lächelte und winkte weiter, bis er an allen Jungen vorbei war. Dann, als er an Linda dachte, wurde er wieder finster.

Sie war heiter, erfüllt von ihrer eigenen Fröhlichkeit. Und als sie sagte: »Haben Sie bemerkt, wie groß der Blumenkohl war?« schien sie vergessen zu haben, daß sie sich stritten.

Er erwiderte grimmig. »Ja, ich habe bemerkt, wie groß der Blumenkohl war.«

»Das hat mich überrascht.«

»So?«

»Es ist natürlich dumm, aber ich habe nie gedacht, daß sie Felder haben. Irgendwie habe ich mir eingebildet, daß sie alle im Dschungel leben. Als Martin mir gesagt hat, daß wir in das South-Collectorate versetzt werden, habe ich geglaubt, daß sich unser Ausländerviertel auf einer kleinen Waldlichtung befinden würde. Ich habe nie geglaubt, daß es Straßen, Häuser und Läden geben würde . . .«

»Und Radios.«

»Es war lächerlich. Ich weiß, daß es lächerlich war, aber ich habe sie vor mir gesehen, wie sie auf Speere gestützt unter einem Baum um ein großes, altmodisches Radio herumstehen. Die Stimme des Herrn.«

Bobby sagte: »Erinnern Sie sich an den Amerikaner von der Stiftung, der herkam, um uns dazu zu bewegen, Statistiken oder so was zu führen? Ich bin einmal mit ihm spazierengefahren, und sobald wir aus der Stadt raus waren, hat er furchtbare Angst bekommen. Er fragte andauernd: ›Wo ist der Kongo? Ist das hier der Kongo?‹ Er hatte einfach die ganze Zeit furchtbare Angst.«

Die Straße führte jetzt zwischen zwei Hügeln hindurch, und die Kurven waren scharf. Ein Schild zeigte an: »Vorsicht: Steinschlag.«

»Das ist eines meiner Lieblingsverkehrsschilder«, sagte Bobby. »Ich halte immer Ausschau danach.«

»So präzise.«

»Nicht wahr?«

Seine finstere Stimmung war gewichen; es würde ihm jetzt schwerfallen, sie wiederzuerlangen. Schon waren er und Linda zu Reisegefährten geworden, die auf alles Sehenswürdige reagierten und in allem Gesprächsstoff fanden.

»Ich bin gern so früh draußen«, sagte Linda. »Es erinnert mich an Sommermorgen in England. Obwohl ich, ehrlich gesagt, in England den Sommer nie mochte.«

»So?«

»Ich hatte immer das Gefühl, ich müßte ihn eigentlich genießen, aber das ist mir nie gelungen. Der Tag schlich dahin, und ich wußte nie so recht, was ich machen sollte. Im Sommer überkam mich immer das Gefühl, daß ich sehr viel versäumte. Mir war der Herbst lieber. Ich hatte dann alles viel besser im Griff. Für mich ist der Herbst die große Jahreszeit der Erneuerung. Das klingt alles sicherlich sehr mädchenhaft.«

»Mädchenhaft würde ich nicht sagen. Ich würde ›ungewöhnlich‹ sagen. Ich hatte einmal einen Psychiater, der meinte, daß wir alle im Oktober an den Tod erinnert werden. Er sagte, daß er, sobald er das erkannt hatte, im Winter keinen Rheumatismus mehr bekam. Allerdings hat er sich zur selben Zeit eine Zentralheizung installieren lassen.«

»Irgendwie habe ich mir gedacht, Bobby, daß Sie einen Psychiater haben.« Sie war wieder munter. »Erzählen Sie mal genau, was Ihnen gefehlt hat.«

Er sagte ruhig: »Ich hatte in Oxford einen Nervenzusammenbruch.«

Er hatte zu ruhig gesprochen. Linda blieb munter. »Ich habe schon immer jemanden fragen wollen, der einen gehabt hat. Was genau ist eigentlich ein Nervenzusammenbruch?«

Es war etwas, das er mehr als einmal definiert hatte. Aber er tat so, als ob er nach Worten suchte. »Ein Nervenzusammenbruch. Es ist, als beobachte man, wie man stirbt. Nein, nicht

154

stirbt. Es ist, als schaue man zu, wie man zu einem Geist wird.«

Sie paßte sich seinem Ton an. »Hat es lange gedauert?«

»Achtzehn Monate.«

Sie war beeindruckt. Das konnte er sehen.

Mit einem leisen Lachen, als spreche er zu einem Kind, sagte er: »Sehen Sie diesen herrlichen Baum an.« Sie gehorchte. Und als sie den Baum angeschaut hatte, sagte er wieder ernst: »Afrika hat mir das Leben gerettet.« Als sei dies eine vollständige Aussage, die alles erklärte, als ob er damit alle, die ihn mißverstanden, bestrafen und ihnen zugleich verzeihen würde.

Sie schwieg. Sie wußte nicht, was sie sagen sollte.

Das war die berühmte Aussicht. Das war die Weite, die der Himmel versprochen hatte. Das Land fiel unaufhörlich ab. Der Kontinent war hier von einem gigantischen Graben durchzogen. Der Blick verlor sich in den farblosen Fernen des breiten Tals, das sich in alle Richtungen in Wolken und Dunst auflöste.

Linda sagte: »Afrika, Afrika.«

»Sollen wir anhalten und einen Blick drauf werfen?«

Er hielt an einer Stelle, wo der Randstreifen breiter wurde. Sie stiegen aus dem Wagen aus.

»Ganz schön kühl«, sagte Linda.

»Man sollte nicht glauben, daß man fast am Äquator ist.«

Sie hatten beide die Aussicht schon viele Male genossen, und keiner von ihnen wollte etwas sagen, das der andere vielleicht schon gehört hatte, oder irgend etwas, das zu gesucht geklungen hätte.

»Es liegt an den Wolken«, sagte Linda schließlich. »Als wir zum ersten Mal herkamen, fotografierte Martin ununterbrochen die Wolken.«

»Ich wußte gar nicht, daß Martin Fotograf ist.«

»Ist er auch nicht. Er hatte sich eben erst eine Kamera gekauft. Er hat die Filme immer unter meinem Namen zum Entwickeln geschickt, damit bei Kodak niemand auf den Gedanken käme, daß die Aufnahmen von ihm waren. Ich nehme an, daß sie furchtbar viel Mist bekommen. Nachdem er die Wolken satt hatte, fing er an, auf Händen und Knien herumzukriechen, um Blätterpilze und die winzigsten wilden Blumen, die er finden konnte, zu fotografieren. Dafür eignete sich die Kamera nicht. Dabei sind nur grünlich-braune verschwommene Bilder herausgekommen. Die Kodak-Leute sandten pflichtgetreu jedes verschwommene Bild, an mich adressiert, zurück.«

Beinahe hätten sie die Aussicht vergessen.

»Wirklich ganz schön kühl hier«, sagte Bobby.

Ein weißer Volkswagen raste aus der Richtung der Stadt vorbei. Ein Weißer saß am Steuer, er drückte lange und energisch auf die Hupe, als er Linda und Bobby sah, und erhöhte das Tempo, während er den Hügel hinunterfuhr.

»Ich möchte wissen, wem er imponieren will«, sagte Bobby.

Linda fand das sehr komisch.

»Es ist absurd«, sagte Bobby, als sie wieder im Wagen saßen, »aber mir kommt es so vor, als ob all das . . .« – er zeigte auf das große Tal – »mir gehört.«

Sie hatte schon zuvor fast lachen müssen. Jetzt beugte sie sich vor und lachte.

»Es *ist* absurd, Bobby. So wie Sie es sagen.«

»Aber Sie wissen, was ich meine. Der Anblick wäre mir unerträglich, wenn ich nicht wüßte, daß ich ihn wiedererleben könnte. Wissen Sie«, sagte er, richtete sich steif wie ein Fahrschüler auf und schaute beim Anfahren nach links und rechts,

»ich habe nie gewußt, daß so etwas in Afrika überhaupt existiert. Es hat mich nicht interessiert. Wahrscheinlich dachte ich wie Sie an Stammesangehörige und Speere. Und natürlich wußte ich etwas über Südafrika.«

»Mir fällt ein, wir haben den Hubschrauber schon einige Zeit nicht mehr gehört.«

»Hubschrauber haben keinen großen Radius. Das ist ungefähr das einzige, was ich bei der Air Force gelernt habe.«

»Bobby!«

»Nur Militärdienst.«

»Glauben Sie, daß sie den König gefaßt haben?«

»Es muß schrecklich für ihn sein«, sagte Bobby, »vor den Schwarzen weglaufen zu müssen. Ich weiß, daß ich mit dieser Meinung in der Minderheit bin, aber ich fand den König immer etwas peinlich. Er war mir viel zu englisch. Wir werden ja sehen, was seine gescheiten Freunde aus London jetzt für ihn tun werden. So ein törichter Mann. Ich bin sicher, daß ihn einige von ihnen zu diesem ganzen Geschwätz über eine Abspaltung und so weiter überredet haben.«

»Ziemlich furchtbar hier, mit all den Schwarzen, finden Sie nicht?«

»Und man fand es ganz reizend und komisch. Das fand ich nie, ehrlich gesagt. Es wird bestimmt viel unqualifizierte Kritik geben. Und uns wird man damit auch nicht verschonen. Unter afrikanischen Diktaturen seinen Dienst zu tun, und so weiter.«

»Das ist etwas, worüber Martin sich Sorgen macht«, sagte Linda.

»So?«

»Die Kritik.«

»Ich bin hier, um meinen Dienst zu tun«, sagte Bobby. »Ich bin nicht hier, um ihnen vorzuschreiben, wie sie ihr Land

157

regieren sollen. Das haben schon zu viele getan. Welche Regierungsform die Afrikaner sich aussuchen, geht mich nichts an. Es ändert nichts an der Tatsache, daß sie Lebensmittel, Schulen und Krankenhäuser brauchen. Leute, die hier keinen Dienst tun wollen, haben hier nichts zu suchen. Das mag brutal klingen, aber so sehe ich es eben.«

Sie antwortete nicht.

»Ich weiß, diese Einstellung ist nicht sehr populär«, bemerkte er. »Was sagt doch gleich unsere Fürstin?«

»Fürstin?«

»So nenne ich sie.«

»Sie meinen Doris Marshall?«

»Er ist ein guter ›Schwarzarbeiter‹. Sagt sie das nicht immer?«

Linda lächelte.

»Sehr originell«, sagte Bobby. »Aber ich weiß nicht, warum wir uns einbilden, daß die Afrikaner keine Augen im Kopf haben. Denken Sie, die Afrikaner wüßten etwa nicht, daß die Marshalls sich in den alten südafrikanischen Bahnen bewegen?«

»Sie ist Südafrikanerin.«

»Was sie auch jedem erzählt«, erwiderte Bobby.

»›Und ich bin stolz darauf, mein Lieber.‹«

»Als ich in Züdaffrika dü Etükette stüdierte –«, sagte Bobby und imitierte abermals die gezierte Aussprache von Doris Marshall.

»Genauso spricht sie«, sagte Linda. »Sie treffen es auf den Punkt. Und dann ist da noch ihr Tick mit dem ›Handschuhkasten‹. Kennen Sie den?«

»Sie meinen, man darf nicht ›Handschuhfach‹ sagen?«

»Man sagt Handschuhkasten.«

»›Denn düs schreibt dü Etükette in Züdaffrika vor, meine Liebe.‹«

»Ja, genau, haargenau«, sagte Linda.

»Ich glaube, je eher sie aufhören, Denis Marshall die Daumenschrauben anzusetzen, und die beiden nach Südafrika schicken, um so besser ist es für alle.«

Sie band sich das Tuch um ihr Haar noch mal neu und kurbelte das Fenster etwas herunter.

»Es ist fast schon kalt«, sagte sie und atmete tief ein. »Das ist das Schöne an der Hauptstadt. Die Kaminfeuer.«

Nachdem, wie sie eben miteinander gesprochen hatten, enttäuschte ihn dieser unter den hier wohnenden Ausländern verbreitete Gemeinplatz.

Er erwiderte: »Das Schönste an der Hauptstadt ist das hier. Diese Rückfahrt. Ich glaube, ich werde sie nie satt bekommen.«

»Hören Sie auf. Sie machen mich traurig.«

»Es gibt einen glänzenden Satz von Somerset Maugham, den ich irgendwo gelesen habe. Ich weiß, daß Maugham heutzutage nicht mehr besonders geschätzt wird. Aber er hat gesagt, wenn man sich nur das Beste wünscht und sich mit nichts Geringerem zufriedengibt, bekommt man es gewöhnlich auch. Ich muß sagen, ich glaube das allmählich auch. Ich glaube, wir können immer das tun, was wir wirklich tun wollen.«

»Jetzt ist es leicht für Sie, Bobby. Aber Sie haben doch selbst gesagt, daß es eine Zeit gegeben hat, wo Sie nicht einmal wußten, daß so etwas wie Afrika existiert.«

»Jetzt weiß ich es.«

»Auch ich weiß es. Aber das nützt nichts. Ich möchte vielleicht bleiben, aber ich weiß, daß ich es nicht kann.«

Sie schloß das Fenster und atmete noch einmal tief ein. Sie blickte auf das weite Tal.

Sie sagte: »Wenn ich nicht Engländerin wäre, würde ich, glaube ich, gern eine Massai sein. Sie sind so hochgewachsen, diese Frauen. So elegant.«

Es war ein Kompliment für Afrika: Er faßte es als Zeichen ihrer veränderten Einstellung zu ihm auf. Aber er erwiderte: »Das hätte ein Siedler aus Kenia sagen können. Die romantischen Schwarzen sind die Rückständigen.«

»Sind sie rückständig? Ich habe an die *manyattas* gedacht oder wie immer sie heißen. Wie Illustrationen in einem Geographiebuch. Sie wissen schon, die kleine Hütte, der hohe Zaun und die Herde, die zum Schutz vor Räubern für die Nacht heimgetrieben wird.«

»Das meine ich ja. Peter Pan in Afrika.«

»Aber hat nicht diese Seite von Afrika, diese Vorstufe zur Zivilisation, auch auf Sie zuweilen so eine Wirkung?«

Er antwortete nicht. Sie wurden beide verlegen.

Er sagte: »In einer *manyatta* kann ich Sie mir nun wirklich nicht vorstellen.«

Sie widersprach nicht.

Kurz darauf sagte sie: »Räuber. Ich liebe dieses Wort.«

Daß die Straße unbefahren war, konnte man jetzt nicht mehr als selbstverständlich voraussetzen. Der Verkehr zur Hauptstadt war nicht dicht, aber regelmäßig: alte Lastwagen, Panzerwagen, die von Sikhs mit Turbanen gesteuert wurden, ein paar europäische und asiatische Wagen, oft neu aussehende Peugeot-Kombiwagen. Sie wurden von Afrikanern gefahren, die ständig Gas gaben, und waren mit hin und her schaukelnden Afrikanern vollgepackt.

Diese Peugeots waren die Fernverkehrsbusse des Landes. Einer überraschte und überholte Bobby laut hupend auf sehr abschüssiger Straße. Die Afrikaner auf den hinteren Sitzen drehten sich um und lächelten. Linda sah weg. Die Hupe schmetterte weiter. Fast im gleichen Augenblick kam eine Kurve, und die Bremslichter des Peugeots leuchteten auf.

»Ich verstehe nicht, warum manche Leute mit den Bremsen fahren«, sagte Bobby.

»Aus dem gleichen Grund, aus dem sie ihre Ersatzreifen verkaufen«, erwiderte Linda.

Der Peugeot nahm Kurve um Kurve mit gelegentlich aufblitzenden Bremsen und fuhr davon.

»Das war etwas, was mir bald nach meiner Ankunft aufgefallen ist«, sagte Linda. »Fast jeder hier hatte einen Unfall gehabt oder kannte jemanden, der einen gehabt hatte. In unserem Viertel hatten so viele Leute einen Gips, daß es wie in einem Wintersportort aussah.«

Es war ein alter Witz, aber Bobby bestätigte ihn. »Genau hier hat es vor nicht langer Zeit einen Unfall gegeben. Einer unserer Singer-Singer-Sikh-Freunde stellte den Motor ab, um bergab zu rollen. Aber irgendwie wurde dadurch das Lenkrad blockiert.«

»Was ist passiert?«

»Er kam von der Straße ab und wurde getötet.«

»Martin sagt immer, sie seien die schlimmsten Fahrer.«

»Wenn man in der Mitte der Straße einen Mercedes sieht, kann man sicher sein, daß ein Asiate am Steuer sitzt. Ich kann diese Läden nicht ausstehen. Sie verkaufen den Afrikanern kein Päckchen Zigaretten. Sie verkaufen ihnen jedesmal nur eine oder zwei einzelne Zigaretten. Sie verdienen ein Vermögen an den Afrikanern.«

»Eine gute Methode, etwas von ihnen zu bekommen, ist zu sagen: ›Ach, ist das nicht in Südafrika hergestellt?‹ Sie kriegen einen solchen Schrecken, daß sie einem praktisch den ganzen Laden schenken.«

Sie hielt inne, in dem Gefühl, zu weit gegangen zu sein.

Endlich waren sie am Fuß der Klippe und in der Talsohle angelangt. Die Sonne stand hoch am Himmel, im Wagen wurde es warm. Linda kurbelte das Fenster ein wenig herunter. Auf der anderen Seite des Tals sah man die Steilwand nur verschwommen, die Farbe dort war unkörperlich, wie eine Vorspiegelung von Licht und Ferne. Sie fuhren auf diese Steilwand und das Hochplateau zu, und die Straße vor ihnen verlief gerade.

Sechzig, siebzig, achtzig Meilen die Stunde: Bobby beschleunigte mühelos und ohne nachzudenken, von der Straße verleitet, das Tempo. Nach den Kurven durch die Hügel begann hier immer das Abenteuer der Fahrt in Form von Geschwindigkeit, Entfernung und Anspannung. Während er sich auf den Wagen und die schwarze Straße konzentrierte, schärfte sich Bobbys Zeitgefühl. Ohne auf die Uhr zu sehen, konnte er die Zeit viertelstundenweise messen.

Ein verfallenes Holzgebäude; auf einem verblichenen rotweißen Verkehrsschild die Warnung, das Tempo zu verringern, und dann die gleiche Warnung in langgestreckten weißen Buchstaben auf der Straße selbst. Eine scharfe Kurve über den schmalen, verlassen aussehenden Schienenstrang hinweg, und aus der Fernstraße wurde eine ausgefahrene Hauptstraße in einer zerstreut liegenden Siedlung: Blech und altes Holz, verbogene Plakatwände, ein langer Drahtzaun mit Warnzeichen in roter Schrift, ungepflasterte Seitenstraßen, Bäume, die aus staubigen Gärten ragten, schiefe Läden auf ebener Erde. Und dann versperrte eine Gruppe von Afrikanern fast die Straße.

Sie hatten runde Filzhüte mit tief herabgezogenen Krempen auf. Viele trugen lange, ausgebeulte Jacken, braun oder dunkelgrau, die nach abgelegter europäischer Kleidung aussahen. Einige Männer und Frauen hatten die Jacken mit bunten Flicken versehen. Zwei, drei Männer mit Bleistift und Schreibblock dirigierten die Afrikaner auf offene Lastwagen mit hohen Schutzdachrahmen. Polizisten in schwarzen Uniformen beobachteten sie.

»Sie sind heute unruhig«, sagte Linda.

Bobby, der sehr langsam fuhr, überging den alten Witz. Afrikaner starrten von der Straße und von den Lastwagen herab, die Gesichter unter den Filzhüten waren ausdruckslos. Bobby begann verhalten zu winken, hielt aber inne. Linda reagierte auf die starren Blicke, indem sie ihr Tuch zurechtzupfte und geradeaus blickte. Selbst als sie die Menge passiert hatten, fuhr Bobby noch langsam, um nicht den Anschein zu erwecken, als flüchte er. Im Rückspiegel wurden die Afrikaner mit ihren unbewegten Gesichtern, ihren Flicken und Hüten immer kleiner. Als sie aus der Siedlung heraus und um eine Kurve gebogen waren, blickte Bobby noch einmal zurück: Die Straße hinter ihnen war frei.

Die Helligkeit tat weh. Linda setzte ihre Sonnenbrille auf. Das Gestrüpp dehnte sich nach allen Seiten aus und schien erst an den dunstigen Bergen zu enden. Hoch oben am Himmel ballten sich in Windeseile die zartesten weißen Fetzen zu Wolken, wurden dann silbern und schwarz durch den Sturm, lösten sich dann wieder auf und bildeten neue Formationen.

Bobby und Linda schwiegen. Es dauerte eine Weile, bis Bobby wieder schneller fuhr.

Linda sagte: »Sie wissen, was sie im Schilde führen, nicht wahr?«

Bobby antwortete nicht.

»Sie wollen ihren Eid des Hasses schwören. Sie wissen, was das bedeutet? Sie wissen, was für ekelhafte Dinge sie tun? Was für Zeug sie fressen werden? Das Blut, die Exkremente, den Dreck?«

Bobby beugte sich über das Steuer. »Ich weiß nicht, wieviel man von solchen Geschichten glauben kann.«

»Ich glaube, Sie wissen es. In der Hauptstadt ging das während des ganzen Wochenendes so.«

»In der Hauptstadt wird furchtbar viel geklatscht. Manche Leute wollen unbedingt ihre Sensation haben.«

»Haß gegen den König und gegen das Volk des Königs. Haß gegen Sie und mich. Auf solche Sensationen verzichte ich gern.«

»Ich weiß, ich weiß. Sie denken an Schwüre, Sie denken an Terroristen und *pangas*. Aber das ist momentan zum Glück nicht das Problem. Und übrigens glaube ich, daß sie lediglich ein Stück Fleisch essen. Ich glaube nicht einmal, daß sie es essen. Sie beißen nur drauf.«

»Nun, vermutlich ist ein Besuch im Regierungsgebäude, um dort Dreck zu fressen, sich an den Händen zu halten und nackt im Dunkeln zu tanzen, nicht besser oder schlimmer, als sich dort in das Gästebuch einzutragen.« Sie lachte. Das änderte die Stimmung.

»Ich gebe zu, daß mir die Blicke, die sie uns zugeworfen haben, nicht gefallen haben«, sagte Bobby. »Einen Moment lang kam es mir vor wie in alten Zeiten. Ich hätte damals ums Verrecken nicht hiersein wollen, Sie etwa?«

»Ach, ich weiß nicht. Vermutlich hätte ich mich angepaßt. Ich passe mich sehr leicht an.«

»Ich frage mich, ob wir nicht ein bißchen neidisch auf den Präsidenten und sein Volk sind. In einer Zeit wie heute fühlen wir uns ausgeschlossen, und das ärgert uns natürlich. Ich bin sicher, sie wären uns viel sympathischer, wenn sie etwas lockerer wären. Wie die Massai. Ich persönlich bin nie einem . . . ›Vorurteil‹ begegnet.«

Ihre schmale Stirn über der Sonnenbrille zuckte. »Ach, für Sie ist es einfach, Bobby.«

»Was meinen Sie damit?«

»Ich glaube, es wird heute nachmittag regnen. Sobald wir die geteerte Straße verlassen. Ich sehe, wie sich dort die Wolken auftürmen. Wenn man viel mit Martin unterwegs ist, bekommt man einen Blick für Wolken. Das Stück ungeteerte Straße ist mein persönlicher Alptraum. Es braucht nur eine halbe Stunde zu regnen, und alles ist aufgeweicht. Ich hasse es, wenn man ins Schleudern kommt. Es ist, als ob man sich in einem Erdbeben befindet. Es ist das einzige, was mich wirklich hysterisch macht. Das und Erdbeben.«

»Ich würde nicht sagen, daß sich die Wolken auftürmen.«

»Immerhin, wäre es nicht romantisch, wenn wir bei dem Colonel übernachten müßten und zuschauen würden, wie der Regen über den See heranstürmt?«

»Von Menschen wie ihm halte ich mich lieber fern. Nach allem, was ich von ihm gehört habe, muß er entsetzlich langweilig sein.«

»Er ist ein typischer gesetzter Siedler. Ihm ist einfach jeder egal.«

»Sie meinen wahrscheinlich Afrikaner.«

»Bobby. Passen Sie auf. Das erste Mal, als die Marshalls dort waren, bestellte sie einen Portwein mit Zitrone.«

»›Du meine Güte!‹«

»Du meine Güte. Er hob nur seinen dürren Arm, wies auf die Tür und brüllte: ›Hinaus!‹ Selbst der Barjunge erschrak.«

»Etikette in Südafrika. Das verzeihe ich ihm. Ich finde beinah, daß es für ihn spricht. Aber warum haben Sie gesagt, daß es für mich einfacher wäre?«

»Ach, Bobby, darüber habe ich mit Martin schon so oft gesprochen. Wir reden scheinbar über nichts anderes: Als ich ein junges Mädchen war, meinen Somerset Maugham verschlang und mich über die große, weite Welt informierte, hätte ich nie geglaubt, daß ein so großer Teil meiner Ehe aus sorgenvollen Diskussionen über Dinge wie Dienstauffassung bestehen würde.«

»Ogguna Wanga-Butere ist mein Vorgesetzter«, sagte Bobby. »Er ist mein – ›Chef‹. Ich zolle ihm Respekt. Und ich glaube, er respektiert mich auch.«

»Es tut mir leid, aber wenn Ihnen diese Namen so glatt von der Zunge gehen, dann wirken sie komisch.«

»Ich bin der festen Überzeugung, daß Europäer selber schuld sind, wenn Vorurteile gegen sie bestehen. Tag für Tag reist der Präsident landauf, landab und erzählt seinem Volk, daß wir gebraucht werden. Aber er ist kein Dummkopf. Er weiß, daß die alten Kolonialschergen darauf aus sind, soviel wie möglich einzuheimsen, ehe sie sich in den Süden davonmachen. Es ist zum Lachen. Wir halten den Afrikanern Vorträge über Korruption. Aber es gibt viel Angst und Gerede über Vorurteile, wenn sie unsere eigenen kleinen Schiebereien aufdecken. Die nicht mal so klein sind. Wir stellen Tausende für Überseegepäck in Rechnung, das niemals irgendwohin transportiert wurde.«

»Das war ein schönes Zubrot«, sagte Linda.

Sie war zerstreut; ihre gute Laune war verschwunden. Ihre eckige Stirn, die scharf aus dem unter dem Tuch plattgedrückten dünnen Haar hervortrat, war schweißbedeckt; über der Sonnenbrille zeigten sich erste Sorgenfalten.

»Busoga-Kesoro brachte mir die Unterlagen. Er sagte: ›Bobby, diese Forderung von Denis Marshall ist genehmigt und bezahlt worden. Aber wir wissen, daß er kein Gepäck mitgenommen hat, jedenfalls nicht auf seinem letzten Urlaub. Was sollen wir tun?‹ Was hätte ich sagen sollen? Ich wußte sehr wohl, daß man sich beim Kaffeetrinken über meine ›Illoyalität‹ ereifern würde. Aber wem schulde ich Loyalität? Ich habe gesagt: ›Ich finde, das muß dem Minister vorgelegt werden.‹«

Bobby übertrieb seine Rolle; er redete zu viel. Er erkannte es, er erkannte, daß er Lindas Interesse verlor. Er beugte sich über das Steuer, lächelte der Straße zu, rutschte auf seinem Sitz hin und her und sagte: »Wollen wir einen Kaffee trinken?«

»Im *Hunting Lodge*?«

Er war dagegen. Aber er sagte: »Eine gute Idee. Soviel ich weiß, hat es einen neuen Pächter.«

Sie erwiderte in ihrer veränderten zerstreuten Art: »Nach dem Schrecken der Enteignungswelle.«

»Die Asiaten haben daraus ein gutes Geschäft gemacht.«

Sie antwortete nicht. Er schwieg. Er hätte gern den Eindruck der Redseligkeit verwischt, wäre gern, wie anfänglich, der betont Zurückhaltende gewesen. Aber die finstere Person war jetzt sie.

Die Straße verlief schwarz und gerade zwischen dem niedrigen Busch.

»Ich glaube, Sie haben recht«, sagte er nach einer Weile. »Die Wolken türmen sich tatsächlich auf. Unter solchen Umständen weiß man nie, ob man lieber schneller oder langsamer fahren soll.«

Seine Haltung war versöhnlich. Sie gab sich keine Mühe, es ihm gleichzutun. Sie sagte bestimmt: »Ich möchte Kaffee.«

Sie schauten auf die Straße.

»Ich hatte zwar gehört«, sagte er, »daß es mit Sammy Kisenyi nicht gerade einfach sein soll. Aber ich habe nicht gewußt, daß Martin so unglücklich gewesen ist.«

Sie seufzte. Bobby war befriedigt; er lehnte sich in seinem Sitz zurück. Was ihn noch mehr befriedigte und die Spannung aufrechterhielt, war, daß Linda sich mit betonter, gequälter Selbstbeherrschung an ihrem Haar und ihrem Tuch zu schaffen machte.

Weit vor ihnen auf der Straße schimmerte etwas. Es war mehr als eine Fata Morgana. Sie sahen genauer hin. Es war ein überfahrener Hund.

»Ich bin froh, daß ich eine gesehen habe«, sagte Linda. »Ich habe darauf gewartet.« Ihr Ton war mystisch. »Man sollte jedesmal eine sehen.«

»Sie werden also abreisen?«

»Ach, Bobby, für Sie ist es ganz anders. In Ihrer Abteilung geht die Arbeit weiter, und es gibt immer etwas zu zeigen. Aber Hörfunk ist Hörfunk. Man muß Programme senden. Und wenn man ein gewiefter Radiomann ist wie Martin, weiß man, wann man Mist sendet. Und als er den Job bei der BBC aufgegeben hat und hierhergekommen ist, hat er das mit Sicherheit in der Absicht getan, hier Besseres zu leisten. Wahrscheinlich ist es in gewisser Weise Martins Schuld. Er hat sich nie auf politischer Ebene vorgedrängt.«

»Das kann ich verstehen. Ich finde, daß man mit der Politik und den Reden übertreibt. Man könnte sie ein bißchen mehr kürzen und bearbeiten.‹

»Wenn ich bedenke, daß man Martin den Posten eines Regionaldirektors angeboten hat. Aber er hat gesagt: ›Nein. Dies ist ein afrikanisches Land. Das ist ein Posten für jemanden wie Sammy.‹«

»Sammy soll in England eine ziemlich schwierige Zeit gehabt haben.«

»Ein Desaster war es natürlich nicht. Bei der BBC gibt es noch immer Leute, die sich an Martin erinnern. Als wir bei unserem letzten Urlaub dort gewesen sind, hat jemand im Club zu Martin gesagt: ›Ach, Sie haben aber dort drüben eine ziemliche Machtstellung, stimmt's?‹«

»Aber natürlich. Niemand schadet seiner Karriere, wenn er hierherkommt. Also, Sie glauben, daß Sie nach England zurückgehen werden?«

»Man muß an die Zukunft denken. Aber England! Ich weiß nicht. Martin muß seine Fühler in alle Richtungen ausstrecken. Ich bin sicher, daß sich irgendwas ergeben wird.«

»Das glaube ich auch.« Aber seine Frage war damit nicht beantwortet. Er fragte: »Was glauben Sie, wo das sein wird?«

Er wartete.

Sie sagte: »Im Süden.«

Er sagte: »Mein Leben ist hier.«

3

Als das Gestrüpp die Gegend noch beherrscht hatte, schien es sich über ein flaches Tal hinweg bis zur Steilwand zu erstrecken. Aber seit einiger Zeit war das Land unebener und grüner geworden. Die Steilwand begrenzte noch immer den Blick, aber weniger abrupt. Nun gab es niedrige, ausgedehnte, einzelne Hügel; in der Ferne ließen dunkle Bäume auf Wasser und Bäche schließen; hier und da deuteten bucklige Felder auf ehemalige Wälder hin. Feldwege begannen in die Fernstraße einzumünden, einfache Schilder zeigten die Namen von Ortschaften an, die zwanzig, dreißig, ja sechzig Meilen entfernt lagen. Ein paar kleine Plakattafeln standen da. Der Verkehr war noch immer gering.

Linda sagte mit ihrer ruhigen mystischen Stimme: »Das ist mein Lieblingshügel auf dieser Fahrt. Er sieht aus, als hätte irgendein Riese ihm die Seite aufgerissen.«

Die Beschreibung traf zu. Das gleiche dachte Bobby beim Anblick des Hügels.

Er sagte: »Ja.«

Vor ihnen fuhr aus einem Seitenweg ein hoher, mit einer Plane bedeckter Lastwagen auf die Straße. Beagles schoben die Köpfe über die Ladeklappe. An der Rückseite des Wagens hielten sich, heftig durchgerüttelt, zwei Afrikaner in Reithosen und Reitstiefeln, roten Mützen und Jacketts fest.

»Was für ein merkwürdiger Teil von Afrika«, sagte Linda.

Sie richtete sich auf, hob ihre Tasche vom Boden auf und zog ihre Puderdose heraus. Sie fing an, sich zu schminken. Ihre mystische Stimmung war verschwunden. Jetzt war Bobby der Trübsinnige.

»Als wir die paar Monate in Westafrika waren«, sagte sie, während sie sich puderte und in den Spiegel schaute, »wären wir nie auf die Idee gekommen, die Afrikaner dort seien auch nur im entferntesten englisch. Aber sobald man über die Grenze auf französisches Gebiet kam, sah man dort Schwarze, genau solche wie bei uns, am Straßenrand sitzen, französisches Brot essen und Rotwein trinken, mit diesen kleinen französischen Baskenmützen auf dem Kopf. Jetzt kommt man hierher und sieht diese schwarzen englischen Stallbur- schen.«

Die Straße wurde kurvenreich; die Strecke war nicht mehr zu überschauen. Sie hielten sich hinter dem Lastwagen mit den kläffenden, aufmerksamen Beagles. Die Stallburschen beäugten das Auto ohne eine Spur von Freundlichkeit. Ein Schild kündigte das *Hunting Lodge* an, eine Meile entfernt.

»Wir müssen uns beeilen«, sagte Bobby. »Es gefällt mir gar nicht, wie sich die Wolken dort auftürmen.«

»Ich habe Ihnen ja gesagt, daß ich mich damit auskenne.«

Die Straße, in die sie einbogen, fiel jäh vom Damm der Fernstraße ab. Sie verlief dunkelrot und schmal, mit tiefen Reifenspuren neben der Erhebung in der Mitte, durch bucklige Felder. Es hatte am Abend vorher oder am frühen Morgen geregnet. Der Wagen rutschte in den Reifenspuren, das Steuerrad vibrierte in Bobbys Hand.

»Ist noch nicht wieder trocken«, sagte Bobby. »Es muß ziemlich stark geregnet haben.«

»Es wird bald wieder regnen«, sagte Linda. Aber ihre Stimme klang nicht besorgt.

Die rote Straße war kurvenreich und folgte einer flachen Mulde zwischen sanften Hügeln. Bobby und Linda waren von Grün umschlossen, die Fernstraße war verborgen. Nicht weit vor ihnen markierte eine Reihe von Bäumen, manche weiß und ohne Laub, den Verlauf eines Baches. Jenseits davon stieg das Land wieder an, eine Parklandschaft.

»Wie England«, sagte Linda.

»Oder Afrika.«

Nach einer Biegung waren die Buckel wie abrasiert, und das Land war flach wie ein Sumpf; die Oberfläche war von vereinzelten Grasbüscheln und Schilf durchsetzt, wie bei einem Sumpf. Am Rand des planierten Geländes stand ein verfallener Pavillon aus Holz, dessen Dach zum Teil eingestürzt war.

»Polo«, sagte Linda.

»Spielt Martin Polo?«

Als sie daran vorbeifuhren, sahen sie die Silhouette der Ruine. Licht schimmerte durch die fehlenden Bretter im oberen Teil der sichtbaren Rückwand und zwischen den zerbrochenen Dielen der darunterliegenden Stufen hindurch, so daß der Pavillon vor dem grünen Hintergrund wie ein dunkelgrauer Scherenschnitt aussah. Der Pavillon war nicht für die Ewigkeit gebaut worden. Er war ein Bau, wie ihn etwa eine Armee hätte errichten und zurücklassen können.

»Glauben Sie, daß diese Beagles in ihre Heimat zurückfahren, wenn es soweit ist, oder ob sie hier verwildern werden?« sagte Linda.

Die rote Straße lief neben der Baumreihe her, einige der Bäume am Ufer des Baches waren abgestorben, weil ihre Wurzeln ertrunken waren. Wasser rauschte über Steine, man konnte es trotz des Motorenlärms hören. Manchmal war der Bach selbst zu sehen, überschäumend und schlammig.

»Donnerwetter«, sagte Bobby. »Es muß aber heftig geregnet haben.«

Die Straße bog ab und stieg in Windungen bergan. Steine waren hier auf die Fahrbahn geschleudert worden und sprangen schroff hervor, wo die Erde darum herum weggespült worden war. Der Wagen schaukelte, aber kam nicht ins Rutschen; der Hügel flachte sich ab, wurde eben, und dann standen sie vor dem *Hunting Lodge:* eine kleine, allein stehende, mit Holzschutzfarbe angestrichene Hütte, durch ein Schild als Büro gekennzeichnet, eine Imitation von einem Pionier- und Tudor-Gebäude, und zwei Reihen ebenerdiger Häuschen mit Ziegeldächern, Schornsteinen und primitiven Flügelfenstern, davor eine Fülle von selbstgezogenen Blumen, die nach dem jüngsten Regen die Köpfe hängen ließen. Mitten im Hof parkte ein weißer Volkswagen, dessen Reifenspuren sich noch frisch auf dem nassen Sand abzeichneten. Bobby erkannte in ihm den Volkswagen, der sie überholt hatte, als sie angehalten hatten, um die Aussicht zu bewundern. Der Fahrer, der Mann, der gehupt hatte, ein gedrungener, kräftiger Mann um die Vierzig mit Sonnenbrille, Khakihose und herkömmlichem Freizeithemd, wartete.

Bobby, der Linda frisch und munter neben sich spürte, fragte sich, wieso er nicht daran gedacht hatte. Auch wunderte er sich, warum er es zugelassen hatte, so direkt zu dem *Hunting Lodge* dirigiert zu werden. Er beschloß, sich grimmig zu zeigen.

Stirnrunzelnd parkte er.

»Zu spät für Kaffee«, sagte der Mann aus dem Volkswagen. Es war ein Amerikaner, mit gemäßigtem Akzent.

»Aber vielleicht rechtzeitig zum Mittagessen«, sagte Linda.

Bobby, der sich auf sein Stirnrunzeln, das Parken und seine allgemeine stumme Grimmigkeit konzentrierte, versäumte die Gelegenheit zu protestieren.

»Bobby«, sagte Linda, »kennen Sie Carter?«

Bobby, der die Wagentür abschloß, blickte kaum auf. »Ich glaube nicht«, sagte er.

»Also. Bobby, Carter.«

»Ein hübsches Hemd haben Sie an, Bobby«, sagte Carter, der seine Sonnenbrille abnahm und die Hand ausstreckte. Und somit wußte Bobby, daß Carter von Linda bereits eine Beschreibung bekommen hatte.

»Mittagessen gibt es erst ab zwölf«, sagte Carter. »Aber wenn wir essen wollen, müssen wir es jetzt schon bestellen. Also gut, Mittagessen? Ich gehe und sage es ihr.«

»Ich gehe«, sagte Bobby.

Er ging auf das Hauptgebäude zu.

»Im Büro, Bobby«, sagte Carter. »Sie ist im Büro.«

Bobby drehte sich um und lächelte, als ob er es wisse und nur vergessen hätte. Dann fand er es töricht zu lächeln, und mit finsterem Gesichtsausdruck, steifem linkem Arm, mit einem harten Zug um die weichen Lippen, starrem Blick und flatterndem Eingeborenenhemd überquerte er den Hof und stieg die Stufen zu der kleinen Bürohütte hinauf.

Unter dem neuen Foto des Präsidenten mit dem englischen Haarschnitt stand eine Weiße in mittleren Jahren an einem Pult und schrieb mit der linken Hand. Der rechte Arm war in Gips und in einer Schlinge. Als Bobby eintrat, blickte sie auf und schrieb dann weiter. In einem anderen Land wäre das nicht aufgefallen, hier war es ungewöhnlich. In der Ecke des Büros, die im Dunklen lag, weil sie das Licht von der Tür nicht erreichte, sah Bobby einen Afrikaner. Der Afrikaner lächelte.

Der Afrikaner war wie die Arbeiter angezogen, die am

Morgen in die Lastwagen verfrachtet wurden. Aber seine Kleidung sah individueller und weniger nach abgelegten Sachen aus. Seine braungestreifte Jacke war sehr fleckig, und die verquollenen Spitzen seiner breiten Revers drehten sich nach außen; aber die Jacke paßte. Der Pullover, an dem kleine Erdklümpchen klebten, paßte, und das Hemd, fettig schwarz um den Kragen, mit zwei, drei alten Schweißrändern, saß wie eine zweite Haut. Vom Auto aus hatten die Arbeiter auf der Straße völlig ausdruckslos ausgesehen, unter den tief ins Gesicht gezogenen Hüten hatten die schwarzen Gesichter im Schatten gelegen. Aber der Afrikaner in dem Büro trug seinen runden Hut in der Hand, und sein Gesicht bot sich offen dar. Es war ein Gesicht, das so gewöhnlich war wie das des Präsidenten auf dem Foto, und zeugte mehr vom Alter als von Erfahrung. Lebendigkeit und Gefühl lagen allein in den Augen.

Die Augen lächelten jetzt und wandten sich von der schreibenden älteren Frau am Pult zu Bobby. Als Bobby zurücklächelte, reagierte der Afrikaner nicht. Sein Lächeln war starr.

Die Frau schaute auf.

»Können wir für drei Mittagessen bekommen?«

»Erst ab zwölf.«

Und dann, als wolle sie in Anwesenheit des lächelnden Afrikaners nicht zuviel Interesse an Bobby zeigen, widmete sie sich wieder ihrer Schreiberei.

Als Bobby das Büro verließ, waren Linda und Carter nicht zu sehen. Er ging auf dem Kiesweg zwischen den Häuschen und den verregneten Blumen entlang. Vor jeder Haustür lag ein kleiner Haufen gespaltener Eukalyptusscheite, naß vom Regen. Ein alter grau-schwarzer Spaniel machte sich laut schnuppernd an einem der Haufen zu schaffen. Hinter den Häuschen fiel das bucklige Land, vor kurzem noch bewaldet, zu dem noch übriggebliebenen Wald ab.

Dort rauschte der Bach, sein Lauf wurde durch die nackten weißen Äste der Bäume markiert, deren Wurzeln er umspülte.

Es war, wie sich herausstellte, ein Wildbach, in dem Treibholz von umgestürzten Bäumen schwamm. Doch von der hohen Uferböschung, auf der er stand, sah Bobby unter dem tosenden roten Wasser flache Steine und runde Felsblöcke: Stufen zur Überquerung des Baches: vielleicht die kleine Attraktion eines gepflegten Gartens in der milderen Jahreszeit. Etwas weiter aufwärts standen die Reste einer Backsteinmauer. Der Bach hatte sie längst durchbrochen und bildete jetzt, zur Hochwasserzeit, einen neuen Arm durch das Gelände, das einmal ein Garten gewesen war, und überschwemmte die verwilderten Lilien. Das Sonnenlicht, das durch die Bäume fiel, ließ einige der weißen Lilien aufleuchten, Flecken von reiner Farbe vor dem Hintergrund des wuchernden Unkrauts, das die Strömung flachgedrückt hatte. Die Strömung hatte hier bereits nachgelassen, und das Wasser sammelte sich in stehenden Tümpeln.

Plötzlich verloren die Lilien ihre Leuchtkraft, unter den Bäumen wurde es dunkel; im überschwemmten Garten war es still. Der Bach toste weiter. Am anderen Ufer waren die Stämme der Bäume in dem düsteren Licht schwarz, Äste und Laub hingen tief herab. Ein Märchenwald, fern von zu Hause: Was erst vor kurzer Hand von Menschenhand geschaffen worden war, nachdem die Wälder abgeholzt, unter Wasser gesetzt und die Waldbewohner vertrieben worden waren – was ursprünglich vielleicht nur als künstlerischer Effekt in einer befestigten Landschaft gedacht war, war wieder Natur geworden. Es zeugte von der Abwesenheit des Menschen, von Gefahr. Bobby dachte an den König, den man vom Himmel aus jagte. Er schaute nach oben. Die Regenwolken hatten sich zusammengeballt, die vor ihm liegende Straße war die nächsten hundert Meilen ungeteert.

Er trat aus dem Wald ins Freie hinaus und ging den Hügel hinauf zurück. Der Spaniel machte sich noch immer an dem Haufen von Holzscheiten zu schaffen und hatte ihn zum Teil umgeworfen. Der lächelnde Afrikaner stand draußen vor dem Büro, den Hut noch immer in der Hand. Bobby erwiderte den Blick des Afrikaners, begab sich zum Hauptgebäude und ging in den Raum, der als *Lounge* gekennzeichnet war.

Es war ein langgestreckter, breiter Raum. Fenster mit kleinen Scheiben und Chintzgardinen boten eine klare Aussicht auf die bewaldete Landschaft, auf die dahinterliegenden Hügel mit unregelmäßigen Flächen von Nadelwald und das Spiel der Regenwolken. Das Mobiliar sah gebraucht aus, aber nicht, als sei es kürzlich gebraucht worden. Das neue Foto des Präsidenten, des Mannes aus dem Wald, nun mit englischer Frisur, hing zwischen Farbdrucken englischer Motive. Alte Zeitschriften lagen da: Fotos von Gesellschaften, Tanzveranstaltungen, Landhäusern, Möbeln: ein England sozusagen für den Export, sorgfältig fotografiert, wobei alles Anstoßerregende weggelassen worden war. Die englische Landschaft, die Bobby am allerbesten kannte, war ein wachsendes Gewirr von Gewerbegebieten und Neubausiedlungen wie Zeltstädten, von alten Häusern, die verloren an vielbefahrenen Hauptstraßen standen, Eisenbahnschienen, Fabrikgebäuden; was von der Natur übrigblieb – vielleicht ein Bach mit gestutzten Weidenbäumen –, sah nur wie halburbanisiertes Ödland aus. Aber der Raum, in dem er sich befand, spiegelte die Fotos in den Zeitschriften wider. Für ihn und für die verletzte Frau in dem winzigen Büro war das alles eine Nummer zu groß, vielleicht war es schon immer eine Nummer zu groß gewesen.

Jemand kreischte: »Drei Mittagessen, richtig?«

Das Kreischen, in Wirklichkeit ein heiseres, durchdringendes Flüstern, kam von einem Mann in mittleren Jahren, der stark angeschlagen war. Ein Bein und ebenso ein Arm waren von oben bis unten in Gips. Er hielt sich auf Metallkrücken nur mit Mühe aufrecht und schien bei jedem Schritt beinahe vornüberfallen.

»Autounfall«, zischte der Mann mit gewissem Stolz. »Es heißt, der Blitz schlägt nie zweimal an derselben Stelle ein . . .« Er schüttelte den Kopf. »Haben Sie meine Frau gesehen?«

»Im Büro?«

»Hat sie ebenfalls erwischt.« Er beugte sich weit nach vorn, wie ein Komiker. »Oh, ja. Aber jetzt geht es wieder. Bis auf das Jucken. Gips ist etwas Komisches. Wissen Sie, wenn man ihn abnimmt, ist er im Innern noch immer ein bißchen feucht. Fahren Sie nach Süden? Arbeiten Sie dort? Zeitvertrag?«

Bobby nickte.

»Sie haben es gut. Schicken wahrscheinlich jeden Monat die Hälfte auf eine Londoner Bank, was? Alles auf die hohe Kante. Aber im Collectorate ist es jetzt schlecht. Wird dort vermutlich eine Menge Unruhen geben.«

»Ich weiß nicht, was Sie mit Unruhen meinen«, sagte Bobby. Der verletzte Mann wurde vorsichtig. »Hier oben gibt's keine Unruhen.« Er nickte dem Bild des Präsidenten zu. »Der Medizinmann ist in Ordnung. Oh, nein. Hier gibt's keine Unruhen. Der Tourismus wird ein großes Geschäft werden, und der Afrikaner weiß, daß er nicht allein damit fertig wird. Man kann sagen, was man will, aber dumm ist der Afrikaner nicht.«

Bobby legte die Zeitschrift hin und ging aus dem Zimmer. Er beeilte sich nicht; das war nicht nötig. Der verletzte Mann wollte ihm folgen, konnte aber nicht mithalten.

Der Afrikaner war noch immer draußen vor dem Büro. Der Spaniel saß, alt und stumpfsinnig, auf den Bürostufen.

Der Holzhaufen vor dem Häuschen war eingestürzt. In seiner Nähe sah Bobby jetzt den blühenden Lavendel, ein alter Strauch. Als er sich bückte, um ein paar Stiele zu pflücken, sah er zwischen den verstreuten Scheiten einen abgetrennten Eidechsenschwanz, tot. Dann sah er Linda und Carter. Linda winkte. Es war eine deutliche Geste, ihre blaue Hose und das cremefarbene Hemd wirkten aus der Ferne vor dem Kiesweg und dem wechselnden Licht der offenen Hügellandschaft sehr lebhaft; und wieder, wie zu Beginn des Tages, war es, als hätten sie ein Publikum und spielten alle drei in einem Stück oder Film. Bobby drehte sich um: Er begegnete nur dem Blick des Afrikaners, der sich die Oberlippe mit der Zunge leckte.

Linda sagte: »Was haben Sie da, Bobby?«

»Lavendel.« Er hielt ihr einen Stiel unter die Nase. »Ich liebe Lavendel. Finden Sie das weibisch?«

Sie lachte. Zum ersten Mal sah er ihre schlechten Zähne. »Weibisch würde ich nicht sagen, Bobby. Altmodisch vielleicht.«

Sie war die munterste von den dreien, als sie in den hohen, getäfelten Speisesaal gingen.

Sie saßen am Rande des verlassenen Raums, neben dem hohen Kamin. Ein Feuer brannte nicht, aber Scheite lagen bereit. Der Boy war nervös und zerstreut und ordnete fortwährend die Bestecke auf dem Tisch. Sein Hemd war nicht mehr ganz frisch; seine schwarze Fliege saß schief.

Carter sagte: »Ihr Kolonisten habt es euch ganz schön gut gehen lassen.«

»Was für ein schönes Wort«, erwiderte Linda. »Man hört es so selten im Gespräch. Aus Ihrem Mund klingt es sehr groß und technisch.«

»In diesem Raum habe ich das Gefühl, daß es sehr große Leute gewesen sein müssen, ja eigentlich Riesen. Wahrscheinlich hat man deshalb für uns den Kamin nicht angemacht. Wir sind zu klein.«

Oder zu häßlich, dachte Bobby, sein Brötchen zerbrökkelnd.

Der verängstigte Boy brachte die Suppe Teller für Teller herein, die Daumen auf den Rand gepreßt. Er ging gebeugt und hob die Knie sehr hoch; seine großen Füße schlackerten.

»Er sieht beinahe wie einer der unsrigen aus«, bemerkte Carter.

»Carter sagt, im South-Collectorate sei ab sechzehn Uhr Ausgangssperre, Bobby. Die Armee geht anscheinend scharf vor.«

»Dazu sind afrikanische Armeen da«, sagte Carter. »Sie sind nur für zivile Zwecke bestimmt.«

»Demnach sieht es so aus, als ob wir bei dem Colonel übernachten müssen«, sagte Linda. »Oder hierbleiben.«

»Der ›Boy‹ kann ja vielleicht für Sie den Kamin entfachen«, sagte Carter zu Bobby.

Mit Carters Backenzähnen war etwas nicht in Ordnung, er aß wie ein Hund, hielt den Kopf über den Teller, fing jeden Bissen mit dem Mund auf, wobei er zugleich ein leichtes Zischen ausstieß, als sei jeder Bissen zu heiß.

Er schluckte und machte Konversation. »Ich kann mich nicht an das Wort *Boy* gewöhnen«, bemerkte er.

»Doris Marshall hat versucht, ihren Boy Butler zu nennen«, sagte Linda.

»Typisch«, sagte Bobby.

»Zum Schluß hat sie sich für Steward entschieden. Das Wort ist mir immer absurd vorgekommen«, meinte Linda.

Bobby sagte: »Luke hat es beleidigt. Er hat mir hinterher gesagt, ›ich bin kein Steward, Sir. Ich bin Hausboy.‹«

»Wer ist Doris Marshall?« fragte Carter.

»Sie ist Südafrikanerin«, erwiderte Linda.

Carter machte ein verständnisloses Gesicht.

»Luke ist Bobbys Hausboy«, sagte Linda.

»Ich vermute«, sagte Bobby und schaute Linda an, »sie hat geglaubt, er sei ein guter ›Schwarzarbeiter‹.«

»Aber Bobby!« rief Linda.

»Da sind wir bei meinem Lieblingsthema«, sagte Carter. »Dienstboten.«

»Unsere Gäste sind davon immer fasziniert«, sagte Bobby.

Carter aß.

Später bemerkte er, sich in dem Speisesaal umsehend und abermals den Gast spielend: »Ich kann einfach nicht über die britische Atmosphäre dieses Lokals hinwegkommen.«

»Als ich in Westafrika war«, sagte Linda, »wurde dauernd behauptet, wie schlechte Kolonisten wir im Gegensatz zu den Franzosen seien. Und wenn man über die Grenze kam, schien das zuzutreffen. Man sah all diese Schwarzen, genau solche wie bei uns, am Straßenrand sitzen, französisches Brot essen und Rotwein trinken, mit diesen komischen kleinen Baskenmützen auf dem Kopf.«

»Demnach könnten wir zumindest hier drüben verschont bleiben«, meinte Bobby.

Carter sah Bobby an und erklärte mit offener Aggressivität: »Euch geht es dabei ganz schön gut.«

Es fing an zu regnen. Im Speisesaal wurde es dunkel, es trommelte auf das Dach.

»Diese schlammige Strecke«, sagte Linda. »Das ist das einzige, das mich hysterisch macht, das Schleudern im Schlamm.«

»Ich möchte zu gern wissen, ob das mit der Ausgangssperre stimmt«, sagte Bobby.

»Sie brauchen mir nicht zu glauben«, sagte Carter.

»Ich brauche Ihnen überhaupt nichts zu glauben.«

Linda schien nichts zu bemerken. »Armer kleiner König«, sagte sie in kindischem und affektiertem Ton. »Armer kleiner afrikanischer König.«

Danach verstummte die Unterhaltung. Sie tranken die Flasche australischen Riesling aus, und dann war das Mittagessen beendet, zur sichtlichen Erleichterung des Boys. Bobby nahm die Rechnung an sich, als der Boy sie brachte. Carter sah verdrossen aus.

»Büro«, sagte der Boy. »Sie zahlen im Büro.«

Der Afrikaner war noch immer dort, er suchte Schutz unter der schmalen Dachtraufe. Im Regen verschwammen die Umrisse des Hügels, Regen tropfte von den Ziegeldächern der Häuschen auf die Blumen, floß über den Kiesweg. Es war beinahe kalt. Carter befand sich allein im Speisesaal, als Bobby zurückkam. Sie sprachen nicht miteinander. Carter drehte sich um und starrte hinaus in den Regen. Als Linda hereinkam, war sie ebenso munter wie zuvor.

Es war Zeit zum Aufbruch. Bobby wurde geschäftig.

»Ich bleibe noch ein bißchen hier«, sagte Carter.

»Wir sehen Sie vielleicht später?« fragte Bobby.

»Lassen wir es offen«, sagte Carter.

Bobby lief durch den Regen zum Wagen und fuhr bis zum Eingang des Hauptgebäudes. Linda stieg ein. Sie sah Carter an, sie schien jetzt besorgt. Im Halbdunkel hinter Carter regte sich etwas, und der verletzte Mann erschien, sein Rücken war stark gekrümmt. Als Bobby losfuhr, kam die Frau mit dem Arm in der Schlinge die Bürostufen herunter. Sie deutete mit der unverletzten Hand auf den Afrikaner und schrie etwas durch den Regen hindurch.

Bobby hielt an und kurbelte das Fenster herunter.

»Können Sie ihn bis zur Straße mitnehmen?«

»Ach, du lieber Gott«, sagte Linda und beugte sich über den Sitz nach hinten, um ihre Sachen auf die Seite zu schieben.

Der Afrikaner öffnete selber die Tür. Er erfüllte den Wagen mit seinem Gestank. Sie fuhren los, die Fenster beschlugen durch den Regen, Linda saß stocksteif da, und Bobby wischte die Windschutzscheibe mit dem Handrücken ab. Als Bobby in den Rückspiegel sah, traf sein Blick die lächelnden Augen des Afrikaners.

»Sie arbeiten hier?« fragte Bobby mit der forschen, freundlichen, schlichten Stimme, die er im Umgang mit afrikanischen Landbewohnern benutzte.

»Gewissermaßen.«

»Was Sie tun? Was Ihre Arbeit?«

»Werkschaftler.«

»Ach, Sie meinen *Ge*werkschaftler. Sie *organisieren* die Arbeiter, Sie *verhandeln* mit den Arbeitgebern. Sie verschaffen Ihren Mitgliedern mehr Geld, bessere Bedingungen. Stimmt's?«

»Ja, ja. Werkschaftler. Was tun Sie?«

»Ich arbeite hier.«

»Hab Sie nie gesehn.«

»Ich arbeite im Süden. Im South-Collectorate.«

»Ja, ja. Süden.« Der Afrikaner lachte.

»Ich bin Staatsdiener. Bürokrat. Ich habe meinen Schreibtisch und meinen Besprechungstisch. Und ich habe auch einen Teetisch.«

»Staatsdiener. Das ist gut.«

»Mir gefällt's.«

Sie fuhren langsam den steinigen Hang hinunter, der Regen schlug gegen die Fenster und war fast zu stark für den Scheibenwischer. Am Fuße des Hangs kam ein Afrikaner um die Ecke, er ging zum *Hunting Lodge*. Er erblickte den Wagen und stellte sich an die Seite der Straße, um ihn vorbeifahren zu lassen. Sein Hut war tief in die Stirn gezogen, und die Revers seiner Jacke waren hochgeschlagen.

»Er wird ja ganz naß«, sagte Bobby, noch immer mit seiner freundlichen, schlichten Stimme.

»Das liegt auf der Hand«, bemerkte Linda.

»Sie halten«, sagte der Afrikaner im Wagen zu Bobby.

Als Bobby in den Spiegel schaute, traf sein Blick den des Afrikaners.

»Sie halten«, sagte der Afrikaner, in den Spiegel schauend. »Sie nehmen mit.«

»Aber er geht nicht in unsere Richtung«, sagte Bobby.

»Sie halten. Er ist mein Freund.«

Bobby hielt neben dem Afrikaner. Der Regen lief an der heruntergeschlagenen Krempe vom Hut des Afrikaners herab; sein Gesicht war nicht zu sehen. Noch immer im Regen, nahm er den Hut ab; er sah furchtbar verängstigt aus. Der Afrikaner im Fond machte die Tür auf. Der Mann stieg ein. Er sagte zu Bobby »Sir« und setzte sich auf die Kante des kunstlederbezogenen Sitzes, bis der erste Afrikaner ihn nach hinten zog.

Durch die Anwesenheit der Afrikaner wirkte der Wagen überfüllt. Linda kurbelte ihr Fenster herunter und atmete tief. Regen spritzte auf ihr Tuch.

Der ebene Poloplatz war überschwemmt und sah mit den vereinzelten Schilf- und Grasbüscheln, die aus dem Wasser ragten, mehr denn je wie ein Sumpf aus. Der Regen hatte den verfallenen Pavillon dunkel gefärbt.

»Ist Ihr Freund auch Gewerkschaftler?« fragte Bobby.

»Ja, ja«, erwiderte der erste Afrikaner schnell. »Werkschaftler.«

»Hoffentlich haben Sie keinen weiten Weg bei diesem Wetter«, sagte Bobby.

»Nicht weit«, sagte der erste Afrikaner.

Regen klatschte in die schäumenden roten Pfützen in den tiefen Fahrrinnen. Hin und wieder rutschte der Wagen. Die Straße begann zum hohen Damm der Fernstraße anzusteigen.

»Biegen Sie rechts ab«, sagte der Afrikaner.

»Wir fahren nach links«, sagte Bobby. »Wir fahren zum Collectorate.«

»Biegen Sie rechts ab.«

Sie waren jetzt beinahe an der Stelle, wo die ungepflasterte Straße sandig und steinig wurde und sich für den letzten steilen Anstieg zur Fernstraße verbreiterte. Der Afrikaner starrte noch immer in den Rückspiegel.

»Ist das, wohin Sie hin wollen, weit entfernt?«

»Nicht weit. Biegen Sie rechts ab.«

»Zum Donnerwetter!« sagte Linda. Sie lehnte sich zurück und griff nach der hinteren Türklinke. »Raus!«

Bobby hielt an. Der durchnäßte Afrikaner hinter Linda sprang sofort hinaus. Fast im gleichen Augenblick öffnete der Afrikaner, der das Wort geführt hatte, seine Tür, stieg aus und setzte seinen Hut auf. Auf einmal verloren sein Gesicht, sein Lächeln und seine Drohungen jede Bedeutung. Bobby fuhr die Böschung hinauf und ließ die zwei zu beiden Seiten der ungepflasterten Straße stehen, die Hüte bis über die Ohren gezogen, vom Regen durchweicht, zwei Afrikaner an der Landstraße.

»So ein Gestank!« sagte Linda. »Absolute Gangster. Ich lasse mich nicht umbringen, bloß weil ich zu höflich bin, um gegen Afrikaner grob zu werden.«

Kurz bevor er auf die Fernstraße einbog, sah Bobby in den Spiegel: Die Afrikaner hatten sich nicht von der Stelle bewegt.

»Ich habe das mit Martin zu oft erlebt«, sagte Linda. »Es sind diese verdammten Eide, die sie leisten. Sie glauben, daß jeder deswegen Todesangst vor ihnen hat.«

»Aber dennoch, ich finde es so beschämend. Erst so frech, und dann so ohne weiteres abzuhauen. Ich verstehe einfach nicht, warum er sich da oben so lange herumgetrieben hat. Man braucht nicht von einer Stiftung zu kommen, um das ein bißchen unheimlich zu finden.«

»Was heißt unheimlich? Es ist pure Dummheit, mehr nicht. Machen wir das Fenster auf. Man kann den Unrat riechen, den sie gefressen haben.«

Der Regen fiel schräg in großen Tropfen herein. Bobby schaute in den Rückspiegel und sah die Afrikaner an der Fernstraße stehen. Schwarz, emblematisch: Im Spiegel wurden sie immer kleiner und kleiner, in dem Regen und vor dem Asphalt verwischten sich ihre Umrisse immer mehr. Dann setzten sie sich in Bewegung. Sie gingen von der Fernstraße wieder zurück auf die Seitenstraße, die zum *Hunting Lodge* führte. Bobby glaubte nicht, daß Linda es gesehen hatte. Er sagte es ihr nicht.

4

»Es ist ein Jammer«, sagte Linda.

»Es tut mir leid. Ich hätte energischer sein müssen.«

»Man hat Mitleid mit ihnen und fährt fort, Mitleid mit ihnen zu haben und freundliche, ermunternde Worte zu sagen, und ehe man sich versieht, hat man einen Sammy Kisenyi auf dem Hals. Ich glaube, wir müssen das Fenster schließen. Die Marshalls reden immer vom Geruch Afrikas – haben Sie das schon gehört?«

»Ich hätte energischer sein müssen.«

»Dieser ganz spezielle Geruch.«

»Ich bin noch nie mit Leuten klargekommen, die von Dingen wie dem Geruch Afrikas sprechen«, sagte Bobby. »Es ist dasselbe, wie wenn Leute etwa von den Massai reden.«

»Sie haben vielleicht recht. Aber ich habe früher immer geglaubt, daß ich nicht so anfällig für den Geruch Afrikas bin, den die Marshalls und alle anderen angeblich so lieben. Aber diesmal hat er mich erwischt, als wir vom Urlaub zurückkamen. Er hält etwa eine halbe Stunde, länger nicht. Es ist ein Geruch nach verfaulender Vegetation und Afrikanern. Sie sind sich beide sehr ähnlich.«

Das war der Geruch, den Bobby in einem Zimmer mit heruntergelassenen Jalousien liebte. Er sagte: »Vielleicht ist es für Sie Zeit, in den Süden zu fahren.«

»Es ist ein furchtbarer Jammer. Erinnern Sie sich noch, wie der Präsident in das Collectorate kam? All die dünnen, hageren Weißen und all die fetten Schwarzen.«

»Ich weiß nicht, warum Sie sich immer darüber aufregen, daß sie dick sind.«

»Ich stelle mir meine Wilden gern mager vor. Man kann es heute kaum glauben, aber Sammy war dünn wie eine Bohnenstange, als er aus England zurückkam. Martin zeigte dem Präsidenten die Aufnahmestudios. Sammy konnte natürlich ein Mikrophon nicht von einem Türgriff unterscheiden. Wissen Sie, was Martin als erstes hinterher gesagt hat? Es ist so peinlich, das zu wiederholen. Martin hat gesagt: ›Eins muß man allerdings dem Medizinmann lassen. Er stinkt wie ein Iltis.‹ Martin! Nun, Sie wissen ja, daß man sich bei so etwas für alle schämt, auch für sich selbst. Aber nun.«

»Ach, du liebe Güte.«

»Vielleicht wird es sich herumsprechen, und man wird mich abschieben. Das wäre mir nur recht.«

»Das Mittagessen war keine sehr gute Idee.«

»Vielleicht nicht.«

»Ihre Ansichten scheinen sich seit heute früh stark geändert zu haben.«

»Ich weiß nicht, ob ich überhaupt irgendwelche Ansichten habe.« Lindas Stimme wurde heiterer. »Deswegen wäre es schön, abgeschoben zu werden. Wir müssen es Busoga-Kesoro sagen.«

Bobby mißfiel die Koketterie, ihm mißfiel die Anzüglichkeit. Er fing an, sehr schnell zu fahren, zu schnell für die nasse Straße.

Er sagte: »Es heißt, daß hinterher jedes Tier traurig ist.«

»Wie romantisch, Bobby.«

Er beschloß, nichts mehr zu sagen.

Der Regen ließ nach. Der Himmel klärte sich. Die Straße schimmerte in einem silbrigen Licht.

Ein Hindernis auf der vor ihnen liegenden Straße stellte sich als eine Ansammlung von Polizeijeeps heraus, von Polizisten in Umhängen und zwei schwarzweiß gestreiften Holzbarrieren.

Linda sagte: »Das ist vermutlich eine sogenannte Straßensperre.«

Bobby verlangsamte das Tempo und begann in Erwartung der Polizisten eine lächelnde Miene aufzusetzen.

»Bitte, seien Sie nicht zu freundlich, Bobby. Wie englisch die Polizisten mit ihren schwarzen Uniformen, ihren Umhängen und Mützen aussehen! Man erkennt, daß der Dicke in der komischen Zivilkleidung der Chef ist.«

Vorübergehend war Bobby wütend darüber, daß der Mann, von dem Linda sprach, offensichtlich das Kommando hatte. Er war jung und hatte einen dicken Bauch, ein dunkelbrauner

Filzhut saß ihm locker auf dem Kopf, unter dem vorschriftsmäßigen Polizeiumhang trug er ein geblümtes Freizeithemd.

Mit zwei Polizisten kam er auf der Mitte der Straße auf das Auto zu.

Bobby erklärte: »Ich bin Regierungsbeamter. Ich gehöre zu der Abteilung von Mr. Ogguma Wanga-Butere im South-Collectorate.«

Der Polizist in Zivil sagte: »Führerschein.«

Während er Bobbys Führerschein prüfte, leckte er sich die Lippen, hielt die Ellbogen dicht an den Körper und schob von Zeit zu Zeit den Bauch ein bißchen nach oben.

»Mein Ausweis für das Ausländerviertel steckt an der Windschutzscheibe«, sagte Bobby.

»Haube und Schlüssel, bitte.«

Bobby löste den Hebel für die Motorhaube und händigte die Schlüssel aus. Die uniformierten Männer sahen unter der Motorhaube und im Kofferraum nach, während der Polizist in Zivil selbst die Polsterung an den Türen abklopfte und zwischen die Sitze griff. Er öffnete Lindas Handkoffer und drückte mit breiter, flacher Hand auf den zarten Inhalt.

»Tut mir leid, daß wir Sie belästigt haben«, sagte er schließlich.

Das war die Entlassungsformel. Als dann der Wagen abfuhr, lüftete er eilig und lächelnd den Hut, wie jemand, der sich an einen bestimmten Teil seiner Ausbildung erinnert. Das Haar, auf dem der Hut so locker saß, war auf übertriebene Weise nach englischer Art frisiert, auf der einen Seite zu einer schwungvollen Tolle hochgebürstet und auf der anderen Seite ein tiefer, breiter Scheitel.

»Jedenfalls ist es ein Trost, daß er ›einer von uns‹ ist«, sagte Linda, als Bobby durch die schwarzweiß gestreiften Barrieren hindurchfuhr. »Aber ich dachte immer, daß sie in der Hauptstadt nach dem König suchen, Sie nicht? Gestern abend hieß es, daß er in einem dieser Taxis geflüchtet sei.«

»Sie haben nach Waffen gesucht. Zufällig weiß ich, daß man an höchster Stelle sehr besorgt ist wegen Leuten, die Waffen in das Collectorate schmuggeln. Touristen und so weiter. Man sagt, daß sich im Palast des Königs ein ganzes Arsenal befindet. Aber waren sie nicht außerordentlich höflich?« Die Straßensperre, die Polizisten, der Regen auf den schwarzen Umhängen, die offene Straße, seine eigene Sicherheit: In Bobbys Stimme schwang Erregung mit. »Das ist Simon Lubero zu verdanken. Ihm liegt sehr viel an guten Beziehungen zur Öffentlichkeit. Es heißt zwar, daß Hobbes ihn auf Draht bringt, aber den habe ich voriges Jahr auf der Konferenz kennengelernt, und ich war nicht besonders beeindruckt. Neulich stand ein Interview mit ihm in der Zeitung, und ich muß sagen, das fand ich sehr gut.«

»In unserer eigenen Zeitung, der *Two Minutes Silence*, in der er uns alle belehrt. Simon ist sehr britisch.«

»Das ist nicht schlecht. Nicht bei ihm.«

»›Tut mir leid, daß wir Sie belästigt haben‹«, äffte Linda nach. »Ich habe das Gefühl, daß es tatsächlich eine Ausgangssperre gibt. Glauben Sie nicht? Ich weiß, wir sind weiß und neutral, aber allmählich frage ich mich, ob wir nicht in umgekehrter Richtung ›rasen‹ sollten. Wir sind scheinbar ziemlich allein hier auf der Straße.«

Er raste wirklich und tat nach der eigentümlichen Aufregung der Straßensperre, als drohe Gefahr und als müßten sie auf der leeren afrikanischen Straße fliehen, die jetzt an einer Seite von hohen, kandelaberartigen Sisalagaven gesäumt wurde: Der Regen war fast vorbei, die Wolken hingen hoch, im wechselnden Licht war das hügelige Land leuchtend grün gestreift. Auf den fernen Bergen leuchteten ab und zu helle Farbflecken auf.

Bobby blickte auf die Benzinuhr und sagte: »Wir werden in Esher halten, um zu tanken.«

»Zur Zeit des asiatischen Boykotts hatte jeder in unserem Viertel seinen Tank gefüllt, um zu jeder Tages- und Nachtzeit zur Grenze spurten zu können.«

»Du meine Güte«, sagte Bobby. »So eine Aufregung. Tägliche Hinweise in der BBC, Anmeldungen für die Luftbrücke beim Hochkommissariat, Konservenvorräte anlegen.«

»Ich habe Vorräte angelegt.«

Bei Linda machten sich die Folgen des Mittagessens, des Rieslings und der Fahrt bemerkbar. Ihr Gesicht war weiß und abgespannt, sie hatte dunkle Ränder unter den Augen, und die Bräune auf ihren vorspringenden Schläfen wirkte fleckig, Gelb unter Braun.

Sie sagte unvermittelt: »Ich liebe dieses dramatische Licht, Sie nicht auch? Und den Sisal. Es wirkt alles so leer, bis man die kleinen braunen Hütten erblickt. Man hat den Eindruck, daß hier nie etwas passiert ist.« Ihre Stimme wurde mystisch, sie lauschte ihren eigenen Worten; das konnte Bobby mittlerweile erkennen. »Niemand wird jemals wissen, was hier geschehen ist.«

»Einige von uns wissen, was hier geschehen ist«, sagte er.

»Zwanzig oder dreißig Leute sind während des asiatischen Boykotts umgebracht worden. Es waren nicht nur die dänischen Molkereiexperten, die sich plötzlich in der Sonne krümmten und zu Boden fielen. Ich frage mich, ob diese Dinge, die weder in die Zeitung noch ins Radio kommen, an irgendeiner Stelle registriert werden, in irgendeinem kleinen schwarzen Buch. Oder in einem großen schwarzen Buch.«

Bobby dachte: Darum geht es ihr nicht; es geht ihr um etwas anderes, sie versucht nur, ohne jeden Grund, mich kleinzukriegen und ihre Stimmung auf mich zu übertragen. Bei diesem Gedanken stellte er fest, daß seine eigene Erregung vorbei war, daß er darauf wartete, sich von ihr ärgern zu lassen.

»Sie waren beim Erdbeben nicht hier«, sagte Linda. »Ich war gerade erst angekommen. Der Hausboy kam morgens mit Tränen in den Augen zu mir und erzählte mir, daß seine Familie in einem der zerstörten Dörfer lebe. Ich brachte ihn zur Polizeistation, um festzustellen, ob es dort eine Liste der Opfer gäbe. Es gab keine, und alle Leute dort waren sehr mürrisch. Eine Woche lang ging ich täglich hin. Es gab keine Liste, und selbst der Hausboy hörte auf, sich Sorgen zu machen. Nichts darüber in der *Two Minutes Silence*. Nichts darüber im Radio. Jeder hatte es einfach vergessen. Hatte es überhaupt ein Erdbeben gegeben? Spielte es eine Rolle? Vielleicht waren diese Leute gar nicht umgekommen, und wenn ja, dann war es egal. Vielleicht wollte sich der Hausboy nur interessant machen. Vielleicht ist das, was hier passiert, nicht interessanter als irgend etwas anderes, das passiert. Vielleicht gibt es an einem Ort wie diesem keine Nachrichten. Sammy Kisenyi kann jeden Tag das Vaterunser senden und es Nachrichten nennen.«

Bobby glaubte darin eins der bitteren Bonmots Martins zu entdecken. Aber er sagte lediglich: »Wenn Sie es *so* sagen, dann gibt es vielleicht nirgendwo irgendwelche Nachrichten.«

»Ich will nicht streiten. Ich glaube, Sie wissen, was ich meine.«

»Wir werden in Esher tanken.«

Sie sagte, sich halb entschuldigend: »Ich habe ein wenig Kopfschmerzen.«

Sie hob ihre Tasche vom Boden auf und stellte sie auf ihre Knie, besah ihr Gesicht im Handspiegel und sagte: »Großer Gott.« Energisch, als wolle sie damit die Stimmung vertreiben, machte sie sich zurecht; ohne ein Zeichen von Müdigkeit richtete sie sich das Haar und band sich das Tuch neu um, mit noch immer jungen Armen, wobei die kurzen Ärmel ihres Hemds den Leberfleck in der rasierten Achselhöhle entblößten. Dann setzte sie ihre Sonnenbrille auf, lehnte sich zurück und sah ganz gelassen aus.

Bobby haßte sie in diesem Moment.

ESH, hatten die Meilensteine alle zwei Meilen angezeigt, ESH. Und jetzt endlich verkündete das Schild – nach englischem Vorbild: es hätte aus England importiert sein können – ESHER. Aber da war noch immer nur Wildnis.

Dann ragten alte Pinien hinter Drahtzäunen empor; wo durch Traktorspuren gekennzeichnete Feldwege in die Fernstraße mündeten, bildete der fließende Schlamm Wirbel. Und dann war wieder Wildnis. Zur einen Seite stiegen die Hügel buckelartig an, die Straße schlängelte sich dahin. Ein verblichenes Schild warnte unzureichend vor einem Bahnübergang, der Wagen holperte. Hohe Eukalyptusbäume bildeten ein lichtes, triefendes Wäldchen, an ihren geraden Stämmen hing die Rinde in Fetzen herunter; und vor dem Hintergrund der hohen Berge in der Ferne sah man auf den ansteigenden Hügeln ein Gewirr aus eingezäunten Weiden, hügligem freiem Land, Eukalyptusbäumen als Windschutz und altem Waldbestand: eine unvollendete Landschaft, ein Riß im Kontinent.

Die Randstreifen wurden breiter; ein paar verkommene Villen standen in großen Gärten. Es gab einen Kreisverkehr, die Anlage in der Mitte wurde noch immer gepflegt, und die Straße führte in die Stadt. Querstraßen, jede mit einem neuen schwarzweißen Schild, das den Namen eines Ministers aus der Hauptstadt trug, endeten nach zwei- bis dreihundert Me-

tern im Schlamm. Die Stadt schien in Erwartung einer Vergrö-
ßerung angelegt worden zu sein. Sie war nicht größer geworden. Sie blieb eine Ansammlung alter Blech- und Holzbauten,
ihr provisorischer Charakter wurde durch das neue kleine
Bankgebäude und den Ausstellungsraum für Autos und Trak-
toren noch betont. Die schlammbespritzten Polizeibaracken,
niedrige weiße ebenerdige Betonkästen, sahen bereits wie die
Hütten im afrikanischen Viertel der Hauptstadt aus.

Die Tankstelle, zu der Bobby fuhr, gehörte einer Ölgesell-
schaft, die nach der Unabhängigkeit ins Land gekommen war.
Ein großes gelbschwarzes Schild zeigte mit fetten internatio-
nalen Symbolen an, was dort geboten wurde. Aber eines der
Symbole, das Telefon, war teilweise mit braunem Papier über-
klebt worden, und ein anderes Symbol, Gabel und Messer
über Kreuz, hatte offensichtlich jemand mit einem in Motor-
öl getauchten Finger durchgestrichen. Der untere Rand des
gelben Schilds und ebenso die weißen Wände des Büros waren mit öligen Fingerabdrücken und manchmal von ganzen
Handflächen verschmiert, die daran abgewischt worden waren. Der überdachte Teil des asphaltierten Hofs war schwarz
vor Öl, der ungeschützte Teil, noch naß vom Regen, schillerte
in allen Farben.

Vier Afrikaner in alten blauen Arbeitshosen, die wie abge-
legte Kleidungsstücke aussahen, beobachteten den ankom-
menden Wagen. Als Bobby außerhalb des überdachten Teiles
hielt und hupte, schienen alle vier Afrikaner herauskommen
zu wollen, aber dann sahen sie sich gegenseitig an und zögerten. Einer von ihnen war sehr klein, seine Hose war ihm im
Schritt viel zu weit und unten mehrfach umgeschlagen.

»Ich riskier mal einen Gang zur Toilette«, sagte Linda.

Sie ging mit hektischen, kleinen Schritten und gesenktem
Kopf davon. Unterhalb der Knie war ihre Hose ausgebeult,

und zwischen den Schulterblättern war ihr Hemd durchgeschwitzt.

Der kleine Afrikaner kam mit einem zweiten zum Wagen; der kleine Afrikaner warf bei jedem Schritt die Beine hoch, um gegen die Behinderung durch seine Hose anzukämpfen. Der kleine Afrikaner trug einen Eimer, einen Schwamm und einen Wischer mit Metallgriff. Schweigend begann er die Wagenfenster zu putzen.

Linda kam zurück. »Es ist abgeschlossen.«

Der großen Afrikaner griff in seine Tasche und streckte Linda mit schmierigem Daumen und Zeigefinger einen schmierigen Yaleschlüssel hin. Sie nahm den Schlüssel wortlos entgegen und ging wieder eilig davon.

Öl, Benzin, Batterie, Reifen; Bobby überwachte den großen Afrikaner aufmerksam und gab ihm Hinweise. Er benutzte seine schlichte, freundliche Stimme und lachte viel. Der Afrikaner war zu beschäftigt, um darauf zu reagieren. Als Linda zurückkam, verstummte Bobby. Sehr beherrscht, hinter der Sonnenbrille schwer einzuschätzen, stand sie am Rand des asphaltierten Hofs und starrte über die Straße auf die Hügel und Berge hinaus.

Endlich zahlte Bobby, und er und Linda stiegen wieder ins Auto. Während sie auf das Wechselgeld warteten, bemerkten sie, wie der kleine Afrikaner, der Fensterputzer, zuerst eine der Scheiben einseifte und dann noch eine. Lindas Stirn begann zu zucken, sie seufzte. Der große Afrikaner kam mit dem Wechselgeld zurück. Wenn sie noch mal so seufzt, dachte Bobby, werde ich ihr mal gründlich die Meinung sagen. Der Afrikaner zählte das Wechselgeld Münze um Münze in Bobbys Hand. Es war zuviel; es war mehr, als Bobby bezahlt hatte.

»Es ist ein Jammer«, flüsterte Linda.

Der kleine Afrikaner ging von Lindas Fenster zu Lindas Seite der Windschutzscheibe. Er bog den Scheibenwischer in besorgniserregender Weise zurück und begann zu putzen, sein Gesicht auf gleicher Höhe mit Lindas Gesicht und nur ein paar Zentimeter von ihrem entfernt. Er führte seine Arbeit stirnrunzelnd aus und vermied es, Linda anzusehen.

Sie blickte in ihren Schoß und flüsterte: »Es ist ein Jammer.«

Wenn sie das noch einmal sagt, haue ich ihr eine runter, dachte Bobby. Er zählte das zuviel herausgegebene Wechselgeld in die geduldig ausgestreckte Hand des großen Afrikaners und bediente sich dabei bewußt seiner freundlichen, schlichten Stimme. Er gab ihm die letzte Münze, die ein Trinkgeld enthielt, und lächelte dem Afrikaner zu. Der große Afrikaner entfernte sich, und der kleine Afrikaner kam mit seinem Eimer zu Bobbys Seite der Windschutzscheibe.

Linda sagte: »Sehen Sie sich an, was dieser Kerl gemacht hat.«

Bobby schaute auf Lindas Seite der Windschutzscheibe. Dann schaute er auf den kleinen Afrikaner. Der Afrikaner benutzte einen doppelseitigen Wischer, die eine Seite war aus Gummi, die andere war ein Schwamm, aber sowohl der Schwamm als auch das Gummi hatten sich aufgelöst, und er rieb mit der Metallschiene auf der Windschutzscheibe herum. Er hatte auf allen Scheiben des Autos ein Muster von tiefen Kratzern hinterlassen. Ohne Bobby anzusehen, kratzte er jetzt immer weiter und runzelte die Stirn, um seinen Eifer zu beweisen.

Bobby sah die feingeschnittenen Züge des Afrikaners, die besondere tiefe Schwärze der Haut und erkannte in ihm einen Stammesangehörigen des Königs. Bobby wurde sofort sehr zornig. Der Afrikaner, der Bobbys prüfende Blicke wahrnahm, runzelte die Stirn noch stärker.

»Was zum Teufel denkst du dir eigentlich?«

Bobby öffnete die Tür so heftig, daß der Afrikaner einen Stoß bekam und hinfiel.

Der Afrikaner raffte sich wieder auf und machte, daß er von dem Wagen wegkam. »Was?« sagte er und öffnete den Mund, um weiter zu reden. Aber dann blickte er Bobby nur mit erschreckten, feuchten Augen an, den großen, sich auflösenden Schwamm in seiner linken, den Wischer mit dem Metallgriff noch immer in der rechten Hand.

»Sieh dir an, was du gemacht hast«, schrie Bobby. »Du hast meine Windschutzscheibe ruiniert. Du hast meine ganzen Fenster ruiniert. Du hast den Verkaufswert um mehrere hundert Shilling herabgesetzt. Wer ersetzt mir das? Du?«

»Die Versicherung«, sagte der Afrikaner. Und wieder schien er noch etwas sagen zu wollen, aber es kam nichts mehr.

»O ja, du glaubst, du bist sehr klug. Wie all deine Leute. Ihr habt immer eine Antwort. Die Versicherung? Von dir will ich es ersetzt haben.«

Bobby ging auf den Afrikaner zu. Der Afrikaner wich, von seiner Hose behindert, einen Schritt zurück.

Die drei anderen Afrikaner standen unbewegt in ihren schmutzigen blauen Arbeitshosen da, einer neben der Tür zum Büro, vor der weißen Mauer, der zweite vor dem gelben Schild, der dritte neben der Zapfsäule.

»Ich lass' dich rauswerfen«, sagte Bobby, »und zu deinem Volk zurückschicken. Wer ist hier der Geschäftsführer?«

Der Afrikaner, der vor der weißen Büromauer stand, hob die Hand. Es war der Mann, mit dem Bobby zu tun, der Mann, der ihm das Wechselgeld herausgegeben hatte. Er zögerte, dann kam er auf Bobby zu. Er blieb einen Meter von ihm entfernt stehen, die Hände auf dem Rücken verschränkt, und sagte: »Geschäftsführer.«

Offensichtlich Firmenpolitik, aber Bobby bezweifelte, ob dieser Geschäftsführer befugt war, Leute einzustellen und hinauszuwerfen.

»Ich werde mich bei deinem Hauptbüro beschweren«, sagte Bobby. Er zog einen Briefumschlag und einen Kugelschreiber aus der Tasche seines Eingeborenenhemds.

»Wer ist dein Vorgesetzter? Wer ist dein Chef?«

»Zirksinspektor. Ein Inder.«

»Der alte asiatische Trick der Fernsteuerung. Kommt er heute her, dein Bezirksinspektor?«

»Heute? Nein. Zu Hause. Er wohnt dort.« Der Geschäftsführer wies mit der Hand auf den Teil der Stadt, durch den Bobby gerade gefahren war.

»O ja, heute verstecken sich ja alle. Gib mir seine Adresse. Der Chef, wo wohnt er?« Und während er mit einer solchen Ungeduld auf den Umschlag kritzelte, daß er fast sofort aufhörte, Worte zu schreiben, und dann absichtlich nur Zeichen machte, sagte er: »Diese Leute dürften nicht angestellt werden. Sie und ihr König haben schon zu lange gemacht, was sie wollen. Aber mit ihren Spielchen ist es vorbei. Sieh dir meine Windschutzscheibe an.«

Der Geschäftsführer sah hin und beugte sich zur Seite, um zu zeigen, daß er wirklich hinsah.

Der kleine Afrikaner mit der Arbeitshose hatte sich etwas beruhigt. Er blickte zerknirscht auf den ölverschmierten Hof hinab und hielt noch immer seinen Schwamm und den Wischer in der Hand, den kleinen Mund fest geschlossen.

Bobby ärgerte sich über seine Unaufmerksamkeit. Er sagte: »Das ist ein Fall für die Polizei.«

Der Afrikaner sah auf, die Augen waren vor Schrecken geweitet. Wieder öffnete er den Mund, um etwas zu sagen, schwieg jedoch. Mit einer Bewegung, als wolle er sein Hand-

werkszeug, den Schwamm und den metallenen Wischer, wegwerfen, drehte er sich um und ging, die Beine in der Arbeitshose bei jedem Schritt hochwerfend, zum Rand des Hofs.

»Ich bin Regierungsbeamter!« schrie Bobby.

Der Afrikaner blieb stehen und drehte sich um: »Sir?«

»Wie kannst du es wagen, mir den Rücken zuzukehren,
wenn ich mit dir spreche?«

Mit flatterndem Eingeborenenhemd, den rechten Arm an-
gewinkelt und mit der offenen Handfläche ausholend, ging
Bobby auf den Afrikaner zu.

Der Afrikaner machte keine Anstalten, dem Schlag auszu-
weichen. Nur Erwartung lag in seinen glitzernden Augen.

Die anderen drei Afrikaner blieben dort, wo sie waren, der
eine vor dem gelben Schild, der zweite neben der Zapfsäule,
der Geschäftsführer in der Nähe des Wagens.

»Bobby«, rief Linda durch die halboffene Wagentür. Ihre
Stimme war gleichgültig, ohne Vorwurf, sie sprach seinen
Namen aus, als kenne sie ihn schon seit langem.

»Wie kannst du es wagen, mir den Rücken zuzukehren?«

»Bobby.« Sie hatte die Tür geöffnet und machte Anstalten
auszusteigen.

Alle vier Afrikaner blieben still stehen, als Bobby mit flatterndem gelben Eingeborenenhemd zum Wagen zurückhaste-
te. Und sie blieben, wo sie waren, während Bobby den Wagen
anließ und bis zum Rand des Hofs fuhr. Dort hielt er an.

»Diese verdammte Adresse«, sagte Bobby. »Wo habe ich sie
nur hingesteckt?« Er tat, als suche er wütend nach dem Umschlag, auf den er nichts geschrieben hatte.

»Ich glaube, das können wir vergessen«, sagte Linda.

»O nein.«

»Sie können ja ein paar Zeilen an das Hauptbüro schreiben,
wie Sie eben gesagt haben. Ich glaube nicht, daß wir ausge-

rechnet einer Adresse nachjagen sollten, die dieser Mann uns gegeben hat.«

Er suchte noch immer.

Sehr rasch dann, mit aufheulendem Motor, einer blauen Abgaswolke und quietschenden Reifen, bog er links ab, stadtauswärts, und gab den Bezirksdirektor auf.

Die vier Afrikaner blieben, wo sie waren.

»Diese Demütigung«, sagte er und rutschte auf seinem Sitz hin und her.

Linda sagte nichts.

Aus der Stadt war man rasch heraus: drei oder vier Betonkästen und eine Gießerei zwischen dem leeren, überwucherten Gelände eines »Industriegrundstücks«, ein holpriger zweispuriger Straßenabschnitt, verblichene Reklameschilder mit ihren fast kaukasischen Bildern lachender Afrikaner, dann wieder die Fernstraße und schließlich auf dem Hang eines Hügels endlose Reihen ungestrichener Holzhütten, Überbleibsel einer gescheiterten kolonialen Plantage.

»Diese Demütigung.«

Regenwolken verdunkelten die fernen Hügel zur Rechten, und die Berge dahinter waren verborgen. Aber zur Linken, wo das Land offen war, war der Himmel noch klar, und wenn die Sonne durch die Wolken stieß, schimmerte die nasse Straße, und die eingezäunten Weiden waren leuchtend grün.

Plötzlich bremste Bobby, aber vorsichtig, ohne ins Schleudern zu kommen, und hielt am Straßenrand. Die Straße war frei; das Manöver war ungefährlich. Die linken Räder versanken im weichen Gras und im Schlamm; aber die rechten blieben auf der Fahrbahn. Er krümmte sich über das Lenkrad und schlug mit der Stirn mehrmals leicht dagegen. Er hob den Kopf, stützte den rechten Ellbogen ein wenig auf das Steuer, preßte die Handfläche gegen den Mund, faßte sich an die Stirn, sah nach unten und drückte die Hand abermals gegen den Mund.

»Ach, mein Gott«, sagte er, »wie entsetzlich.«

Wolken jagten über den Himmel. Die Felder wurden dunkel und leuchteten wieder auf. Mal war es wie in der Dämmerung; mal war es wie am Nachmittag.

»Entsetzlich«, wiederholte er und schlug sich mit dem Handballen auf den Mund. »Entsetzlich.«

Er hielt das Lenkrad mit beiden Händen, beugte sich tief darüber, während sich die Ärmel seines Eingeborenenhemds hinaufschoben und seine von der Sonne geröteten Arme entblößten.

Linda schwieg. Sie wandte sich nicht nach ihm um. Ihre Sonnenbrille verriet nichts.

Bobby blickte auf. »Ich kenne das Volk des Königs«, sagte er. »Der Junge ist wahrscheinlich Christ. Er geht jeden Sonntag zur Kirche. Er hält seine Kleidung sehr sauber. Er wäscht und bügelt seine zwei Hemden sehr sorgfältig. Seine Frau unterrichtet ein bißchen an ihrer Dorfschule im Collectorate. Er liest. In seiner Arbeitshose steckte eins von diesen dummen Taschenbüchern.« Bobby dachte an seinen eigenen Hausboy, der ebenfalls klein war, ein feingeschnittenes Gesicht hatte und zum Stamm des Königs gehörte: ein Kirchgänger und Leser religiöser oder bildender Erbauungsliteratur in der zweiten Hälfte des Monats, wenn er sein Geld verbraucht hatte, in der ersten Monatshälfte jedoch ein Trinker, der oft einen Kater hatte und in diesem Zustand leicht benommen und schweigsam war, wobei er dann noch zarter schien. Bobby sagte leise: »Mein Gott.« Dann beugte er sich über das Lenkrad und zwang sich, an die Bar des New Shropshire zu denken. »Mein Gott. Mein Gott.« Er sah auf. »Mein Gott.«

Aber jetzt klang seine Stimme anders. »Mein Gott, wie schön.« Er sprach von dem Spiel des Sonnenlichts auf dem grünen Feld.

Endlich reagierte Linda. Sie drehte sich nach dem Feld um.

Bobby sagte: »Und jetzt habe ich seine jammervolle kleine Würde vernichtet.«

»Das glaube ich nicht«, sagte Linda. Sie sah die Tränen in Bobbys Augen, und ihr Benehmen änderte sich. »Ich glaube nicht, daß er überhaupt wußte, worum es ging. Außerdem hatten sie eine Standpauke nötig. Es hat ihnen gewiß nicht geschadet. Sie hätten das Klo sehen sollen. Ach – ich glaube, ich hab noch den Schlüssel.«

»Vielleicht sollte ich zurückfahren.«

»Aber wozu denn? Das würde sie wirklich erschrecken. Sie würden vielleicht sogar die Polizei holen.«

»Ich würde wahrscheinlich losheulen.« Seine Augen, die sich bereits aufhellten, standen voller Tränen. Er lächelte.

»Das bezweifle ich. Womöglich würden Sie wieder wütend, wenn Sie zurückfahren und sehen würden, wie sich die Leute vor Lachen biegen.«

»Ich fahre zurück.«

»Ich hab das so oft mit meinen Hausboys erlebt. Ein Dutzend Dosen Trockenmilch verschwinden, und man hält den Boys eine Standpauke. Dann gibt es eine fürchterliche Szene, und man beginnt in seinem eigenen Haus auf Zehenspitzen zu gehen. Man ist zumindest auf einen Selbstmord gefaßt, aber in ihrer eigenen Unterkunft sind sie vergnügt und ausgelassen. Sie haben all ihre Freunde eingeladen und lachen sich halbtot.«

»Wir deuten ihr Lachen falsch«, sagte Bobby, dessen Hand mit der Kupplung spielte.

»Das mag durchaus sein. Angeblich lachen sie aus Verlegenheit oder Unwillen oder so etwas. Das hat mir Sammy

Kisenyi gesagt. Und wahrscheinlich hat er das von irgend-einem Europäer. Aber ich habe den Eindruck, daß einiges davon lediglich ehrliches, altmodisches Lachen ist.«

Bobby ließ den Motor an.

Linda schrie auf, zog ihr Hemd hoch und drehte sich mit heftiger Bewegung zur Wagentür.

»Ich bin gestochen worden! Sehen Sie nach, was es ist. Ich traue mich nicht hinzusehen.«

Während sie verdreht auf der rechten Hüfte sitzen blieb und ihr Hemd noch immer hochhielt, starrte sie durch ihre Sonnenbrille zum Dach, und Bobby sah nach. Direkt unterhalb ihrer Rippen erblickte er einen rote Schwellung.

»Was ist es?« rief Linda. »Was ist es?«

»Ich sehe, wo Sie gestochen worden sind. Aber ich kann das Tier nicht sehen.«

»Ach, mein Gott.«

Sie blieb steif sitzen, und Bobby untersuchte ihren Körper, den sie jetzt wie ein Kind entblößte: die dünnen gelben Falten der feuchten Haut, die zerbrechlichen Rippen, den Büstenhalter, den sie für das Abenteuer des Tages angezogen hatte und der ihre kümmerlichen Brüste umschloß, und unter dem Bündchen ihrer blauen Hose ihre Unterhose, die ebenso stramm und stützend wie ihr Büstenhalter wirkte.

Er beugte sich vor und küßte die rote Schwellung. Linda senkte den Blick vom Autodach auf Bobbys Kopf. Sie bemühte sich jetzt, ihr Hemd hochzuhalten, damit es Bobbys Kopf nicht bedeckte; und ebenso bemühte sie sich, sich nicht zu bewegen, um Bobby nicht zu stören.

Er küßte die Schwellung noch einmal und fragte: »Ist es jetzt besser?«

»Ja, es ist besser.«

Er zog den Kopf weg. Sie richtete sich auf und ließ ihr Hemd fallen.

»Ich hoffe, Sie verstehen mich nicht falsch«, sagte Bobby.

»Ach, Bobby, das ist eins der nettesten Dinge, die ich je erlebt habe.«

»Du meine Güte«, sagte er und ließ den Wagen an. »Das klingt bei Ihnen ja beinahe wie Kinderkriegen.«

»Frauen sind imstande, alles zu glauben.«

Sie sprach in scharfem Ton. Aber er hatte nichts anderes erwartet. Es bildete ein Gegengewicht zur vorherigen Stimmung, und so setzten sie als Freunde, als Individuen, die bei aller Verschiedenheit einander gelten ließen, ihren Weg fort.

Es wurde sehr dunkel. Die schwarzen, dichten Wolken hingen tief; der letzte Lichtstreifen auf dem grünen Feld verblaßte. Und dann begann es tatsächlich zu regnen, heftig, das Motorengeräusch übertönend, und das Wasser prasselte weiß auf die geteerte Straße. Eine Aussicht gab es nicht mehr, nur noch Regen. Im Wagen war es gemütlich.

»Diese Kratzer«, sagte Bobby. »Wahrscheinlich werde ich mich an sie gewöhnen. Ich bin einmal von dem Hund meiner Mutter gebissen worden. Sie können sich die Aufregung vorstellen – für mich, meine Mutter und den armen Hund. Es war ein ziemlich schlimmer Biß. Seltsamerweise waren es zwei genau parallel verlaufende Linien. Direkt unterhalb meiner Wade. Der Hund ist heute tot. Die Narbe habe ich noch immer, und glauben Sie mir, ich bin eigentlich ganz froh darüber.«

Ein wenig später sagte er: »Ein Arzt hat mir einmal ein Beruhigungsmittel gegeben. Das war vor einigen Jahren. Mein altes Leiden brach wieder aus, und ich dachte, ich würde wieder einen Nervenzusammenbruch bekommen. Wahrscheinlich verliert man nie die Angst davor.«

»Beruhigungsmittel. Ach Gott. Sagen Sie bloß nicht, daß Sie die laufend nehmen.«

»Hören Sie mal. Er gab mir diese Beruhigungsmittel. Harmlos aussehende weiße Pillen. Sie hatten eine sehr seltsame Wirkung. Nach drei Tagen – wollen Sie es wirklich hören?« Er lächelte.

»Natürlich.«

»Nach drei Tagen hatten sie mir die Vorhaut meines Penis abgebrannt.«

Linda zögerte nicht. »Wie entsetzlich für Sie!«

»Einfach versengt.« Er lächelte noch immer.

Es regnete weiter.

»Es ist merkwürdig«, sagte Bobby, »ich habe erst hier fahren gelernt. Aber während meiner Krankheit tröstete ich mich immer mit der Vorstellung, durch eine kalte, regnerische Nacht zu fahren, meilenweit, bis ich an ein Haus gelangte, auf dem Gipfel eines Hügels. Dort würde es ein Kaminfeuer geben, und es würde warm sein und ich in völliger Sicherheit.«

»Regen draußen, Feuer drinnen. Das ist immer romantisch.«

»Zweifellos. Sehr romantisch. Aber es hat mich sehr getröstet.« Seine Stimme klang eine Spur vorwurfsvoll. »Und dann gab es das Zimmer, das ich mir vorgestellt hatte. Von oben bis unten alles weiß. Weiße Gardinen, die im Wind wehten. Weiße Wände, weißes Bett. Viele hohe Fenster, alle offen. Draußen leuchtend grüne Hügel und unten ein tiefblaues Meer.«

»Es klingt wie ein Krankenhaus auf irgendeiner griechischen Insel.«

»Wahrscheinlich war es das. Der Wunsch, sich fallen zu lassen, nichts zu sein und nichts zu tun. Nur zuschauen, wie man zu einem Gespenst wird. Ich verbrachte viele Stunden am Tag in dem Zimmer. Und jede Nacht. Ich hatte keinen Nachttisch. Ich mußte meine Uhr auf den Fußboden legen. Eines Morgens bin ich draufgetreten und habe das Glas zerbrochen. Zuerst wollte ich es reparieren lassen, aber dann beschloß ich, das erst zu tun, wenn es mir besserging.«

»Das ist aber makaber.«

»Eine zerbrochene Uhr mit sich herumtragen, so was Krankhaftes kann man machen. Aber das Erschreckendste ist, wie schnell man sich an den Gedanken gewöhnt, sein ganzes Leben abzuschreiben. Anfangs sagte ich: ›Nächste Woche bin ich wieder gesund.‹ Dann war es nächsten Monat und dann nächstes Jahr.«

»Gibt es nicht eine Art Schockbehandlung?«

»Dasselbe wie mit den Beruhigungsmitteln. Ich hatte von nichts eine Ahnung. Ich dachte, Psychiatrie sei ein amerikanischer Witz und ein Psychiater etwas Ähnliches wie Ingrid Bergman in *Spellbound*.«

»Das verrät unser Alter. Ist das nicht ein toller Film?«

»Auf jeden Fall. Aber in gewisser Weise haben Sie recht mit dem Schock. Danach ging es mir langsam besser. Der Psychiater, zu dem ich ging, der Mensch, der seinen Rheumatismus dadurch kurierte, daß er sich sagte, er fürchte sich nur vor dem Tod, sagte mir einmal nach einer Sitzung: ›Meine Frau nimmt Sie mit in die Stadt zurück.‹ Ich hatte seine Frau nie gesehen. Ich saß im Salon und wartete auf sie. Er war diese Art von Psychiater: keine Klinik, einfach sein Haus. Vielleicht hätte ich woanders warten sollen. Ich hörte, wie diese Frau mit irgendwelchen anderen Leuten sprach. Ich hörte sie mit ihrer munteren Stimme sagen: ›Aber ich kann Sie ja mitnehmen. Ich muß sowieso einen von Arthurs Schwulen mitnehmen.‹ Sie wußte nicht, daß ich nebenan saß. Ich hatte bisher geglaubt, daß alles, was ich dem Mann erzählte, vertraulich sei.

Ich glaube, ich habe in meinem ganzen Leben keinen Menschen so gehaßt. Mir wäre es am liebsten gewesen, wenn beide gestorben wären. Im Grunde war das ungerecht, denn er hatte mir sehr geholfen. Ich nehme an, daß ich, ohne es selbst zu wissen, allmählich gesund wurde. Aber dieser Schock, wie Sie sagen, war der Anstoß, den ich brauchte.«

Linda blickte durch die verkratzten Scheiben auf den Regen.

»Einer von Arthurs Schwulen.« Bobby lächelte.

Linda schwieg.

Bobby wußte, daß er sie in Verlegenheit gebracht und bewegt hatte. Er sagte mit einem Anflug von Aggressivität: »Ich glaube nicht, daß ich etwas gesagt habe, was Sie überrascht.«

»Man tut schreckliche Dinge«, sagte er nach einer Weile, ohne zu lächeln und mit veränderter Stimme. »Man tut schreckliche Dinge, um sich zu beweisen, daß man eine reale Person ist. Ich glaube nicht, daß ich mich jemals so mißbraucht gefühlt habe.«

»Die öffentliche Meinung hat sich sehr verändert.«

»Ich frage mich, warum. Ich hasse englische Schwule. Sie sind gräßlich und obszön. Und dann wurde ich natürlich verhaftet. An einem Samstagabend, am üblichen Ort. Der Polizist war die Güte selbst. Er versuchte mich zu ›reformieren‹. Es war komisch. Er versuchte, mir Bilder der Begierde einzutrichtern. Es war wie eine Aufforderung zur Vergewaltigung. An einem Punkt habe ich schon geglaubt, er werde seine Brieftasche herausziehen und mir pornographische Fotos zeigen. Aber er tat das Übliche. Er nahm mir mein Taschentuch ab, sehr sorgfältig. Mein Taschentuch! Ich wäre vor Scham fast gestorben. Es war ein sehr schmutziges Taschentuch. Mein Fall wurde Montag früh verhandelt. Nach den Nutten. Schuldig, schuldig, zehn Pfund, zehn Pfund. Ich sagte dem Richter, ich hätte ›im Affekt‹ gehandelt. Das rief ein leises Kichern hervor, und kaum hatte ich es gesagt, wußte ich schon, daß ich kaum etwas Dümmeres und Vernichtenderes hätte sagen können. Aber ich wurde sehr schnell entlassen und erwischte noch den Schnellzug nach Oxford. O ja, nach meinem wilden Wochenende in London kam ich rechtzeitig zum Mittagessen ins College zurück. Aber ich dachte, das hätte Ihnen Denis Marshall schon erzählt. Vor einiger Zeit bin ›ich zusammengebrochen‹ und habe bei ihm ›gebeichtet‹. Das bekommt mir zwar immer schlecht, aber ich breche immer wieder zusammen und beichte. Es ist das Weibliche in meinem Wesen. Was sagt doch gleich Doris Marshall, was tut man mit meinesgleichen in Südafrika? Man rasiert uns den Kopf kahl, klassifiziert uns als Eingeborene, steckt uns in Frauenkleider und verbannt uns in das Eingeborenenviertel.«

Linda starrte weiterhin in den Regen hinaus.

»Es tut mir leid. Ich habe wie immer zu viel gequatscht und Ihnen, glaube ich, die Stimmung verdorben.«

»Ich habe an die Straße gedacht«, sagte Linda. »Selbst wenn der Schlamm nicht zu schlimm ist, sehe ich nicht, wie wir vor acht oder neun Uhr in unserem Viertel ankommen können. Ich meine, wir sollten uns so schnell wie möglich entscheiden, ob wir einen Abstecher zum Colonel machen wollen oder nicht. Ich habe allmählich das Gefühl, daß an dem Grundsatz des Siedlers etwas dran ist, daß man sein Ziel möglichst bis etwa vier Uhr erreichen sollte. Es ist jetzt halb drei.«

»Ich habe noch nie gehört, daß jemand auf der Straße zum Collectorate verhungert ist.«

»Wir sollten uns möglichst rasch entscheiden. Die Abzweigung muß jeden Augenblick kommen.«

»Was Sie gerne möchten, brauche ich wohl gar nicht zu fragen.«

»Ich finde den alten Colonel immer sehr lustig«, erwiderte Linda. »Und ich würde liebend gern den See bei schlechtem Wetter sehen.«

»Jedenfalls freue ich mich, Ihnen nicht die Stimmung verdorben zu haben. Schön, nicht wahr?« sagte er, jetzt von der Landschaft sprechend. »Sogar, wie Sie sagen, im Regen.«

»Eine ›Fahrt durch die Nacht‹ zu dem kleinen Haus auf dem Hügel.«

»Ach, du meine Güte. Auch das ist als Beweismittel gegen mich festgehalten worden. Ich kann nicht behaupten, es tue mir leid, daß Denis Marshalls Vertrag nicht erneuert wird. Aber ich glaube nicht, daß ich irgend jemand davon überzeugen kann, daß es nichts mit mir zu tun hat.«

»Ich glaube nicht, daß es eine Rolle spielt, Bobby.«

»Busoga-Kesoro hat mir die Belege gebracht. Was hätte ich sagen sollen? Wir reden soviel über Korruption bei den Afrikanern. Und wem gegenüber bin ich denn bitte schön zur Loyalität verpflichtet?«

»Doris Marshall kann sehr amüsant sein. Aber kein Mensch gibt viel auf das, was sie sagt.«

»Ich finde es zum Lachen. Die ganze Zeit machen die Leute hier das Land schlecht und kritisieren das Volk. Sobald sie fort müssen, reden sie ganz anders.«

»Wahrscheinlich trifft das auch auf mich zu.«

»So habe ich es nicht gemeint. Es tut mir leid, daß Sie fort müssen.«

»Weshalb sollte es Ihnen leid tun?«

Er konnte ihr nicht sagen, daß es ihm leid tat, weil sie bei ihm im Auto saß und weil er ihr gebeichtet hatte und weil sie jetzt immer eine Vorstellung davon haben würde, wie er wirklich war.

Er sagte: »Es tut mir leid, weil es für Sie nicht geklappt hat.«

»Für Sie ist es anders, Bobby.«

»Das sagen Sie dauernd.«

»Da, sehen Sie mal. Ich glaube tatsächlich, daß sie die Straße gesperrt haben.«

An der Straßenkreuzung, auf der Straße selbst und in den Feldern an der Straße standen schwarz im Regen uniformierte Polizisten, mit Gewehren unter ihren Umhängen. Eine rote Laterne hing an einer weißen Holzbarriere; und ein schwarzer Pfeil auf einem länglichen weißen Schild zeigte auf die Seitenstraße, die flach in die Berge führte.

Die Straße in die Berge war frei. Kein Polizist gab Bobby ein Zeichen anzuhalten. Aber Bobby hielt. Etwa fünfzehn Meter hinter der Barriere und den Jeeps waren zwei dicke Planken quer über die Fahrbahn gelegt worden: Die Regengischt umtanzte zwei Reihen von fingerlangen Metalldornen. Etwa hundert Meter weiter, kurz bevor die Straße eine Kurve machte und vom niedrigen Buschwerk verborgen wurde, standen etwa ein halbes Dutzend Armeelastwagen mit Regimentsabzeichen auf den Ladeklappen.

Bobby begann zu lächeln und kurbelte das Fenster herunter. Es tropfte vom Fensterrahmen, der Regen wehte herein. Keiner der Polizisten rührte sich; keiner stieg aus den Jeeps aus. Dann beugte sich ein junger Mann vor, der auf dem Rücksitz eines Jeeps saß, er war dick und ziemlich jung, unter dem Umhang trug er ein schokoladenbraun und gelb gemustertes Hemd, und er gab Bobby ungeduldig ein Zeichen, daß er weiterfahren sollte; er schien zu essen.

»Ein Glück«, sagte Linda. »Ich habe schon Angst gehabt, sie würden uns nochmals kontrollieren.«

»Darin sind sie sehr gut«, erwiderte Bobby. »Sie haben einen guten Blick dafür, mit wem sie es zu tun haben.«

»Wenigstens haben sie uns die Entscheidung abgenommen«, sagte Linda. »Jetzt müssen wir zum Colonel fahren. Ich habe den Eindruck, daß Simon Lubreros Amtsgewalt hier endet, meinen Sie nicht auch? Die Armee scheint die Oberhand zu gewinnen. Ich hoffe bloß, daß wir nicht auf irgendeinen ihrer Lastwagen stoßen. Sie sind richtige Teufel.«

»Ich bezeuge der Armee stets meine Achtung.«

»Martin sagt, wenn ein Armeelaster auftaucht, soll man stets am Straßenrand anhalten und warten, bis er vorbei ist. Sie fahren einen nur so zum Spaß über den Haufen.«

»Ich wünschte, es wäre bei einer Polizeiaktion geblieben«, sagte Bobby. »Ich bin überzeugt, auch Simon hätte das vorgezogen.«

5

Einige Meilen weit war die Straße zu den Bergen asphaltiert und ebenso breit und sicher wie die Fernstraße, die sie soeben verlassen hatten. Aber diese Straße war nicht auf einem Damm erbaut; sie verlief direkt auf dem Erdboden, der sich hier, in der Nähe der Berge, zu einem ganz sanften Hang abgeflacht hatte, glatt und kahl und ohne Bäume. Aus dem freien Land ragten Zaunpfähle heraus, und die regennasse Straße war ein Stück weit zu überblicken, wie sie leer über das ansteigende Land dahinzog. Die Berge waren im Regen nur schwach zu erkennen, aber sie begrenzten nicht mehr einfach den Blick, sondern führten ihn aufwärts.

Felder, Zäune; eine Querstraße, ein Landweg mit verblichenen Schildern; eine verstreute Siedlung mit Beton und Holz in der Farbe nassen Lehms, Bäume und Busch. Die Straße wurde allmählich kurviger und stieg langsam an. Sie wurde schmaler. Und dann gab es keinen Asphalt mehr, nur noch eine steinige Oberfläche.

Als sie immer höher kamen, hatten sie hin und wieder einen Ausblick auf die Hochebene, die sie soeben verlassen hatten, und trotz des Regens konnte man ahnen, daß dahinter das Gelände abfiel. Aber als sie dann tiefer in die Berge vordrangen, war alles, was sie zu beiden Seiten der Straße sahen, Busch. Die in den Berg gebaute Straße verlief in scharfen Kurven, durch die überhängenden Wurzeln und die Erde schimmerten nasse Felsen. In dem flachen, zugewachsenen Graben hatten sich kleine, auseinanderfließende Erdhaufen angesammelt, und manchmal auch auf der Straße.

»Man weiß wirklich nicht, was einem lieber ist«, sagte Bobby. »Hundert Meilen Schlamm auf der Straße oder das hier.«

Bald waren sie tief im Gebirge. Immer wieder erblickten sie Gipfel und dahinter wieder Gipfel, die über den Regen und den Dunst hinausragten, so daß es nach nur einer halben Stunde Fahrt bergauf so schien, als befänden sie sich auf dem Dach der Welt, im Herzen des Kontinents. Das Sonnenlicht und das Gestrüpp, die gerade schwarze Straße, das Zischen der Reifen, das wechselnde Licht auf leuchtendgrünen Feldern: Das gehörte zu einem anderen Land. Der Wagen rumpelte über die Steine; manchmal war die Straße streckenweise mit Asche bedeckt, die einen glucksenden Laut erzeugte; der Wagen dröhnte, klapperte, die Fahrt in niedrigen Gängen übertönte fortgesetzt das Prasseln des Regens. Ohne zu sprechen, auf das Motorengeräusch anderer Fahrzeuge horchend, halb damit rechnend, nach der nächsten Ecke Armeelastwagen zu sehen, konzentrierten sich Bobby und Linda auf die vom Busch umgebene Straße.

Gelegentlich sahen sie an der Straße Hütten und wilde Lilien in Teichen, auf die der Regen spritzte. Manchmal fiel das Land auf einer Seite ab, und die schwarzen Stämme der Bäume am Straßenrand und die nassen unteren Zweige mit tropfenden Blättern umrahmten die Aussicht auf ein graugrünes Tal: terrassenförmig angelegte Hügel, rote Wege, die auf jedem Hügel zu einer kleinen, eingezäunten Grashütte führten, Wege, die sich zu anderen, verborgenen Tälern schlängelten.

»Das war es, was ich gemeint habe«, sagte Linda. »Ich hätte nie erwartet, daß es hier Felder gibt oder daß sie hier sämtliche Hügel bis zum Gipfel terrassenförmig angelegt hätten. An solche Wege habe ich nie gedacht und nie, daß sie so alt und geordnet aussehen würden.«

»Das ist das Land, das wir ihnen gelassen haben«, sagte Bobby.

Sie lehnte sich auf ihrem Sitz zurück, nahm die Sonnenbrille ab, und Bobby erkannte, daß er etwas Falsches gesagt, daß er einen falschen Ton angeschlagen hatte.

»Es ist absurd, heute darüber nachzudenken«, sagte er bald darauf, mit einer anderen Stimme. »Als ich hergekommen bin, habe ich überhaupt nichts über Afrika gewußt. Ich war erstaunt festzustellen, daß sie Eisen bearbeiten. Irgendwie hat keiner daran gedacht, mir das zu sagen. Aber wissen Sie, wenn man irgendein altes Stück Metall herumliegen läßt . . .«

»Braucht gar nicht so alt zu sein. Über Nacht kann Ihr Wagen verschwinden, und nur die Sitze zeigen noch an, wo der Wagen stand. In einer Woche haben sie eine Boeing ausgeschlachtet.«

Bobby kannte den Witz, lachte aber trotzdem. »Wahrscheinlich habe ich, als ich herkam, insgeheim erwartet, daß sie feindlich eingestellt sein würden, weil ich Weißer und Ausländer bin, und wegen Südafrika und derlei Dingen.«

»Südafrika ist ihnen völlig egal.«

»Das ist es ja gerade. Ihre überlegene Art. Sie lachen.«

»Sammy Kisenyi hat mir gesagt, sie lachen, weil sie sehr zornig sind.«

»Sammy übertreibt, wie alle Politiker. Sammy tritt gern von Zeit zu Zeit gegen den Rassismus auf. Im Grunde will er einen nur testen. Das kann ganz schön lästig werden. Ich kann so eine sozialistische Dritte-Welt-Pose einfach nicht ertragen. Sie etwa? Er hat sie sich in England zugelegt. Sie ist nicht typisch. Sammy soll es in England recht schwer gehabt haben.«

»Sicherlich stammt daher seine Vorliebe für weiße Frauen. Die blinden, die lahmen, keine ist vor ihm sicher.«

»Das ist wirklich ein Jammer. Ich frage mich, wie viele Sammys wir kreieren.«

»Ein Jammer? Es ist erschreckend. Sammy bildet sich ein, unwiderstehlich zu sein, weil er schwarz und fett ist. Er glaubt, in England gelernt zu haben, wie man Engländer zu ›behandeln‹ hat. Im Ernst. Er ist ziemlich konfus.«

»Sammy ist eine Ausnahme. Vermutlich gefällt es mir an gewöhnlichen Afrikanern gerade, daß sie einen gar nicht testen wollen. Sie nehmen einen, so wie man ist. Doris Marshall hat recht. Ich habe Denis vieles zu verdanken. Durch ihn bin ich hergekommen. Was man nicht alles tut, wenn man jung ist. Die Prüfung für Verwaltungsangestellte ablegen, weil die anderen es auch tun, sich bei Hedley bewerben, weil die anderen sich auch dort bewerben. Wahrscheinlich ist es eine Art Hysterie. Es gibt so viele Dinge, die man durchaus angemessen erledigen kann. So viele Dinge, von denen man weiß, daß sie nicht genügen, und die man dennoch tut. Es sieht aus, als ginge man seinen Weg, während man in Wirklichkeit nur so dahintreibt. Ich war keine Kämpfernatur. Nach Oxford genügte es mir, wieder gesund zu sein. Mir kam nie der

Gedanke, daß ich einmal das Bedürfnis haben würde, mich als Mensch voll einzusetzen. Es ist nicht leicht zu erklären, das weiß ich, und alles, was man sagt, kann hier verdreht werden. Hier gibt es zu viele Leute, die immer alles besser wissen.«

»Sie machen es so schwierig, Bobby.«

»In welcher Beziehung?«

»Leute nehmen Jobs doch aus allen möglichen Gründen an. Ich frage mich, ob sie auch anderswo soviel über den Ort reden, an dem sie leben, wie in Afrika.«

»Oxford. Man sprach dort über nichts anderes als darüber, daß man in Oxford war.«

»Wahrscheinlich haben wir uns tatsächlich zu sehr darauf konzentriert, alles besser zu wissen. Wir hätten vom ersten Tag an merken sollen, daß das Land nicht für uns bestimmt ist, und wir hätten den Mut haben müssen, nach Hause zu fahren.«

»Aber Sie sind seit sechs Jahren hier.«

»Wie Martin sagt, die einzigen Lügen, für die wir wirklich bestraft werden, sind die Lügen, die wir uns selber einreden.«

»Und Sie gehen wirklich in den Süden?«

»Das steht noch nicht fest. In vier Jahren wird Martin fünfzig. Wahrscheinlich könnten wir nach England zurückgehen, und Martin könnte freiberuflich arbeiten. Wer sich für einen Journalisten hält, der ist auch einer, wie Martin sagt. Aber mit sechsundvierzig kann man nicht noch mal ganz von vorn anfangen. Und Martin ist im Grunde nicht der Typ, um freiberuflich zu arbeiten. Und eine Kämpfernatur ist er auch nicht unbedingt.«

Der Wagen holperte unentwegt. Von den Bäumen tropfte es. Durch das schwarze überhängende Laub erblickten sie jenseits ferner Gipfel einen kleinen Bergsee, grau wie der Himmel. Von einem Jakarandabaum an der Straße waren vor kurzem die violetten Blüten abgefallen, ein Hauch zarter Farbe auf den Steinen und dem Schlamm der Straße: Sie fuhren darüber hinweg.

»Mein Leben ist hier.«

»Bobby!«

Auf einem Fußweg auf dem bewaldeten Hügel direkt oberhalb der Straße spazierten etwa ein Dutzend Afrikaner in neuen leuchtenden Baumwollgewändern im Gänsemarsch durch den Regen, ihre Köpfe mit Blättern bedeckend. Durch die hellen Farben ihrer Kleidung und die Blätter auf ihren Köpfen waren sie nahezu getarnt. Sie schauten das Auto nicht an.

»Wenn ich so was sehe, fühle ich mich immer weit weg von zu Hause«, sagte Linda. »Es kommt mir vor, als ob diese Art Waldleben schon seit Urzeiten so abläuft.«

»Sie haben zuviel Joseph Conrad gelesen. Ich hasse das Buch, Sie nicht auch?«

»Sie meinen also, sie gehen wahrscheinlich nur zu einer Hochzeit oder einer Jahresversammlung.«

»Jetzt klingen Sie wie Doris Marshall.«

»Meinetwegen.«

»Ich habe Denis geliebt. Ich bin ihm ewig dankbar für das, was er für mich getan hat. Meine Begegnung mit ihm beim Jahrgangstreffen vom College hat mein Leben verändert. Ich spürte allmählich, daß ich wieder etwas tun wollte. Er hat mir den Posten hier besorgt, und wahrscheinlich hat er mir auch beigebracht, wie das Land hier zu betrachten ist. Aber er wollte, daß ich weiterhin hilflos bleibe. Er wollte mein Mittelsmann bleiben. Er sagte unaufhörlich, daß ich Afrikaner nicht verstehe und daß er sich für mich um sie kümmern würde. Es gefiel ihm nicht, daß ich anfing, auf eigenen Füßen zu stehen und mich selber umzusehen. Wie naiv er doch war. Er wollte, daß ich sein Eigentum bleibe. Er wurde wahnsinnig, als er entdeckte, daß ich nichts gegen Körperkontakt mit Afrikanern hatte.«

»Sie waren beide nicht sehr diskret.«

»Er sprach soviel vom Dienst an Afrika. Ich kann gar nicht sagen, wie erschüttert ich war. Und dann hat er seine Kampagne gegen mich gestartet. Ich habe gedacht, ich bin erledigt. Aber gerade zu der Zeit fing ich an, Ogguna Wanga-Butere und Bosuga-Kesoro wirklich zu bewundern. Sie begriffen, was Denis vorhatte.«

»Ich will nichts mehr hören.«

»Sie sind alle gleich.«

Plötzlich legte sich Bobbys Erregung. Er spürte, daß er die Stimmung von Beichte und Freundschaft zerstört und Linda verloren hatte. Er hatte zuviel geredet; am nächsten Morgen würde es ihm leid tun, Linda würde noch ein weiterer dieser Menschen sein, vor denen er sich verstecken mußte. Er setzte eine verschlossene Miene auf, der große Schweiger.

Sie kamen an weiteren Afrikanern auf dem Hügel vorbei. Linda sagte nichts und zeigte auch nicht auf sie. Bobby begann nach Worten zu suchen, die die alte Stimmung wiederherstellen könnten. Vor einer halben Stunde hatte er noch soviel zu sagen; jetzt fiel ihm nichts Neues ein. Da er spürte, daß Linda vorwurfsvoll neben ihm saß, hatte er nur den einen Wunsch, das, was er gesagt hatte, nochmals durchzugehen, die Passagen, mit denen er sie gefesselt hatte, zu rekapitulieren.

»Wahrscheinlich«, sagte er, »ist dies eine der Fahrten, von denen ich früher geträumt habe. Die Berge, der Regen, der Wald. Für mich ist es eine *Bergman*-Landschaft.«

Gelbe Haufen frisch aufgeworfener Erde tauchten nach und nach am Straßenrand und manchmal auch auf der Straße auf. Schwere Fahrzeuge waren vor einiger Zeit hier entlang gekommen, ihre Reifen hatten die Erde zusammengequetscht und über die Fahrbahn verteilt; überall flossen gelbe Rinnsale. In der Tiefe lag das Tal, graugrün und verschwommen im Regen. Im Tal gab es viele kleine konische Hügel, jeder terrassenförmig angelegt, jeder mit seiner Grashütte hinter einem Graszaun; und von der Talsohle aus liefen schwach sichtbare braune Pfade zu den Hütten, wie die Pfade in einem Märchen.

»Tagaus, tagein fuhr ich diese Straße entlang und verbrachte Stunden in dem weißen Zimmer . . .«

»Bobby!«

Sie gerieten ins Schleudern, rutschten erst nach links, wo die Rückseite des Wagens gegen einen Erdhaufen stieß und die Hügelwand auf sie zukam, dann nach rechts, wo in der Tiefe das Tal lag, und nur das Wissen darum, daß die Erdhaufen sie vor einem Absturz schützen würden, bewahrte Bobby vor Panik. Dann wurden die Bewegungen des Autos ungleichmäßig und willkürlich, der Wagen wirkte plötzlich zerbrechlich, und bei jedem Hin und Her schien er im Begriff, sich zu überschlagen. Als er endlich zum Stehen kam, standen sie leicht auf eine Seite geneigt im Graben neben der Hügelwand, einmal um die eigene Achse gedreht, tief im Busch neben der Straße, schwarze Zweige und feuchte Blätter klebten an der linken Fensterscheibe. Der Motor war ausgegangen, sie hörten den Regen auf dem Laub und auf dem Wagen. Bobby ließ den Wagen wieder an und legte den Gang ein. Der Wagen bockte, und sie vernahmen das Jaulen der Reifen, die im Schlamm durchdrehten. Er versuchte es noch einmal. Diesmal bockte der Wagen nicht; sie hörten nur das Jaulen.

Bobby machte die Tür auf. Regen und Blätter und Wind rauschten laut. Gebückt kletterte er auf die Straße hinaus.

Sein gelbes Eingeborenenhemd, das anfangs bei seinen schnellen Bewegungen flatterte, wurde bald schlaff und schwarz vom Regen.

»Ich kann keinen Schaden entdecken«, sagte er zu Linda. »Ich glaube, man muß ihn nur etwas anschieben. Setzen Sie sich ans Steuer.«

»Ich kann nicht fahren.«

»Irgendeiner muß anschieben.«

»Können wir nicht warten, bis ein paar von den Afrikanern, die wir gesehen haben, vorbeikommen?«

»Das ist viele Meilen her. Bis die da sind, stecken wir wirklich fest.«

Linda stieg durch Bobbys Tür aus und stellte sich hinter die durchdrehenden Räder in den Graben. Sie schob und versuchte dann, nach Bobbys Anweisungen, den Wagen zu schaukeln, und schließlich schlug sie nur mit den Handflächen darauf. Bobby beschloß, es mit dem Rückwärtsgang zu versuchen. Linda schob von vorn. Der Rückwärtsgang funktionierte. Der Wagen kam aus dem Schlamm frei, und Bobby gelang es, ihn zurück auf die Straße zu manövrieren.

Nach einiger Zeit bemühte sich Bobby, den Wagen in die Fahrtrichtung zu wenden, und Linda lief von einer Straßenseite zur anderen, um ihn dabei zu dirigieren, schlammbedeckt bis zu den Knien, mit nassem Hemd, das den Büstenhalter sehen ließ, mit feuchtem Haar und schlammigen, klebrigen Händen – nach einiger Zeit stieß der Auspuff gegen einen Erdhaufen, und der Motor wurde abgewürgt. Beide stiegen sie aus dem Wagen, um einen Stock zu suchen, mit dem sie den verstopften Auspuff saubermachen könnten: Der leere Wagen blockierte die Straße an einer unmöglichen Stelle, seine Insassen liefen durchgeweicht und hektisch durch verschiedene Teile des Busches, Bobby machte sich wieder Sorgen um eventuell auftauchende Armeelastwagen, Linda war zum Schluß hysterisch, riß ziellos an Sträuchern und streckte Bobby winzige Zweige und Stengel hin, wie jemand, der Kräuter anbietet.

Als sie beide wieder in dem nun startbereiten Wagen saßen, sagte keiner ein Wort. Die Aussicht war ebenso großartig wie zuvor, aber sie beachteten sie nicht. Der Wagen war naß und feucht, auf den kunstledernen Sitzen, auf den Gummimatten, auf dem Boden und dem Armaturenbrett war Schlamm.

»Ich weiß nicht, welcher Idiot diesen Dreck direkt auf der Straße abgeladen hat«, sagte Bobby.

Linda sagte nichts.

Die Erdhaufen schienen sich meilenweit fortzusetzen, und wann immer sie über die plattgefahrene gelbe Oberfläche fuhren, erwarteten sie, daß der Wagen wieder ins Rutschen geriet. Wortlos zerquetschten sie violette Jakarandablüten im Schlamm. Dann hörten die Erdhaufen auf, und danach auch der Regen. Der Himmel wurde heller, wurde gegen Westen beinahe silbern, und sie merkten nach der Finsternis von Wald und Regen, daß es noch immer erst Nachmittag war.

In den Tälern herrschte die Stille, die stets nach ausgedehntem Regen eintritt. Die Wege waren leer; die Wolken, die sich entladen hatten, waren weniger dunkel, sie hingen höher, bewegten sich nicht; Pflanzen und Bäume rührten sich nicht. Der graue Himmel blieb: Die Sonne würde heute nicht mehr herauskommen. Dann sahen sie, während sie fuhren, Menschen auf den Wegen, Menschen innerhalb ihrer Palisaden. Aus einigen Hütten stieg Rauch auf.

Die Straße folgte stets der Kontur des Hügels, stets hatten sie auf einer Seite Hügel und Wald. Seit einiger Zeit schon hatten sie in diesen Wäldern, auf den Wegen, die zu einem braunschwarzen Sims gestampft oder geebnet worden waren,

Afrikaner gesehen, die in bunten, neuen Kleidern dahinschritten. Die Afrikaner waren nie leicht zu entdecken, mit ihrer schwarzen Hautfarbe und ihren bunten Baumwollhemden. Aber jetzt sahen Bobby und Linda, daß das Hügelgelände, an dem sie entlanggefahren waren, von Afrikanern wimmelte. Wohin sie auch blickten, es wurden immer mehr. Auf einem breiten Vorsprung, der tief in den Hügel einschnitt, befand sich ein niedriger, überdachter Unterstand. Mit seinem primitiven Laubdach, den schwarzen Stangen und gestutzten Zweigen hatte er zunächst wie ein Teil des Waldes ausgesehen, aber er steckte voller sitzender Afrikaner, alle in neuen Kleidern. Auf Zickzackwegen oberhalb und unterhalb des Unterstands standen noch viel mehr Afrikaner.

»Das ist keine Hochzeit«, sagte Linda. »Das sind schon wieder diese Eide des Hasses.«

»Sie gehören nicht zum Stamm des Präsidenten.«

»Aber nahe verwandt. Irgendwo da oben haben sie ihre hübschen, neuen Kleider ausgezogen und tanzen nackt, halten sich an den Händen und fressen Mist. Der Präsident hat ihnen wahrscheinlich eine schöne Portion Mist geschickt. Man könnte hier spurlos verschwinden. Sie wissen ja wohl, was auf der anderen Seite passiert ist? Die Flüsse waren blutrot. Aber auch das ist etwas, das angeblich nie passiert ist.«

»Sie waren drüben Leibeigene«, sagte Bobby, der langsam wütend wurde. »Sie sind seit Jahrhunderten unterdrückt worden.«

»Es ist so verdammt absurd«, sagte Linda.

Er konzentrierte sich auf die Straße.

»Für sie ist's nicht absurd. Für mich ist's absurd. Hierzusein.«

Sie waren auf den Gipfel eines Bergkamms zugefahren; der Himmel war freier geworden. Sie kamen aus dem Wald heraus auf den kahlen Kamm, und auf der anderen Seite bot das weite Tal eine spektakuläre Aussicht: Zu ihren Füßen breitete sich ein Miniaturland aus, das an allen Ecken und Enden die gleichen Einzelheiten aufwies, terrassenförmige Hügel, laubgedeckte Hütten, Rauch von Kochstellen, gewundene Wege: eine Aussicht, die in Miniaturen ihrer selbst endete und im Dunst verschwand. Die Aussicht verlangte nach einem Ausruf.

Aber Linda sagte nur: »Bergman.«

Bobby setzte eine verschlossene Miene auf.

Sie fuhren nun bergab; die Aussicht verschwand. Auf dieser Seite des Kammes war die Vegetation anders, es gab mehr Gras. Einige Hügel waren mit zartem Bambus bedeckt. Sie erhaschten einen Blick auf den See, der ihr Ziel war, bleifarben in dem grauen Licht. Dann, noch immer bergab fahrend, kamen sie abermals durch Wälder und waren wieder von Dämmerlicht eingehüllt. Die Straße schlängelte sich; die Fahrt bergab schien anstrengender zu sein. Von Menschen keine Spur, bis eine Ansammlung von Hütten und danach eine Villa auf einer Lichtung, die bereits wieder überwuchert war, die Nähe der Stadt am See ankündigten. Inzwischen hatten sich im Wagen ihre Schweigsamkeit und ihre Gereiztheit erschöpft. Sie waren trocken geworden; und der Schlamm auf den Sitzen und dem Armaturenbrett trocknete ebenfalls schnell.

Bobby sagte: »Gibt's beim Colonel ein heißes Bad?«

»Hoffentlich.« Linda sprach sanft.

Es schien nur noch eine weitere Kurve auf der steinigen Straße zu sein. Aber dann waren Wald und Dunkelheit vorbei, und sie befanden sich im Freien und im Licht des Spätnachmittags. Der See lag vor ihnen, breit wie der Horizont, das Wasser ging in den Himmel über. Dann waren sie wieder auf

Asphalt, auf einer kurzen Straße, die direkt vom Hügel hinunter bis an den See zu führen schien, die dann aber zur Stadt abbog und fast unmittelbar zu einem zweispurigen Boulevard wurde, mit Laternenpfählen in der Mitte und hohen Palmen, ein Import, der nicht an die natürliche Vegetation der Tropen erinnerte, sondern an die gehegte und gepflegte Bepflanzung eines Kurorts in kälteren Breiten.

Der Boulevard war holprig. Ein Laternenpfahl war umgestürzt. Ein Park trennte den Boulevard von dem See: unbeleuchtete Cafés am Ufer, eine kleine, leere Mole. Auf der anderen Seite des Boulevards standen Villen in riesigen Gärten, sehr farbenfroh und aufsehenerregend nach dem Wald. Rote Bougainvilleen rankten sich um einen abgestorbenen Baum. Eine alte Tankstelle stand dort mit einer Zapfsäule; das kleine Schaufenster eines Andenkenladens war vollgestopft mit Elfenbein- und Lederwaren, auf einer Plakatwand vor einem niedrigen, schmucklosen Gebäude zeigten weiße handgeschriebene Plakate die Namen von Filmen und Darstellern an.

Und dann enthüllte die Stadt, die intakt ausgesehen hatte, schnell das Ausmaß ihres Verfalls. Die Auffahrten zu den Villen waren überwuchert, aus den offenen Toren quollen Sand- und Erdmassen hervor. Der Park war überwuchert. Die Lampen und imitierten Kutschenlaternen an den Mauern waren zerschlagen und leer. Alles Metall starrte vor Rost. Der Boulevard war nicht nur holperig, er war voller Risse, die Rinnsteine aus Beton waren mit Sand, Unrat und Unkraut verstopft, die Gehsteige waren überwuchert. Die Dächer einiger Villen waren eingestürzt. Ein Verandadach aus Wellblech hing wie der ausgebreitete Flügel eines Vogels herab.

Boulevard und Park waren flach in ein Gelände hineingebaut, das von Natur aus uneben war. Fast am Ende des Boulevards stand eine lange, verschimmelte Betonmauer, die sich durch den Druck der Erdmassen von der anderen Seiten vornüber neigte. Über der Einfahrt hing ein senkrechtes Schild in Form eines Pfeils mit gebogener Spitze, darauf stand HOTEL. Dort bogen sie ein und fuhren den betonierten Weg hinauf, der zu einem kiesbestreuten Hof führte, wo neben einem schmalen, alten Garten, der parallel zur Mauer verlief, ein großes, zweistöckiges Holzgebäude mit vorgebauter Veranda noch ganz intakt aussah. Als sie hielten, vernahmen sie das Rauschen von Wasser. Das kam vom See. Aus dem Gebäude selbst, aus einem kleinen Zimmer, in dessen Nähe sie gehalten hatten, hörten sie eine englische Stimme schreien.

»Das ist der Colonel«, sagte Linda. »Er ist in Hochform.«

6

Das Geschrei hielt an, während Bobby und Linda ihre Koffer aus dem Wagen holten und Bobby die Alarmsirene einstellte, die sofort zu piepsen begann und dann beinah schmetterte, als Bobby den Wagen abschloß. Das Geschrei dauerte an, aber der Afrikaner, der mit dem Filzhut in der Hand die Stufen aus dem Büro herunterkam, lächelte, und als er Bobby und Linda erblickte, wurde sein Lächeln breiter. Als er seinen Hut aufsetzte, wurde er gesichtslos, sein Lächeln verschwand. Seine ausgebeulte, schmutzige Kleidung in europäischem Stil wirkte feucht, auf dem ganzen Weg zum Hof hinaus schlurfte er mit seinen abgetragenen Soldatenstiefeln über den nassen Kies.

Bobby, der mit Linda in das Büro hinaufging, setzte eine verschlossene Miene auf. Der Colonel hatte den Wagen gehört, er wartete bereits in dem dunklen Büro, in einem Durcheinander von Gästebüchern und Schreibblöcken, Taschenbüchern und Kalendern. Verschlossene Miene traf auf verschlossene Miene. Der Colonel war kleiner, als Bobby erwartet hatte. Er trug ein kurzärmeliges Hemd und preßte seine ausgestreckten Hände gegen die Kante des Empfangspults. Seine Armmuskeln waren geschwunden, aber er war noch immer von sehr kräftiger Statur. Linda beachtete er nicht, seine dunklen, feuchten Augen, erfüllt von der Anstrengung seines Geschreis und einer Wut, die ihn fast in Tränen hatte ausbrechen lassen, starrten auf Bobby.

Der Colonel wollte nicht als erster sprechen. Linda, die er nicht erkannt hatte, schwieg ebenfalls.

»Wir hätten gern zwei Zimmer für die Nacht«, sagte Bobby.

Der Blick des Colonels senkte sich von Bobbys Gesicht auf Bobbys Hemd.

Über einem alten Geldschrank hing an den Fächern an der hinteren Wand ein belgischer Kalender. Ein Foto des Präsidenten gab es nicht, nur ein gerahmtes Aquarell des Sees und des Hotels, datiert 1949 und vom Künstler mit der Widmung »für Jim« versehen.

Ohne ein Wort zu sagen, schlug der Colonel ein Gästebuch auf und drehte es Bobby zu. Ebenfalls wortlos, mit ebenso verschlossener Miene, trug Bobby sich ein. Und erst während er schrieb, wurde ihm allmählich klar, daß der Colonel ein alter Mann war. Die Hände des Colonels waren fleckig, die Haut faltig; sie zitterten, als er sie gegen das Pult preßte. Darüber hinaus bemerkte Bobby, daß der Colonel roch. Er sah, daß das Achselhemd des Colonels braun vor Dreck war, in den fettigen Hautfalten am Hals des Colonels sah er Dreck.

Bobby schob Linda das Gästebuch hin. Der Colonel trat vom Pult zurück, wandte den Kopf und schrie nach dem Boy.

Seine Hände hörten danach auf zu zittern, und als er sich wieder zu Bobby umdrehte, hatte sein Gesicht sich aufgehellt, in seinen Augen lag sogar ein gewisser Spott.

Er sagte. »Ich nehme an, daß Sie auch essen wollen?«

»Vielleicht kommt noch eine dritte Person dazu«, sagte Linda. »Wahrscheinlich steckt er in den Erdhaufen auf der Straße fest.«

Das war für Bobby neu. Und jetzt galten die verschlossene Miene und die Wortkargheit, mit der er dem Colonel begegnet war, auch Linda.

Sie sprachen kein Wort, als sie dem Boy in das Hauptgebäude und die Treppe hinauf folgten. Der Boy war jung, seine schwarze Hose und der rote Kittel wirkten an ihm lediglich wie eine Art afrikanische Kleidung; bei jedem Schritt schlappten seine nackten Fersen aus seinen schwarzen Schuhen heraus. Im Treppenhaus war die Farbe abgeblättert, auf dem Treppenabsatz lag ein Haufen alter, ungestrichener Bretter, vielleicht von einem ausrangierten Regal; in dem dunklen Korridor oben, wo der Jutebelag nach Schimmel und Feuchtigkeit roch, stand hochkant ein Bett. Noch immer wortlos begaben sich Linda und Bobby in ihre gegenüberliegenden Zimmer. Linda hatte Glück; sie hatte das Zimmer, das auf den Boulevard und den See hinausging.

Bobbys Zimmer war stickig und fast ganz dunkel. Die regenbespritzten Fenster blickten auf den Wasserturm des Hotels, auf Bäume und Büsche, auf die Dächer der Häuser in der anliegenden Straße und auf das niedrige, geweißte Dienstbotenquartier unten im Hof. Bobby hörte die schrillen Dialoge in der Sprache der Waldbewohner, das Klappern der Pfannen, die Ausrufe, die wie Schreie klangen. Kein Laut drang aus der übrigen Stadt herüber, über der ein schwacher blauer Dunst hing, wie von vereinzelten Feuerstellen.

Das Bett war vor längerer Zeit gemacht worden; die Überdecke in einem kleingeblümten Muster hatte sich in jede Falte und Buchtung des Bettzeugs eingedrückt. Die Deckenbeleuchtung war trübe, an der Holzdecke schimmerten Maserung und Astlöcher wie Brandmale durch den weißen Anstrich hindurch. Im Badezimmer waren die Armaturen alt und klobig, das Waschbecken war von haarfeinen Rissen durchzogen und fleckig von den tropfenden Hähnen. Die Messingfassung des Abflusses war schwarz. Und als Bobby das Wasser aufdrehte, zischte es rotbraun vor Schlamm heraus: Wasser aus dem See nach dem Regen. Es wurde zwar nicht heller, bald aber heiß. Bobby wusch sich.

Unten stellte jemand ein Radio an. Eine afrikanische Stimme summte und hallte durch den hohlen Holzbau, im Kampf mit den Abendnachrichten aus der Hauptstadt oder dem Kommentar, der auf die Nachrichten folgte: eine Stimme, die gleichmäßig Wort für Wort und manchmal Silbe für Silbe las, sich oft verheddernd und dann ungeduldig verkürzend: »*Feudal . . . Ter'rirists . . . Se'ssionist . . . Ab'ham Lincoln . . . Sich' heitskräfte . . . Pa'siten . . .*« Die Worte stiegen wie ein zorniges Stottern zu Bobby hinauf. Um gegen den Lärm des Radios anzukommen, klapperten die Hotelboys noch lauter mit den Töpfen, lachten noch schriller und schrien durchdringender und langanhaltender in ihrer Waldbewohnersprache.

Das braune Wasser floß gurgelnd ab durch die schwarze Messingfassung des dunklen Lochs, vorbei an den Schleimfäden darin, die Farnen auf dem Grund eines Baches glichen, ein Fäulnisgeruch stieg daraus auf. Das weiße Handtuch war fadenscheinig und dünn und roch nach Schimmel. Plötzlich, während er sein Gesicht abtrocknete und das Handtuch gegen die Augen drückte, fühlte sich Bobby erschöpft, benommen von der langen Fahrt; in diesem Urlaubsort, den er kaum kannte, am Rand dieses Sees, in diesem Hotelzimmer, zu dieser Tageszeit, verwandelte sich seine Erschöpfung in Melancholie.

Es war keine unangenehme Melancholie. Jetzt, wo er allein war, wollte er allein sein, er genoß den Wunsch nach Alleinsein. Es war ein langer Tag gewesen, er hatte zuviel geredet und vieles falsch eingeschätzt. Er wollte abwesend sein, vermißt werden. Er fing wieder einmal an zu schmollen; auf diese Weise bestrafte und ermunterte er sich selbst.

Die Hose wechselte er nicht. Er zog das graue Hemd an, das er beim Buffet tags zuvor in der Hauptstadt getragen hatte, und ging nach unten. In der Bar, wo das Radio spielte und der Kommentator noch immer wütend in seine heftigen Worte verheddert war, brannte kein Licht. Über der langen Betonwand, auf dieser Seite nicht höher als eine Brüstung, hoben sich die breiten gefiederten Palmenwedel auf dem Boulevard schwarz gegen den See und die reglosen Wolken ab. Im Park wurde die Mauer, gegen die der See klatschte und schlug, von Buschwerk verborgen. In der Luft hing schwacher Rauch. Das Tageslicht war fast verschwunden.

Bobby stand in der Hoteleinfahrt: Er wollte nicht auf den Boulevard hinaus. Er ging in dem Hof herum. Er erspähte Kochstellen im Quartier der Boys; Frauen und Kinder sahen auf, er hatte nicht mit so einer großen Anzahl gerechnet. Er entfernte sich und stellte sich wieder in die Einfahrt. Er fühlte sich beobachtet. Er drehte sich um und bemerkte den Colonel, der in einem Eingang der unbeleuchteten Bar lehnte und ihn ansah. Bobby ging auf den Boulevard hinaus.

Er ging an der Betonmauer des Hotels vorbei; vorbei an einem leerstehenden Haus, grün vor Feuchtigkeit unter einem großen Baum, auf der Veranda verstreut lagen Erdklumpen, Bruchstücke von Ziegel und Mörtel, Unkraut befestigte den Sand und die Erde, die von der Auffahrt hereingeweht waren, und dann bog er in eine Seitenstraße ein. Die Seitenstraße war kurz; die Stadt war nur drei Wohnblocks breit. Auf der Veranda einer Villa hockten einige Afrikaner um eine Kochstelle. Einer von ihnen, in einem zerlumpten Waffenrock, erhob sich, als Bobby vorbeiging. Bobby sah weg. Aber der Mann war nur aufgestanden, um etwas aus seiner Tasche in den Topf zu werfen.

Die Stadt war bewohnt. Viele der Häuser, die verlassen aussahen, waren besetzt von Afrikanern, die aus den Wäldern gekommen waren und die sperrigen, eckigen Gegenstände, die sie vorfanden – Wände, Türen, Fensterrahmen, Möbel –, dazu benutzt hatten, um den Unterstand einer runden Waldhütte nachzubilden. In den Salons hatten sie Unterstände gebaut, sie hatten die Dächer der halbhohen Verandamauern höher gesetzt. Feuer brannten auf Wellblechstücken; Ziegel dienten als Herdsteine. Viele der Männer trugen zerfetzte Armeeuniformen, noch naß vom Regen, mit vollgestopften, ausgebeulten Taschen. Ein Fahrrad lehnte in einem türlosen Eingang, wie innerhalb des Palisadenzauns einer Hütte.

Auf den Gehsteigen wuchs Gras um Müll herum, um Dinge, die nicht mehr zu gebrauchen und hinausgeworfen worden waren: zerbrochene Glasscheiben von Bilderrahmen, Überreste von Polstersesseln, Matratzen, die wegen der Sprungfedern ausgeschlachtet wurden, Bücher und Zeitschriften mit verknitterten und verklebten Seiten, die einen kompakten Block bildeten. Einmal sah Bobby eine zerdrückte Zigarettenschachtel, schwarz auf verblaßtem Rot: *Belga*. Es erinnerte an Ferien in Europa: als hätten Belgien und Europa früher einmal auf der anderen Seite des Wassers gelegen und als wäre der See nur eine Version des Ärmelkanals gewesen. Dieser Urlaubsort war nicht für Touristen in Afrika gebaut worden, er war von Menschen geschaffen worden, die glaubten, für immer nach Afrika gekommen zu sein, die im Urlaubsort nach vertrauten Dingen aus der Heimat suchten: einen Park, eine Mole, eine Seepromenade. Jetzt, nach den Unruhen jenseits des Sees, nach der Unabhängigkeit und der Enteignungswelle, nach der Meuterei des Militärs, nach dem Auszug der Weißen in den Süden und der Ausweisung der Asiaten, nach all den Todesopfern, hatte der Ort keine Funktion mehr.

Aus der Ferne tönte jetzt schwach ein rhythmischer Klang wie von einem Tanz herüber, aber so schwach, daß sich Bobby, selbst als er stillstand, nicht ganz sicher war. Er ging weiter. Am Ende einer Seitenstraße, die dort auf den Busch stieß, entdeckte er eine Reihe ehemaliger Läden. Er hörte Motorengeräusch, und kurz darauf kam scheppernd ein kleiner Wagen die aufgerissene Straße herauf. Es war ein Chevrolet mit einer Inderin am Steuer. Sie hielt vor einem der Läden. Sie sah Bobby kaum an und lief mit klappernden hohen Absätzen schnell über die Straße und den Beton in den Laden hinein. Der Laden war dunkel, wurde aber noch betrieben und war geöffnet. In den Regalen leuchteten Konservendosen, hinter dem Ladentisch stand ein Mann in mittleren Jahren.

Der rhythmische Klang hielt an, er wurde deutlicher, jetzt waren darüber hinaus die Rufe eines Mannes zu hören. Bobby drehte sich zum See um, matt silbern hinter der Schwärze von Busch, Bäumen und Hecken, die sich zu Bäumen auszuwachsen begannen. Aber er ging in Richtung des rhythmischen Klanges, und der Klang selbst kam näher. Als er zum Boulevard gelangte, sah er eine Kompanie Soldaten im Laufschritt aus einem Tunnel von Bäumen auf den Boulevard kommen. In der Dunkelheit und im Kontrast zur glänzenden schwarzen Haut leuchteten die weißen Trikots der Soldaten wie viele weiße Schutzschilder; ihre weißen Leinenschuhe wirkten wie ein davon losgelöstes Geflatter von Taubenflügeln. Der schnurrbärtige Mann, der ihnen Kommandos zurief und mit ihnen lief, trug den Drillichanzug der israelischen Armee.

Die Soldaten kamen in Dreierreihen heran, in Khakihosen, weißen Schuhen, weißen Trikots, gesichtslos. Sie waren in einen bequemen, rhythmischen Trott verfallen. Der Israeli, der das Marschtempo vorgab, lief zu der Spitze der Kolonne. Dann drehte er sich um, und während er weiterhin das Kommando gab und auf der Stelle marschierte, musterte er die vorbeitrottende Kompanie. Aber der Israeli tat das auf seine Weise, die Afrikaner taten auf ihre Weise. Der Israeli gebrauchte seinen Körper, machte Leibesübungen und demonstrierte Drill. Die Afrikaner waren mit halb geschlossenen Augen in einen tranceartigen Tanz aus den Wäldern verfallen. Ihre Knie hoben sich kaum; ihre entrückten Gesichter drückten ernsthaftes Vergnügen aus; blinzelnd marschierten sie an dem Israeli vorbei, vertrieben durch ihr Blinzeln den Schweiß, der ihnen von den rasierten Köpfen in die Augen lief. Als alle vorbei waren, drehte sich der Israeli rasch um und hastete dann, immer noch das Kommando gebend, wie ein Hirtenhund auf die andere Seite der Kolonnenspitze und gab den Afrikanern vergeblich das Kommando. Die Afrikaner waren durch Armeeverpflegung fett und rundarmig geworden; der israelische Ausbilder war klein, schlank und durchtrainiert.

Ausbilder und Soldaten setzten die Übung auf der einen Fahrspur des Boulevards fort; und Bobby folgte ihnen auf der anderen Spur in Richtung des Hotels. Die auf und ab hüpfenden weißen Trikots verschwammen in der Dämmerung zu einer Fläche; die weißen Schuhe flatterten, dann verschwanden sie hinter der dunklen Bepflanzung auf dem Mittelstreifen des Boulevards. Langsam verklangen die Marschschritte.

Aber sie waren noch immer deutlich zu hören, und über allem die Kommandos des Ausbilders.

Und dann wurden die Marschschritte und die Kommandorufe wieder lauter. Die Soldaten hatten gewendet und kamen auf der anderen Fahrspur des Boulevards zurück. Eine Unterbrechung der Dämmerung. Weiß, das aus der Schwärze kam: Bobby blieb stehen, um zuzuschauen. Aber als die Soldaten näher kamen und rasierte Köpfe über auf und ab hüpfenden weißen Trikots auftauchten, wurde es Bobby unbehaglich. Er durfte nicht hinstarren; er könnte auffallen. Also ging er, stur geradeaus blickend, dem Rhythmus des Tanzes widerstehend, an den schwitzenden, blinzelnden Soldaten und ihrem Ausbilder vorüber, der ganz dicht an ihm vorbeihastete und »Eins, zwei« brüllte.

Es war jetzt Nacht geworden. Auf einigen Veranden brannten kleine Lagerfeuer. Ein paar Straßenlampen gingen an, blau und irisierend. In einer Villa leuchtete ein schwaches Licht. Auf der anderen Seite des Boulevards hatte der verwilderte Park die Farbe des Sees angenommen, eine Schwärze ohne Tiefe. Bobby kam wieder zu dem Haus mit dem großen Baum, dessen massiger Umfang durch den blassen Schimmer aus dem Hotelhof angedeutet wurde. Unter der Betonmauer war es sehr dunkel. Von der Einfahrt her strahlte Licht in Form eines Fächers, der kiesbestreute Hof war mit Schatten durchsetzt. In der Bar war es hell. Auf der Veranda zeichnete sich Lindas Silhouette ab.

»Bobby?«

Er war vermißt worden: Ihre Stimme klang einsam, als hätte sie auf ihn gewartet. Sie hatte sich umgezogen und trug eine weiße oder cremefarbene Hose.

Sie sagte im Flüsterton: »Mir ist nach einem Portwein mit Zitrone.«

Aber die Bar war still und verlassen, und der Witz, der sich auf den Colonel und Doris Marshall bezog, wirkte nicht.

Sie saßen schweigend bei einem Sherry und studierten die Fotografien und Aquarelle an der getäfelten Wand und die staubige Jonny-Walker-Figur auf ihrem Tisch. Der Colonel, jetzt mit silbergeränderter Brille, saß unter einer der Deckenlampen und las in einem Taschenbuch, er trank Gin. Der Boy in dem roten Kittel hockte hinter der Theke und starrte auf die Theke.

Auf dem Kies, auf den Betonstufen, auf der Veranda waren Schritte zu hören, und ein großer, magerer Afrikaner stand im Eingang zur Bar. Unter einem zerfetzten Soldatenregenmantel trug er einen schwarzen Anzug, ein schmutziges weißes Hemd und eine schwarze Fliege; seine Kampfstiefel waren schlammverkrustet. Er blieb im Eingang stehen, bis der Colonel ihn ansah. Dann verbeugte er sich und sagte: »Guten Abend, Colonel, Sir.«

Der Colonel nickte und vertiefte sich wieder in sein Buch. Auf Zehenspitzen ging der Afrikaner in seinen Stiefeln, eilig und ohne irgend etwas anzusehen, an die Bar. Der Boy schenkte ihm einen Whisky Soda ein. Der Afrikaner umfaßte das Glas mit langen, dünnen Fingern. Als er das Glas hob, betrachtete er Bobby und Linda aus den Augenwinkeln.

Der Colonel las weiter. Die Stille in dem Raum war wie die Stille draußen.

Ein Motor brummte in der Ferne, und dann war er auf dem Boulevard. Der Wagen kam näher, seine Scheinwerfer beleuchteten den Boulevard; er war vor dem Haus; er bog in den Hof ein. Zwei Türen schlugen. Linda, Bobby und der Barboy blickten auf die Veranda. Es waren zwei Israelis, klein, schlank, in Zivilkleidung. Sie erwiderten den Gruß des Colonels, nahmen aber Linda und Bobby nicht zur Kenntnis. Als der Barboy an ihren Tisch kam, bestellten sie, ohne zu dem Boy aufzusehen, und dann sprachen sie leise, fast im Flüsterton, in ihrer eigenen Sprache, wie Menschen, die den Befehl hatten, sich weder zu verbrüdern noch Kommentare abzugeben oder sich umzusehen.

Mit einer Hand in der Tasche trank der Afrikaner jetzt sein Glas aus. Mit Daumen und Zeigefinger legte er sorgfältig eine Münze auf das Ende der Theke. Er blieb neben dem Tisch des Colonels stehen, wiederum bis der Colonel aufblickte, verbeugte sich und sagte: »Gute Nacht, Colonel. Vielen Dank, Sir.«

Der Colonel verneigte sich.

Als der Afrikaner gegangen war, sah der Colonel Bobby und Linda über seine Brille hinweg an und sagte mit einem kaum merklichen Lächeln: »Nun, wenigstens ein paar ziehen sich noch richtig an.«

Linda lächelte.

Bobby setzte wieder eine verschlossene Miene auf und stellte mit Befriedigung fest, daß der Colonel sein angedeutetes Lächeln aufgab.

»Sie brauchen mir nicht zu erzählen, wie es in Ihren Zimmern aussieht«, sagte der Colonel. »Ich bin seit drei oder vier Monaten nicht mehr die Treppen raufgestiegen.« Er legte seine Hand an die Hüfte. »Peter kümmert sich jetzt darum. Chefboy. Sie sollten sich einmal sein Quartier ansehen. Hab früher jeden Monat die Quartiere der Angestellten inspiziert. Hab das aber vor Jahren aufgeben. Konnte es nicht aushalten. Wozu auch, wozu?« Das Taschenbuch in beiden Händen haltend, bog er den Buchrücken auseinander und begann von neuem zu lesen.

Ein großer, livrierter Boy kam aus dem angrenzenden Zimmer herein und sagte zu dem Colonel: »Das Essen ist fertig, Sir.«

Die beiden Israelis standen sofort auf und gingen mit ihren Getränken hinein.

Linda sagte: »Ich gehe noch einen Augenblick nach oben.«

Bobby wartete nicht in der Bar. Er ging in den Speisesaal. Es war ein großer, offener Raum mit zwei viereckigen Säulen in der Mitte und breiten, drahtvergitterten Fenstern in der Wand, die auf den See hinausgingen. An den getäfelten Seitenwänden hingen weitere Aquarelle. Es gab etwa zwölf Tische, und alle waren gedeckt. Ein halbes Dutzend Soßenflaschen, ein silberner Gewürzständer und ein Haufen von Büchern und Zeitschriften kennzeichneten den Tisch des Colonels. Der Tisch, zu dem der Boy Bobby führte, war für drei gedeckt.

Der Boy war groß, bewegte sich flink und verbreitete kleine Wirbel von Gestank. Kragen und Manschetten seines roten Kittels waren schmierig schwarz; seine Wangen und sein Hals glänzten schmierig. Die Speisekarte, die er Bobby gab, war in einer energischen altmodischen schrägen Handschrift geschrieben: fünf Gänge.

Linda kam zurück.

»Das ging aber schnell«, sagte Bobby.

Sie nahm die Speisekarte zur Hand und studierte sie stirnrunzelnd. »Ich habe jemanden in Ihrem Zimmer gesehen.«

Sie runzelte weiterhin die Stirn, und Bobby begriff, daß sie ihm nicht nur etwas mitteilen wollte, sondern erwartete, daß er hinaufging und nachschaute. Diese weibliche, versteckte Form der Aufforderung ärgerte ihn. Aber sobald er den Speisesaal verlassen hatte, war sein Ärger verschwunden.

Im Treppenhaus brannte eine trübe Lampe. Im Korridor oben brannte überhaupt kein Licht. Als er in seinem Zimmer Licht machte, spiegelte sich im Fenster ein dunkler Widerschein. Das Bett war nicht aufgeschlagen worden, sein offener

Koffer stand da, wie er ihn verlassen hatte; das gelbe Eingeborenenhemd hing über einem Stuhl. Nichts war durcheinander; nichts war verändert worden. Nur die Gerüche wirkten stärker.

Er ging über den Korridor zu Lindas Zimmer: ein kleineres Zimmer, aber heller und luftiger. Der Colonel hatte Linda begünstigt. Auf dem Sessel sah er den Büstenhalter von heute, das Hemd, die schlammbespritzte blaue Hose mit den altvertrauten Falten, die noch immer, durch das verknitterte Bündchen und die schmalen Hüften, die Gestalt der Trägerin andeuteten. Ein heller, silberner Gegenstand glitzerte auf dem kahlen Nachttisch: ein Stück Folie, ein Tütchen, das von plumpen Fingern aufgerissen worden war. Es war kein Shampoo. Es war ein Intimdeodorant mit einem abscheulichen Namen.

So eine Schlampe, dachte Bobby, so eine Schlampe.

Als er wieder durch den Speisesaal ging, lächelte er zum Fußboden hinunter. Aber als er sich an den Tisch setzte, lächelte er nicht mehr, und seine Miene war verschlossen. Er bemerkte, daß das dritte Gedeck entfernt worden war. Und wiederum dauerte es eine Weile, bis er begriff, was Lindas Starren bedeutete, das er ignorierte. Eigentlich hatte er nichts sagen wollen; jetzt hörte er sich mit Verschwörerstimme, die Lindas Stimme entsprach, sagen: »Ich habe niemanden gesehen.«

Linda war alles andere als befriedigt. Ihre Stirn zuckte; sie stieß einen ungeduldigen Seufzer aus und wandte sich ab.

Bobby haßte alles.

Bald darauf kam der Colonel herein, mit steifen, zögernden Schritten. Ein Finger steckte in seinem Buch. Sein Gesicht war gerötet; der Gin tat seine Wirkung. Er ließ seinen Blick zufrieden über den Saal schweifen, als sei er voller Gäste. Er blickte wohlwollend auf Linda. »Haben Sie das hier gelesen?« Er hielt das Buch in die Höhe: Es war von Naomi Jacob. Linda konnte den Titel nicht lesen. »Es gibt einen sehr guten Einblick in die Mentalität der Hunnen. Du brauchst mir die Speisekarte nicht zu zeigen«, sagte er zu dem Boy. »Ich habe sie selbst geschrieben. Ich nehme die Suppe. Die kamen früher hierher. Reisegesellschaften aus Frankfurt. Mußte sie aufgeben.«

Sie meinen, die haben sie aufgegeben, dachte Bobby.

»Sie fraßen einem jeden Gewinn auf«, sagte der Colonel, »fraßen ihn buchstäblich auf. Wir haben ihnen meist ein Buffet gerichtet. Schreckliche Idee. Man darf dem Hunnen nie ein Buffet anbieten. Er ist nicht glücklich, bis er nicht den letzten Rest aufgegessen hat. Er glaubt, der frische Schinken auf dem Buffet sei allein für ihn da. Es gab einen Massenansturm. Ich sah, wie zwei Frauen miteinander rauften. Nein, nein, sobald man den Hunnen kommen sieht, muß man das Buffet abräumen. Muß die Horde am Eingang abfangen und sagen: ›Heute gibt es nur zugeteilte Portionen, meine Herren.‹«

»Sie sind unheimlich gute Esser«, sagte Linda.

»Genau wie die Belgier. Na, das ist vielleicht eine Bande. Früher kamen viele von der anderen Seite rüber. Das einzige, was für den Belgier spricht, ist, daß er etwas von Burgunder versteht. Allerdings ist heute hier nicht viel davon übriggeblieben. Natürlich ist vieles von dem da . . .« – er wies mit der Hand auf die drahtvergitterten Fenster, die Dunkelheit und den See – »ihr Werk. Sie dachten, sie könnten einfach aus dem kleinen Belgien herkommen und sofort mit dem süßen Leben anfangen. Nicht arbeiten. Nichts dergleichen. Nur das süße Leben. Da war diese Frau, die mir kurz bevor die Unruhen ausbrachen, sagte: ›Aber es ist unser Grundbesitz. Der König hat ihn uns geschenkt.‹ Sie sollten sich mal anschauen, was sie da drüben aufgestellt haben. Herrenhäuser, Paläste, Swimmingpools. Das hätten Sie sehen sollen. Es gibt zwei Stämme bei ihnen –«

»Die Flamen und die Wallonen«, sagte Linda.

»Sie klingen wie das Gegenteil von dem, was sie sind. Die Wallonen sollten die Dicken sein, aber sie sind ziemlich dünn und kultiviert. Die Flamen müßten dünn sein, aber sie sind dick. Haben Sie je eine Gesellschaft von Flamen bei der Fütterung gesehen? Sie bestellen das Essen für zehn Uhr abends und kommen um sieben Uhr hierher. Um *sieben.* Dann fangen sie an zu trinken. Um sich Appetit anzutrinken. Um acht haben sie dann Appetit und beginnen an allem, was es gibt, zu knabbern, und sie jagen die Boys hin und her, damit sie ihnen noch mehr Knabberzeug bringen. Man muß auf die Knabbereien aufpassen, wenn die Belgier in der Nähe sind. Und dann trinken sie und trinken und werden immer hungriger. Das Essen ist fertig, die Boys warten. Aber sie haben zehn Uhr gesagt, und vor zehn kommen sie nicht. Bis zehn Uhr regen sie nur ihren Appetit an. Sie streiten, brüllen, spielen Karten. Schreiende Kinder. Alle verlangen lautstark mehr Knabbereien. Eine einzige kleine Familiengesellschaft von Flamen macht in der Bar einen Höllenlärm. Um zehn Uhr gehen sie dann zu Tisch und essen anderthalb Stunden an einem Stück. Gemeinsam grunzend und schnaufend. Vater, Mutter, Kind. Jeder ein Fettkloß. Das war das Vorbild, das sie gegeben haben. Man kann den Afrikanern keinen Vorwurf machen. Die Afrikaner haben Augen im Kopf. Sie können sehen. Der Afrikaner ist darin sehr komisch. Man kann ihn wochenlang hart antreiben. Aber eines Tages zahlt er es einem heim.«

In der Küche krachte es, und dann folgte ein schrilles Geschnatter. Eine der Stimmen verstieg sich zu einem

Kreischen, das wie Lachen klang; und dann kreischten sämtliche Stimmen in der Küche gemeinsam.

Die Aufmerksamkeit des Colonels ließ nach, er blickte Linda nicht mehr direkt an. Die Israelis sprachen leise. Der große Boy kam, um Bobbys und Lindas Teller abzuräumen, und hinterließ etwas von seinem Gestank.

»Haben Sie den Burschen im Abendanzug gesehen?« fragte der Colonel.

Bobby runzelte die Stirn. Linda wollte lächeln, aber sie sah, daß der Colonel nicht lächelte.

»Er kommt seit etwa einem Monat her. Seitdem er diesen Anzug aufgetrieben hat. Ich habe keine Ahnung, wer er ist.«

Linda sagte: »Er war außerordentlich höflich.«

»O ja, äußerst höflich. Aber er kommt nur, um mich an meinen Platz zu verweisen. Ist das nicht so, Timothy?«

Der große Boy stand still und hob den Kopf. »Sir?«

»Er würde mich am liebsten töten, nicht wahr?«

Timothy blieb stehen, mit dem Tablett in der Hand, und versuchte eine ernste Miene aufzusetzen. Er sagte nichts. Er entspannte sich erst, als der Colonel sich wieder seinem Essen zuwandte.

»Eines Tages werden sie es einem heimzahlen«, sagte der Colonel.

Mit raschen, langen Schritten ging Timothy in die Küche. Dort mischte sich eine neue Stimme in das Kreischen; und dann schwieg die Stimme abrupt, das Geschrei wurde klagender, Timothy kam zurück, noch immer flink, noch immer ernst, und ging an den Tisch der Israelis.

»Ich weiß noch, wie wir Soldaten für Saloniki, Indien, und ähnliche Orte ausgebildet haben«, sagte der Colonel. »Manchmal mußten wir sie auf die Pferde schnallen. *Ah-wa-wa!* Man konnte sie von einem Ende des Trainingsplatzes zum anderen heulen hören. Manche von ihnen bekamen fingerdicke Hautausschläge. Aber wir haben Reiter aus ihnen gemacht. Wir haben sie nach Saloniki in Indien geschickt, oder wo immer das lag.« Er blickte Linda wieder direkt an. »Diese Namen klingen für Sie sicherlich fremd. Wahrscheinlich wird der Name dieses Orts bald ebenso fremd klingen.«

Das Geschrei in der Küche erstarb.

Der Colonel wandte sich wieder zerstreut seinem Essen zu.

Ein großer, schlanker Afrikaner, nicht schwarz, sondern dunkelbraun, kam aus der Küche in den Speisesaal. Er bewegte sich leichtfüßig, wie ein Athlet. Er nickte und lächelte den Israelis, Bobby und Linda zu und ging zum Tisch des Colonels. Die Beweglichkeit und Offenheit seines Gesichts ließen ihn weniger wie einen Afrikaner erscheinen, sondern mehr wie einen Westinder oder amerikanischen Mulatten. Er war einfach und sehr elegant angezogen. Seine gutgeschnittene Khakihose war sauber und gebügelt, der Kragen seines grauen Hemds war sauber und gestärkt. Sein cremefarbener Pullover verriet den Sportsmann, den Tennis- oder Kricketspieler. Sein Haar war gescheitelt, und seine braunen Schuhe glänzten.

Er stellte sich vor den Colonel und wartete darauf, bemerkt zu werden.

Dann sagte er: »Ich komme, um gute Nacht zu wünschen, Sir.« Seine Aussprache erinnerte an die Aussprache des Colonels.

»Ja, Peter. Du hast frei. Wir haben den Krach und dein Geschrei gehört. Wohin geht es diesmal?«

»Ich ins Kino gehen, Sir.« Das Pidgin-Englisch kam überraschend.

»Kennen Sie unser hiesiges Wanzenhaus?« fragte der Colonel Linda. »Wahrscheinlich wird es schließen, wenn die Armee abzieht. Falls sie jemals abzieht.«

Die Israelis hörten es nicht.

»Und was schaust du dir an, Peter?«

Die Frage verwirrte Peter. Er sah den Colonel weiterhin an. Noch schien er halbwegs zu lächeln, aber dann erstarrte sein Gesicht wie ein afrikanisches Gesicht.

Er erwiderte: »Ich weiß nicht genau, Sir.«

»Das ist typisch afrikanisch«, sagte der Colonel. Die Worte waren für Linda gedacht, waren aber nicht an sie gerichtet.

Peter wartete. Aber der Colonel war mit seinem Essen beschäftigt. Peter faßte sich wieder, das schwache Lächeln kehrte in sein Gesicht zurück.

Schließlich sagte er: »Ich kann gehen, Sir?«

Der Colonel nickte, ohne aufzusehen.

Peter entfernte sich mit beschwingten, athletischen Schritten. Seine Lederabsätze hallten auf dem Fußboden der Bar, der Veranda, wider. Sobald er die Betonstufen erreicht hatte, knallte der Colonel eine Soßenflasche auf den Tisch und brüllte: »*Peter!*«

Bobby fuhr in die Höhe. Timothys Gesicht war unbewegt, als sei er soeben geohrfeigt worden. Sogar die Israelis blickten auf. Im Speisesaal, in der Bar und in der Küche herrschte Stille.

Dann, so schnell, wie es ihm seine Lederabsätze erlaubten, kam Peter in den Speisesaal zurück und stellte sich vor dem Tisch des Colonels auf.

Der Colonel sagte: »Gib mir die Schlüssel vom Volkswagen, Peter.«

»Schlüssel sind im Büro, Sir.«

»Das ist eine dumme Antwort, Peter. Wenn sie im Büro wären, würde ich dich jetzt kaum danach fragen, nicht wahr?«

»Nein, Sir.«

»Also ist es eine dumme Antwort.«

»Dumme Antwort, Sir.«

»Also bist du dumm.«

Peter schwieg.

»Peter?«

»Sehr dumm, Sir.«

»Sag das nicht mit solchem Stolz, Peter. Wenn du dumm bist, bist du dumm und tust dumme Dinge. Kein Medizinmann wird dich davon kurieren.«

Peters Blick wanderte nicht mehr im Raum umher, er war auf den Colonel geheftet. Peters knochige Schultern waren hochgezogen, seine Haltung wirkte gebeugt.

»Oh, er sieht so elegant aus«, sagte der Colonel, als ob er wieder mit Linda spreche, aber er sah sie nicht an. »So gepflegt.« Er streckte die geöffnete Hand aus und bewegte sie auf und ab. »Aber wenn man an der Tür seiner Unterkunft vorbeigeht, wird einem fast übel.«

Die Augen in Peters schmalem Gesicht wurden starr und glänzend. Sein Mund war halb geöffnet.

»Gib mir die Schlüssel, Peter.«

»Schlüssel sind im Volkswagen, Sir.«

Bobby schob seinen Teller beiseite. Linda versetzte ihm unter dem Tisch einen Tritt. Er lehnte sich wieder zurück. Der Colonel bemerkte es. Sein Blick glitt von Peter zum Fußboden, in die Nähe von Bobbys Füßen, der Colonel wirkte zerstreut.

Er machte eine Bewegung mit dem Zeigefinger. »Wie breit ist das Hotelgelände, Peter?«

»Fünfzig Meter, Sir.«

»Und wie lang?«

»Siebzig Meter.«

»Und auf diesen dreitausendfünfhundert Quadratmetern bestimme *ich*. Was draußen passiert, interessiert mich nicht. Hier bestimme ich. Wenn dir das, was ich tue, nicht paßt, kannst du gehen. Und zwar sofort.«

Bobby preßte einen Finger auf das Tischtuch und las einen Krümel auf.

»Was hältst du von mir, Peter?«

»Ich mag Sie, Sir.«

»Er mag mich. Peter mag mich.«

»Sie haben mich aufgenommen, als ich klein war. Sie haben mir Arbeit gegeben. Sie haben mir Unterkunft gegeben. Sie haben sich um meine Kinder gekümmert.«

»Er hat vierzehn. Zur Zeit lebt er mit drei von diesen Tieren. So gepflegt. So nett. So höflich. Man kann kaum glauben, daß er nicht einmal weiß, wie man mit diesen Händen einen Federhalter hält. Man kann kaum glauben, aus welchem Dreck er kommt. Aber du magst Dreck, nicht wahr, Peter? Du gehst gern in irgendeine schwarze Höhle, um Dreck zu fressen und nackt zu tanzen. Um das zu tun, stiehlst du und lügst du, nicht wahr?«

»Mir gefällt mein Quartier.«

»Solange ich noch lebe, wirst du dort bleiben. Hier wirst du nicht einziehen, Peter. Darauf brauchst du nicht zu zählen. Wenn ich sterbe, wirst du verhungern, Peter. Du wirst in den Busch zurückgehen.«

»Das ist wahr, Sir.«

»Und du magst mich. Ich bin gut zu dir. Aber ich bin nicht gut zu dir gewesen. In diesem Raum haben Leute davon geredet, dich wie Ungeziefer zu zertreten. Erinnerst du dich?«

»Ich erinnere mich nicht.«

»Du bist ein Lügner.«

»Ich mag Sie, Sir.«

»Was ist mit dem Jungen, der in den Kühlschrank gesperrt wurde?«

»Das war irgendwo anders.«

»Also daran erinnerst du dich noch.«

»Ich rede nie über diese Dinge, Sir.«

»Die Prügel? Die hat's genug gegeben. Was ist mit dem Getreide, das du nicht anbauen durftest? Erinnerst du dich daran? Und du sagst, du magst mich?«

»Ich hasse Sie, Sir.«

»Natürlich haßt du mich, und ich weiß, daß du mich haßt. Vorige Woche hast du den Südafrikaner umgebracht. Alt, hilflos. Stimmt doch? Hat seit zwanzig Jahren hier gelebt. Hat eine deiner Frauen geheiratet.«

»Dieb hat ihn umgebracht, Sir.«

»Das sagt man doch immer, Peter. Aber wir wissen, wer ihn umgebracht hat. Es war jemand, der ihn gehaßt hat.«

»Nein, Sir.«

»Weißt du noch, als deine Frau krank war, Peter?«

»Das wissen Sie doch selbst, Sir.«

»Erzähl's mir noch mal.«

Tränen der Wut glitzerten in Peters entzündeten, starren Augen. Sein halboffener Mund wurde breiter, die obere Gesichtshälfte spannte sich.

»Das ist eine Geschichte, die du immer erzählst«, sagte der Colonel. »Man hört sie immer wieder gern.«

Timothy stand an eine der viereckigen Säulen in der Mitte des Raums gelehnt, mit erhobenem, leicht seitlich geneigtem Kopf, und schaute zu.

»Meine Frau war krank«, sagte Peter. Er hielt inne, seine Wut schnürte ihm die Kehle zu.

»Du hattest noch drei andere. Sprich weiter.«

»Sie hat die ganze Nacht im Quartier geweint.«

»Schwarz vor Dreck und Gestank.«

»Eines Nachts war sie sehr krank. Ich nehme Wagen und fahr sie zum Krankenhaus. Sie sagen nein. Krankenhaus nur für Eu'päer. Hütten für Eingeborene. Indischer Arzt nahm sie auf. Zu spät, Sir, sie starb.«

»Und am nächsten Tag hast du dir andere Frauen besorgt, hast sie in den Wald geschickt, um Holz zu schlagen. Und sie haben das Holz auf den Rücken geladen und sind abends zu dir zurückgekommen. Das ist eine gute Geschichte, besonders für Gäste.«

»Ich rede nie über diese Dinge, Sir.«

»Wen haßt du mehr? Den Inder oder mich?«

»Ich hasse den Inder.«

»Du bist undankbar. Wen haßt du mehr? Den Inder oder mich?«

»Sie werde ich immer hassen, Sir.«

»Vergiß es nicht. Dein Haß erhält mich am Leben. Eines Nachts wirst du an meine Tür klopfen, Peter . . .«

»Nein, Sir.«

»Du trägst dann einen Regenmantel oder eine Jacke. Du hast die Ellbogen fest an den Körper gedrückt . . .«

»Nein, Sir. Nein, Sir.« Peter machte die Augen auf und zu.

»Ich werde mich nicht wie der Südafrikaner verhalten, Peter. Wenn du ›Guten Abend, Sir‹ sagst, werde ich nicht ausrufen: ›Ach, es ist Peter, mein eigener Boy, komm herein, Peter. Trink eine Tasse Tee. Wie geht es dir, wie geht's deiner Familie?‹ Es wird keinen Tee geben. Bei mir nicht. Ich werde warten. Ich werde sagen: ›Es ist Peter. Peter haßt mich.‹ Und du wirst meine Schwelle nicht überschreiten. Ich werde dich umbringen. Ich werde dich erschießen.«

Peter öffnete die Augen und blickte auf den Kopf des Colonels herunter.

»Auf diese Weise schwöre ich meinen Eid«, sagte der Colonel. »Unter diesen Lampen, in aller Öffentlichkeit, vor Zeugen. Erzähl das deinen Freunden.«

244

Eine Zeitlang blieb Peter stehen und starrte auf den Kopf des Colonel herab. Sein Mund schloß sich, Peter preßte die Lippen zusammen; in seinen entzündeten Augen standen keine Tränen. Er steckte die Hand in die Tasche seiner Khakihose und zog einen Schlüsselring mit zwei Schlüsseln heraus. Er wollte sie auf den Tisch legen, aber der Colonel streckte die Hand aus, und Peter legte sie ihm auf die flache Hand. Jetzt hielt ihn nichts mehr zurück, und mit ebenso leichten, federnden, athletischen Schritten wie zuvor ging er durch den Speisesaal in die Küche.

Der Colonel sah keinen im Raum an. Er griff zu einem Glas Wasser, aber seine Hände zitterten, und er stellte das Glas wieder hin. Sein Gesicht wurde blaß.

Timothy verließ die Säule und wurde geschäftig.

Als der Colonel sich erholt hatte und die Farbe in sein Gesicht zurückgekehrt war, sah er Linda an und sagte: »Es ist ihr großer Abend. Sie haben sich die ganze Woche lang darauf vorbereitet. Mister Peter hatte vor, im hoteleigenen Volkswagen zu erscheinen. Viele von ihnen glauben, daß er das Hotel bereits übernommen hat. Oh, da draußen ist er ein ganz schöner Politiker, Mister Peter. Nun, das ist seine Sache. Nicht wahr, Timothy?« Er zitterte nicht mehr; er lächelte Timothy zu.

Timothy lächelte erleichtert zurück.

In der Küche wurde wieder geschnattert. Eine hohe Stimme begann zu kreischen, und Lachen ertönte.

»Hören Sie ihn?« sagte der Colonel zu Linda.

Eine Gabel zum Munde führend, nickte sie.

»Das ist Peter, obwohl Sie es kaum glauben würden. Wissen Sie, worüber sie reden? Es klingt, als hätten sie eine wahnsinnige Auseinandersetzung, aber sie sagen *nichts*. Sie sind wie die Vögel, was das Schnattern angeht. Sie sollten Timothy hören, wenn er in Fahrt gerät.«

Timothy, der dabei war, die Teller der Israelis abzuräumen, lächelte über das Kompliment, blieb aber korrekt. Er legte die Stirn in Falten und zog die Winkel seines geschlossenen Munds hoch.

Aus der Küche ertönte schallendes Gelächter.

»Das ist wieder Peter«, sagte der Colonel. »Sie können stundenlang so weitermachen. Es hat überhaupt nichts zu sagen. Wie fanden Sie das Essen?«

»Es war sehr gut«, erwiderte Linda.

»Hat mit mir gar nichts zu tun. Der Küchenjunge macht alles allein. Macht mir einfach seine Vorschläge, und ich schreibe die Speisekarte. Sie würden lachen, wenn Sie ihn sähen.« Der Colonel lächelte. »Frisch aus dem Busch. Hatte, ehe er herkam, noch nie auf einem Stuhl gesessen. Ich möchte wohl wissen, was aus ihm wird, wenn ich einmal weg bin. Aber wozu das alles?«

»Denken Sie daran wegzugehen?«

»Ich denke an nichts anderes. Aber es ist zu spät. Ich kann nicht darauf warten, daß die Amerikaner kommen und uns alle aufkaufen. Das wird passieren. Aber für mich wird es zu spät sein.«

Die Israelis verlangten wortlos, nur durch ein Zeichen, ihre Rechnung. Timothy nahm ihr Geld und gab ihnen heraus. Der Colonel hatte es sich zur Regel gemacht, dabei nicht zuzuschauen. Als die Israelis am Tisch des Colonels vorbeikamen, zögerten sie und verneigten sich kurz. Der Colonel sagte nichts. Er blickte auf, um ihren Gruß zu erwidern, und starrte dann ins Leere, als hätten die vorbeigehenden Israelis seinen Gedankengang unterbrochen. Er starrte so lange vor sich hin, bis die Israelis im mit Kies bestreuten Hof anfingen, lauter zu sprechen.

»Diese Leute wissen gar nicht, welches *Glück* sie haben«, sagte der Colonel.

Eine Autotür knallte, einmal, zweimal. Ein Motor wurde angelassen.

»Wären die Europäer fünfzig Jahre früher hergekommen, wären die Schwarzen wie Wild gejagt und ausgerottet worden. Zwanzig, dreißig Jahre später – nun, dann wären die Araber zuerst hergekommen, und sie wären alle aneinandergefesselt an die Küste getrieben und verkauft worden. Das ist Afrika. Den König wird man schon umbringen. Bis alles vorbei ist, wird man seinen Stamm dezimiert haben. Haben Sie ihn gekannt? Haben Sie die Nachrichten gehört?«

»Ich habe ihn nur mal gesehen«, sagte Linda.

»Kam einmal zum Mittagessen her. Sehr gepflegt. Wenn ich jünger wäre, würde ich ausziehen, um ihn zu retten. Aber auch das hätte wenig Sinn. Er ist nicht anders als die anderen. Wenn er nur die geringste Gelegenheit bekäme, würde er den Medizinmann jagen. Man sagt, daß es überall Gutes und Schlechtes gibt. Hier gibt es weder Gutes noch Schlechtes. Sie sind einfach Afrikaner. Sie können nicht anders. Das muß man sich immer wieder sagen. Man kann sie nicht hassen. Man kann ihnen nicht einmal böse sein. Wirklich böse.«

Das Essen war fast vorbei. Timothy räumte die Tische ab, die gedeckt und nicht benutzt worden waren.

»Zu spät«, sagte der Colonel, die Zeitschriften und Taschenbücher auf seinem Tisch ordnend. »Zu spät für den Südafrikaner. Er kam immer her, bis zu seinem letzten Schlaganfall. Das war sein großer Fehler. Ein echter alter Bure. Man fand die Teekanne halb voll, die beiden Tassen auf dem Fußboden, und überall Tee und Blut. Ein- oder zweimal hat er auch seine Frau mitgebracht. Die häßlichste Person, die Sie je gesehen haben. Wie ein verschrumpelter und sehr glücklicher alter Affe.« Er hielt inne. »In den letzten Jahren habe ich hier *Dinge* erlebt, über die Sie weinen würden.«

Überrascht von diesem falschen Ton, dem Ton eines Menschen, der sagt, was von ihm erwartet wird, blickte Bobby auf. Er sah, wie der Colonel ihn anschaute. Bobby, der an seinem Kaffee nippte, pustete den Dampf fort. Der Colonel schaute weg.

Das Kreischen und Schnattern in der Küche hatte aufgehört.

Für den Colonel war es wie ein Signal. Er stand auf. »Nicht solche Dinge, wie sie in den Zeitungen stehen. Nichts, was die Leute im Hochkommissariat hören wollen. Für die ist jetzt alles reizend und süß. Man darf den Medizinmann nicht beleidigen.« Er stand auf, streckte sich und ordnete abermals die Zeitschriften, stellte die Soßenflaschen um, nahm sein Buch und drückte es an die Brust. »In diesem Wahlkreis gibt es wenig Stimmen.«

Er sagte das wie das Schlußwort beim Abgang von der Bühne. Als er wegging, hielt er sich übertrieben aufrecht, konnte jedoch seine kranke Hüfte nicht verbergen. Er lief durch die Bar und dann durch die Veranda zu seinem Zimmer, mit langsamen Schritten, ein Schritt leicht, ein Schritt flach und schwer.

Timothy, der sich jetzt nahezu spielerisch locker bewegte, raffte die Tischdecken zusammen. Er vollführte ausladende und flinke Handbewegungen; und er machte große, lange Schritte, die immer mit einem kleinen Rutscher endeten, als wolle er seine Größe und seine Reichweite demonstrieren. Sein Geruch wirbelte durch den Raum.

Es war noch nicht ganz halb neun.

»Ich fange langsam an zu glauben, daß die Belgier nicht so unrecht haben«, sagte Linda. »Man soll nie vor zehn zu Abend essen.«

»Die Flamen«, sagte Bobby, »die Dicken.«

Timothy drehte zwei von drei Lampen aus.

»Sie sind die Expertin für Vergnügungen hier am Ort«, sagte Bobby.

»Warten Sie in der Bar auf mich«, erwiderte Linda. »Wir könnten vielleicht einen Spaziergang machen.«

Bobby mochte ihre vertrauensselige Art nicht. Es war so, als ob Enttäuschung und Dunkelheit die Ehefrau in ihr geweckt hätten und sie ihm die Rolle Martins zuweise. Aber auch er wollte nicht allein sein. Er ging in die Bar.

Timothy machte das letzte Licht im Speisesaal aus, danach hörte man ihn in der Küche mit jemandem kreischen. Der Barboy stand hinter der Bar, noch immer gebeugt, scheinbar noch immer auf die Theke starrend; wie sich jetzt herausstellte, las er ein Buch. Bald darauf kam Linda herunter, eine Wolljacke über der Schulter. Ein sonderbares Frösteln überlief sie, als ob es mehr als nur die Kälte sei, die sie frösteln ließ.

Auf dem Boulevard konnten sie die Stimmen aus der Küche oder vom Dienstbotenquartier nicht mehr hören. Sie hörten nur das Geräusch ihrer Schritte auf dem Sand und dem losen Kies der schadhaften Straße und ein gelegentliches Klatschen des unsichtbaren Sees gegen die Seemauer. Der Lichtschein aus dem Dienstbotenquartier hinter dem Hotel verlieh diesem eine besondere Tiefe; das Licht aus der Bar, das sich über eine Seite des Hofs ausbreitete und das schwach durch die offenen Fenster des unbeleuchteten Speisesaal auf der anderen Seite schimmerte, ließ die Umrisse der Hotelbetonmauer erkennen. Jenseits davon lag die Dunkelheit des großen Baums und des leeren Hauses.

Linda sagte: »Hier wäre ich nicht gern allein.«

Nicht weit von ihnen stand eine der Straßenlampen, die noch in Betrieb war. Eine flackernde, irisierende Lichtkugel, beschlagen nach dem Regen des Tages. Gegenstände begannen sich abzuzeichnen, Schatten wurden schärfer, und Licht fiel auf die stufenförmige Kontur einer verfallenen Ziegelmauer. Nasse Palmwedel glänzten, im Park glitzerte es.

»Merkwürdig«, flüsterte Linda, »wie man die Häuser vergessen und den Eindruck haben kann, daß der See bisher nicht einmal entdeckt worden ist.«

»Ich weiß nicht, was Sie mit ›entdecken‹ meinen«, sagte Bobby, ohne zu flüstern. »Hier haben die Menschen schon immer davon gewußt.«

»Das ist mir bekannt. Ich wünschte nur, sie hätten eine Möglichkeit gefunden, es uns anderen mitzuteilen.«

Sie kamen an das Haus mit dem schadhaften Wellblechdach, das wie ein ausgebreiteter Vogelflügel herabhing. Auf der Veranda hockten ein paar Leute um ein kleines Feuer.

»Als ich das letzte Mal hier war, waren sie noch nicht in Häuser auf dem Boulevard eingezogen.«

Während sie sprach, stolperte sie. Ein Kiesel rutschte weg. Auf der Veranda stand ein Afrikaner auf, die dünnen, nackten Beine und die zerlumpte Jacke hoben sich vor dem Feuer ab. Linda und Bobby blickten starr geradeaus.

Als sie an dem Haus vorbei waren, sagte Linda: »Er hat recht. Sie werden ihn umbringen.«

Sie kamen an der Tankstelle vorbei, an dem Andenkenladen, dem Kino, das noch immer leer und geschlossen war. Sie gelangten an das Ende des Boulevards und gingen die von Baumkronen überdachte Straße weiter, aus der vorhin die Soldaten im Laufschritt herausgekommen waren. Die Straße war nicht asphaltiert; sie traten auf nassen Sand, Kiesel und Laub. Es wurde zusehends dunkler. Die blassen Mauern der Villen, die weit zurück in düsteren, unkrautüberwucherten Gärten standen, waren kaum erkennbar, die Veranden wurden von der Dunkelheit verschluckt. Hier brannten keine Feuer. Die Bäume hingen tief über der Straße, das Gefühl der Weite war verschwunden.

Ein Hund bellte, leise und tief, und dann war er neben ihnen, groß und knurrend. Sie gingen weiter, der Hund trieb sie zornig an seinem Grundstück vorbei. Auf beiden Seiten der Straße vor ihnen bellten Hunde. Und bald schritten sie zwischen Hunden dahin, die sich an keine Grenzen mehr hielten. Ein schwaches elektrisches Licht, kein Lagerfeuer, brannte in einer der Villen. Auch aus dieser Villa stürmten, ohne zu bellen, Hunde heraus, preschten durch das Unterholz, dann über den niedrigen, verbogenen Holzzaun, trabten leichtfüßig durch den Sand der Straße und schleuderten dabei kleine Kieselsteine zur Seite. Auf der schwarzen Straße, die vor ihnen lag, waren immer mehr Hunde zu hören. Keine Stimme rief die Hunde.

»Es hat keinen Sinn«, sagte Linda.

Sie kehrten um. Aber während die Hunde sie vorher nur in die Straßenmitte getrieben hatten, liefen sie jetzt kreuz und quer, vor und hinter ihnen her. Ihre Pfoten tapsten auf dem Sand und machten ein fast metallenes Geräusch; sie knurrten tief, plötzlich, niemals laut. In der Ferne war unaufhörlich Bellen zu hören. Die Meute wurde größer.

»Du lieber Gott«, sagte Linda. »Die Hunde sind herrenlos. Sie sind verwildert.«

»*Reden* Sie nicht«, sagte Bobby. »Und um Gottes willen stolpern Sie nicht.«

Ihr Reden brachte die Hunde tatsächlich noch mehr auf. Jetzt nahmen sie die ganze Straße ein und rannten aufgeregt hin und her. Sie warteten auf ein Signal: auf den ersten Sprung des Mutigsten der Meute, eine plötzliche Bewegung von Bobby oder Linda, einen wegspringenden Kieselstein. Aber der Boulevard und das Licht kamen näher.

»Sie haben gesagt, der Hund Ihrer Mutter hätte an Ihrer Wade zwei waagerechte Narben hinterlassen.«

Bobby geriet in Wut. »Ich bringe sie um. Ich trage Schuhe mit Stahlkappen. Den ersten, der mich angreift, bringe ich um. Ich trete ihm den Schädel ein. Ich bringe ihn um.«

Seine Wut hielt an und wirkte wie Mut. Und es war, als ob die Hunde auf seine Wut reagierten. Allmählich blieben sie am Straßenrand, allmählich fielen sie zurück. Doch der Boulevard war nah; die Dunkelheit war in dem irisierenden Licht weniger tief; und der Boulevard war die Grenze, die die Hunde respektierten.

Bobby zitterte. Auf dem Boulevard kehrte sein Zeitgefühl langsam wieder.

Linda sagte: »Angeblich braucht man gegen Tetanus vierzehn Spritzen.«

»Die Hunde wurden hergebracht, um Afrikaner anzugreifen.«

»Gut, Bobby. Jetzt greifen sie jeden an.«

»Sie wurden dazu abgerichtet, Afrikaner anzugreifen.«

»Anscheinend wurden sie nicht sehr gut abgerichtet.«

»Das ist gar nicht komisch.«

»Was glauben Sie denn, wie mir zumute ist?«

Sie gingen wortlos zum Hotel zurück. Sie schauten nicht auf die Lagerfeuer, an denen sie vorbeikamen. In der Bar des Hotels brannte noch Licht; im Zimmer des Colonels, neben dem Büro, brannte keins. Auf der Veranda schien Linda darauf zu warten, daß Bobby etwas sagte. Er sagte nichts. Er setzte eine verschlossene Miene auf, wandte sich von ihr ab und ging allein in die Bar. Sie ging durch die Veranda zum Flur; er hörte sie die Treppe hinaufgehen. Es war kurz nach neun. Das Abenteuer hatte weniger als eine halbe Stunde gedauert.

Bobby saß auf einem Barhocker und trank Dubonnet. Die Angst wich von ihm, der Moment der Panik auf der dunklen Straße lag schon weit zurück. Seine Wut verwandelte sich in Erschöpfung und Melancholie über seine Einsamkeit, in dieser Bar, an diesem riesigen afrikanischen See. Geistesabwesend betrachtete er den staubigen Kopf des Barboys im roten Kittel und dachte: armer Junge, armer Afrikaner, armer afrikanischer Kopf; und in Bobbys Augen stiegen Tränen auf.

»Ich lese französisches Buch«, sagte der Barboy und zeigte ein ramponiertes Buch mit abgegriffenem Einband.

Bobby hörte ihn wohl, verstand ihn aber nicht. Er sah den Boy an, erinnerte sich an die Hunde und dachte: armer Junge.

»Ich lese Geometrie«, sagte der Barboy und zog ein zweites, ramponiertes Buch unter der Theke hervor.

Und Bobby begriff, daß der Barboy ein Gespräch anfangen wollte. Das taten manche junge Afrikaner. Sie versuchten mit Leuten, die sie für wohlwollende Gäste hielten, ein Gespräch anzufangen; dadurch hofften sie, nicht nur ihr Englisch zu üben, sondern sich auch Wissen und Manieren anzueignen. Es rührte Bobby, daß der Junge gerade auf ihn verfiel; es rührte ihn, daß nach allem, was vorgefallen war, der Junge soviel Vertrauen bewies; und es bekümmerte ihn, daß er sich durch den Colonel hatte beeinflussen lassen und den Jungen nicht einmal angesehen hatte, sondern nur als einen Afrikaner in Livree, einen Angestellten des Colonels und Teil des gräßlichen Hotels betrachtet hatte.

»Du liest Geometrie«, sagte Bobby. »Zeig mir, wo du liest.«

Der Barboy lächelte und wippte auf den Zehenspitzen auf und ab. Er drückte seine Ellbogen auf die Theke und blätterte gleichzeitig die ersten paar Seiten des Buches um, jede Seite mit der ganzen Handfläche umschlagend. Die Seiten, die er umblätterte, waren schwarz und schmierig, sie hatten Eselsohren.

»Ich lese hier«, sagte der Boy. Noch immer auf und ab wippend, legte er eine Handfläche über zwei Seiten und schob Bobby das Buch zu.

Bobby legte das Buch in die Mitte der Theke. »Du liest hier? Die drei Winkel eines Dreiecks ergeben zusammen hundertachtzig Grad?«

»Ich lese hier.« Der Boy lehnte sich seitwärts über die Theke. »Sie geben Unterricht.«

»Ich gebe dir Unterricht. Gib mir Papier.«

Der Boy zog einen Quittungsblock hervor.

»Paß auf, ich gebe dir Unterricht. Ich ziehe gerade Linie. Die gerade Linie ergibt hundertachtzig Grad. Hundert-achtzig. Paß auf. Ich zeichne Dreieck auf gerader Linie. So. Dieser Winkel hier und der andere Winkel hier und der Winkel dort oben machen alle zusammen hundertachtzig Grad. Verstehst du?«

»Hun'nert.«

»Du nicht verstehen. Paß auf, ich zeig's dir noch mal. Ich zeichne hier Kreis. Kreis macht dreihundertsechzig Grad.«

»Hun'nert.«

»Nein. Nicht hun'nert. Dreihundertsechzig. Dreihun'nertsechzig. Ich zeig dir hun'nert. Ich ziehe Strich durch Kreis. Hun'nert oben, hun'nert hier.«

»Ich lese Französisch.«

»Du liest sehr viel. Wozu liest du soviel?«

»Ich geh nächstes Jahr in Schule«, prahlte der Boy, er sah auf seine Nasenspitze, streckte die Unterlippe vor und zog das Geometriebuch mit den Fingerspitzen beider Hände an sich. »Ich mehr Schulbücher kaufen. Ich großen Job kriegen.«

Die Worte klangen nicht neu: Bobby erkannte, daß schon vorher jemand hiergewesen sein mußte. An ein Abenteuer dachte Bobby nicht, ein Abenteuer hatte sich Bobby für heute nicht mehr erhofft. Aber jetzt, traurig über den Jungen, der vielleicht schon zuvor einen Lehrer gehabt hatte, sah er ein Abenteuer voraus; und wie so oft bot sich ein Abenteuer an, wenn er es am wenigsten erwartete, so daß es gerecht wirkte, wie eine Belohnung. Während er mit dem Jungen sprach, hatte er ihn nicht genauer angesehen. Jetzt betrachtete er den Kopf des Jungen, wo Staub an Fett klebte; er sah den mageren, sehnigen Hals. Und der Junge, wissend, daß er taxiert wurde, sah ernst auf sein französisches Buch hinunter und bewegte die schwulstigen Lippen.

»Wie heißt du?« fragte Bobby, die Ohren des Jungen betrachtend.

»Carolus.« Der Junge sah nicht auf.

»Du hast einen hübschen Namen.«

»Sie mir Französischunterricht geben.«

Die französische Grammatik mit rotem Leineneinband, fleckig und klebrig, verblaßt und aufgebogen, war von einem irischen Priester verfaßt und in Irland gedruckt worden.

»Wie weit bist du gekommen? Bis hier? Partitiver Artikel?«

»Partitiver.«

»Im Englischen gibt es keinen partitiven Artikel. Man sagt nicht ›bring mir etwas Tinte‹.« Bobby hielt inne, Sprachunterricht barg unerwartete Schwierigkeiten. »Im Französischen man immer sagen: ›Bring mir *etwas* Tinte‹.«

»*Etwas* Tinte.«

»Richtig.«

Bobby blickte den Jungen an, und der Junge blickte auf sein Buch und bewegte langsam seine dicke Zunge zwischen den Lippen.«

»Wann schließt Bar?« fragte Bobby.

»Sie mir *Unterricht* geben«, sagte der Junge. »Sie kein Französischunterricht geben. Sie nicht Französisch können?«

»Ich kann Französisch. Komm, ich geb dir Unterricht. Auf englisch sagt man *ink*.«

»Ink.«

»Auf französisch sagt man *l'encre*.«

»Link.«

»Wann schließt Bar?«

»Jederzeit. Sie mir Unterricht geben.«

»Bring mir etwas Tinte. Bring *de l'encre. De l'encre.* Wie meinst du das, jederzeit?«

Der Junge begann sich zu zieren. Er senkte den Kopf tief über das auseinanderfallende Buch, so daß Bobby seinen Kopf von oben sah: Staubflocken, die sich im Kraushaar verfangen hatten.

»Bar schließt um zehn«, sagte der Boy.

»Du bringst mir um zehn Tee.«

Der Boy senkte den Kopf noch tiefer. »Küche geschlossen.«

»Du bringst mir Tee. Zimmer vier. Ich geb dir mehr Unterricht.«

Bobby schloß die Hand zur Faust und rieb mit den Fingerknöcheln durch das fettige Kraushaar des Barboys. »Ich geb dir einen Shilling.«

»Küche geschlossen«, sagte der Junge.

Bobby legte die Handfläche auf den straffen Hals des Jungen, halb auf das krause Haar, halb auf die warme Haut. »Bist aber ein guter Händler«, sagte er; dann zog er plötzlich das Gesicht des Jungen quer über die Theke an das seine und flüsterte ihm ins Ohr: »Ich geb dir fünf.« Der Boy zog den Kopf nicht zurück, und Bobby, der dessen Kopf noch dicht an dem seinen hielt und spürte, wie der Boy sich anstrengte, ruhig zu bleiben, begann mit dem Daumen hinter dem linken Ohr des Jungen zu reiben und den Knochen unter der glatten afrikanischen Haut zu betasten. Der Junge wurde sehr ruhig. Tränen traten Bobby in die Augen, und obwohl er seinen eigenen Daumen, die komplizierte Modellierung des Ohrs und die widerspenstige Krause ansah, dachte er nicht an den Jungen oder die Hunde oder die bevorstehenden Intimitäten; er gab sich lediglich seiner eigenen Zärtlichkeit und Melancholie hin, die ihn in solchen Augenblicken ergriffen.

Plötzlich sprang der Junge auf und riß sich los.

An Bobbys Wagen gellte die Alarmanlage. Die schrillen, metallischen Töne schwollen an und ab und übertönten zeitweise das permanente Heulen. Der Hof des Hotels war plötzlich hell erleuchtet, eine Glühbirne nach der anderen flammte auf. Im Dienstbotenquartier erhob sich aufgeregtes Geschnatter, das sofort in allgemeines Kreischen überging.

»Peter!« rief der Colonel. »Peter!«

Aus dem Dienstbotenquartier hörte man das Geheul von Frauen. Überall waren Schritte zu hören, im Hof und auch im Hotel.

Der Boy sah Bobby mit angsterfüllten Augen an.

Die Alarmanlage heulte weiter. Sie würde erst leiser werden, wenn der Wagen nicht mehr schaukelte, sondern ruhig stand.

»Peter!« rief der Colonel.

Bobby ging auf die Veranda. Das Zimmer des Colonels am Ende der Veranda war erleuchtet. Die Tür stand offen, durch das Fenster an der Rückseite des Zimmers sah man den hell erleuchteten Hof.

Die Garage war ein offener Schuppen. Dort brannte jetzt eine nackte Glühbirne und warf tiefe Schatten. Das Schaukeln des Wagens war nicht erkennbar, aber die Alarmanlage heulte noch immer, wenn auch nicht auf vollen Touren.

Bobby stellte fest, daß an seinem Wagen kein Reifen fehlte, keine Radkappe entwendet worden war.

Die Pausen im Geheul der Alarmanlage wurden länger, das Geheul selber wurde schwächer. Die Sirene gab noch eine Reihe von Piepsern von sich und verstummte schließlich. Und dann war die Helligkeit des erwachten Hofs ebenso erschreckend, wie es die Sirene gewesen war.

Bobby ging in die Bar zurück. Der Boy sah ihn noch immer mit angsterfüllten Augen an. Er hatte alle Lampen in der Bar angemacht.

»Peter«, sagte in diesem Augenblick der Colonel.

Endlich trat auch im Dienstbotenquartier Ruhe ein.

»Hund oder Katze auf das Auto gesprungen, Sir.«

»Hast du geschlafen?«

»Geschlafen, Sir.«

»Du bist sehr dumm.«

Frauen heulten.

»Ich werde dich festbinden lassen. Timothy! Carolus!«

Der Barboy zuckte mit dem Kopf. Aber er rührte sich nicht.

Das Heulen hielt an und übertönte die Fragen des Colonels und die leisen Antworten.

»Carolus!«

Jetzt rührte Carolus sich. Er verzog schmollend seinen halboffenen Mund. Er bewegte sich schwerfällig, mit steifen Gliedern. Er öffnete die Hintertür der Bar und blieb eine kurze Zeit mit dem Rücken zu Bobby stehen, eine Hand auf der Türklinke hinter sich. Auf der anderen Seite des dunklen, breiten Flurs stand eine getäfelte Tür halb offen, und Bobby erhaschte einen Blick auf den hellerleuchteten Hof: auf die nackten Glühbirnen an den zylindrischen Metallfüßen des Wasserturms, auf das grell leuchtende weiß getünchte Dienstbotenquartier, auf den Busch dahinter, der im schwarzen Schatten glänzte und ganz künstlich aussah.

»Carolus!«

Er zog die Tür hinter sich zu, und Bobby war allein in der Bar. Jetzt, da alle Lampen brannten, wirkte der Raum größer. Draußen heulten die Frauen abwechselnd, keine zwei holten gleichzeitig Luft. Es war unmöglich festzustellen, was die Männerstimmen sagten. Das Heulen wurde zur Geräuschkulisse.

Auf einem gerahmten, signierten, vergrößerten Foto hinter der Theke sah man undeutlich einen Mann in einem Boot, der einen großen Fisch in die Höhe hielt und im hellen Sonnenlicht lächelte: Das Wetter und die Atmosphäre, all das deutete auf einen besonderen Tag hin. Da hing auch ein Kalender, von einer belgischen Brauerei, mit afrikanischen Landschaften, auf dem die Namen belgischer und afrikanischer Städte in der gleichen roten Schrift gedruckt waren. Die Farbe auf den halbleeren Regalfächern war alt und verkratzt, unter dem Braun schimmerte es weißlich durch; in einer Ecke stand ein halbes Dutzend fast leerer Flaschen Alkohol mit alten, staubtrockenen, fleckigen Etiketten.

Das Heulen draußen wurde schwächer, bildete keine Geräuschkulisse mehr. Bobby hörte die Stimme des Colonels. Das Heulen wurde wieder lauter, ließ wieder nach, und dann war es fast still.

Bobby verließ die Bar und ging rasch durch die Veranda zum Flur. Die Tür, die auf den Hof ging, war angelehnt. Er sah nicht hin. Er bemerkt die Helligkeit, Bewegung. Er wußte auch, daß er beobachtet worden war.

Als er oben seine Tür öffnete, hörte er, wie Linda ebenfalls ihre Tür öffnete. Sie trug ein kurzes, baumwollenes Nachthemd; ihre glänzenden Schienbeine wirkten ebenso scharfkantig wie ihre Ellbogen. Sie flüsterte: »Peter? Ich hab es doch gleich gewußt.«

Und wieder hatte er das Gefühl, sie behandle ihn mit einer neutralen, ehelichen Vertraulichkeit. Und obgleich er einerseits fast ihre Gesellschaft wünschte, wurde er halsstarrig. Er setzte eine verschlossene Miene auf, als sei er durch das, was sich unten abgespielt hatte, persönlich beleidigt worden, kehrte Linda den Rücken und stieß seine Tür auf.

In seinem Zimmer war es durch das grelle Licht im Hof unerwartet hell. Er machte die Tür zu und beschloß im letzten Moment, sie ein bißchen zuzuknallen. Mit dem Fuß trat er gegen einen Gegenstand auf dem Boden. Er brauchte kein Licht zu machen, um zu sehen, daß es sein Wagenschlüssel war.

Erst als er sich auszog, begann er sich Sorgen zu machen. Eindringlinge: Es hätte eine Krise geben können, und ohne den Wagen hätte er in der Falle gesessen. Er beschloß zu packen, um jederzeit für eine rasche Flucht bereit zu sein. Er baute um einen Stuhl herum alles auf, was er brauchte: den gepackten Koffer, die Hose, das gelbe Eingeborenenhemd, Schuhe und Socken. Er ging in Unterhemd und Unterhose zu Bett. Es war sinnlos, sogar ein bißchen verrückt, so benahm man sich eigentlich nur im Ausländerviertel. Aber als die Lampen im Hof ausgingen und er allein in der Dunkelheit lag, war er froh, es getan zu haben.

Es klopfte an die Tür, aber so leise, daß er nicht sicher war, ob er richtig gehört hatte. Er wartete. Es klopfte abermals. Er richtete sich auf, er machte kein Licht. Die Tür öffnete sich, und die Deckenlampe ging an. Es war nicht Linda. Es war Carolus, mit einem Teetablett. Die Welt war wieder normal; das Hotel war das Hotel.

»Schließ die Tür«, sagte Bobby.

Carolus schloß die Tür.

»Du bringst mir Tee, Carolus? Du bist sehr guter Junge. Bring den Tee hierher.«

Carolus stellte das Tablett auf den Nachttisch. Ebenso wie

seine Glieder ihre Leichtigkeit verloren hatten und schwerfällig geworden waren, hatte auch sein Gesicht sich verändert. Seine Augen waren gerötet, seine dicken Lippen faltig, trocken, weiß verkrustet. Sein ganzes Gesicht schien vor Besorgnis und Mißtrauen zu glühen.

»Setz dich her. Sprich mit mir. Ich geb dir Unterricht.«

Carolus zog ein Stück Papier aus der engen Tasche seines roten Kittels.

»Ich Französischunterricht geben? Ich dir hun'nert beibringen.«

Das Papier war eine Rechnung für den Tee. Sie war mit weichem Bleistift in der energischen Handschrift des Colonels geschrieben.

Wut übermannte Bobby; und seine Wut wuchs bei dem Anblick von Carolus' Gesicht.

»Bleistift!« befahl er.

Carolus hatte einen in der Hand.

»Jetzt raus mit dir!« sagte Bobby und gab Bleistift und Rechnung zurück.

Carolus rührte sich nicht. Sein Gesichtsausdruck veränderte sich nicht.

»Verschwinde!«

»Sie mir geben.«

»Dir geben? Geb dir gar nichts. Geb dir die Peitsche.«

Es war nicht einmal wahr, es waren die Worte eines anderen, er handelte seinem eigentlichen Wesen zuwider. Aufrecht im Bett sitzend und auf das glühende Afrikanergesicht starrend, das sich dem seinen näherte, sah er, daß er von einer solchen blinden, sinnlosen Wut erfüllt war, daß sich seine eigene Wut in Entsetzen verwandelte, Entsetzen vor etwas, dem er ohnmächtig und fassungslos gegenüberstand.

Er sagte: »Ich geb dir. Ich hab's dir versprochen. Ich geb dir.«

Er nahm einen Shilling von dem Wechselgeld, das er auf den Nachttisch gelegt hatte.

»Sie geben mir fünf.«

»Ja, schon gut. Schon gut.«

Selbst als Carolus das Geld in der Hand hielt, sah er es mißtrauisch an und blickte dann von seiner Handfläche auf Bobbys Gesicht. Und sobald Carolus sich zur Tür wandte, begriff Bobby, daß Carolus erst »frisch aus dem Busch« kam, und Bobby wußte, daß er das Gesicht des Jungen mißdeutet und darin Dinge gelesen hatte, die nicht darin standen.

Er sagte: »Boy.«

Carolus blieb stehen. Er drehte sich halb nach Bobby um.

»Mach das Licht aus, Boy.«

Carolus gehorchte. Und beim Verlassen des Zimmers zog er die Tür leise hinter sich zu.

Bobby machte die Nachttischlampe an. Er goß sich eine Tasse Tee ein. Der Tee war schwach und voller Teeblätter; er war mit Wasser aufgegossen worden, das kaum heiß gewesen war. Er war scheußlich.

7

Er saß im Auto mit einer Frau, über deren Identität er sich nicht im klaren war. Sie stritten miteinander. Alles, was sie sagte, stimmte, alles war verletzend, und obgleich es auf alles eine Antwort gab, war er außerstande, sich verständlich zu machen. Er mußte sie überschreien, er brüllte, und als sie die leere Straße entlangfuhren, gefährlich schnell, das Lenkrad hüpfte in seiner Hand, verletzte sie ihn unaufhörlich immer tiefer, und Wut und Schmerz waren so stark, daß sein Kopf zu platzen drohte. Er befand sich nicht mehr im Wagen. Er stand neben einem Tisch voller schnatternder Menschen, und sein platzender Kopf ließ ihn vor ihnen der Länge nach zu Boden stürzen.

Als er aufwachte, erinnerte er sich nur noch an seinen Kopf. Die Frau und ihre Vorwürfe waren seinem Gedächtnis entschwunden, aber die Verletzung blieb. Es war dunkel, aber es war eine Dunkelheit, die erkennen ließ, daß es bald hell sein würde. Er überlegte: Infolge der Vorgänge des Abends war er früh zu Bett gegangen, und jedenfalls hatte er schon für eine rasche Flucht gepackt. Er brauchte nur noch Hemd und Hose anzuziehen, dann konnte er losfahren. Aber Benzin: Er hatte nicht genug, sein Tank war nicht voll; und immer wieder wurde er wie im Traum von Panik gepackt. Und dann wurde es hell: Leise Stimmen kamen vom Dienstbotenquartier her, ein kurzer Blick auf die Bäume im Hintergrund, die er am Abend zuvor nicht hatte sehen können, und unten das Radio mit dem afrikanischen Sprecher, der sich an den gewaltigen Worten der Nachrichten aus der Hauptstadt die Zunge zerbrach.

Es war das Licht, die freie Aussicht, der See, was ihn, als er in den Speisesaal hinunterging, überraschte. Der Himmel war hoch und blau, jenseits der Zierpalmen auf dem Boulevard erstreckte sich der See bis zum Horizont. Am Abend zuvor schienen die Drahtgitter an den Fenstern des Speisesaals den Raum einzuschließen, jetzt ließen sie das Licht eindringen und waren kaum sichtbar. So feucht, schwül und drückend tropisch es am Abend zuvor gewesen war, jetzt war die Luft frisch. Das Hotel, der Boulevard, der Park und der See: sie hatten etwas von der Atmosphäre des Urlaubsorts bewahrt. Und an diesem Morgen herrschte auf dem Boulevard Betrieb. Über die Betonmauer des Hotels hinweg sah man, wie ein Armeelastwagen sich langsam von links nach rechts vorwärts bewegte.

Der Colonel saß, wie am Vortag gekleidet, an seinem Tisch. Er hatte fast fertig gefrühstückt, er trank Tee und las in seinem Buch. Bobby, in seinem gelben Eingeborenenhemd, vergaß den See und das Licht; die linke Hand an die Seite gedrückt und die rechte schwenkend, schritt er grimmig und eilig auf den einzigen anderen Tisch zu, der gedeckt war. Als er sich gesetzt hatte, schaute er mit verschlossener Miene zum Colonel hinüber, aber der Colonel las. Krümel auf dem Tischtuch, Butterflocken in der Marmelade: Linda war schon unten gewesen. Grimmig bestrich Bobby eine kalte Scheibe Toast mit Butter.

»Keine guten Nachrichten heute morgen«, sagte der Colonel. Seine Stimme klang locker und beiläufig. »Immerhin, wahrscheinlich ist es für uns alle das Beste, wenn die Sache so bald wie möglich vorbei ist.«

Bobby, der in seinen harten Toast biß, reagierte darauf mit einem kurzen, ausdruckslosen Lächeln. Der Colonel bemerkte es nicht, er blätterte eine Seite um.

Timothy, dessen Gestank in der frischen Morgenluft besonders aufdringlich war, überreichte die Frühstückskarte. Die Karte war ebenso schmuddelig wie das rotkarierte Tuch, mit dem Timothy über den Tisch wischte. Er bewegte sich heute freier. Er war beinahe ausgelassen, beinahe vertraulich und wollte anscheinend gern reden. Mit jedem freundlichen Wedeln seines Lappens verströmte er ein bißchen mehr von seinem Gestank.

Ein weiterer Lastwagen rumpelte an dem Hotel vorbei.

»Die Armee scheint heute früh in Bewegung zu sein«, sagte der Colonel. »Nicht gerade die richtige Zeit, um auf der Straße zu sein. Wenn die Armee in Bewegung ist, mache ich selbst immer einen großen Bogen um sie.«

»Vermutlich ist die Straße immer noch naß.«

»Ach, der eine oder andere Lastwagen wird bestimmt in irgendeinen Abgrund stürzen.«

Der Colonel lächelte Bobby direkt an. Er sah heute morgen älter aus, aber sein Gesicht war nicht gespannt; die Haut um Augen und Mund wirkte weicher und ausgeruht.

Bobby wußte mit dem Witz nichts anzufangen.

Der Colonel bemerkte das. »Sie werden die Straße in einem fürchterlichen Zustand zurücklassen.«

»Aber wahrscheinlich wird sie sehr schnell trocknen«, sagte Bobby, »bei dieser Sonne.«

»Oh, die Sonne wird sie im Nu trocknen. Im Nu. Bis zum Mittagessen, würde ich sagen.«

Es war wie eine Einladung dazubleiben, sie kam unerwartet. Aber Linda war vor ihm unten gewesen, zweifellos hatte sie mit dem Colonel gesprochen.

Ein Wagen fuhr in den Hof. Eine Tür knallte. Der Colonel legte ein Lesezeichen, einen blanken Bambusstreifen in Form eines Papiermessers, in sein Buch und wartete. Er schien zu wissen, wer der Gast war.

Es war Peter, der mit seinem federnden, athletischen Schritt durch die Bar hereinkam. Heute morgen trug er Khaki: die Khakihose vom vorigen Abend, ein gebügeltes Khakihemd mit Epauletten und zuknöpfbaren Taschen. Die Ärmel waren aufgerollt; an seinem linken Handgelenk trug er eine große Armbanduhr mit funkelndem Nirosta-Armband. Seine Arme waren knochig, die Muskeln schlaff, die runzlige, lose Haut um seine Ellbogen zeigte, daß er älter war, als er aussah. Er hielt zwei oder drei handgeschriebene Listen in der Hand; er hatte wohl Einkäufe gemacht.

Als er Bobby erblickte, blieb Peter stehen, verbeugte sich lächelnd und sagte mit seinem englischen Akzent: »Guten Morgen, Sir.«

In dem Lächeln lag keine Ironie. Es war wie das Lächeln eines alten Bekannten. Es paßte nicht zu der Verbeugung, es gehörte zu seiner Gespaltenheit. Wie seine Kleidung, die Krawatte, der Akzent, war Peters Lächeln nur Teil seiner Erziehung und hatte nichts mit seiner restlichen Persönlichkeit zu tun. Wie Carolus und Timothy gehörte Peter zum Hotel und dem Dienstbotenquartier des Hotels. Es war beunruhigend; wie stets in früheren Ferienorten von britischen Siedlern hatte Bobby das Gefühl, sich auf verbotenem Gelände zu befinden.

Peter stand lässig neben dem Tisch des Colonels, während der Colonel die Listen durchsah. Als Peter rausging, nachdem er sich lächelnd noch einmal vor Bobby verbeugt hatte, stand der Colonel auf und drückte sein Buch an die Brust. Er reckte sich und bog die Schultern zurück. Dann hielt er inne, als lausche er dem Motorengeräusch der Armeelastwagen auf dem Boulevard.

Er lächelte Bobby zu und sagte: »In solchen Zeiten finde ich immer, daß es in der Nähe eines Feldlagers am sichersten ist. Da sind sie wenigstens unter Kontrolle. Ich weiß nicht, ob Sie während der Rebellion hier waren. Sogar der Medizinmann ist geflohen. Eine Woche lang wußte kein Mensch, wo er steckte. Aber hier war alles in Ordnung.«

Wiederum wußte Bobby damit nichts anzufangen.

»In ein paar Tagen ist natürlich alles vorbei«, sagte der Colonel. »Bis dahin werden sich alle beruhigt haben. In ein, zwei Tagen.«

Bobby war sich nicht sicher, doch er meinte herauszuhören, daß der Colonel indirekt darum bat, ihn nicht allein zu lassen. Er sagte: »Wir sind sowieso einen Tag zu spät dran.«

»Sie können früh zu Mittag essen. Sie werden das Collectorate ohne Probleme vor der Ausgangssperre erreichen.«

266

»Also ist die Ausgangssperre offiziell?«

»Ab vier Uhr nachmittags. Wir werden Sie rechtzeitig auf den Weg bringen.«

Als Bobby später herunterkam, fand er Linda auf der Veranda. Sie betrachtete den hellen See durch ihre dunkle Sonnenbrille. Sie hatte ein anderes Hemd angezogen, trug aber noch die blaue Hose von gestern, schwache Staubflecken kennzeichneten die Stellen, wo der Schlamm abgebürstet worden war.

»Hat der Colonel es Ihnen schon gesagt?« fragte sie.

Sie ging weg, ohne auf eine Antwort zu warten. Sie lagen noch immer im Streit.

Bobby war nicht in der Stimmung zu reden, vor allem wollte er der beunruhigenden Gesellschaft des Colonels entgehen, und er beschloß erleichtert, grimmig zu tun. Mit grimmigem Ausdruck schaute er im Büro die Taschenbücher durch, Kriegserzählungen, historische Romane, suchte sich einige aus und ließ sich in einem rotgestrichenen Korbsessel auf der Veranda nieder, um dort schmollend zu lesen.

Linda schloß sich dem Colonel an. Sie saßen in dem offenen Büro, und Bobby hörte den Colonel sprechen. Sie gingen durch den Hof, in den Garten, am Dienstbotenquartier vorbei, und Bobby hörte den Colonel sprechen. Sie saßen in dem offenen Zimmer des Colonels; sie kamen heraus und standen in der Hoteleinfahrt. Der Colonel schien diese Einfahrt als seine Grenze zu betrachten. Er blieb innerhalb des kiesbedeckten Hofs und machte niemals Anstalten, den betonierten Weg zu betreten, der zu dem Asphalt des Boulevards hinunterführte.

Die Militärlastwagen rollten in Abständen langsam vorbei. Unter grünen Feldmützen waren die dicken Gesichter der Soldaten ausdruckslos und noch immer mattschwarz von der Morgenwäsche.

Die Luft verlor ihre Morgenfrische; das Licht wurde grell; und Bobby, den die Taschenbücher nicht fesselten, empfand wieder die Trostlosigkeit des verfallenen Urlaubsorts. Carolus kam in die Bar, mit staubigem Kopf, fettiger Haut, in seiner alten schwarzen Hose und dem engen Kittel, als habe er sich seit dem vorigen Abend weder ausgezogen noch gewaschen. Er wieselte geräuschvoll mit Besen und Putzlappen in der Bar umher, mit langen, schliddernden Schritten, als wolle er Timothy imitieren. Dann sah er Bobby auf der Veranda. Er zog sich mit Besen und Putzlappen zurück und blieb außer Sichtweite in der Bar. Bobby rührte sich nicht. Er legte sein Buch nach unten gekehrt auf die Knie, blickte auf einen bestimmten Punkt im Hof und runzelte die Stirn. Er hörte, wie Carolus sich leise in der Bar bewegte, um keinerlei Aufmerksamkeit auf sich zu lenken.

Der Colonel und Linda waren noch immer zusammen, aber jetzt traten längere Gesprächspausen zwischen ihnen ein. Als sie herauskamen und sich zum Kaffeetrinken an Bobbys Tisch setzten, erkannte Bobby, daß sie es taten, weil die Stimmung, die sie im Lauf ihrer Unterhaltung aufgebaut hatten, verflogen war.

Bobby, noch immer grimmig, gab sich keine Mühe, ein Gespräch anzufangen. Auch Linda schwieg und lächelte still hinter ihrer Sonnenbrille. Und der Colonel schien nichts mehr zu sagen zu haben.

Bobby dachte: Jetzt wird er anfangen, über Afrikaner zu sprechen.

Carolus stand mit dem Kaffeetablett im Türrahmen.

Der Colonel sagte: »Die Lastwagen fahren anscheinend nicht weiter.«

Bobby blickte Carolus an und starrte dann ins Leere, dabei demonstrierte er seine Fähigkeit zur Strenge sogar in der Gesellschaft des Colonels. Carolus stellte sich vor lauter Angst dumm und ungeschickt an.

»Was mich wirklich aufregt«, sagte der Colonel und stellte mit festen, breiten Händen die Tassen hin, »ist die Art, wie diese Afrikaner es fertigbringen, so niedergeschlagen auszusehen, sobald sie Befehlen gehorchen. Haben Sie die Fahrer gesehen? Sie sind sehr langsam gefahren und haben sehr, sehr niedergeschlagen ausgesehen, als hätten sie's am Morgen alle mit dem Stock gekriegt. Und nur, weil diese Ausbilder zuschauen.«

Bobby hielt, ohne zu sprechen, seine Tasse etwas schräg, um einen Fleck auf der Glasur zu studieren.

»Man kann sie bis zu einem gewissen Grad ausbilden, aber nur bis zu einem gewissen Grad«, sagte der Colonel und nahm Bobby die Tasse aus der Hand. »Carolus. Bald werden sie diese Lastwagen wie die Irren fahren, und manche dieser niedergeschlagenen Gesichter werden sehr fies aussehen. Carolus.«

Carolus stand im Türeingang und starrte voller Schrecken von dem Colonel zu Bobby.

Bobby starrte Carolus an.

»Carolus«, sagte der Colonel, und zum ersten Mal an diesem Morgen klang seine Stimme verärgert, »diese Tasse starrt vor Schmutz.«

Carolus brachte eine andere Tasse. Sie tranken Kaffee. Aber die Verärgerung des Colonels, die anfangs nur gespielt schien, hielt an. Die Gelassenheit des Morgens war dahin, er sah jetzt wieder äußerst angespannt aus. Linda schwieg und lächelte hinter ihrer Sonnenbrille, als sei sie innerlich zufrieden. Bobby blieb weiterhin grimmig.

Nach dem Kaffee ließ sie der Colonel allein. Und obwohl sie ihn in der Küche über ihr Mittagessen sprechen hörten, tat er hinterher, als seien sie bereits abgereist. Er kam nicht in die Bar oder den Speisesaal, während sie zu Mittag aßen. Timothy, der sich jetzt weniger ausgelassen benahm, brachte ihnen die Rechnung und nahm ihr Geld in Empfang.

Der Colonel stand im Hof, als Bobby und Linda mit ihren Koffern herunterkamen, aber er schien sie nicht zu bemerken. Er schien auch nicht zu hören, wie die Alarmanlage, als Bobby die Wagentür aufschloß, zu heulen begann. Die Hände in den Taschen, stand der Colonel in der Einfahrt. Er sah auf den Boulevard und den See; zuweilen sah er das Hotelgebäude an, mit Abstand, als betrachte er ein Bild. Er hörte nicht, wie der Wagen angelassen wurde; er merkte nicht, wie er näher kam. Aber plötzlich, als Bobby abbremste, beugte sich der Colonel nach vorn und lächelte Linda zu.

Er sagte: »Wenn Sie auf die Armee stoßen, stellen Sie sich tot.«

Als Bobby losfuhr, kam gerade eine Gruppe von acht Männern vom Boulevard in den Hof. Zwei davon waren Inder mit Turbanen; die anderen waren junge Afrikaner in weißen Hemden und dunklen Hosen, vielleicht Landvermesser oder Bauunternehmer des Feldlagers oder Angestellte des Arbeitsamts.

»*Mittagessen!*« brüllte der Colonel. »Das ist kein Rasthaus. Man kann nicht jederzeit kommen und *Mittagessen* verlangen.«

Linda und Bobby fuhren den abschüssigen Betonweg hinunter und bogen direkt in den Boulevard ein, dessen Zustand sie im Tageslicht, in dem alle Farben so frisch strahlten, von neuem erschreckte. Die dünne Asphaltdecke war aufgeworfen und rissig wie die Kruste eines Kuchens.

»Nein!« brüllte der Colonel. »Nein! Nein!«

»Das macht er Ihretwegen«, sagte Bobby zu Linda. »Sie haben großen Eindruck auf ihn gemacht.«

270

»Ach Gott. Und dabei könnte er das Geld gut gebrauchen. Acht Gedecke zu fünfzehn Shilling macht hundertzwanzig Shilling. Die Getränke nicht mitgerechnet.«

»Ich würde mir darüber keine Sorgen machen. Die werden ihr Mittagessen schon bekommen. Sollen wir, wenn wir getankt haben, zurückfahren und nachsehen?«

Sie hob das Kinn, stieß ein ungeduldiges kleines Schnauben aus und wandte sich ab, um die grünen, feuchten Mauern des leerstehenden Hauses zu betrachten, die sie am Abend zuvor nicht hatte sehen können.

8

Die Tankstelle war in Betrieb. Sie bekamen ihr Benzin, diese heimliche Sorge Bobbys war ausgeräumt. Um nicht noch einmal an dem Hotel vorbeizufahren, bog er in eine Seitenstraße ab und fuhr auf einer Straße, die parallel zum Boulevard verlief, aus dem Ort hinaus. Bald lagen die verstreuten Villen am Stadtrand hinter ihnen, und sie befanden sich auf der Bergstraße.

Der unbefestigte Straßenrand war von den Militärlastwagen aufgewühlt worden, aber in der Mitte war die Straßendecke fest und trocken. Hier und da, besonders an Ecken, hatten Regen und Lastwagen Steine verschoben und schlammige Schlaglöcher verursacht; an manchen Stellen, wo der Boden sich gesenkt hatte, ragten große Felsbrocken heraus; aber im allgemeinen war die Straße gut. Auf dieser Seite des Orts hatten keine Straßenarbeiten stattgefunden, niemand hatte Erdhaufen abgeladen.

Sie kamen immer höher. Sie fuhren in einen Wald hinein, der noch naß war. Auf der Straße und auf den dunklen, zugewachsenen Hügeln lagen sanfte Sonnenflecken. Das Licht und die Weite des Sees waren ausgesperrt. Manchmal bot sich ihnen ein Ausblick auf den See unter ihnen, der jetzt nicht mehr glitzerte und vom Himmel nicht zu unterscheiden war; und als sie aus dem Wald heraus in die feuchten Täler von Farn und Bambus kamen, schien der Himmel niedriger und bedrückender zu sein, und das Licht war anders, einförmig, tot, ohne die Reflexe eines Wasserspiegels.

Sie hatten bisher geschwiegen.

Jetzt sagte Linda: »Man fragt sich, wie sie es jemals fertiggebracht haben, den Ort zu finden.«

Ihr Ton war herausfordernd, der Streit noch immer im Gang. Bobby antwortete nicht, und sie sagte nichts mehr. Nach einiger Zeit setzte sie sich vorsichtig anders hin.

Bambus und Farne verschwanden. Auf der Höhe des Passes war das Land fast kahl. Dann ging es wieder abwärts, an einem Tal vorbei, das den Tälern glich, die sie am Vortag gesehen hatten. Wieder waren dort Felder, terrassenförmig angelegte Hügel, Hütten. In dem Regen am Tag zuvor waren die Farben sanft gewesen, grün und grau; die Wege hatten sich im Nebel verloren, die Felder waren menschenleer gewesen. Jetzt, in dem grellen Sonnenlicht, waren die Farben härter. Der Schlamm war schwarz, die Vegetation leuchtend grün. Die Hütten, die gestern im Regen wie gemütliche Unterstände gewirkt hatten, erwiesen sich jetzt als primitive Bauten aus Gras, die in eingezäunten Gärten mit festgestampftem schwarzem Boden standen. Frauen und Kinder in bunten Gewändern arbeiteten mit primitiven Werkzeugen auf kleinen Flecken nasser schwarzer Erde. Die Frauen standen in übertrieben gekrümmter Haltung auf geraden, stämmigen Beinen, die breiten Hüften steif; so zusammengeknickt bewegten sie ihren Oberkörper und hackten und jäteten, während sie in ihrer

Reihe vorwärts schritten. Zwischen Frauen und Kindern rauchten im ganzen Tal kleine Feuer aus feuchtem Unkraut. Es war das urzeitliche Leben der Waldbewohner. Die Wege waren nichts als Waldwege, die nirgendwo anders hinführten.

Vor ihnen, an einer Biegung der Straße, wo der kahle Randstreifen breiter wurde und abfiel, sahen sie vor dem Himmel die Umrisse von einem halben Dutzend kleinerer Haustiere. Aber zwei davon stellten sich als nackte Kinder heraus. Mit dumpfem Blick, vom Schlamm entstellt, blieben sie stehen, wo sie waren, und sahen zu, wie der Wagen vorbeifuhr.

Linda sagte: »Ich hatte gehofft, einige von diesen *White Fathers*-Zigarren für Martin kaufen zu können. Kennen Sie die? Für ein paar Shillinge bekommt man ein dickes Bündel. Eingepackt in eine Kiste aus getrockneten Bananenblättern.«

Martin, dachte Bobby: Sie näherten sich dem Zuhause.

»Ich dachte, Martin raucht Pfeife«, erwiderte er.

»Aber diese Zigarren liebt er. Sie sind einfach grauenhaft, aber ihm macht es Spaß, vor sich hin zu paffen und sein Zimmer einzuräuchern. Einfach vor sich hin zu paffen. In die Gardinen, die Bücherregale, unter die Kissen. Nur damit der Geruch überall hinkommt. Früher bekam man sie beim Colonel. Aber diesmal habe ich keine gesehen, und ich habe vergessen, danach zu fragen. Ich nehme an, daß sie damals von der anderen Seite des Sees kamen. Aber die armen White Fathers haben jetzt wohl Besseres zu tun, als sich um Zigarren zu kümmern.«

»Ich weiß nicht. Ich frage mich, warum wir immer, wenn es für uns nicht rosig aussieht, glauben, daß alles zu Ende geht.«

»Der Colonel hat diesbezüglich keine Illusionen. Ach Gott, es war schrecklich.«

»Es steht mir nicht zu, das zu beurteilen«, erwiderte Bobby. »Ich habe nie etwas für Kolonialherrenpracht übrig gehabt.«

»Das Hotel ist so heruntergekommen. Wahrscheinlich seit seinem Unfall und der Hüftverletzung. Die Zimmer sind so entsetzlich und die Boys so schmutzig, und er pflegt sich auch nicht mehr.«

»Das passiert, sobald man sie aus den Augen läßt.«

Linda bemerkte die Ironie nicht. Ihr Schweigen wirkte wie Zustimmung.

Bobby versuchte es noch einmal. »Ich dachte, nur Afrikaner würden stinken. Was sagt doch Doris Marshall immer? Ihre kolonialistische Binsenweisheit über Zivilisation und Reinlichkeit?«

»Entsetzlich«, sagte Linda. »Dieser Timothy.«

Bobby ließ das Thema fallen.

Linda sagte: »Wahrscheinlich gibt es in der ganzen Welt Hunderte von solchen Leute in allen möglichen merkwürdigen Gegenden.«

»Sie haben ein schönes Leben gehabt.«

»Darum geht es nicht.«

»Worum sonst?«

»Ich glaube, Sie wollen es nicht verstehen. Es ist so schrecklich.« Ihre Stimme überschlug sich, das überraschte Bobby. »Der törichte Mann versucht allein durch Willenskraft zu leben. Ach Gott. Und sein Hemd war so schmutzig. Er wollte nicht allein bleiben. Und er hat recht. Sie warten nur darauf, ihn umzubringen.«

»Ich hätte ihn selber umgebracht, wenn ich geblieben wäre.«

»Diesem Peter traue ich nicht über den Weg. Ein bißchen zu kriecherisch und glatt, mit seiner schicken Armbanduhr.«

Bobby sagte: »Peter ist ein bißchen zu sauber, das gebe ich zu.«

»Der Colonel hat von den Bomben im Weltkrieg eine Neurose bekommen. Er hat es mir erzählt. Er sagte, daß er, wenn ihn jemand gescholten hat, ohnmächtig wurde. Gescholten war das Wort, das er benutzt hat. Später hat er sich dann, wie er sagte, zusammengerissen.«

Bobby unterdrückte sein Unbehagen. »Er kann nach Süden gehen.« Er hielt inne. »Da gibt's noch eine Menge Schwarze, an denen er seine Launen auslassen kann.«

»Wenn Sie so wollen, ja. Aber es spielt keine Rolle mehr, wo er jetzt hingeht. Er hat Peter als Kind aufgenommen, frisch aus dem Busch . . .«

»Und ihn erzogen. Ich weiß.«

»Wahrscheinlich haben sie ein schönes Leben gehabt, wie Sie sagen. Aber was für merkwürdige Gegenden sie sich ausgesucht haben. Saloniki, Indien.«

»Wie schnell wir etwas aufschnappen. Mir war nicht bewußt, daß wir Siedler nach Saloniki geschickt haben.«

»Ich weiß nicht mal, wo Saloniki liegt. Der Anblick des Sees ist ihm zuwider, das Hotel und das Dienstbotenquartier sind ihm zuwider, sein eigenes Essen und der Tisch, an den er sich dreimal am Tag setzt. Aber er will nicht weg. Er sagte mir, daß er seit Monaten keinen Fuß mehr vor die Tür gesetzt hat.«

»Das klingt mir nicht nach Willenskraft. Ich hatte früher einmal eine solche Tante, im finstersten England.«

»Und er ist so verdammt anständig. Er bietet noch immer ein Menü von fünf Gängen.«

Sie hatte langsam gesprochen, er dachte, sie werde lediglich wieder »mystisch«. Aber dann sah er ein dünnes Rinnsal von Tränen hinter ihrer dunklen Brille. Er wollte ihr sagen: Ich weiß, warum du weinst. Aber er beschloß, sie in Ruhe zu lassen und nichts zu tun, was ihre Stimmung verschlechtern würde.

Er konzentrierte sich auf das Fahren. Auf der steinigen Straße zeigten sich ständig Spuren der Militärlastwagen, die zuvor dort gefahren waren: die aufgewühlten unbefestigten Straßenränder mit tiefen Reifenspuren, die schlammigen Schlaglöcher an manchen Ecken und gelegentlich ein umgestürzter Felsbrocken. Die Straße war weiterhin verhältnismäßig bequem und leer.

»Wahrscheinlich haben Sie recht«, sagte Linda. »Lasset die Toten die Toten begraben.«

Tal folgte auf Tal. Die Straße stieg an und fiel ab. Aber sie kamen immer tiefer. Die Täler wurden breiter; die Erde wurde weniger schwarz und auch steiniger; das Licht wurde tropischer. Die Behausungen waren nicht mehr alle aus Gras, nicht alle hatten Zäune und festgestampfte Gärten. Es gab kleine Gruppen von Holz- und Wellblechhütten; und manche waren jetzt sogar verfallen, mit verwitterten Brettern und rostendem Wellblech.

Am Straßenrand tauchte eine Art Monument auf. Es sah aus wie ein Kriegerdenkmal oder ein Trinkbrunnen. Es stellte sich als ein Wasserturm heraus: Ein schwarzer Ausguß sprang aus einer großen Betonwand, mit abgeschrägten Rändern und abgeschnittenen Ecken, in einem blauweißen Mosaikstreifen oben an der Mauer stand in schlichten Buchstaben: Verwaltung für öffentliche Einrichtungen und allgemeine Wohlfahrt 27. 5. 54. Es war der erste von acht monumentalen Wassertürmen. Dann wieder nur noch die Straße.

Vom Wagen aus konnten sie zwischendurch einen fast ausgetrockneten Fluß sehen, der breiter wurde, als das Land flacher wurde. Und dann führte die Straße aus einer Schneise im Busch heraus und verlief auf einem hohen, betonierten Erdwall neben dem ausgedehnten Flußbett: schmale, schlammige Rinnsale zwischen Inseln aus Sand, dürren Sträuchern und aufgetürmten Steinen, die weiß in der Sonne glänzten.

Der Wall war nicht abgesichert und wirkte dadurch ziemlich gefährlich.

Die Straße führte vom Fluß weg und wieder in den Busch. Aber der Fluß blieb in der Nähe; und als die Straße das nächste Mal aus dem Busch herausführte und erneut neben dem Fluß verlief, sahen Bobby und Linda einen Soldaten in der Sonne auf dem breiten betonierten Uferwall stehen, mit karminroter Baskenmütze, das Khaki seiner Uniform und das glänzende Schwarz seines Gesichts, scharf kontrastierend, hoben sich klar und deutlich von der Weite des Flußbetts ab.

Er winkte dem Wagen zu, leicht vornübergebeugt und die blanken schwarzen Stiefel aneinandergedrückt. Die afrikanischen Landarbeiter in den Tälern waren mager, ihre Kleider zerlumpt. Die gebügelte Uniform des Soldaten spannte sich über seinen runden Armen und Schenkeln und seinem Soldatenbauch. Er war sich dieses Unterschieds zu den anderen bewußt, seiner Uniform und der Auswirkungen der Soldatenverpflegung. Sein Winken war schwerfällig, plump und wirkte verzweifelt, aber dennoch autoritär; und sein rundes lächelndes Gesicht war zuversichtlich.

Auf der steinigen Straße fuhr Bobby langsam.

Linda sagte: »Das ist ein netter Dicker.«

Der Afrikaner fuhr fort zu lächeln und zu winken, die Hand schlackerte. Der Wagen hielt nicht. Der Afrikaner ließ die Hand sinken, sein Gesicht wurde ausdruckslos.

Bobby blickte in den wackelnden Rückspiegel und wurde sekundenlang durch die offene Landschaft und ihre Gefährlichkeit verwirrt: durch den nicht abgesicherten hohen Uferwall, der hinter ihm abfiel und neben ihm herraste. Er sah vom Spiegel runter auf die Straße.

»Der Blick, den er uns zugeworfen hat, gefällt mir nicht«, sagte Linda. »Jetzt wird er vermutlich seine anderen dicken

Freunde anrufen, und an irgendeiner Straßensperre werden sie auf uns warten. Vermutlich ist er jetzt schon dabei, die Botschaft weiterzutrommeln.«

»Ich nehme Afrikaner sonst immer mit.«

»Ich habe Sie nicht daran gehindert.«

»Was heißt das, Sie haben mich nicht daran gehindert?«

»Genau, was ich gesagt habe. In Ihrem gelben Eingeborenenhemd wird man Sie ohnehin überall erkennen.«

»Um Gottes willen.«

Er hatte das Tempo verlangsamt. Jetzt beschleunigte er es, ein bißchen zu heftig.

»Es kommt wahrscheinlich daher, daß sie nicht lesen können«, sagte Linda, »aber sie passen sehr genau auf. Sie kennen ja diese Art Park in der Nähe unseres Viertels. Martin und ich fuhren neulich daran vorbei, als wir Doris Marshalls Hausboy – oder wahrscheinlich sollten wir Steward sagen – erblickten, wie er sich am hellen Nachmittag, wie üblich sturzbetrunken, im Gras wälzte. Sobald er uns sah, lief er auf die Straße, um uns anzuhalten. Martin wollte halten. Ich war dagegen. Nun, dieser betrunkene Hausboy *sah* unsere Unterhaltung aus fünfzehn bis dreißig Meter Entfernung und wiederholte sie Doris Wort für Wort. Doris fand das nicht gut. Südafrikanische Etikette. Wir hatten ihren Steward gekränkt.«

Bobby bremste. Als der Wagen hielt, umklammerte er mit der Hand das Lenkrad, und er beugte sich darüber.

»Ach, Bobby, ich habe doch nur Spaß gemacht.«

Er schloß die Augen, dann öffnete er sie wieder.

»Nein, wirklich, ich habe nur Spaß gemacht. Sie wollen doch nicht etwa seinetwegen zurückfahren?«

Daran hatte er vage gedacht.

»Das wäre aber zu lächerlich.«

»Ich habe gewußt, daß ich heute früh etwas hätte erledigen sollen«, sagte Bobby. »Ich hätte Ogguna-Wanga-Butere oder Busoga-Kesoro anrufen sollen. Es ist mir eben eingefallen.«

Sie akzeptierte seine Erklärung. »Ich bezweifle, daß sie heute im Dienst sind.«

Bobby griff zum Zündschlüssel.

In der Ferne, aus der Richtung der Ebene, war das Geräusch eines Hubschraubers zu hören. Das Geräusch war schwach, der Wind trug es mal herüber, mal verschwand es wieder, und dann blieb es konstant. Als Bobby den Wagen anließ, war der Hubschrauber nicht zu hören.

Sie fuhren auf die Ebene und auf das Geräusch des Hubschraubers zu, das näher kam, sich entfernte und trotz des Klopfens und des Ratterns des Wagens auf der steinigen Straße stets vernehmbar blieb. Der Fluß war nicht mehr zu sehen, aber das ganze Land wirkte jetzt so bleich wie ein trockenes Flußbett. Es gab ein paar vereinzelte Hütten auf Pfählen. Kakteen blühten und warfen schwarze Schatten. Die Straßendecke verwandelte sich in Sand mit tiefen Reifenspuren, an den Biegungen hatte sich loser, trockener Sand angehäuft, in dem die Wagenräder ins Rutschen kamen. Es war ein altes, verbrauchtes Land. Aber es war bewohnt.

Zwei Männer liefen auf die Straße. Aber vielleicht waren es nur Jungen. Sie waren nackt und von Kopf bis Fuß mit Kalk bedeckt, weiß wie die Felsbrocken, weiß wie die schuppige, knotige untere Hälfte hoher Kaktuspflanzen, weiß wie die abgestorbenen Äste von Bäumen, deren Wurzeln nicht mehr fest in der bröckligen Erde steckten. Vier oder fünf Sekunden, nicht länger, liefen die weißen Gestalten mit langsamen, leichten Schritten am steinigen Rand der Straße entlang, um dann von der Straße weg in das Terrain von Gestrüpp und Felsen zurückzulaufen.

Ihre Schritte waren möglicherweise normal. Vielleicht hatte sie nur der Wagen erschreckt. Vielleicht war es ihre Farbe, die ihnen das Gesicht und sogar ihre Nacktheit raubte, die sie leichtfüßig und unwirklich erscheinen ließ. Vielleicht lag es an dem Rattern des Wagens, der die Rufe, die sie ausgestoßen haben mochten, und das Geräusch ihrer Füße erstickt hatte.

Es war eine so plötzliche, kurze Erscheinung, so lautlos, daß Bobby, der noch immer über das Motorengeräusch seines Wagens hinweg auf den Hubschrauber horchte, gar nicht hinsah, wo in der hellen, steinigen Landschaft die mit Kalk bedeckten Männer oder Jungen verschwunden waren. Linda sah nicht hin. Weder sie noch Bobby sprachen. Und es dauerte eine gewisse Weile, bis Bobby merkte, daß der Hubschrauber, auf den er horchte, nicht mehr zu hören war.

Und jetzt waren sie ganz aus den Bergen heraus, die sich im Rückspiegel als eine blaugrüne Kette zeigten, welche aus der hellen Ebene emporstieg. Gehöfte tauchten wieder auf und eingezäunte Felder; kleine Hüttensiedlungen an Kreuzungen; Häuser und Hütten in staubigen Höfen, zwei drei Läden aus Holz; Leimfarbe, die von altem Holz abblätterte, verblaßte Reklamen an Türen, verbogene Fensterrahmen, dunkle Innenräume. Sie verlangsamten das Tempo wegen eines Tankwagens, der von einem Inder gefahren wurde. Es war das erste motorisierte Fahrzeug, das sie seit Verlassen des Hotels sahen. Aber jetzt gab es noch mehr: alte Lastwagen, alte Autos, die von Afrikanern gefahren wurden. Die Straße war wieder geteert. Sie kamen zu einem Marktflecken.

Kleine ockergelbe und rote Amtsgebäude standen verstreut an der gewundenen Straße. Aber die Lücken zwischen den Gebäuden waren nicht ausgefüllt worden, ein Großteil des Ortes war Wüste, ebenso ausgedörrt und gleißend wie ein ausgetrocknetes Flußbett. Der Stil der Gebäude war gewissermaßen italienisch, mit einem Stich ins Südamerikanische. Die Mauern gingen bis auf den Boden und waren schlammbespritzt, der rauh verputzte Beton wirkte wie Lehmziegel. Krumme Telegraphenmasten, durchhängende Drähte, die schadhaften Ränder der Asphaltstraße, zertrampelte, grasbewachsene Gehsteige, Staub, herumliegender Abfall, afrikanische Fahrräder, zusammengebrochene Lastwagen und Autos vor dem Unterstand an der Bushaltestelle: Die Stadt war nicht weitergewachsen, aber sie war noch in Betrieb. Afrikaner saßen und hockten in einem staubigen Park, in dem der Eukalyptus ins Kraut geschossen war. Es gab einen Markt mit einem kleinen Uhrenturm. Einer der Stände war ausschließlich mit Kleidern für Afrikaner behängt, jedes Kleidungsstück auf einem Bügel, die Bügel kreuz und quer gestaffelt, so daß der Stand aussah, als sei er mit einem wehenden Flickenteppich behängt. Unter der Uhr in dem Turm war in erhabener Betonschrift, rot auf ockergelb, zu lesen: Markt 1951.

Dann lag die Stadt hinter ihnen, und die Straße war wieder leer. Die Straße war so leer und die Luft so klar, das Land so flach und kahl, daß sie meilenweit, bevor sie sie erreichten, die Böschung der Fernstraße zum Collectorate sehen konnten. Und auch diese war leer. Schwarz, breit und gerade, der Wagen ratterte nicht mehr. Die Reifen zischten wieder, das Zeichen glatter, schneller Fahrt. Wind brauste durch die halbgeöffneten Fenster.

»Haben Sie das gespürt?« Bobby war erregt. »Hier gibt es manchmal gefährlichen Seitenwind. Er kann einen von der Straße fegen, wenn man nicht aufpaßt.«

Die Sonne schien direkt durch die Windschutzscheibe. Jeder tiefe Kratzer, der am Vortag an der Tankstelle gemacht worden war, zeichnete sich deutlich ab. Auf der funkelnden Motorhaube bildeten winzige Kratzer kreisförmige Muster.

Linda sagte: »Ich hab's gewußt.«

Hinter der weiß glänzenden Haube, hinter den Verzerrungen durch Hitzewellen, in der Ferne, wo schwarzer Asphalt sich in Licht auflöste: eine Ansammlung von Fahrzeugen auf einer Seite der Straße, ein Verkehrsunfall.

Linda sagte: »Es wäre ja auch zu schön, um wahr zu sein. Das passiert immer, wenn die Straße so leer ist.«

Während sie sich langsam näherten, sahen sie einen am Straßenrand geparkten grau-margentaroten VW-Bus; eine blaue Peugeotlimousine stand auf dem Randstreifen; und halb im Graben lag ein dunkelgrüner zerschmetterter Peugeotkombiwagen, seinem Nummernschild nach ein Fernverkehrstaxi, wie es von Afrikanern benutzt wurde. Außerdem standen da auch noch andere Fahrzeuge, aber der Peugeot war das einzige Wrack: so neu, zerstört, so zerbrechlich und mörderisch.

Als Bobby das Tempo verlangsamte, trat ein Afrikaner in dunkler Hose und weißem Hemd hinter dem Minibus hervor. Bobby hielt an.

»Können wir irgendwie helfen?«

Der Afrikaner, der durch die Windschutzscheibe geblendet wurde, blickte Bobby und Linda unsicher an und antwortete nicht.

Bobby fuhr ganz langsam an dem schrecklichen Wrack vorbei. Er sah einen weißen Volkswagen; er hielt nochmals. Ein Volkswagen wie hundert andere, wie der Volkswagen von gestern; aber der Mann, der hinter ihm hervortrat, war weder weiß noch klein, sondern schwarz, groß und muskulös. Er war nicht von der Schwärze oder der Statur Afrikas: In seinen harten Zügen und dem warmen Teint war etwas, das auf an-

deres Blut, einen anderen Erdteil, eine andere Sprache schließen ließ.

Linda, die in dem Wrack nach Blut, einer Leiche, Schuhen,
einer Decke Ausschau hielt, reagierte sofort auf die Autorität
dieses Mannes. Sie lehnte sich in die Sonne hinaus und rief
ihm zu: »Was ist passiert?«

Er lächelte Linda an und kam zum Wagen.

»Ein tödlicher Unfall«, sagte er. »Fahren Sie vorsichtig.«

Er war nicht von hier. Er sprach mit dem unverkennbaren
Akzent des amerikanischen Negers.

Das Lächeln, der Akzent und der unerwartet teilnahmsvol-
le Rat verliehen seinen Worten Nachdruck. Bobby hatte plötzlich das Gefühl von menschlicher Gemeinschaft. Es war mehr
als die Rührung, die ihn, selber unschuldig und weiß, überkam, wenn er afrikanische Beamte oder Polizisten bei der
Durchführung einer schwierigen Aufgabe erlebte. Es war ihm
wichtig, zu zeigen, daß er gehorchte, daß er reagierte. Er fuhr
vorsichtig über die schwarzen Bremsspuren davon, die so
abrupt auf der schwarzen Straße begannen und endeten. Die
Sonne schien durch den oberen Teil der Windschutzscheibe,
er erkannte die Gefahr, geblendet zu werden, und klappte die
Sonnenblende herunter.

Im Rückspiegel wurde Betriebsamkeit um den Kombi-
wagen und den Minibus herum sichtbar. Es waren mehr
Männer da, als Bobby im Vorbeifahren bemerkt hatte.
Dann wurde die Straße kurvig, und man konnte nichts
mehr sehen.

Vor ihnen parkten vier oder fünf Militärlastwagen, deren
Achsen einen großen Abstand zur ebenen Straßendecke hatten. Auf dem Grasstreifen neben den Lastwagen, in einem flachen Graben und im Schatten der verkümmerten Bäume, die
auf dem dahinterliegenden Feld wuchsen, standen Soldaten

mit Gewehren. Bobby fuhr langsam, um zu zeigen, daß er nichts zu verbergen hatte.

Sämtliche Soldaten drehten sich um, um den Wagen anzusehen. Unter ihren dunkelgrünen Feldmützen sahen ihre Gesichter schmierig aus. Die Soldaten auf dem Grasstreifen schienen die Stirn zu runzeln. Ihre Augen wirkten über ihren dicken Wangen schmal, ihre Stirnen, die gestern während des Laufs über die Seepromenade vor lauter Verzückung noch so glatt gewesen waren, zeigten jetzt zwischen fast haarlosen Augenbrauen Falten und tiefe Furchen. Jetzt hatten sie Gewehre in der Hand, und außer ihnen keiner. Die Soldaten auf der anderen Seite des Grabens im Schatten der Bäume lächelten dem Wagen zu.

Bobby hob halbwinkend die Hand vom Steuer. Niemand winkte zurück. Alle Soldaten starrten weiter den Wagen an, sowohl diejenigen, die lächelten, als auch diejenigen, die die Stirn runzelten.

Linda sagte: »Das war kein Unfall.«

Bobby fuhr schneller.

»Bobby, sie haben den König umgebracht. Das war der König.«

Die Straße war gerade und schwarz. Die Reifen zischten auf dem nassen Asphalt.

»Das war der König. Sie haben ihn umgebracht.«

»Ich weiß nicht«, sagte Bobby.

»Die Soldaten wußten, weshalb sie grinsten. Haben Sie gesehen, wie sie grinsten? Wilde. Fette schwarze Wilde. Ich finde es gräßlich, wenn sie so grinsen.«

»Der König war ebenfalls schwarz.«

»Bobby, verlangen Sie nicht von mir, daß ich jetzt darüber spreche.«

»Ich weiß gar nicht, worüber wir sprechen. Wahrscheinlich war es wirklich so, wie der Mann gesagt hat. Ein Unfall.«

»Das wäre zu schön, um wahr zu sein. Ich habe geglaubt, es sei nur ein Scherz. Man hat nämlich erzählt, er würde versuchen, in irgendeiner Verkleidung mit einem Taxi zu flüchten.«

»Er muß hier in der Gegend eingestiegen sein. Zwischen den Straßensperren.«

»In der Hauptstadt haben alle gesagt, daß er das tun würde. Ich habe geglaubt, es sei ein Scherz. Und genau das hat er dann getan.«

»Natürlich war das alles Bluff, das ganze Gerede von Abspaltung und unabhängigem Königreich und so weiter. Das war übrigens schon immer Simon Luberos private Meinung. Der König war nur ein Londoner Playboy. Drüben hat er sehr viele Leute beeindruckt. Aber leider war er ein sehr törichter Mensch.«

»Das sagen alle. Und wahrscheinlich habe ich es deshalb nicht geglaubt. Ich fand es zu töricht, um wahr zu sein. Der Oxford-Akzent und das Gerede von London. Ich habe geglaubt, es sei Theater.«

»Simon hat immer sehr vernünftige Ansichten über die ganze Sache gehabt. Zufällig weiß ich, daß Simon sie als reine Polizeiaktion behandelt haben wollte.«

»Und dennoch sollte man meinen, daß diese Leute über geheime Möglichkeiten verfügen, daß es ihnen immer gelingen würde, sich im Busch zu verstecken und zu entkommen. Als Afrikaner und dazu noch als König. Ich fand den Hubschrauber mit Weißen darin so lächerlich.«

»Ja«, sagte Bobby, »die Schwarzen haben ihn erwischt.« Seine Bitterkeit überraschte ihn, sein aufsteigender Zorn, der sich gegen niemanden im besonderen richtete. Er wurde ruhiger. »Die Schwarzen haben ihn erwischt«, wiederholte er. »Ich hoffe, daß es nach London gemeldet wird, und ich hoffe, daß seine schlauen Freunde das ebenfalls komisch finden werden.«

Er fuhr noch immer schnell, aber er raste nicht mehr.

Er sagte: »Ich hätte Ogguna Wanga-Butere anrufen sollen. Er hätte für uns etwas wegen der Ausgangssperre unternehmen können. Obwohl ich nicht glaube, daß wir Ärger kriegen. Wir sind momentan prima in der Zeit.«

»Sie wissen, was man über Afrika sagt«, bemerkte Linda. »Man fährt diese langen Strecken, und wenn man angekommen ist, gibt es nichts zu tun. Aber ich muß sagen, allmählich finde ich, daß es schön wäre, unser altes Viertel wiederzusehen.«

Das Land wurde weiter. Der Horizont senkte sich. In weiter Ferne sahen sie die blaßblauen Hügel, niedrig, fast in den Himmel übergehend, und davor, auf halber Strecke, die vereinzelten, merkwürdig geformten Felstürme und Bergkegel, dunkler, grüner, aber noch im Dunst verschwommen, die diesen Teil des Collectorates, das Gebiet des Königs, kennzeichneten.

»*Leopard Tor*«, sagte Linda.

»Diese Aussicht liebe ich besonders.«

»Wie aus einem John-Ford-Western.«

»Die typische Bemerkung eines Kinogängers. Für mich ist es einfach Afrika. In den nächsten Wochen wird es in unserem Viertel viel dummes Gerede geben und eine Menge Kommentare in der Auslandspresse. Wahrscheinlich würde mich das nicht so stören, wenn ich das Gefühl hätte, daß den Leuten wirklich was dran liegt.«

»Ich weiß nicht, ob mir was dran liegt. Das ist das Schreckliche. Ich weiß nicht, was ich denke. Ich weiß nur, daß ich so bald wie möglich in unser Viertel zurückkehren möchte.«

Später, während die Aussicht sich trotz der Fahrgeschwindigkeit nicht veränderte und die Entfernungen gleichzubleiben schienen, sagte Linda: »Warum wird er wohl *Leopard Tor, Leopardenfelsen,* genannt?«

Bobby bemerkte, daß sich ihre Stimme verändert hatte und mystisch wurde. Er antwortete nicht.

Sie sagte: »Ich habe einmal einen toten Leoparden gesehen.«

Bobby konzentrierte sich auf die Straße.

»In Westafrika. Eine lange, rote Zunge hing ihm zwischen den Zähnen heraus. Als man ihn hereinbrachte, wollte ich ihn berühren, um zu sehen, ob er noch warm war. Aber das darf man nicht, weil die Tiere voller Flöhe sind. Dann begann man ihn zu häuten. Direkt unter der Haut war er wie ein Balletttänzer im Trikot. Die Muskeln waren unglaublich. Das alles mußte zerstückelt und weggeworfen, im Feuer verbrannt werden. Am Morgen, als ich aufstand, dachte ich, ich sehe mir jetzt den Leoparden an. Ich hatte alles vergessen.«

Sie sprach langsam. Sie lauschte ihren eigenen Worten.

Bobby sagte: »Ich glaube nicht, daß sie den König häuten werden.«

»Das Grinsen der Soldaten war unerträglich. Haben Sie sie grinsen sehen? Bei der Rebellion waren Sie noch nicht hier. Achtzig Elitesoldaten wurden eingeflogen. Nur achtzig, aber genau diese grinsenden Soldaten warfen ihre Gewehre weg, rissen sich die Uniformen vom Leibe und rannten nackt in den Busch. Damals konnten sie noch rennen, sie waren noch nicht so fett. Am Flughafen war es komisch. Alle aus unserem Viertel waren da und winkten. Aber die Elitesoldaten winkten nicht zurück. Die jungen Kerle sprangen mit schußbereitem Gewehr aus den Flugzeugen und rannten durch die applaudierende Menge.«

»Davon habe ich gehört«, sagte Bobby. »Die Afrikaner dürften es ebenfalls nicht vergessen haben. Sie finden das weniger komisch. Seit dem Kongo und den Belgiern ist das ihre große Angst. Weiße, die vom Himmel herunterkommen.«

»Das hat mir auch Sammy Kisenyi gesagt.«

»Viele haben geglaubt, daß der König gerade das gewollt hat.«

»Ich denke dasselbe wie der Colonel. Ich finde, ich hätte mich aufraffen und irgend etwas tun müssen, um dem König zu helfen. Aber ich weiß, daß auch das wenig Sinn gehabt hätte.«

»Genau das ist es. Es geht weder Sie noch mich etwas an. Sie müssen solche Dinge untereinander abmachen. Und er hätte es ja beinahe geschafft. Hätte man ihn nicht entdeckt, wäre er in etwa neunzig Minuten dort oben gewesen und wäre über den See auf die andere Seite entkommen.«

»Ach, mein Gott. Sie meinen, am See wartete man noch immer auf ihn? Sie müssen die ganze Nacht gewartet haben. Im Collectorate wird es fürchterlich sein, wenn die Meldung bekannt wird.«

»Ich nehme an, daß man sie für ein, zwei Tage geheimhalten wird.«

»Ich möchte am liebsten nie mehr aus dem Viertel raus.«

»Das würde für Sie aber eine große Umstellung bedeuten.«

»Natürlich«, sagte Linda, auf die Provokation reagierend. »Vielleicht toben schon in diesem Augenblick die Soldaten dort herum.«

Die Aussicht wurde zusehends schlechter. Die weite Landschaft war nicht mehr so gut zu überschauen, mehr Bäume tauchten auf; die Straße wurde kurviger. Sie fuhren an kleinen Gärten, Läden und Hütten vorbei: ein Dorf. Aber kein Mensch war zu sehen.

»Ich habe dieses Land seit dem Tag meiner Ankunft gehaßt«, sagte Linda. »Mir war, als hätte ich kein Recht, unter diesem Volk zu leben. Es war zu einfach. Sie machten es einem zu
einfach. Es war ganz und gar nicht das, was ich wollte.«

Bobby sagte: »Sie wissen, warum Sie hergekommen sind.«

»Jimmy Ruhengiri holte uns offiziell am Flughafen ab. Während der ersten sechzig Kilometer mußte ich mit Jimmy Konversation machen. Die Art von Konversation, die man mit
Gebildeten führt. Als ob man mit sich selbst Schach spielt, alle
Züge macht man selbst. Und währenddessen habe ich überall
diese schrecklichen kleinen Hütten gesehen. Ich habe innerlich aufgeschrien. Ich wußte, daß mir hier nichts Gutes be-
vorstand. Und an diesem ersten Tag haben sie uns in ein
verdrecktes Zimmer in der Baracke gesteckt, die sie als Gäste-
haus bezeichneten. Martin hatte nicht genug Pluspunkte. Das
wußten wir nicht. Wenn man Martin ein Punktsystem gibt,
wonach er sich richten muß, kann man sicher sein, daß er niemals genug Pluspunkte für irgend etwas hat.«

»So schlecht ist es Ihnen doch gar nicht ergangen«, sagte
Bobby.

»Im Nebenzimmer weinte ein Mädchen, und dabei war
es noch immer erst Nachmittag. Das hat mich wirklich erschreckt. Ich glaube, ich habe mir nie etwas sehnlicher ge-
wünscht, als zum Flughafen zurückzufahren und die nächste
Maschine nach London zu nehmen.«

»Warum haben Sie es nicht getan?«

»Man fährt mit Sammy Kisenyi spazieren, macht gepflegte
Konversation und sieht einen nackten Wilden mit einem
ellenlangen Penis. Man tut, als hätte man nichts gesehen. Man
sieht zwei weiß angemalte nackte Jungen, die auf der Straße
herumlaufen, und man spricht nicht darüber. Sammy Kisenyi
hält auf der Konferenz einen Vortrag über Rundfunk. Ganze

Absätze hat er – ausgerechnet – von T. S. Eliot geklaut. Man verliert kein Wort darüber, kein Sterbenswörtchen. Wenn man draußen ist, muß man den Leuten immerzu Mut machen. Im Viertel redet man sich den Mund fusselig. Alle lügen ohne Ende.«

»Sie wissen, warum sie hergekommen sind. Sie können sich nicht beklagen.«

»Es ist ihr Land. Aber es ist unser Leben. Zum Schluß weiß man selbst nicht mehr, was man denkt. Das einzige, was man weiß, ist, daß man im Viertel in Sicherheit sein möchte.«

»Aber Sie sind für die Freiheit hergekommen. Sie passen sich doch angeblich sehr leicht an.«

»Wir haben ohne Zweifel unterschiedliche Ansichten über diese Dinge, Bobby.«

»Wie Sie darüber denken, spielt jetzt allerdings keine Rolle.«

»Von unserem Viertel aus hört man sie jede Nacht Zeter und Mordio schreien, und man weiß, daß sie da draußen jemanden zu Tode prügeln. Jede Woche kommt eine Liste der getöteten Opfer heraus, und manche haben nicht einmal einen Namen. Man sollte sich entweder ganz heraushalten oder sich mit der Peitsche in der Hand dazwischenwerfen. Alles, was dazwischen liegt, ist lächerlich.«

»Spricht jetzt Martin aus Ihnen? Oder der Colonel? Ich komme da nicht mit, Linda. All die schönen Wochenenden in der Hauptstadt, mit all den schönen offenen Kaminfeuern. Eigentlich hatte ich mehr von Ihnen erwartet. Ihr Geschmack hat mich überrascht, Linda. ›Ich passe mich sehr leicht an.‹ Sehr hübsch gesagt, aber niemand kann was dafür, wenn die Leute, die wir antreffen, genauso sind wie wir selber. Ihr habt alle dieselben Bücher gelesen. Natürlich lesen wir viel, nicht wahr? Wir dürfen unser Gehirn nicht einrosten lassen unter den Wilden.«

»Gerade Sie haben kein Recht, so zu sprechen, Bobby.«

»Aha, ich bin also disqualifiziert? Das hätten Sie sagen sollen. Aber ich dachte, Sie wollten, daß ein Hausboy die Nachricht verbreitet. Ich dachte, Sie wollten jemanden, den Sie mit Ihrem Bettgeschrei erregen könnten.«

»Das ist eine von Doris Marshalls absurden Geschichten.«

»›Lassen wir es uns von Bobby bezeugen. Er ist einer von Denis Marshalls Leuten.‹« Er nickte vor sich hin. »›Nehmen wir Bobby dazu. Bobby läßt alles mit sich machen.‹ – ›Ein hübsches Hemd haben Sie an, Bobby.‹ Sehr komisch. Aber Sie haben sich den Falschen ausgesucht.«

»Das ist Unsinn.«

»So?« Er nahm die rechte Hand vom Steuerrad und klopfte sich an den Kopf. »Ich bemerke alles. Da oben wird alles registriert.«

»Ich habe Sie immer für einen Romantiker gehalten, Bobby.«

»Sie haben sich den Falschen ausgesucht.«

»Ich wünschte, es wäre so, wie Sie sagen. Sie können sich die Leute im Viertel nicht sehr genau angesehen haben.«

»Das ist es ja gerade. Niemand kann was dafür, wenn die Leute, die man antrifft, genauso sind, wie man selber ist.«

»Hören wir damit auf, Bobby. Ich nehme alles zurück.«

»Sie reden von Wilden und Peitschen.«

»Ich nehme das zurück.«

»Es gibt so viele wie Sie, Linda. Wir dürfen unser Gehirn nicht einrosten lassen. Wir leben unter Wilden, und wir müssen unser Kulturgut pflegen. Wir leben unter diesen überaus schmutzigen Wilden und müssen uns fortwährend daran erinnern, daß wir dieses kostbare Gut besitzen. Benutzen wir auch täglich unser Intimdeodorant?«

»Das ist lächerlich.«

»*Tun wir es? Tun wir es?* Welche Marke benutzen wir? *Hot Girl, Cool Girl, Fresh Girl, Girl-Fresh?* Sie sind nichts. Sie sind nur eine dreckige Fotze. Es gibt Millionen wie Sie, und es wird noch Millionen geben. ›Ich bin sehr anpassungsfähig.‹ – ›Hoffentlich hat man den armen Frauen nichts getan.‹ Was glauben Sie eigentlich, wer Sie sind? Ich weiß nicht, wieso Sie glauben, daß es eine Rolle spielt, was Sie über irgend etwas denken?«

Sie lehnte sich auf ihrem Sitz zurück und sah zum Fenster hinaus. Schon wieder ein Dorf: staubige Hütten, tropische Hinterhofvegetation, eine ungepflasterte Seitenstraße, dort ein Ausblick auf Sonne, Staub und Bäume, und dann wieder Busch am Straßenrand.

»Es gibt Millionen wie Sie. Und Millionen wie Martin. Ihr seid *nichts.*«

»Bitte halten Sie. Ich werde hier aussteigen. Ich möchte nichts mehr sagen. Bitte halten Sie.«

Die Bremsen quietschten auf der heißen Straße, der Wind brauste nicht mehr durch die offenen Fenster. Das Klopfen des Motors wirkte auf einmal wie Stille. Bäume warfen zusammengestauchte Schatten über die Gräben. Der Himmel war hoch und heiß.

Linda sagte: »Sie hatten recht. Es war keine sehr gute Idee.«

»Sie begehen eine Dummheit. Sie werden Schwierigkeiten bekommen.«

»Ich bin eben dumm.«

»Sie haben es so gewollt, vergessen Sie das nicht.«

»Ich werde umdisponieren. Ich werde wahrscheinlich ein Taxi oder sonst eine Fahrgelegenheit kriegen.«

Als sie sich umwandte, um die Tür zu öffnen, sah er, daß die Rückseite ihres Hemds naß war. Dann wurde er sich bewußt, daß sein eigenes Hemd naß war und sich kalt anfühlte. Als Linda auf die Straße trat, schien es sekundenlang, als habe sie die

Orientierung verloren. Ihre dunkle Brille verbarg ihren Gesichtsausdruck. Sie richtete sich auf. Bobby beobachtete, wie sie zurück zum Dorf ging, durch das sie soeben gefahren waren.

Er rief ihr nach: »Ihr Koffer?«

Sie drehte sich um. »Den können Sie mitnehmen.«

Er öffnete seine Tür und stieg aus. Ihm war noch immer, als ob sich die Straße bewege. Ihm war schwindlig in der immer noch heißen Luft, wieder einmal hatte er das Gefühl, als werde ihm im nächsten Augenblick der Kopf platzen.

»Linda!«

Sie ging mit gesenktem Kopf und ihren flinken, kleinen Schritten weiter und sah auf dem hohen Damm der leeren Straße so fremd, so zufällig aus, die Farben ihrer Hose und ihres Hemds waren plötzlich so lebhaft und auffallend, daß auf einmal auch Straße, Felder und Himmel farbig zu leuchten schienen und das Bild etwas von der Unwirklichkeit eines Farbfotos bekam.

Er stieg wieder ein, knallte die Tür zu und fuhr los, rieb die trockenen Handflächen an dem Steuerrad, starrte auf die schwarze Straße und spürte, wie die Hitze von der Motorhaube zurückprallte, wo die Sonne sich in einem kleinen Kreis glitzernder Kratzer spiegelte.

Minuten später, während er sich unausgesetzt der untergehenden Sonne, der schwarzen Schatten der Bäume, der leeren Felder, des leeren Wagens, des Brausens von Motor und Wind bewußt war, überkam ihn das Gefühl eines Alptraums. Der Colonel und das Hotel, der Soldat neben dem breiten Flußbett, die weißen Jungen, die wie Wappentiere auf die Straße liefen und sich langsam und lautlos fortbewegten, Linda auf der Straße: Die Bilder waren deutlich, waren folgerichtig, aber sie waren wie Phantasiebilder.

Er mußte sich beruhigen. Als er das erkannte, wurde er ruhiger. Das alptraumhafte Gefühl reduzierte sich auf die Erinnerung an seine eigene Heftigkeit und eine Vorahnung von Gefahr. Er war allein; er bot eine Zielscheibe für Vergeltungsmaßnahmen. Dennoch raste er weiter. Am Ende der Straße lauerte Gefahr, in seinem Alleinsein lag Gefahr. Dennoch ließ er Zeit verstreichen.

Der Wagen hüpfte in die Höhe, setzte dann hart auf der Straße auf, und für einen Moment sprang ihm das Steuer aus der Hand. Die Straße war hier schlecht. Die dünne Asphaltdecke, in der Nachmittagssonne geschmolzen und weich geworden, hob und senkte sich. Bobby kannte diese Strecke. Er nahm den Fuß vom Gaspedal. Noch ein Stoß, noch ein Schleudern, aber er hatte den Wagen unter Kontrolle. Er hielt wieder an und war sich wieder der Stille, des Lichts und der Hitze bewußt.

Er wendete, um zurückzufahren. Die Straße war so leer wie zuvor. Auf dem feuchten Asphalt sah er die Reifenspuren, die er gerade gemacht hatte. In seiner Panik waren die Straße und die Felder wie Phantasiebilder gewesen. Es überraschte ihn, beim Zurückfahren festzustellen, daß er alles so deutlich gesehen hatte und sich an soviel erinnerte. Sein Wagen hatte ausgezeichnete, ganz normale Reifenspuren hinterlassen.

Von Linda war auf der Straße nichts zu sehen. Das kleine Dorf, das ausschließlich auf der einen Seite der Fernstraße errichtet worden war, an der unbefestigten Seitenstraße, sah verriegelt und verlassen aus. Niemand erschien, als Bobby hupte. Die zwei, drei Läden, schiefe Holzbauten, hatten die gleiche Farbe wie die staubigen Höfe. Auf blechernen Reklameschildern, die an die verschlossenen Türen genagelt waren und auf denen die Sonne jede Farbe außer Schwarz und Hellgelb ausgebleicht hatte, hielt eine lachende Afrikanerin ein

Töpfchen Hautcreme gegen Ekzeme empor, und ein lachender Afrikaner rauchte eine Zigarette.

Bobby bog in die Seitenstraße ein. Sofort wirbelte Staub auf. Sofort war im Rückspiegel nur noch eine Staubwolke zu sehen, dicht und wogend wie der gelbe Rauch eines heftigen Brandes. Bobby schloß die Fenster; aber als er weiterfuhr und dabei alles unkenntlich machte, den Busch, die hohen Bäume, eine leere Holzhütte, nahm der Staub im Wagen zu. In einem Hof voller Gerümpel erblickte er einen großen Wellblech-schuppen, voller Staub und schwarzer Schmiere, und daneben, hinter zwei, drei abgestorbenen Sträuchern in harter Erde, einen weißen Betonbungalow auf niedrigen Pfeilern, der der brennenden Nachmittagssonne ausgesetzt war.

Bobby hielt an und kurbelte sein Fenster herunter. Staub wogte langsam um den Wagen. Auf Bobbys Hupen öffnete ein schlaksiger junger Inder die Eingangstür des Bungalows.

Er sah den Wagen an und winkte Bobby heran. Bobby zögerte. Der Junge blieb auf der Schwelle zwischen Veranda und Wohnraum stehen, ein verwirrter Mittelsmann zwischen Bobby und jemandem drinnen.

Bobby ging in den Bungalow. Die Veranda, in der sich die Nachmittagssonne fing und die Hitze von weißen Wänden reflektiert wurde und vom Fußboden aufstieg, war leer. In dem erstickend heißen kleinen Wohnzimmer zwischen Papierblumen und Taschenbüchern, Stühlen mit Chromgestell und Hindugottheiten aus kupferfarbenem Plastik, schien Linda Tee zu trinken und etwas zu essen. Mit entblößten Zähnen biß sie gerade in die äußerste Spitze einer eingelegten Paprikaschote.

Bobby ignorierte den älteren Inder, Lindas Gastgeber, und sagte: »Wir haben jetzt nicht mehr viel Zeit.«

Linda sagte: »Ich esse gerade etwas.«

»Nun, wahrscheinlich brauchen wir uns nicht zu hetzen. Ich werde auch etwas essen.«

»Ja, ja«, sagte der ältere Inder und entfernte sich.

Weder Bobby noch Linda, noch der große Junge sprachen. Es war sehr heiß. Linda war rot im Gesicht; Bobby begann zu schwitzen. Eine junge Frau in grünem Sari brachte einen Teller mit Mixed Pickles und eine neue Tasse und ging wieder hinaus.

»Schönes Haus haben Sie hier«, sagte Bobby, als der ältere Mann zurückkehrte.

»Mrs. McCartland«, sagte der Mann, während er sich setzte und mit den Beinen wackelte. »Sie hat schleunigst verkauft, als sie nach Süden zog. Haus, Möbel, Bücher, Geschäft, alles.«

Bobby sagte: »Schöne Bücher.«

»Möchten Sie ein paar?« Die Beine jetzt ruhig haltend, beugte sich der Mann zu dem Bücherregal und zog mit der linken Hand einen Packen Taschenbücher heraus. »Nehmen Sie.«

Bobby schüttelte den Kopf. »Gehen Sie auch in den Süden?«

Der Mann kicherte und schob die Bücher wieder an ihren Platz. »Ich denke an ein Textilwarengeschäft in den Vereinigten Staaten. Oder Kairo. Ich denke daran, eine Saftbude in Kairo aufzumachen.«

»Was ist denn das?«

»Ach, wissen Sie, die Ägypter trinken soviel frischen Obstsaft. Sobald ich mein Geld hinausgeschafft habe, fahre ich hin. Mein Bruder ist bereits dort. Und Sie, wo fahren Sie hin?«

»Ich lebe hier«, sagte Bobby. »Ich bin Regierungsbeamter.«

Die Beine des Mannes hörten auf zu wackeln. Er kicherte.

Linda stand auf. »Ich glaube, wir sollten so langsam aufbrechen.«

Bobby lächelte und trank einen Schluck Tee.

»Haben Sie Mr. McCartland gekannt?« fragte der Mann nach einer Weile.

»Ich habe ihn nicht gekannt.« Bobby stand auf.

»Er starb, als er noch sehr jung war«, sagte der Mann und folgte Bobby und Linda in den Hof und auf die Straße hinaus, wo sich der Staub nur langsam legte. »Er war ein richtiger Raser. Er fuhr frühmorgens von hier bis zur Hauptstadt mit hundert Meilen die Stunde.«

Bobby ging langsam, sah zum Himmel auf, ohne die Abschiedsworte des Mannes zu erwidern, und sagte: »Das werden wir ebenfalls tun müssen, wenn wir das Collectorate noch vor der Ausgangssperre erreichen wollen.«

Sie stiegen in den Wagen. Der Inder ging zu seiner Veranda hinauf und sah zu, wie sie im Hof wendeten. Der Staub wirbelte von neuem auf. Als sie abfuhren, war die Straße vor lauter Staub nicht zu sehen.

Linda sagte: »Glauben Sie, daß der Mann mit hundert Meilen die Stunde zur Hauptstadt gefahren ist?«

»Glauben Sie es?«

»Ich möchte wissen, warum er das gesagt hat.«

An der Kreuzung waren die Läden nach wie vor geschlossen und leer. Die verblaßten Afrikaner auf den Blechreklameschildern grinsten, die Schatten unter den Dachtraufen waren länger geworden. Sie bogen in die Fernstraße ein und kurbelten ihre Fenster herunter. Die Sonne schien schräg durch die verkratzte, staubige Windschutzscheibe. Alles im Wagen war mit einer Staubschicht bedeckt; jedes Staubkorn auf dem Armaturenbrett warf einen winzigen Schatten. In dem weichen Asphalt, auf der rechten Seite der Straße, sah Bobby eine Reifenspur, die er auf seiner Rückfahrt zum Dorf hinterlassen hatte. Alle seine übrigen Spuren waren durch Spuren mit einem groberen Muster verwischt worden. Mehr als nur ein schweres Fahrzeug war vorbeigefahren, vornehmlich auf der linken Seite der Straße, in Richtung des Collectorates.

Bobby fuhr vorsichtig. Er kam wieder zu der schlechten Strecke, wo die Straße, weicher Asphalt auf einer unebenen Oberfläche, sich zu heben und zu senken schien. Hier hatte er angehalten, die Spuren, die er beim Wenden hinterlassen hatte, waren zum Teil noch zu erkennen.

»Sind wir sehr spät dran?« fragte Linda.

»Wir haben nur etwa eine halbe Stunde verloren. Aber ich vermute, Sie werden die Leute freundlich anlächeln, und sie werden uns eine Tasse Tee reichen.«

Beide schmunzelten, als hätten sie beide gesiegt.

Anfangs in sich hineinlächelnd, dann mit starren Gesichtern fuhren sie durch die heiße Nachmittagsluft, während allmählich Schatten schräg von rechts auf die Straße fielen, und keiner von ihnen tat einen Ausruf, als unmittelbar vor ihnen der *Leopard Tor* auftauchte, näher und größer diesmal, halb in der Sonne, halb im Schatten, seine vertikale Seite war nicht mehr so steil, seine abgeflachte, bewaldete Seite war zackiger.

Linda sagte: »Glauben Sie wirklich, daß er nach Kairo geht?«

»Er lügt«, sagte Bobby. »Alle lügen.«

Sie lächelte.

Dann sah sie am Ende der Straße, worauf Bobby starrte: die Kolonne der Armeelastwagen, deren Reifenspuren sie gefolgt waren.

9

Er fuhr langsamer. Er beschleunigte das Tempo. Er fuhr wieder langsamer.

Weder er noch Linda sagten etwas. *Leopard Tor,* der aus dem Busch emporragte, blieb immer rechter Hand, sein bewaldeter Hang im Schatten. Die Vegetation neben der Straße hatte sich unmerklich verändert. Noch immer bestand sie aus Gestrüpp auf kargem Boden, aber allmählich bekam sie eine feuchte, tropische Üppigkeit. Sie näherten sich zusehends den Lastwagen, einer Fünferkolonne, deren schräge Schatten auf den Asphalt fielen und über den unregelmäßigen Randstreifen hüpften. Manchmal konnten Linda und Bobby durch eine Lücke im Gestrüpp die tropische Landschaft jenseits des *Tors* sehen, das Gebiet, das dem Volk des Königs gehörte, ein riesiges, sonnenbeschienenes Waldgelände, scheinbar unbewohnt, nur mit vereinzelten Flecken bräunlichen Dunstes, der anzeigte, wo sich im Busch die Dörfer befanden.

Die Soldaten mit grünen Mützen, die mit Gewehren in der Hand hinten im letzten Lastwagen saßen, betrachteten das Auto mit finsteren Blicken. Die Gesichter der Soldaten hinter ihnen lagen im Schatten. Dann sah Bobby den Fahrer. Das Profil seines Gesichts und seiner Mütze spiegelte sich verwakkelt im Seitenspiegel des Wagens, bildete vor dem hellen Hintergrund einen schwarzen Umriß, ohne Gesichtszüge erkennen zu lassen. Manchmal, wenn der Lastwagen holperte oder wenn der Fahrer den Kopf wandte und im Spiegel nach Bobby schaute, wurde sein Gesicht von einem gelben Sonnenstrahl getroffen.

Bobby und Linda fuhren weiter und hielten dabei immer den gleichen Abstand zum letzten Lastwagen. Hinter der Ladeklappe mit dem Regimentswappen machten die Soldaten weiterhin finstere Gesichter. Zwischendurch spürte Bobby den Blick des Fahrers, immer wieder tauchte dessen Gesicht im Spiegel auf.

Linda sagte: »Wenn wir in diesem Tempo weiterfahren, kommen wir bestimmt zu spät.«

»Auf dieser Strecke kann man nicht so leicht überholen«, sagte Bobby. »Sie hat so viele Kurven.«

Sie fuhren weiter. Die Soldaten starrten sie noch immer an. Linda sagte: »Wir machen ihnen wahrscheinlich Angst.«

Bobby lächelte nicht.

Sie kamen an ein Straßenstück, das gerade und zweifelsohne frei war.

Bobby hupte und scherte aus, um zu überholen. Die Soldaten wurden munter. Bobby, der fest auf das Gaspedal trat, sah zu ihnen auf, sah zu schnell weg und wurde von der Sonne geblendet. Er begann hupend zu überholen. Der Lastwagen fuhr etwas weiter rechts. Vor Bobbys Augen tanzten schwarze Flecken, er raste, er wäre fast von der Straße abgekommen. Der Lastwagen fuhr noch weiter rechts. Bobby fuhr nebenher. Er spürte, wie seine rechten Räder auf den Randstreifen fuhren. Der Graben war dicht neben ihm. Er bremste, und der Wagen bockte und holperte. Der Lastwagen machte Platz. Die Gesichter der Soldaten runzelten sich zu einem freundlichen Lächeln. Der Seitenspiegel zeigte das Lachen des Fahrers, plötzlich hatte er ein Gesicht. Dann war das Spiegelbild verschwunden. Der Wagen stand schräg auf dem Randstreifen. Der Lastwagen fuhr weiter, ordnete sich wieder in die Reihe ein. Die Gesichter der Soldaten waren nicht mehr auszumachen. Ein khakibekleideter Arm streckte sich aus der Fahrerkabine heraus und winkte unbeholfen mit schlackernder Hand, es war das Zeichen zum Überholen.

Linda sagte: »Wenn Sie auf die Armee stoßen, stellen Sie sich tot.«

Bobbys Hemd war naß, sein Gesicht begann zu brennen. Er spürte die Hitze des Motors, der Haube, der Windschutzscheibe. Die Luft war warm, der Boden des Wagens war warm. Schweiß brach ihm wieder aus allen Poren. Seine Augen brannten, die Hose klebte an den Schienbeinen.

Er ließ den Wagen an und fuhr vom Randstreifen. Noch einmal folgte er den Reifenspuren der Lastwagen, breite Reißverschlußmuster auf weichem Asphalt. Er fuhr langsam, nie mehr als fünfunddreißig Meilen in der Stunde, und dennoch sahen sie von Zeit zu Zeit die Lastwagen wieder. Der Felsen wurde größer, Dunst verschleierte seinen bewaldeten Abhang, der im Schatten lag. Das Nachmittagslicht wurde rauchgrau.

Und jetzt dehnte sich die Fernstraße vor ihnen aus und verlief meilenweit schnurgerade wie eine römische Straße, sie schwang sich von Hügel zu Hügel. Die Militärlastwagen, in der Ferne sehr klein, fuhren hoch, verschwanden und fuhren wieder hoch. Sie kamen jetzt in das Gebiet, das dem Volk des Königs gehörte, und hier folgte die Fernstraße der uralten Waldstraße. Jahrhundertelang hatte das Volk des Königs seine Straßen so schnurgerade wie diese gebaut, über Hügel und Sümpfe, und nur die Erzeugnisse des Waldes, Erde und Rohrgras dazu verwendet. Von weitem konnte Bobby den kleinen, weißgetünchten Steinbau erkennen, eine Polizeistation, die an der Grenze des Königsgebiets stand. Aber die Fahne, die heute dort wehte, war nicht die Fahne des Königs. Es war die Fahne des Präsidenten und seines Landes.

In der Nähe des Steinhauses verließen die Lastwagen die Straße, und die Straße war wieder leer. Aber Bobby fuhr nicht schneller. Es hätte jetzt keinen Sinn mehr gehabt, es war nach vier Uhr, der Stunde der Ausgangssperre. Bald erblickten sie das niedrige, weitläufige, moderne Gebäude aus Glas und Beton, bunt wie Glasperlen, das die Amerikaner als Geschenk an das neue Land in den Busch gebaut hatten. Ursprünglich war es als Schule gedacht gewesen, symbolischerweise stand es halb auf dem Gebiet des Königs und halb auf dem des Präsidenten. Es war besichtigt, aber nie genutzt worden, es hatte weder Schüler noch Lehrer gehabt, es war leer geblieben. Heute erfüllte es einen Zweck. Der planierte Platz vor ihm, jetzt teilweise wieder überwachsen, war voller Lastwagen. Und im Schatten der Wagen standen Gruppen von dicken Soldaten.

Hier standen auf der Straße keine Barrieren, niemand winkte ihnen, daß sie anhalten sollten. Aber Bobby hielt dennoch, links von ihm die Schule, die Lastwagen und die Soldaten, rechts von ihm, auf der anderen Seite der Straße, der Steinbau, auf dem die Fahne des Präsidenten wehte. Die Soldaten sahen den Wagen nicht an. Niemand kam aus dem Steinbau heraus. Jenseits des *Tors* lag heller Wald, der sich in zunehmend rauchigem Dunst bis an den Horizont erstreckte.

»Warten wir hier auf sie?«

Bobby antwortete nicht.

»Vielleicht besteht gar keine Ausgangssperre«, sagte Linda.

Ein Soldat sah sie an. Er war kleiner als die Soldaten, mit denen er neben der offenen Ladeklappe eines Lastwagens zusammenstand. Er trank aus einer Blechtasse.

»Vielleicht hat sich der Colonel geirrt«, sagte Linda.

»Meinen Sie das *wirklich*?« sagte Bobby.

Der Soldat entfernte sich von der Gruppe bei der Ladeklappe, schüttete seine Blechtasse aus und näherte sich langsam dem Wagen. Sein Kopf wahr kahlgeschoren und unbedeckt. Seine steife Khakihose war unterhalb seines Bauches und an den runden Schenkeln, die sich aneinander rieben, zerknautscht. Er lutschte an dem Inneren seiner dicken Wangen, schürzte die Lippen und spuckte aus, dabei beugte er sich vorsichtig zur Seite, um den Speichel von den Lippen tropfen zu lassen. Er lächelte zum Auto herüber.

Dann sahen sie die Gefangenen. Sie saßen auf der Erde, einige lagen ausgestreckt, die meisten waren nackt. Es war ihre Nacktheit, die sie im Licht und Schatten der Sträucher, der kleinen Bäume und Lastwagen verborgen hatte. Helle Augen blickten lebhaft aus schwarzer Haut, aber davon abgesehen rührten sich die Gefangenen kaum. Sie gehörten zu dem schlanken, feingliedrigen, sehr schwarzen Stamm des Königs, ein Volk, das Kleidung trug, das Straßen baute. Aber was sie in der Freiheit an Würde besessen hatten, war bereits dahin, jetzt waren sie nur noch ein Waldvolk, in der Hand ihrer Feinde. Einige waren nach alter Sitte des Waldes aneinandergefesselt, Hals an Hals, in Dreier- oder Vierergruppen, wie zur Auslieferung an den Sklavenhändler. Bei allen waren rotbraune Flecken von Blutergüssen und Schlägen zu sehen. Ein oder zwei sahen tot aus.

Der Soldat lächelte, hielt mit nasser Hand die nasse Blechtasse und trat an den Wagen.

Bobby begann zu lächeln, beugte sich über Linda und fragte, während er sich mit der linken Hand das nasse Eingeborenenhemd aus der linken Achselhöhle zupfte: »Wer ist dein Offizier? Wer ist dein Boßmann?«

Linda blickte von dem Soldaten zu dem weiß getünchten Steinbau und der Fahne, dem *Tor* und dem rauchenden Waldgelände.

Der Soldat drückte seinen Bauch gegen die Wagentür, und der Geruch seiner warmen Khakiuniform mischte sich mit dem Schweißgeruch von Bobbys freiliegender linker Achselhöhle und seinem gelben Hemdrücken. Der Soldat sah Bobby und Linda an, dann in den Wagen hinein und sprach leise in einer komplizierten Waldsprache.

»Wer ist dein Boßmann?« fragte Bobby erneut.

»Fahren wir weiter«, sagte Linda. »Sie sind nicht an uns interessiert. Fahren wir weiter.«

Bobby zeigte auf den Steinbau. »Boßmann dort?«

Der Soldat sprach wieder, diesmal zu Linda, in seiner Sprache.

Sie sagte gereizt: »Ich verstehe nicht« und sah starr geradeaus.

Der Soldat benahm sich, als sei er geohrfeigt worden. Er lächelte dümmlich und trat einen Schritt von dem Wagen zurück. Er schüttete seine Blechtasse aus, das Lächeln verschwand. Er sagte leise: »*Versteh nicht, versteh nicht.*« Er sah auf die Karosserie des Wagens herunter, auf die Türen, die Räder, als suche er etwas. Dann machte er kehrt und ging wieder zu seiner Gruppe.

Bobby öffnete seine Tür und stieg aus. Es war kühl, das verschwitzte Hemd klebte kalt an seinem Rücken, aber der Asphalt unter seinen Füßen war weich. Er konnte die Gefangenen jetzt deutlicher sehen. Er konnte den Rauch aus dem Waldgebiet jenseits des *Tors* sehen. Das war kein Dunst, kein Rauch von nachmittäglichen Kochstellen, im Busch dort standen Dörfer in Flammen. Der abgewiesene Soldat sprach jetzt mit seinen Kameraden. Bobby versuchte es zu übersehen. Sein Instinkt befahl ihm, wieder in den Wagen zu steigen und ohne Aufenthalt bis zum Ausländerviertel durchzufahren. Aber er beherrschte sich. Den rechten Arm schwenkend, schritt er rasch über die sonnige Straße in den staubigen Hof und den Schatten des Steinbaus und ging durch eine offene Tür.

Kaum war er eingetreten, wußte er, daß er einen Fehler gemacht hatte. Aber für einen Rückzug war es zu spät. Kein Offizier, kein Polizist befand sich in dem kühlen, dunklen Raum, wo Schreibtische und Stühle an die Wand gerückt waren, wo zwischen alten Bekanntmachungen über Kommunal- und Staatssteuern, Plakaten mit Bildern von gesuchten Verbrechern und anderen vervielfältigten Listen das neue Foto des Präsidenten an dem grünen Anschlagbrett hing. Drei Soldaten mit geschorenen Köpfen saßen unter dem Fenster auf dem Betonboden, ihre Mützen auf den Knien. Sie erhoben sich alle, als Bobby eintrat.

»Ich bin Regierungsbeamter«, sagte Bobby.

»Sir!« sagte einer der Soldaten, und alle standen stramm.

»Wer ist euer Offizier? Wer ist euer Boßmann?«

Sie antworteten nicht, und nach diesem guten Anfang wußte Bobby nicht, wie er fortfahren sollte.

Sie sahen sein Zögern, und ihre Nervosität verschwand. Ihre Spannung ließ nach. In ihre Gesichter trat ein fragender Ausdruck.

Der Soldat in der Mitte sagte: »Kein Boßmann.«

Bobby spürte, daß er das falsche Wort benutzt hatte. Er blickte von dem Soldaten in der Mitte zu dem Soldaten zur Rechten, dem dicksten der drei, der ihn »Sir« genannt hatte. »Gibst du hier Passierschein?«

»Kein Passierschein«, sagte der Soldat in der Mitte.

Die Wangen des dicken Soldaten wölbten sich bis zu seinen kleinen, feuchten Augen. Er schwenkte die rechte Hand langsam vor seinem Gesicht und zeigte Bobby die Handfläche.

»Kein Passierschein«, sagte der Soldat in der Mitte.

Bobby sah ihn an. »Mr. Wanga Butere *mein* Boßmann.«

Lächelnd streckte er die Hände vor, um einen riesigen Bauch anzudeuten, und tat, als wanke er unter dem Gewicht. »Mr. Busoga-Kesoro mein *dicker* Boßmann.«

Sie lächelten nicht.

»Busoga-Kesoro«, sagte der dicke Soldat und sah Bobby

dabei prüfend an und bewegte die Wangen und Lippen, wie um Speichel zu sammeln. »Busoga-Kesoro.«

»Ihr habt keine Ausgangssperre?« sagte Bobby.

»Sperrausgang«, sagte der dicke Soldat.

Der Soldat in der Mitte sagte: »Sperrausgang.«

»Um welche Zeit ist Sperrausgang? Vier Uhr, fünf Uhr, sechs Uhr?«

»Fünf Uhr«, sagte der dicke Soldat. »Sechs Uhr.«

Bobby streckte sein Handgelenk aus und zeigte auf seine Uhr. »Vier? Fünf? Sechs?«

»Du mir geben?« sagte der dicke Soldat und hielt Bobbys Handgelenk fest.

Schwarze Haut auf rosa Haut: Alle starrten hin.

Der dicke Soldat strich mit dem Daumen über das Zifferblatt. Seine Augen blickten freundlich, weiblich. Seine Wangen und Lippen setzten sich wieder in Bewegung.

Der Soldat in der Mitte knöpfte seine Rocktasche auf und zog eine zerknautschte, halbleere Zigarettenpackung hervor. Es war die Marke, die die lachenden Afrikaner auf der Reklame rauchten.

Draußen wurden die Motoren der Lastwagen hochgejagt. Man hörte Gerede und Rufen. Stiefel knirschten auf dem Asphalt, Kabinentüren knallten. Lastwagen fuhren in niedrigem Gang heulend davon.

»Ich dir nicht geben«, sagte Bobby. »Ich keine mehr haben.«

Er hatte einen Witz gemacht. Alle lachten.

»Keine mehr haben«, sagte der dicke Soldat und ließ Bobbys Handgelenk fallen.

»Ich gehe«, sagte Bobby.

Er ging auf die Tür zu. Von dort blickte er auf die sonnige Straße, den staubigen Hof mit seinem diagonalen Stück Schatten, das insektenbespritzte Vorderteil seines Wagens.

»Boy!«

Er blieb stehen; das war sein Fehler. Er wandte sich um und sah in den dunklen Raum.

Der Soldat in der Mitte hatte gerufen. Er hielt ihm eine unangezündete Zigarette entgegen, die zwischen Mittel- und Zeigefinger sehr weiß wirkte.

»Ich geb dir Zigarette, Boy.«

»Ich nicht rauchen«, sagte Bobby.

»Ich geb dir. Komm, ich geb dir.«

Und Bobby ging von der Tür und der Helligkeit auf die Soldaten zu, weil es ihm lieber war, daß das, was jetzt passieren würde, hier in dem dunklen Zimmer passierte als im Freien, vor den anderen.

Die Hand des Soldaten war noch immer ausgestreckt, offen, mit der Handfläche nach unten, die Zigarette senkrecht zwischen Zeige- und Mittelfinger. Dann spreizten sich die Finger, die Zigarette fiel zu Boden, und im selben Augenblick kam die Handfläche auf Bobbys Gesicht zu, scheinbar nur, um ihn zu kratzen, sie landete dann aber hart auf seinem Kinn. Die andere Hand riß an dem gelben Eingeborenenhemd.

»Ich werde dich anzeigen«, sagte Bobby, nach hinten fallend. »Ich zeige dich an.«

Die anderen Soldaten standen hinter ihm, um ihn im Fallen aufzufangen und mit geübten Händen seine Arme zu packen und zu verdrehen; und es schien, als ob der Soldat vor ihm nicht durch seine Worte gereizt wurde, sondern durch den Klang und den Anblick des zerfetzten Hemds. Immer wieder riß er an dem Hemd und dem Unterhemd darunter, und mit der rechten Hand, die die Zigarette gehalten hatte, zerkratzte er in unbeholfener Wut Bobbys Gesicht, als wolle er es nur an der Nase, dem Kinn und den Wangen packen.

»Ich zeige dich an«, sagte Bobby.

Seine Arme wurden noch stärker verdreht, und er wurde nach vorn gestoßen, und als er auf dem Betonboden lag und spürte, wie die Stiefel ihm in den Rücken, ins Genick und in die Kiefer traten, sah er überrascht, daß die Beine von zwei Soldaten sich nicht bewegten. Es war der dicke Soldat, der stöhnend in seiner engen Khakiuniform neben ihm hockte, ihn an den Haaren riß, seinen Kopf auf den Boden schlug, sein Gesicht über den Boden scheuerte, mal auf dieser, mal auf der anderen Seite. Bobby wußte, daß ihm die Haut zerfetzt wurde; dennoch nahm er wahr, daß die anderen Soldaten sich nicht rührten.

Anfangs hatte er gedacht, daß der Soldat mit der Zigarette ihn nur demütigen, bloßstellen, erniedrigen wollte; und er hatte halbwegs Verständnis dafür gehabt. Aber sie waren zu weit gegangen, und jetzt spürte er, daß der dicke Soldat, der die Uhr verlangt hatte, ihn umbringen wollte. Er dachte: Ich muß mich schützen, ich muß mich totstellen.

Ausgestreckt auf dem Bauch liegend, machte er sich schwer, preßte den linken Arm an den Kopf. Die Stiefel tasteten seine Rippen ab, seinen Bauch, tasteten alles ab und traten. Bobby versuchte, sich nicht zu bewegen, er glaubte nicht, daß er sich bewegte, der feine Sand auf dem glatten Zement des Fußbodens klebte an seiner nassen Haut. Er machte die Augen nicht auf, aus Angst, womöglich nicht sehen zu können. Dann spürte er den Stiefel hart auf seinem rechten Handgelenk, und da hätte er weinen können, über den scharfen Schmerz, über das Wissen um den gebrochenen Knochen, vorsätzlich gebrochen, über das Wissen, daß etwas, das sein ganzes Leben intakt gewesen war, vorsätzlich zertreten worden war. Er verdrängte alles um sich herum, um sich auf das Handgelenk zu konzentrieren. Er spürte, wie es taub wurde; er spürte, wie es anschwoll. Und dann war er wieder auf der offenen Straße, in einer hellen Landschaft, nervös wegen seiner eigenen Geschwindigkeit, seiner Reifenspuren und der nassen, welligen Straße.

Er erwachte. Er wollte jetzt die Augen öffnen. Sein ganzes Gesicht brannte. Er konnte sehen. Er konnte sehen, daß sich in dem dunklen Raum keine Khakibeine mehr befanden. Er wartete, um sicher zu sein. Er spürte, daß es wichtig war, sofort zu handeln, solange er bei Besinnung war, solange die Kraft, die zurückgekehrt war, vorhielt. Sich auf das Handgelenk stützend, setzte er sich auf. Er hatte die Verletzung vergessen, jetzt erinnerte er sich daran. Er erhob sich und stand fest auf den Beinen. Er untersuchte sich nicht. Im Gehen dachte er daran, auf den Fußboden zu blicken. Aber die Zigarette, die der Soldat hatte fallen lassen, sah er nicht.

Das Licht war gelblicher geworden. Die Schatten hatten sich ausgedehnt und waren weniger hart. Staub und Rauch waren mehr geworden. Die Sonne fing sich in der Windschutzscheibe eines Lastwagens und in einem Fenster der Schule. Soldaten hockten oder saßen um kleine Reisigfeuer, aßen von Blechtellern, tranken aus Blechtassen, ohne Eile, mit Muße, Augen und Stimmen fröhlich vor Freude am Essen: Waldbewohner, Könige der Wälder; am Ende eines weiteren glückhaften Tags. Ein Stück hinter ihnen, in der Sonne, lagen die gefesselten Gefangenen auf der Erde und rührten sich nicht.

Ein Soldat erblickte Bobby und starrte ihn an. Die Augen des Soldaten funkelten. Ohne den Kopf zu wenden, sprach er mit dem Mann neben ihm, und die ganze Gruppe starrte Bobby an. Er hielt die Hände an den Leib gedrückt, blieb im Türrahmen stehen und ließ sich mustern. Er begann auf das Auto zuzugehen, das an derselben Stelle stand, wo er es verlassen hatte, auf der offenen Straße ziemlich schutzlos, die Räder leicht in den Asphalt eingesunken. Die Soldaten machten sich wieder an ihr Essen.

Linda saß noch immer im Auto, sie beugte sich vor, um die Tür zu öffnen. Niemand näherte sich dem Wagen. Der Motor sprang an. Bobby ließ die rechte Hand auf dem Lenkrad ruhen. Niemand hinderte ihn an der Abfahrt. Das Nachmittagslicht tauchte jeden Kratzer auf der Windschutzscheibe in Gold. Die fast senkrechte Seite des *Leopard Tor* war ebenfalls vergoldet, die im Schatten liegende Seite war verschwommen; und der untere Teil des Waldes schien jetzt wie ein Teil des Busches.

Fünf- oder sechshundert Meter weiter, hinter der Kuppe des Hügels, kamen sie an die Straßensperre. Der Soldat mit dem Gewehr, das Gesicht unter der Feldmütze eine einzige schwarze Fläche, gebot ihnen mit der schlackernden afrikanischen Handbewegung Halt. Aber noch ehe sie hielten, winkte sie der Mann mit dem geblümten Hemd, der dunklen Hose und der englischen Frisur auf der gegenüberliegenden Straßenseite weiter.

Bobby fuhr zwischen den weißen Barrieren hindurch und dann langsam an den Fahrzeugen vorbei, die auf der anderen Straßenseite hielten. Fahrzeuge, die das Collectorate verließen: die Peugeot-Taxibusse, die klapprigen Transportwagen und die afrikanischen Autos. Die Insassen standen auf dem Randstreifen. Einige hielten zusammengefaltete Formulare oder ihre Pässe in die Höhe, aber andere saßen oder lagen bereits im Gras, halbnackt, mit zerfetzten Kleidern; die Soldaten in voller Uniform gingen zwischen ihnen hin und her. Einige der afrikanischen Frauen waren nach der Mode aus der Zeit Edwards VII. gekleidet. So waren die ersten Missionare bei dem Volk des Königs erschienen, und seither trugen die Frauen dieses Volks zu offiziellen Anlässen oder zu einer längeren Reise diese Art Kleidung, allerdings aus afrikanischen Baumwollstoffen.

Die Straße verlief schnurgerade, von Hügel zu Hügel, der Asphaltstreifen schlug eine breite Schneise durch den Busch.

Linda sagte: »Halten wir einen Moment, Bobby.«

Er fuhr widerspruchslos an den Straßenrand und hielt.

Sie versuchte, sein Haar zu säubern, die Fetzen seines gelben Hemds zu ordnen. Viel mehr konnte sie nicht tun. Er erlaubte ihr nicht, sein Gesicht zu berühren.

Sie sagte: »Ihre Uhr ist kaputt.«

Bobby schloß die schweren Augenlider und dachte in der Dunkelheit in einem plötzlichen Anflug von Mitgefühl für sie, für die ebenfalls so vieles schiefgegangen war: Aber das sind ja die Hände einer Krankenschwester.

Er öffnete die Augen und sah auf die Straße. Sie fuhren weiter. Der Himmel über ihnen war dunkelblau, das Licht schwand allmählich. Dort, wo die Dörfer des Königs brannten, glühte der Busch rot.

Es war ein Volk, das – jetzt ungeschützt – in Dörfern an den alten schnurgeraden Straßen wohnte, Straßen, durch die sie ihre Macht als Eroberer des Waldes ausgedehnt hatten, bis die ersten Forschungsreisenden eintrafen. Die Dörfer lagen dicht beieinander, normalerweise war die Fernstraße voll von Fußgängern und Radfahrern. Aber jetzt war die Straße leer, und auch die Dörfer, an denen Bobby und Linda vorbeikamen, waren leer, tot, ausgebrannt. Die Dörfer, die in Flammen standen, befanden sich an Landstraßen abseits von der Hauptstraße.

Linda sagte: »Ich frage mich, ob sie wohl auch das Ausländerviertel niedergebrannt haben.«

Aber woanders konnten sie nicht hinfahren.

Die Straße ging bergab, sie konnten die brennenden Dörfer nicht mehr sehen. In dieser Senke war der Busch hoch und dunkel. Sie fuhren jetzt durch Wald, und die Straße, eine gerade schwarze Schneise, führte zwischen Wänden von Wald aufwärts und abwärts und dann zu einem hohen Horizont. Bobbys Handgelenk schmerzte, er spürte, wie seine Augenlider schwer wurden. Und dann war er in einem weißen Sturm. Wie Schneeflocken kamen sie aus dem Wald, Schmetterlinge, weiß auf dem Asphalt, dem Gras, den Baumstämmen, Millionen und Abermillionen weißer Schmetterlinge, die aus dem Wald herausflatterten. Und der Sturm ließ nicht nach. Sie wurden von den Autorädern zerquetscht, sie klatschten gegen die Motorhaube, flatterten auf dem heißen Metall und starben; sie klebten an der Windschutzscheibe.

Linda betätigte die Sprühanlage, sie stellte die Scheibenwischer an.

Die Straße stieg an. Die Schmetterlinge verschwanden ebenso plötzlich, wie sie aufgetaucht waren. Der Wald war zu Ende. Der Himmel über ihnen war tiefblau. In der Ferne sahen sie die Dörfer um die kleine Stadt herum brennen, sie waren in der rasch hereingebrochenen Dämmerung als ein paar zerrissene Lichtstreifen sichtbar.

Bobby sagte: »Ich glaube, etwas ist mit meinem Handgelenk nicht in Ordnung.«

»Ich wünschte, ich könnte fahren.«

Er hörte die Panik aus Lindas Worten, und es war ihm gleichgültig. Die Straße blieb weiterhin leer, die Dörfer, an denen sie vorbeifuhren, waren ausgebrannt. Zerstörte Hütten aus Lehm und Gras wären wie ein Teil des Busches erschienen, Wellblech machte sie zu Ruinen. Hier und da waren Frauen und Kinder zu den Ruinen zurückgekehrt, die Frauen rundlich nach Art der Frauen aus dem Volk des Königs, die in ihren Gewändern im Stil Edwards VII. aufgeputzt wirkten. Der Wagen fuhr von allein, und Bobby, der nur den Scheinwerfern folgte, überraschte es nicht, daß die Frauen, mit Gesichtern, die vor Erschöpfung glänzten, sich jetzt dort befanden; oder daß auf dem kleinen Industriegelände vor der Stadt immer noch elektrisches Licht brannte und Plakate beleuchtete; oder daß, wo einstmals hinter hohen Doppelmauern der Königspalast geschimmert hatte, jetzt Dunkelheit herrschte.

Die Mauern waren durchbrochen, im Inneren herrschte Zerstörung: Lastwagen, Soldaten, Lagerfeuer. Zu diesem Anwesen hatten die ersten Forschungsreisenden vor kaum hundert Jahren die Nachricht von einer Welt jenseits des Waldes gebracht. Jetzt erlebte das Anwesen seine erste richtige Vernichtung, ein Palast, der vorwiegend in den zwanziger Jahren des zwanzigsten Jahrhunderts erbaut worden war, der erste Palast, der aus haltbarerem Material als Schilf und Gras entstanden war.

Zwischen dem Palast und der Kolonialstadt befand sich ein nicht näher zu bestimmendes Areal: Karawanserei, Schutthaufen, Weideland, Marktplatz, Barackenstadt. Hier brannten nur wenig Lichter. Lagerhäuser, Verkehrsampeln: Die Straßenschilder wurden kompliziert. Militärlastwagen und Jeeps standen an manchen Kreuzungen. Manchmal beleuchteten die Scheinwerfer die grüne Feldmütze und das glänzende Gesicht eines geblendeten Soldaten. Aber keine linkische Handbewegung befahl Bobby zu halten. In der Hauptstraße, in der ein halbes Dutzend drei- bis vierstöckige Betonbauten die alten Holzbauten aus der Pionierzeit der alten indisch-englischen Siedlung überragten, waren einige indische Möbelgeschäfte geplündert worden. Aber die meisten Läden waren mit Brettern vernagelt und intakt.

Nach der Hauptstraße war die Stadt wieder weitläufiger, ein Park neben dem Hauptwohnviertel, in dem vereinzelte Lichter leuchteten, ein Kreisverkehrsplatz mit Soldaten, dann ging es geradewegs wieder heraus aus der Stadt und wieder in die Dunkelheit, auf den glühenden Himmel zu, durch ein weiteres undefinierbares afrikanisches Viertel – Häuser und Hütten und Wassertürme, Reparaturwerkstätten mit altersschwachen Lastwagen, Läden, Buden und Hinterhofgemüsegärten –, das sich bis zu dem Ausländerviertel erstreckte. Gewöhnlich war diese Straße voller Leben und zu dieser Tageszeit sogar gefährlich durch Betrunkene oder Afrikaner, die aus dem finstersten Busch kamen und noch nicht gelernt hatten, das Tempo von motorisierten Fahrzeugen einzuschätzen. Jetzt war die Straße leer. Aber sie war schlecht, voller Schlaglöcher nach dem Regen und holperig durch Asphalt, der geschmolzen und wieder hart geworden war. Bei jedem Holpern des Wagens ließen Bobbys Kräfte nach.

Bäume schirmten das Ausländerviertel von der Straße ab. Am Ende der kurzen Auffahrt brannten zwei trübe Lampen auf den Säulen des eisernen Tors. Das Tor war geschlossen, der rotweiße Schlagbaum war unten. Bobby hielt. Eine Stablampe blitzte ein paar Zentimeter vor seinem Gesicht auf, und unmittelbar außerhalb ihres Lichtkegels sah er Lastwagen und Soldaten.

Das Licht der Stablampe wanderte über die Windschutzscheibe, die mit der gelbweißen Masse zerdrückter Schmetterlinge verschmiert war, und verharrte auf dem Ausweis für das Ausländerviertel, der innen an der Scheibe klebte.

»*Boswa et bévéni. M'sé, mem.*«

Es war einer der Wächter des Ausländerviertels, der sie fröhlich in seiner Mundart begrüßte, die ihn auszeichnete und sein Stolz war. Er gehörte weder zum Volk des Königs noch zum Volk des Präsidenten. Er stammte aus einem anderen Land, im Collectorate war er neutral, ein Zuschauer und ebenso ungefährlich wie das Viertel, das er bewachte.

Das Ausländerviertel war ungefährlich. Die Soldaten waren da, um es zu beschützen. Der Schlagbaum flog auf, und der Wächter in seiner altmodischen rot-blauen Uniform lief los, um das Tor zu öffnen, als wolle er vor den zuschauenden Soldaten seinen Eifer beweisen und die Autorität des Volkes, dem er diente. Er stieß einen Torflügel nach innen und hielt ihn offen, er grüßte, als der Wagen hineinfuhr, und dann rannte er, die Hand am Torflügel, zurück, um das Tor zu schließen.

Der große Straßenplan des Viertels war beleuchtet. Die sorgfältig gekennzeichneten Straßen, die sich durch die künstliche Gartenlandschaft des Viertels wanden, waren ebensogut beleuchtet. Irisierendes Licht fiel auf Hecken und Gärten. Durch die offenen Fenster der Bungalows und Wohnungen konnte man Wandschmuck aus Borken- und Strohgeflecht sehen. Afrikanische Gemälde, Bücherregale. Im kleinen Klubhaus herrschte Betrieb.

Linda sagte: »Wie geht es Ihrem Handgelenk?«

Bobby antwortete nicht. Lindas Stimme war heller, munterer, er merkte, daß ihre Panik vorbei war. Hier im Ausländerviertel war sie in ihrem Element; sie hatte Neuigkeiten zu berichten.

In der Nacht erwachte Bobby von Zeit zu Zeit aus Träumen von der Fahrt und undeutlichen Gefahren entlang der Straße und spürte die wohltuenden Bandagen. Als es heller wurde, begann er auf Luke, seinen Hausboy, zu warten. Er wurde durch Radiolärm aus dem Quartier der Boys geweckt. Dann wurde er durch das Geräusch von Lukes flinken, nackten Füßen im Nebenzimmer erneut geweckt. Diese Flinkheit verriet ein Schuldgefühl, und als Luke auf Zehenspitzen mit seiner eingelaufenen Khakihose, die im Schritt kniff und die schmalen Fußgelenke frei ließ, ins Schlafzimmer trat, erkannte Bobby an dem leisen Auftreten und dem verknitterten weißen Hemd, daß Luke sich betrunken und in den Kleidern geschlafen hatte. Luke zog die Vorhänge auf und sagte mit seiner schweren, trunkenen Stimme: »Blaues Kleid heute morgen im Garten.« Das war einer ihrer privaten Witze über eine Frau aus dem Ausländerviertel, eine vor kurzem angekommene Amerikanerin, die mehrere Wochen lang anscheinend dasselbe blaue Kleid getragen hatte.

Dann drehte sich Luke um und sah Bobby. Er blieb stehen und kniff die Lippen zusammen. Luke gehörte zum Volk des Königs und stammte aus einem der Dörfer in der Nähe, er wußte, was von der Armee des Präsidenten zu erwarten war. Seine geröteten Augen starrten, seine Nasenflügel blähten sich, und sein langes, schmales Gesicht zitterte. Er holte hörbar durch die Nase Luft, seine zusammengepreßten Lippen klafften auseinander. Er schnaubte verächtlich, stampfte mehrmals kurz mit dem rechten Fuß auf und begann zu lachen.

Danach, noch immer flink, aber jetzt ohne die übliche Rücksichtnahme, als sei er allein und unbeobachtet, raffte er Bobbys Reisekleidung zusammen.

Bobby dachte: Ich werde fortgehen müssen. Aber das Ausländerviertel war sicher; Soldaten bewachten das Tor. Bobby dachte: Ich werde Luke feuern müssen.

Epilog – aus einem Tagebuch

Der Zirkus in Luxor

Ich war auf dem Weg nach Ägypten, diesmal mit dem Flugzeug, und ich unterbrach meine Reise in Mailand. Ich tat das aus geschäftlichen Gründen. Aber es war die Weihnachtswoche, ungünstig für Geschäfte, und ich mußte über die Feiertage in Mailand bleiben. Das Wetter war schlecht, das Hotel leer und verödet.

Als ich eines Abends nach dem Essen in einem Restaurant durch den Regen in mein Hotel zurückkehrte, sah ich zwei Chinesen in dunkelblauen Anzügen aus dem Speisesaal kommen. Asiaten wie ich, dachte ich, Wanderer im industriellen Europa. Aber sie sahen mich nicht an. Sie hatten Gefährten: Drei weitere Chinesen kamen aus dem Speisesaal, zwei Männer in dunklen Anzügen und eine junge Frau mit frischem Teint in einem Hosenanzug mit geblümtem Oberteil. Fünf weitere Chinesen folgten, gesunde junge Männer und Frauen, danach noch etwa ein Dutzend. Dann verlor ich die Übersicht. Scharen von Chinesen strömten aus dem Speisesaal und wimmelten in der geräumigen, mit Teppich ausgelegten Halle, bevor sie sich in einer langsamen, leise plappernden Masse die Treppe hinaufbewegten.

Es waren sicherlich an die hundert Chinesen. Es dauerte einige Minuten, bevor die Halle sich leerte. Die Kellner standen mit Servietten in der Hand in der Tür des Speisesaals und

317

sahen ihnen nach, wie Menschen, die endlich ihrem Erstaunen freien Lauf lassen können. Zwei weitere Chinesen kamen aus dem Speisesaal, sie waren die letzten. Es waren kleine, ältere Herren, runzlig und drahtig, mit Brillen. Einer von ihnen hielt eine dicke Brieftasche in der kleinen Hand, aber etwas linkisch, als mache ihn die Verantwortung nervös. Die Kellner standen stramm. Ohne sich weltmännisch geben zu wollen, eher verwirrt von den italienischen Banknoten, teilte der alte Chinese mit der Brieftasche Trinkgelder aus, dankte und schüttelte jedem der Kellner die Hand. Dann verbeugten sich die beiden Chinesen und stiegen in den Lift. Und die Hotelhalle war wieder verödet.

»Sie sind vom Zirkus«, sagte der Empfangschef im dunklen Anzug. Er war ebenso beeindruckt wie die Kellner. »*Vengono dalla Cina Rossa.* Sie kommen aus Rotchina.«

Als ich Mailand verließ, lag Schnee. In Kairo spielten in der verfallenen Sackgasse vor meinem Hotel armselig gekleidete Kinder in Jibbahs, geschwächt vom Ramadanfasten am Tag, in dem weißen, warmen Staub Fußball. In Cafés, schäbiger als ich sie in Erinnerung hatte, lasen griechische und libanesische Geschäftsleute in Anzügen die lokalen französischen und englischen Zeitungen und debattierten verdrossen über die Geschäfte, die mit rhodesischem Tabak zu machen wären, jetzt, wo er verboten war. Im Museum geisterten noch immer ägyptische Führer herum, die nur die Kenntnisse von Eingeborenen hatten. Und am anderen Ufer des Nils stand ein neues Hilton Hotel.

Aber Ägypten hatte noch immer seine Revolution. Straßenbezeichnungen gab es jetzt nur auf arabisch, die Verkäufer in Tabakläden faßten es beinah als Beleidigung auf, wenn *ägyptische* Zigaretten verlangt wurden; und im Bahnhof, zu dem ich fuhr, um den Zug nach Süden zu nehmen, erinnerte noch immer vieles an die Kriege, die die Revolution begleitet hatten. Sonnengebräunte Soldaten, die von ihrem Dienst im Sinai zurückgekehrt waren, hockten und rekelten sich auf dem Fußboden des Wartesaals. Diese Männer mit eingefallenen Gesichtern waren die Hüter des Landes und der Revolution; aber für die Ägypter waren sie nur einfache Soldaten, Kleinbauern, Objekte der Mißachtung, die älter und tiefer verwurzelt war als die Revolution.

Den ganzen Tag rollte die bäuerliche Landschaft an den Fenstern des Zugs vorbei: der schlammige Fluß, die grünen Felder, die Wüste, der schwarze Morast, der *shadouf,* die überfüllten, verfallenen, staubfarbenen Städte mit ihren flachen Dächern: das Ägypten aus dem Erdkundebuch in der Schule. Die Sonne ging in einem dunstigen Himmel unter, das Land wirkte alt. Es war dunkel, als ich in Luxor den Zug verließ. Am späteren Abend ging ich zum Tempel von Karnak. Es war gut, ihn zum ersten Mal in der Dunkelheit zu sehen, losgelöst vom Elend Ägyptens: Diese riesigen Säulen, uralt schon in der Antike, waren das Werk von Menschen aus diesem Niltal.

In jenen Jahren gab es in Ägypten keine Münzen, nur Papiergeld. Der Kurswert aller fremden Währungen war hoch, und Luxor, zu noch nicht lange zurückliegenden britischen Zeiten ein eleganter Winterurlaubsort, stellte sich auf schlichtere Touristen ein. Im *Old Winter Palace Hotel,* wo dicke Negerbedienstete in langen weißen Gewändern in den Korridoren herumstanden, sagte man mir, ich bekäme das Zimmer, in dem früher der Aga Khan gewohnt habe. Es war ein riesiger Raum, in dem auf gefällige altmodische Weise viel zu viele Möbel standen. Es hatte einen Balkon und Aussicht auf den Nil und die Hügel der Wüste am anderen Ufer.

In diesen Hügeln lagen die Gräber. Nicht alle davon waren Königsgräber, und nicht alle waren erhaben. Der antike Künstler, der das Leben einer geringeren Persönlichkeit darstellte, stellte manchmal mit freierer Hand die Freuden dieses Lebens dar: die Freuden, die der Fluß bot, voll von Fischen und Vögeln, die Freuden des Essens und Trinkens. Das Land war erforscht, alles darin war aufgelistet und künstlerisch gestaltet worden. Es war die besondere Sicht von Menschen, die kein anderes Land kannten und die das, was sie hatten, als reich und vollkommen betrachteten. Der schlammige Nil war lediglich Wasser; in den Malereien eine blaugrüne Zickzacklinie, erkennbar, doch verschwommen, wie ein Fluß in einem Märchenland.

In den Gräbern konnte es recht heiß sein. Der Führer, der manchmal auch Wächter war, schwatzte in zusammengekauerter Haltung auf arabisch und verdiente sich seine Papierpiaster, indem er auf jedes Symbol der Göttin Hathor hinwies, wobei er mit schmutzigen Fingern über die Fresken strich, die er eigentlich schützen sollte. Draußen, nach der Dunkelheit und den leuchtenden Bildern der Vergangenheit, gab es nur groben weißen Sand; die Sonne blendete; und manchmal saßen auch Bettlerjungen in Jibbahs da.

Für mich waren diese Jungen, die erwartungsvoll aus dem Sand und Geröll aufsprangen, wenn sich Leute näherten, eine Art von Sandgetier. Aber mein Fahrer kannte einige von ihnen mit Namen; wenn er sie fortscheuchte, tat er es mit einer lässigen Bewegung, die zugleich auch ein Winken bedeutete. Der Fahrer war ein junger Mann, er stammte ebenfalls aus der Wüste, und zweifellos war er auch einmal ein Junge im Jibbah gewesen. Aber er war anders aufgewachsen. Er trug Hemd und Hose und achtete eitel auf sein gutes Aussehen. Er war zuverlässig und korrekt, ohne die laute Aufgeregtheit eines Wüstenführers. Irgendwie hatte er in der Wüste Langeweile kennengelernt. Ihm stand der Sinn nach Kairo und einem richtigen Job. Ihn langweilten die antiken Sehenswürdigkeiten, die Touristen und der Touristentrott.

Ich verbrachte den ganzen Tag in der Wüste, und es war Zeit, zu Mittag zu essen. Ich hatte Proviant vom *Winter Palace Hotel* bei mir und hatte irgendwo in der Wüste das neue Regierungsrasthaus gesehen, wo Touristen an Tischen sitzen, ihre Sandwiches essen und Kaffee bestellen konnten. Ich glaubte, der Fahrer würde mich dorthin bringen. Aber wir fuhren über unbekannte Wege zu einer kleinen Oase mit Palmen und einer großen, ausgeblichenen Holzhütte. Dort waren keine Autos, keine Minibusse, keine Touristen, nur eifrige ägyptische Kellner in grober Kleidung. Ich wollte dort nicht bleiben. Der Fahrer schien Einwände machen zu wollen, aber dann war er nur gelangweilt. Er fuhr mich zu dem neuen Rasthaus, setzte mich ab und sagte, er werde mich später abholen.

Das Rasthaus war sehr voll. Touristen mit Sonnenbrillen, die ihre Proviantütten auspackten, schwatzten munter in den verschiedensten europäischen Sprachen. Auf der Terrasse saß ich mit zwei jungen Deutschen am Tisch. Ein flinker älterer Ägypter in arabischem Gewand bewegte sich zwischen den Tischen und servierte Kaffee. Er trug eine Kamelpeitsche im Gürtel, und nur langsam bemerkte ich, daß im Umkreis des Rasthauses die Sandhügel von kleinen Wüstenkindern wimmelten. Die Wüste war rein, die Luft war rein, die Kinder waren sehr schmutzig.

Der Zutritt zum Rasthaus war ihnen verboten. Wenn sie sich, von einem angebotenen Sandwich oder Apfel angelockt, näherten, stieß der Mann mit der Kamelpeitsche ein markerschütterndes Gebrüll aus, das auch ein Kamel erschreckt hätte. Manchmal lief er zu ihnen hinaus, schlug mit seiner

Peitsche in den Sand, und dann stoben die Kinder erschreckt davon, dünne, kleine, vom Sand polierte Beine unter wehenden Jibbahs. Dem Touristen, der ihnen etwas zu essen angeboten hatte, wurde kein Vorwurf gemacht, es war ein ägyptisches Spiel mit ägyptischen Spielregeln.

Es verursachte kaum eine Störung. Die jungen Deutschen an meinem Tisch beachteten es gar nicht. Die englischen Studenten drinnen im Rasthaus, hinter Glas, stritten sich über Howard Carter und Lord Carnarvon. Aber die Gruppe älterer Italiener auf der Terrasse beteiligte sich an dem Spiel, sobald sie die Spielregeln verstanden hatten. Sie warfen Äpfel und ließen die Kinder weit laufen. Versuchsweise zerteilten sie Sandwiches und warfen die Stücke in den Sand; und damit lockten sie die Kinder ganz nah heran. Bald stand die italienische Gruppe im Mittelpunkt des Geschehens, und der Mann mit der Kamelpeitsche, der wußte, was von ihm erwartet wurde, patrouillierte energisch auf jenem Bereich der Terrasse, brüllte, schlug in den Sand und verdiente sich seine Papierpiaster.

Ein großer Italiener in einem kirschroten Pullover stand auf und griff zu seiner Kamera. Er legte Eßwaren direkt unter der Terrasse aus, und die Kinder kamen herbeigelaufen. Aber diesmal, als müsse es für die Kamera echt sein, fiel die Kamelpeitsche nicht auf den Sand, sondern auf ihre Rücken, und das Kameltreibergeschrei war lauter und hektischer. Und noch immer ließen sich die Touristen im Rasthaus und die ägyptischen Fahrer, die bei den Autos und Minibussen standen, nicht stören. Nur der Mann mit der Peitsche und die Kinder, die im Sand krabbelten, waren wie wild. Die Italiener blieben gelassen. Der Mann im kirschroten Pullover machte ein neues Paket Sandwiches auf. Ein kleinerer, älterer Mann in weißem Anzug war aufgestanden und stellte seine Kamera ein. Es wurden weitere Eßwaren hinausgeworfen, die Kamelpeitsche sauste weiterhin nieder, das Geschrei des Mannes mit der Peitsche ging in dröhnendes Grunzen über.

Noch immer nahmen die Deutschen an meinem Tisch keine Notiz, die Studenten im Inneren des Rasthauses debattierten noch immer. Ich sah, daß meine Hand zitterte. Ich legte das Sandwich, das ich aß, auf den Metalltisch; das war meine letzte Willensentscheidung. Klarsicht, verbunden mit Besorgnis, erlangte ich erst wieder, als ich fast über dem Mann mit der Kamelpeitsche stand. Ich brüllte. Ich nahm ihm die Peitsche weg und warf sie in den Sand. Er war überrascht, erleichtert. Ich sagte: »Das werde ich in Kairo melden.« Er war erschrocken, er begann auf arabisch zu jammern. Die Kinder waren verwirrt, sie liefen ein Stück weit weg und stellten sich auf, um zu sehen, was passieren würde. Die beiden Italiener, die an ihren Fotoapparaten hantierten, sahen hinter ihren Sonnenbrillen ganz ruhig aus. Die Frauen der Gruppe lehnten sich in ihren Stühlen zurück, um mich genauer zu betrachten.

Ich fühlte mich schutzlos ausgesetzt, nutzlos, und ich wollte nichts anderes, als wieder an meinem Tisch sitzen. Als ich zurück auf meinem Platz war, griff ich wieder zu meinem Sandwich. Alles war so schnell gegangen, es hatte keine Störung verursacht. Die Deutschen starrten mich an. Aber jetzt waren sie mir gleichgültig, ebenso wie mir der Italiener im kirschroten Pullover gleichgültig war. Die Italienerinnen waren aufgestanden, die Gruppe brach auf, und der Italiener schüttelte ostentativ die Provianttüten und die Butterbrotpapiere auf den Sand aus.

Die Kinder rührten sich nicht. Der Mann, dem ich die Peitsche abgenommen hatte, kam und brachte mir Kaffee und jammerte von neuem auf arabisch und englisch. Der Kaffee war gratis, er schenkte ihn mir. Aber noch während er sprach, näherten sich langsam die Kinder. Bald würden sie wieder dasein und den Sand nach dem durchwühlen, was sie die Italiener hatten wegwerfen sehen.

Das wollte ich nicht mit ansehen. Der Fahrer wartete auf mich, er lehnte mit verschränkten bloßen Armen an der Wagentür. Er hatte alles beobachtet. Von ihm, einem emanzipierten Sohn der Wüste in gegürteter Hose und Sporthemd mit seinen Träumen von Kairo, erwartete ich irgendeine Geste, ein Zeichen des Beifalls. Er lächelte mich aus den Winkeln seines breiten Mundes und seinen schmalen Augen an. Er drückte seine Zigarette im Sand aus und stieß langsam den Rauch durch die Lippen, er seufzte. Aber das war seine Art zu rauchen. Seine Gedanken konnte ich nicht erraten. Er war genauso korrekt wie zuvor, er sah genauso gelangweilt aus.

Wohin ich auch an dem Nachmittag fuhr, immer sah ich den erbsengrünen Volkswagen-Minibus der italienischen Gruppe. Überall sah ich den kirschroten Pullover. Ich prägte mir allmählich den dazugehörigen schwerfälligen Gang ein, die kleinen Schritte, die dunkle Brille, die hohe Stirn, die kleinen, steifen Armbewegungen. An der Fähre glaubte ich entkommen zu sein; aber der Minibus traf ein, die Italiener stiegen aus. Ich dachte, wir würden uns am Ufer bei Luxor trennen. Aber auch sie wohnten im *Winter Palace*. Der kirschrote Pullover tanzte zwischen den sich verbeugenden ägyptischen Angestellten selbstbewußt durch die Halle, die Bar, den großen, mit frischen Blumen und kompliziert gefalteten Servietten dekorierten Speisesaal. In Ägypten gab es in diesem Jahr nur Papiergeld.

Ich blieb ein oder zwei Tage auf der Seite von Luxor. Ich sah mir pflichtschuldigst Karnak im Mondschein an. Als ich wieder in die Wüste fuhr, wollte ich auf keinen Fall zu dem Rasthaus zurück. Der Fahrer verstand das. Ohne irgendein Zeichen des Triumphs fuhr er mich, als es soweit war, zu der

Holzhütte unter den Palmen. An diesem Tag war mehr Betrieb. Etwa vier oder fünf Minibusse parkten davor. Im Inneren des Holzhauses war es dunkel, kühl und nicht zu voll. Ein paar Tische waren zusammengerückt worden, und an dieser Tafel in der Mitte saßen etwa vierzig bis fünfzig Chinesen, Frauen und Männer, die leise miteinander plauderten. Sie gehörten zu dem Zirkus, den ich in Mailand gesehen hatte.

Die beiden älteren Chinesen saßen nebeneinander an dem einen Ende der langen Tafel, neben einer kleinen, zierlichen Dame, die ein wenig zu alt schien, um noch Akrobatin zu sein. Sie war mir in der Menge in Mailand nicht aufgefallen. Als sie zahlen wollten, bewegte der Mann mit der dicken Brieftasche wieder linkisch die Hände. Die Dame sprach mit dem ägyptischen Kellner. Er rief die anderen Kellner herbei, und sie stellten sich alle in einer Reihe auf. Die Dame gab jedem Kellner die Hand und ein Geschenk, Geld, irgend etwas in einem Kuvert, eine Medaille. Die zerlumpten Kellner standen steif, mit ernsten, abgewandten Gesichtern da, wie Soldaten, die Orden verliehen bekommen. Dann erhoben sich sämtliche Chinesen und schlurften schwatzend und leise lachend zur Tür der Hütte hinaus, die von ihren lockeren, leicht auswärts gedrehten Schritten widerhallte. Sie sahen mich nicht an, sie schienen selbst die Hütte kaum wahrzunehmen. Sie waren in der Wüste ebenso gelassen und gutgekleidet, die Männer in Anzügen, die Frauen in Hosen, wie sie es im Regen in Mailand gewesen waren. So in sich ruhend, so schön und gesund, so stillschweigend miteinander zufrieden: Es war schwer, sie sich als Touristen vorzustellen.

Der Kellner, der noch immer vor Freude strahlte, zeigte die Medaille auf seinem schmutzigen, gestreiften Jibbah. Sie war in einer abgenutzten Form gegossen worden, aber das undeutlich abgebildete Gesicht war zweifellos chinesisch und zweifellos das des Anführers. In dem Kuvert waren hübsche bunte Ansichtskarten von chinesischen Päonien.

Päonien, China! Menschen aus so vielen Kaiserreichen waren hierhergekommen. In unserer Nähe stand der Koloß, auf dessen Schienbein der Kaiser Hadrian Verse zum eigenen Lob, zur Erinnerung an seinen Besuch hatte meißeln lassen. Auf dem anderen Ufer, nicht weit von dem *Winter Palace Hotel* entfernt, stand ein Stein mit einer weniger feinen römischen Inschrift, der die südliche Grenze des Imperiums markierte und ein Rückzugsgebiet abgrenzte. Jetzt kündigte sich ein ferneres Imperium an. Eine Medaille, eine Postkarte; und alles, was als Gegenleistung verlangt wurde, waren Zorn und ein Sinn für Ungerechtigkeit.

Vielleicht war das die einzige unverfälschte Zeit gewesen, zu Anfang, als der Künstler der Antike, der kein anderes Land kannte, gelernt hatte, sein eigenes Land zu betrachten und es als vollkommen anzusehen. Aber als ich nach Kairo zurückfuhr und mit dem Auge des Fremden die Felder und Menschen, die diese bebauten, betrachtete, die staubigen Städte, die aufgeregten Massen der Landarbeiter an den Bahnhöfen, war es schwer zu glauben, daß es eine solche Unschuld gegeben haben sollte. Vielleicht war dieses Bild des Landes, in dem der Nil nur Wasser, eine blaugrüne Zickzacklinie war, schon immer eine Erfindung, ein Anlaß zur Sehnsucht, etwas für das Grab gewesen.

Die Klimaanlage in dem Eisenbahnwagen funktionierte schlecht, aber das kam vielleicht daher, weil die zwei Negerschaffner, die ihre dörflichen Gewohnheiten beibehalten hatten, lieber vor den offenen Türen saßen und schwatzten. Den ganzen Tag wehte Sand und Staub herein, es war heiß, bis die Sonne unterging und vor dem roten Himmel alles schwarz wurde. In dem schwach beleuchteten Wartesaal des Bahnhofs in Kairo lagen noch mehr Soldaten aus dem Sinai herum, Kleinbauern in unförmigen wollenen Uniformen, die auf Urlaub in ihre Dörfer fuhren. Siebzehn Monate später sollten diese Männer, oder solche wie sie, in der Wüste eine totale Niederlage erleben, und Pressefotos, die aus tieffliegenden Hubschraubern aufgenommen worden waren, zeigten sie, verloren, wie sie versuchten, nach Hause zu marschieren, und dabei lange Schatten auf den Sand warfen.

August 1969 – Oktober 1970